LA ESPADA DE LOKI

MALCOLM ARCHIBALD

Traducido por

JOSE VASQUEZ

Publicado en 2020 por Next Chapter

Editado por Terry Hughes

Arte de a cubierta por Cover Mint

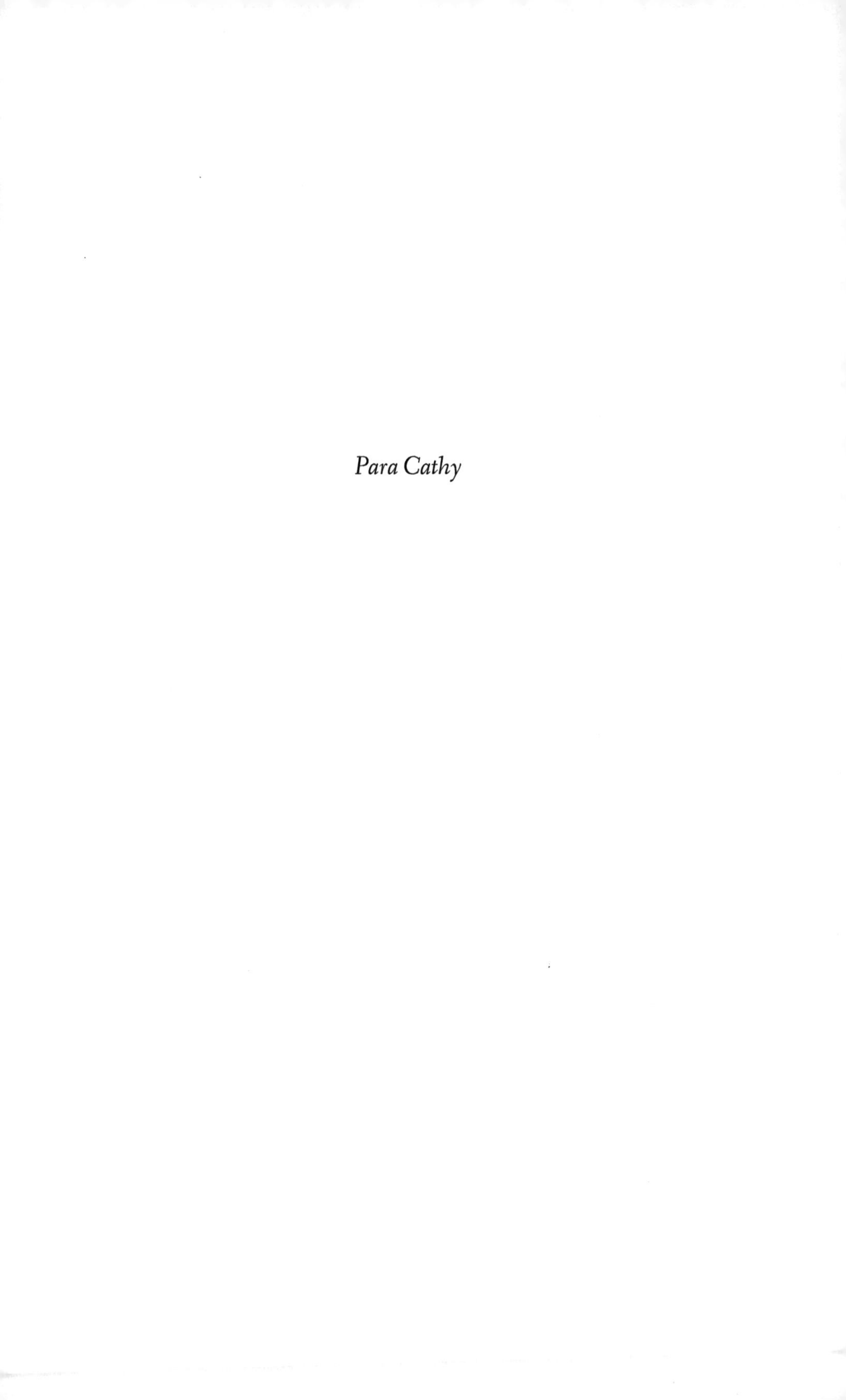

Para Cathy

Penumbra y silencio y hechizo,
Hechizo y silencio y tristeza,
Y la extraña luz de la muerte arde tenue en la noche
Y los muertos se levantan de la tumba.
Murdoch Maclean

PRELUDIO

"Derwen hizo esta espada", dijo Ceridwen. "Viene de hace mucho tiempo, y Derwen la hizo para Caractacus, quien fue traicionado por una mujer. Fue la hoja de Calgacus, el espadachín que se enfrentó a las legiones de hierro del sur en la época de los héroes". Ceridwen pasó la mano a lo largo de la vaina, sin tocar el acero de la hoja. "Era la espada de Arturo, que se enfrentó a los anglos y ahora es la espada de Melcorka"

"Fue una espada bien hecha", dijo Ceridwen, "en la fragua de Derwen. Fue hecha con un rico mineral rojo con Derwen pisando fuelles de piel de buey para calentar el carbón como el infierno. El mineral se hundió a través del carbón hasta la profundidad más baja del horno, para formar una masa informe del peso de un niño bien adulto". Melcorka escuchó, tratando de imaginarse la escena en la que se forjó su espada al comienzo de la historia.

"Era normal que los aprendices llevaran el metal al yunque, pero Derwen llevó el metal para esta espada él mismo y eligió lo mejor de lo mejor para recalentarlo y darle la forma de una barra. Hizo que la barra fuera bendecida por los druidas y por el hombre santo que vino

de Oriente, un joven fugitivo de Judea que estaba huyendo de la ira de los romanos".

"¡El mismo Cristo!" Melcorka apenas respiró el nombre.

"Es como dices si tú lo dices", dijo Ceridwen. "Y Derwen cortó el acero de su elección en trozos cortos, los puso de punta en punta en agua bendecida por el santo y el principal druida de Caractacus. Solo entonces los unió con la habilidad que solo Derwen tenía. Estas operaciones, trabajando juntas, igualaron el temple del acero, haciéndolo más duro y lo suficientemente flexible para doblarse por la mitad y estirarse juntos.

Derwen probó la hoja y la volvió a probar, luego la endureció y afiló con su propio toque y su propia magia".

Ceridwen pareció vacilar, su forma se fusionó con la del aire que la rodeaba. "Al final, en la forja final, Derwen roció su propio polvo blanco hecho de polvo de diamantes y rubíes en el acero al rojo vivo, para mantenerlo libre de óxido y proteger el borde".

"Es una buena espada", coincidió Melcorka.

"Nunca se hará una mejor", le dijo Ceridwen. "Solo ciertas personas pueden manejarla, y solo por razones justas. Nunca puede ser usada por un hombre blando o una mujer débil, o por alguien con maldad en su corazón. La hoja será usada solo para el bien".

"Mi madre me dijo que debía usarla solo por las razones correctas", dijo Melcorka.

Ceridwen sonrió. "Tu madre era una mujer sabia. Ella te mira".

"La extraño", dijo Melcorka en voz baja. No pudo decir más sobre ese tema. "¿Cómo sabes acerca de mi espada?"

"Me lo dijo, y recuerdo que Derwen lo hizo". Ceridwen se rió de la expresión del rostro de Melcorka. "¿O simplemente te estoy tomando el pelo?"

Melcorka partió de sus recuerdos y miró a su alrededor. Se sentó en la popa de *Catriona*, su bote, dirigiéndola automáticamente sobre un mar que se extendía hasta un horizonte ininterrumpido.

"¿Estás bien, Melcorka?" Bradan la miró desde el vivero del

barco, donde hizo pequeños ajustes a la vela para atrapar lo último de la brisa intermitente. "Estoy bien. Estaba reviviendo el pasado". Melcorka tocó la empuñadura de Defender, la espada que había llevado alrededor del mundo. "Creo que pronto nos necesitarán".

"Eso siempre es posible", dijo Bradan, "aunque sueño con un momento en el que no se necesite tu espada y encontremos un lugar de paz".

"Yo también". Melcorka levantó la cabeza para tomar el sol de la tarde. "Sueño con una casa en una cañada protegida, con árboles de serbal con bayas brillantes y un fuego controlado limpiando entre los campos verdes, para la siembra".

"Me gustaría estar cerca del mar", dijo Bradan. "Una casa donde se dará bienvenida a todos los visitantes tranquilos y un lugar donde todos los estudiantes de Alba puedan debatir la filosofía y el significado de las estrellas".

"Podemos tener ese lugar", dijo Melcorka, "pero me temo que todavía no. Siento oscuridad en el horizonte. Hay problemas en el viento, Bradan".

"Siempre hay problemas en el viento, Mel. Hemos visto suficientes problemas", dijo Bradan. "Estoy cansado de los problemas".

Melcorka tocó la empuñadura de Defender, incluso con ese mínimo contacto le dio una emoción por el poder de la espada. Lo manejaremos, Bradan. Siempre lo hacemos".

Bradan suspiró y arregló la vela de *Catriona* cuando el viento dio una última bocanada antes de apagarse. "Sí; lo manejaremos". Él le sonrió. "Mientras nos tengamos el uno al otro, sobreviviremos".

Aunque Melcorka le devolvió la sonrisa, sintió una sacudida inesperada dentro de ella. Se vio a sí misma acostada en un campo de arena y sangre con un hombre parado frente a ella, blandiendo una espada larga con una hoja negra y desafilada. Vio a Bradan alejarse con la mano de otra mujer en su brazo. La mujer sonrcía, sus ojos brillaban con triunfo y sus caderas se balanceaban en una promesa erótica. "Sobreviviremos", dijo Melcorka, y parpadeó para alejar sus miedos. Conocía a Bradan desde hacía demasiado tiempo como para preocuparse por una imagen desvanecida.

A su alrededor, el mar se oscureció mientras el día se convertía en noche.

UNO

VIERON la luz una hora antes del amanecer, tan brillante que eclipsó a las estrellas, tan alta que solo podía ser un mensajero de Dios.

"¿Qué es eso?" Melcorka entrecerró los ojos mirando hacia arriba.

"No lo sé". Dijo Bradan. Se apoyó en los remos, ajustó el juego de las velas para atrapar un viento inexistente y miró hacia el abismo estrellado del cielo nocturno. "Es un cometa, creo. He oído hablar de esas cosas, aunque nunca antes había visto uno".

La bola de luz avanzó lentamente a través de los cielos, arrastrando un rastro brillante a su paso. No hubo ningún sonido excepto el golpe de las olas contra el casco.

"He oído que es una advertencia de tiempos difíciles". Bradan miró hacia arriba cuando una brisa repentina dio vida a la vela.

Melcorka negó con la cabeza. "Si fuera así", dijo, "habría muchos más cometas, ya que los tiempos siempre son turbulentos".

"Te estás volviendo cínica en tu vejez", dijo Bradan mientras la vela se abría, empujando a *Catriona* más rápido a través de las olas. Escuchó la lejana llamada de un pájaro, pero de qué variedad no estaba seguro.

Durante algún tiempo, observaron cómo la extraña luz atravesaba el cielo, luego Bradan se dispuso a dormir mientras Melcorka permanecía al timón, manteniendo la proa de *Catriona* frente a las olas que se aproximaban. Finalmente, ella también se quedó dormida, solo para ser despertada por el agudo sonido de un ostrero, el pájaro blanco y negro que era el tótem de Melcorka.

"Bienvenido al amanecer", Bradan se había hecho cargo del timón. "Esa luz todavía está ahí".

"Así es". Melcorka miró hacia el cielo, donde la luz permanecía brillante mientras se dirigía lentamente hacia el oeste. "Tenemos compañía, ya veo".

Un par de ostreros rodearon el barco, con sus picos rojos abiertos mientras emitían sus distintivos cantos.

"Se unieron a nosotros cuando amaneció". Bradan estiró su cuerpo largo y delgado. "Creo que quieren decirnos algo".

"Mis ostreros". Melcorka los miró con una leve sonrisa. "Los ancianos los conocían como guías de Santa Brígida". Los pájaros volvieron a dar vueltas, volaron media milla hacia el oeste y regresaron. Sigue a los pájaros, Bradan. Parece que nos están guiando de regreso a Alba. ¿Cuánto tiempo ha pasado desde que nos fuimos? ¿Aproximadamente 10 años?

"Debe ser, quizás más. Nunca llevo la cuenta del tiempo". Bradan tocó el timón, llevando a *Catriona* a babor, la dirección donde los pájaros les urgían que los siguieran.

Melcorka señaló con la cabeza hacia adelante, donde las gaviotas se aglomeraban cerca de la superficie del agua. "Estas gaviotas nunca se alejan mucho de la costa, por lo que deberíamos avistar tierra pronto".

"Coge el timón", dijo Bradan y se subió al esbelto mástil. Se balanceó cerca de la cima, mirando hacia adelante. "Tienes razón, Melcorka. Puedo ver las colinas de Alba".

Mientras sondeaba lentamente sobre el horizonte, la distante mancha azul de Alba despertó innumerables emociones en Melcorka. Recordó su infancia como una niña ingenua en una pequeña isla de la costa oeste. Recordó el día de la revelación cuando le presentaron a

Defender y se dio cuenta de que provenía de una línea de guerreros. Recordó el terrible día en que Egil el escandinavo mató a su madre y supo que estaba sola en el mundo, con un destino que no sabía cómo seguir. Recordó el día en que conoció a Bradan, un hombre errante que solo llevaba un bastón. Recordó las batallas con los nórdicos y las aventuras posteriores con el Brillante hasta que ella y Bradan dejaron las costas de Alba en *Catriona.*

"¿Estás bien, Mel?"

Melcorka asintió. "Estaba pensando sobre tiempos pasados en Alba".

Bradan asintió. "Sí, buenos y malos, ¿eh?"

"Buenos y malos", asintió Melcorka. Una vez más, se vio a sí misma acostada en ese suelo arenoso, con un hombre alto parado sobre ella y Bradan alejándose con otra mujer.

"Más bien que mal", Bradan tiró de una de sus líneas de pesca. "Eglefino para el desayuno", anunció, "y estamos cerca de casa. Este será un buen día"

Melcorka forzó una sonrisa. "Hoy será un buen día", repitió. Trató de alejar la sensación de aprensión que la oprimía.

Los ostreros los guiaron a una bahía arenosa respaldada por acantilados bajos, con el dulce aroma del humo de turba que recuerda los hogares amistosos y una cálida bienvenida. *Catriona* llegó a la playa con un suave silbido como si supiera que estaba en casa después de una década de vagar por los océanos y ríos de medio mundo. El oleaje rompió el color blanco plateado a su alrededor, deslizándose suavemente con una marea en retroceso mientras las gaviotas anidando graznaban desde los acantilados.

"Bien conocidos, Melcorka y Bradan". Un hombre alto se acercó a ellos con su larga capa ondeando alrededor de sus tobillos y su rostro alargado animado. Los ostreros rodeaban su cabeza, cantando felices.

"Bien conocido, hombre alto". Melcorka sacó a Defender del

estuche impermeable en el que viajaba y se lo sujetó a los hombros mientras Bradan atendía la vela y arrastraba a *Catriona* por encima de la marca de la pleamar. "¿Quién eres y cómo sabes nuestros nombres?"

"Los mandé a buscar", indicó el hombre a los dos ostreros. "Estos son mis mensajeros".

Asegurando a *Catriona*, Bradan levantó su bastón de madera de serbal. "No eres un hombre común".

"La gente me conocerá como el Verdadero Tomás". El hombre alto se detuvo junto a una línea de algas oscuras mientras los ostreros picoteaban alrededor de sus sandalias.

"¿La gente te conocerá como el Verdadero Tomás? ¿Cómo te conocen ahora? Melcorka se detuvo a un largo paso del hombre alto.

El Verdadero Tomás sonrió. "No me conocen en absoluto", dijo. "No naceré hasta dentro de 200 años".

"Ese es un truco inteligente". Melcorka no sintió ninguna amenaza por parte de este hombre.

Después de semanas en el mar, la playa parecía balancearse alrededor de Bradan. Presionando su bastón en la arena, apoyó el pulgar en la cruz tallada en la parte superior. "¿Qué deseas con nosotros, Verdadero Tomás?"

"Deseo que me acompañen a una batalla", dijo Verdadero Tomás. "*Catriona* estará a salvo aquí. Ella aparecerá si la necesitas de nuevo".

Melcorka tocó su espada. "Hemos estado en algunas batallas", dijo, "pero Bradan no es un hombre de peleas".

"Lo sé. Pero tú eres Melcorka la mujer espadachín". Sin otra palabra, Verdadero Tomás se dio la vuelta y caminó a grandes zancadas por la playa con los ostreros dando vueltas en la cabeza.

"¿Seguiremos a este hombre por nacer?" Preguntó Melcorka. "Parece interesante".

"A menos que tengas otros planes", dijo Bradan. "*Catriona* estará a salvo aquí si Tomás es tan bueno como sugiere su nombre".

Melcorka sacudió la cabeza y siguió a Verdadero Tomás. "¿Por qué hacemos estas cosas, Bradan?"

"Porque está en nuestra sangre". Después de unos momentos, Bradan miró por encima del hombro.

"Mira". Señaló al suelo. "Somos tres, pero solo dos pares de huellas".

"Quizás Tomás sea verdadero, después de todo". Melcorka ajustó su espada. "Un hombre que aún no ha nacido no dejará ninguna impresión en el suelo".

"Me pregunto qué quiere un hombre por nacer con nosotros en una batalla que nadie ha peleado todavía, pero en la que ya debe saber el resultado". Bradan golpeó el suelo con su bastón. "Ya estoy confundido".

"Pronto veremos lo que quiere Tomás", dijo Melcorka.

Al cabo de media hora, se encontraron con el primer grupo de guerreros, vecinos adustos y serios, montados en ponis peludos, los cuales llevaban lanzas y espadas hacia el sur. Ignorando a Verdadero Tomás como si no estuviera allí, saludaron con una breve reverencia al desarmado Bradan y prestaron más atención a la espada de Melcorka que a su portadora.

"Esa es una pesada carga para una mujer", dijo un joven.

"Estoy acostumbrada", dijo Melcorka.

"¿La llevas para tu hombre?" El hombre fronterizo miró a Bradan.

"No". Melcorka lo obsequió con una sonrisa que habría advertido a un hombre más experimentado que se cuidara.

El joven miró a sus compañeros como si estuviera a punto de decir algo inteligente. "Entonces debes llevarla para mí". Cabalgó cerca de Melcorka y estiró la mano para tomar a Defender.

Melcorka se quedó quieta. "Si estás cabalgando para luchar por el rey, jovencito, será mejor que dejes mi espada en paz y te des prisa antes de que la muerte te lleve".

Los otros fronterizos se rieron cuando el joven levantó su lanza. "Si no fueras mujer, te desafiaría por eso".

"Y si fueras un hombre y no un niño, aceptaría el desafío", dijo Melcorka.

"¡Te mostraré cómo pelea un hombre!" Levantando su lanza, el joven pateó sus espuelas, cabalgó a 20 metros de distancia, se volvió y trotó hacia Melcorka mientras sus dos compañeros observaban con interés. Con un suspiro, Bradan se sentó en una roca redondeada con su bastón extendido ante él. Comenzó a silbar, frotando su pulgar sobre la cruz en la parte superior de su bastón.

Melcorka esperó hasta que el joven estuvo a 10 pies de distancia antes de sacar a Defender. Inmediatamente lo hizo, toda la habilidad y el poder de los dueños anteriores de la espada fluyeron hacia sus manos, sus brazos y su cuerpo. Respiró hondo, saboreando la emoción, porque por muy seguido que desenfundara a Defender, la sensación nunca había disminuido.

Cuando el joven se acercó y sacó su lanza, Melcorka la partió en dos, giró la hoja y golpeó al hombre en los hombros con el plano. El fronterizo se cayó de su caballo, aterrizó boca abajo en el suelo, rebotó y se enfrentó a Melcorka.

"Morirás por eso", gruñó el joven, desenvainó su espada y corrió hacia adelante.

Melcorka dio un paso a un lado y abanicó a Defender una vez, dándole al joven un planazo en el trasero. "Yo llamo a ese movimiento el saludo de Melcorka", dijo Melcorka cuando el joven gritó, se dio la vuelta y se detuvo cuando Melcorka colocó la punta de Defender debajo de su barbilla.

"Una pequeña lección". Melcorka mantuvo el nivel de voz. "Antes de comenzar una pelea con alguien, averigua de quién se trata. Ahora vete".

Cuando el joven se alejó, Melcorka guardó a Defender en su vaina.

Los otros fronterizos habían observado con interés. "Envaina tu espada, Martín, y sube", dijo un hombre mayor con ojos de basilisco. "Espero que luches mejor contra los habitantes de Northumbria". Levantando la mano en reconocimiento a Melcorka, giró su caballo hacia el sur, con los demás siguiéndole.

"Martín", Melcorka lo llamó. "¡Mantén ese espíritu! Piensa en lo que estás haciendo y no te apresures tanto". Observó cómo los fronterizos se alejaban.

"Vengan". Verdadero Tomás había sido un espectador silencioso.

"Nadie te habló, Tomás", señaló Bradan.

"No pueden ver a un hombre que aún no ha nacido", explicó Verdadero Tomás con paciencia.

"Nosotros podemos verte", señaló Bradan.

"Ustedes ven lo que deseo que vean", dijo Tomás. "Nada más".

Mientras se dirigían al sur y al este a través del campo fértil y asentado, Melcorka y Bradan vieron a más hombres reunidos, en pequeños grupos o compañías más grandes. Algunos iban a pie, levantando una variedad de implementos agrícolas que un observador caritativo podría haber clasificado como armas, mientras que otros montaban caballos pequeños y robustos y llevaban lanzas. Solo unos pocos eran guerreros con chaquetas de cuero acolchadas o cota de malla y lucían orgullosamente espadas. Un pequeño séquito de seguidores acompañaba a cada guerrero.

"¿Quién está reuniendo un ejército?" Bradan se preguntó: "No puede ser la reina Maelona. Ella es la mujer menos belicosa del mundo".

Melcorka asintió. "Estaba pensando lo mismo. Espero que Maelona esté bien".

"Creo que nos estamos acercando al campamento del ejército", Bradan señaló con la cabeza a una línea de centinelas que estaban en una colina cubierta de hierba, hablando entre ellos o estudiando el campo a su alrededor. Un par de lanceros observó mientras Melcorka conducía a Bradan cuesta arriba hasta la cima de la cresta. Miraron a Melcorka con su capa azul con capucha con los parches que hablaban de un uso duro, y la gran espada cuya empuñadura sobresalía detrás de su hombro izquierdo.

"¿La mujer lleva tu espada?" preguntó el más alto de los lanceros.

"Ella lleva su propia espada", respondió Bradan cuando se detuvieron en la cima de la cresta.

Cuando el lancero abrió la boca para decir algo, su compañero lo obligó a guardar silencio. Ambos centraron su atención en cualquier cosa excepto Melcorka.

Debajo de ellos, en un cuenco en el campo ondulado, había cientos, quizás miles de hombres y decenas de mujeres caminando o sentadas en grupos alrededor de fogatas. El humo azul formó una neblina sobre la reunión, con la deriva ocasional de la música de arpa o un estallido de risa que se elevaba hasta la cresta.

"Sí, aquí estamos", dijo Melcorka. "Otra guerra".

"Alguien ha llamado al ejército desde los cuatro costados de Alba", dijo Bradan. "Esta no es una mera redada fronteriza".

Melcorka asintió con la cabeza. Vio a los robustos jinetes de la frontera agrupados en sus grupos familiares, los lacayos de las Tierras Bajas con sus largas lanzas, los caballeros de armas ligeras y los hombres con sus hachas y espadachines de las Tierras Altas y los pictos de cabeza oscura del noreste. "No los cuatro cuartos", dijo Melcorka. "No hay hombres de las Hébridas".

Apoyándose en su bastón, Bradan pasó un ojo experimentado por los guerreros de Alba. "Tienes razón, Mel. No hay hombres de las islas".

Melcorka alzó la voz. "Dime de verdad, Tomás, ¿por qué se está reuniendo el ejército aquí y dónde están los hombres de las islas?"

Tomás estaba un poco apartado, con la brisa que no alborotaba su larga capa. Los ostreros continuaban dando vueltas sobre sus cabezas. "El enemigo está al sur del reino, Melcorka, mientras que las Hébridas ya no forman parte del reino de Alba".

Bradan frunció el ceño. "¿Y eso por qué?"

"Alguien asesinó al Señor de las Islas, y durante la confusión sobre un nuevo señor, los nórdicos se mudaron".

"El Señor de las Islas era mi medio hermano", dijo Melcorka. "¿Y la reina? ¿La reina Maelona no tenía voz en las cosas?

"Mael Coluim Segundo es el rey ahora".

"¿Mael Coluim Segundo?" Dijo Melcorka. "¡Ni siquiera sabía que había habido un Mael Coluim Primero!"

Verdadero Tomás no respondió mientras Melcorka continuaba estudiando al ejército reunido. Entre los veteranos de barba gris y los campeones arrogantes había muchas caras jóvenes frescas, jóvenes que nunca habían experimentado el horror de la guerra, con el número habitual de seguidores del campamento explotando a los guerreros. Le pareció interesante que, en una colección tan diversa, los distintos grupos no lucharan entre sí. La única razón para eso, consideró, era un líder con suficiente fuerza de carácter para unirlos a todos. Mael Coluim debía ser un rey fuerte.

"¿Por qué nos has traído aquí?" Preguntó Bradan.

"Observa", dijo Verdadero Tomás.

"¿Vamos a luchar contra un enemigo de Alba?" Melcorka luchaba por contener su creciente impaciencia.

"Observa", repitió Verdadero Tomás.

"Por ahí". Bradan tocó el brazo de Melcorka. "Algo está sucediendo en el oeste".

Subiendo a la cima de la cresta, entre dos centinelas suspicaces, vieron como otro ejército marchaba hacia ellos. Aproximadamente la mitad del tamaño del ejército de Alba, también era más homogéneo, y consistía en un grupo de personas con armas y vestimenta similares. Marcharon en una formación compacta, con jinetes custodiando los flancos y la retaguardia, lanceros en grupos disciplinados y capitanes incondicionales liderando cada formación. Bajo una amplia bandera verde, tres hombres cabalgaban al frente del ejército.

"¿Ese es el enemigo?" Melcorka preguntó al centinela más cercano, quien negó con la cabeza.

"No, ¿dónde te habías escondido, Mujer Espadachín? Ese es nuestro aliado, Owen el Calvo y el ejército de Strathclyde".

"Parecen un grupo útil", dijo Melcorka.

"Owen es un buen hombre". El centinela miró la espada de Melcorka sin hacer comentarios.

Cuando se acercaba el contingente de Strathclyde, un grupo de hombres del ejército de Alba salió a su encuentro, con un hombre de aspecto duro y bien afeitado de unos treinta años, a la cabeza.

"Ahí va el Destructor". El centinela parecía satisfecho. "Ahora las cosas empezarán a moverse".

"¿El destructor?" Preguntó Melcorka.

"El propio Rey, Mael Coluim". El centinela la miró con creciente curiosidad. "¿Quién eres tú? No sabes que Strathclyde son nuestros aliados y no reconoces al rey; ¿eres de Alba? ¿De Fidach quizás? ¿O eres una espía de Northumbria? Cambió su postura para que su lanza estuviera lista a mano. Su compañero se acercó, frunciendo el ceño.

"Somos de Alba", dijo Bradan, "pero hemos estado fuera del país durante muchos años. Cuando nos marchamos, Maelona era reina, con Ahern, el picto de Fidach, como su consorte".

"Estos días ya pasaron". El centinela continuó mirándolos con sospecha. "Mael Coluim es rey ahora, los nórdicos han regresado a las islas y los nórdicos han conquistado las tierras de los anglos al sur". Dirigió una sonrisa torcida a Melcorka. "Los enemigos nos rodean, mujer con espada, con anglos y daneses al sur, daneses sobre el mar del este y nórdicos al norte y al oeste. El rey Mael Coluim está librando una guerra en todos los frentes". Bajó su lanza. "Podemos agradecer a Dios por Owen de Strathclyde, un amigo leal cuando más lo necesitamos".

"Malos días, de hecho", Melcorka miró hacia Verdadero Tomás. "¿Es por eso que nos convocaste? ¿Crees que mi sola espada puede cambiar el rumbo en este choque de reyes?

"Lo descubrirás muy pronto", dijo True Thomas. "Espera, mira y aprende". Owen detuvo al ejército de Strathclyde y desmontó. Con la espalda recta, caminó, con los pies ligeros como un joven, hacia el grupo de jinetes albanos. Cuando echó hacia atrás la capucha de su capa, el sol brillaba en una cabeza rapada.

"El rey Owen el Calvo de Strathclyde", murmuró Bradan, "y su señor supremo y Gran Rey Mael Coluim el Destructor. Me pregunto cuál será nuestra parte en este drama".

Los dos reyes se abrazaron y luego los dos ejércitos se fusionaron, sin ninguna de las tensiones habituales entre los combatientes, solo la bienvenida mutua y la formación de pequeños grupos alrededor de las fogatas. Los arpistas empezaron a tocar, los cuenta historias contaban sus historias, los bardos cantaban sus canciones mientras las ubicuas mujeres que seguían a los ejércitos revoloteaban de hombre en hombre, buscando protección, compañía o dinero.

"Tenemos un ejército aliado", Bradan golpeó con su bastón la tierra, "pero no sabemos nuestra parte en esto, Melcorka".

"Hay oscuridad por delante", dijo Melcorka. "Puedo sentirlo".

El sonido de un cuerno resonó alrededor del cuenco de las colinas cuando Mael Coluim subió a una pequeña loma. Hombres de ambos ejércitos se reunieron alrededor, esperando escuchar lo que iba a decir el Destructor. Tres guerreros permanecieron cerca del Gran Rey, observando a todos. Uno estaba ligeramente por encima de la estatura promedio, con ojos tranquilos sobre una barba limpia. El segundo estaba vestido todo de negro, con una larga barba negra y 12 dardos en su ancho cinturón negro. El tercero era delgado, con risa en los ojos, espadas gemelas atadas en forma cruzada a la espalda y ropa al estilo picto.

"Estos serán los campeones del rey", murmuró Bradan, "lo más selecto de su ejército".

Melcorka asintió, tomando nota de su postura y porte, preguntándose si era su destino luchar contra alguno de estos hombres.

Cuando Mael Coluim levantó los brazos, se hizo el silencio salvo por los ladridos de un solo perro. La voz de una mujer se elevó de fondo, solo para que sus vecinos la hicieran callar.

"¡Guerreros de Alba y Strathclyde!" La voz del rey sonaba fuerte. "Hoy, marchamos para enfrentar los anglos de Northumbria".

El ejército vitoreó, con hombres blandiendo espadas y lanzas en el aire. Melcorka enarcó las cejas hacia Bradan; había escuchado tanto entusiasmo antes y había visto a las víctimas destrozadas y ensangrentadas retorciéndose en el suelo después de la batalla.

"Durante años, los habitantes de Northumbria han profanado nuestras fronteras, han asaltado nuestras granjas y han robado nuestro ganado y nuestras mujeres. Su vecino del sur y señor supremo, Cnut, el conquistador danés de los anglos, ha amenazado con añadir a Alba a sus reinos. Mostrémosle nuestra respuesta. Mostrémosle la fuerza de Alba y Strathclyde".

Los hombres volvieron a vitorear, con gritos de "¡Alba! ¡Alba!" y "¡Strathclyde! ¡Strathclyde!"

"El rey los encendió por el derramamiento de sangre", dijo Bradan.

"Estos habitantes de Northumbria no son niños para enfrentarlos a la ligera", advirtió Mael Coluim. "Son una raza salvaje. Cuando era joven, nuevo en el trono, hace 12 años, dirigí un ejército contra ellos". El silencio fue tenso cuando los hombres asintieron ante el recuerdo. "Nos derrotaron en los muros de Durham y..." esperó, dibujando el drama, "las mujeres de Northumbria lavaron los rostros y peinaron la barba y el cabello de nuestros muertos y decoraron sus paredes con sus cabezas".

Un gruñido bajo vino del ejército combinado.

"¿Qué clase de hombres deshonrarían a los muertos? ¡Estas personas no son como nosotros!" Mael Coluim dijo.

"Está levantando el espíritu de lucha". Bradan golpeó el suelo con su bastón.

"¡Alba!" Gritaron los guerreros, levantando lanzas y espadas en el aire. "¡Strathclyde!"

"¡Esperen!" Owen el Calvo se unió a Mael Coluim en la loma, para recibir más vítores del ejército aliado. Levantó las manos pidiendo silencio. "No lucharemos bajo diferentes gritos de batalla. ¡Deberíamos tener un lema que nos una como una sola fuerza bajo Mael Coluim, mi rey y el Gran Rey de Alba!"

Owen levantó la mano hasta que se hizo el silencio. "A partir de hoy, nuestro grito será Aigha Bas: luchar y morir".

Hubo un momento de silencio mientras los hombres asimilaban la idea y luego: "¡Aigha Bas!" Los hombres de ambos ejércitos rugieron. "¡Aigha Bas!"

De pie junto al Gran Rey, un hombre se destacó entre los tres campeones.

Más bajo que el hombre de negro, menos alegre que el picto, tenía rastros de gris en su pulcra barba, con un cristal en el pomo de la espada larga en la espalda.

"¿Quién es ese?" Melcorka sintió el poder del hombre.

"Ese es MacBain, el campeón personal y guardaespaldas del rey", dijo Verdadero Tomás. "Nunca ha sido derrotado en combate y es la mano derecha del rey".

"Estoy interesada en la espada que lleva", dijo Melcorka.

"No es la espada lo que debería interesarte", le dijo Verdadero Tomás. "Es lo que contiene la empuñadura. Le preguntarás más tarde".

"¿Y los otros dos campeones?" Preguntó Bradan. "Parecen hombres prácticos como para tenerlos de tu lado".

Verdadero Tomás señaló al hombre de la derecha de MacBain, era un hombre corpulento de casi treinta años con el ceño fruncido a juego con su cabello y barba negros. Debajo de su capa negra, su camisa de cota de malla descendía hasta sus rodillas, mientras llevaba un paquete de dardos largos en el lado derecho de su cinturón y una espada corta y delgada en su cintura.

"Ese es Negro Duncan el Severo", dijo Tomás. "Nunca se le ha visto sonreír y no tiene tiempo para las mujeres ni para ninguna otra actividad que no sea la lucha y la guerra".

Melcorka asintió. "Sí, no parece un tipo alegre. ¿Y el otro? ¿El hombre alegre?"

"Ese es Finleac, el Maormor o Administrador de Fidach", dijo Tomás. "Como sabes, Fidach es una provincia picta y el Maormor, el gobernante, es ahora un sub-rey de Alba. Finleac es, sin duda, el guerrero que se mueve más rápido en Alba, y quizás el más alegre".

Finleac era ágil, con un rostro pálido que el sol nunca broncearía y una ligera protección de cuero acolchado. Sus dos espadas largas tenían mangos de madera clara, y miraba hacia adelante con ojos pálidos, con una pequeña sonrisa jugando en labios sin sangre.

"Hay un campeón más destacado", dijo Bradan. "¿Quién es ese?" Señaló con la cabeza a un guerrero que estaba en una ligera elevación por encima del ejército. Aunque había dos hombres allí, solo valía la pena ver a uno. Era alto y ancho, una capucha profunda ocultaba su rostro, mientras que tanto el escudo circular gris en su brazo izquierdo como la espada que colgaba de su cintura eran de mano de obra nórdica. El hombre que estaba a 10 pasos de él no tenía rasgos distintivos, estaba vestido de gris y llevaba una bolsa de tela gris sobre el pecho. Era fácil de olvidar de inmediato.

"Descubrirás todo lo que quieras saber sobre ese hombre en poco tiempo", dijo Verdadero Tomás.

"¿Quién es él?" Preguntó Melcorka.

"Es la muerte sobre dos piernas", dijo Verdadero Tomás, "y no puedo decir quién es su compañero".

"¿No puedes o no quieres?" Preguntó Bradan.

"De cualquier manera, tendrán que averiguarlo por ustedes mismos".

Al mirar directamente a los dos hombres en la cresta, Melcorka pudo sentir la oscuridad que emanaba del guerrero encapuchado. "¿Tiene un nombre, ese hombre misterioso?"

"No puedo decir su nombre de pila", dijo True Thomas. "Se le conoce como el Buidcear, el Carnicero".

Melcorka sintió un escalofrío recorrer a Defender como si la espada también sintiera el peligro del Carnicero. "¿Está con el ejército del Gran Rey?"

"Nadie en el ejército del rey sabe con quién está el Carnicero". Verdadero Tomás parecía preocupado. "O con lo que está".

Melcorka asintió con la cabeza, todavía consciente de que Defender golpeaba contra su espalda como si le advirtiera del peligro. "Creo que nos veremos más tarde, ese hombre y yo"

"Sí, tal vez", dijo Bradan. "En este momento, Mel, creo que es hora de darnos a conocer".

"Espera", dijo Verdadero Tomás, con una pequeña sonrisa en su rostro. "Mael Coluim te reconocerá cuando te necesite".

"Esa es la manera de los reyes", dijo Melcorka. "Reyes particularmente altos". Continuó mirando al Carnicero, sabiendo que él le devolvía el escrutinio. El compañero del Carnicero permanecía en silencio, pero Melcorka no pudo distinguirlo. Él, si era hombre, parecía no tener ningún carácter, un hombre gris sin personalidad. Él estaba ahí, pero a la vez como que no.

"No me gusta ese hombre", Bradan presionó el pulgar contra la cruz tallada en la parte superior de su bastón, una señal segura de que estaba preocupado.

"Tampoco a mí", coincidió Melcorka.

"Tú estás mirando al guerrero", dijo Bradan. "Yo me refiero a la criatura gris a su lado".

Melcorka se encogió de hombros. "Él no es nada", dijo.

"Tal vez eso es así", dijo Bradan presionando su pulgar con fuerza sobre la cruz tallada. "Es alguien que no es nada, tanto así que no puedo describirlo, aunque lo mire directamente".

Melcorka gruñó. "Eso podría ser".

Un rugido distante hizo que ambos miraran hacia arriba. Alto en el cielo, el rastro moribundo de un cometa se desvaneció.

"Mañana será un día sangriento", dijo Melcorka mientras el trueno sonaba como una advertencia ominosa de la ira de los dioses. Cuando volvió a mirar la cresta, el Carnicero se había ido, aunque la atmósfera de amenaza permanecía.

"Que Dios tenga misericordia de todos nosotros", dijo Bradan, presionando su pulgar con fuerza sobre la cruz celta tallada.

Con el estruendo de una docena de cuernos, el ejército se levantó, los hombres de Alba y Strathclyde se reunieron en sus divisiones separadas para marchar hacia el sur, con mucha confusión hasta que los capitanes y jefes de clan los resolvieron con fuertes gritos y algunos golpes. Mael Coluim envió exploradores por delante y, en cada flanco, hombres duros de la frontera que conocían el terreno, respaldados por cateranos de pies ligeros que dividieron el suelo en cuartos, buscaban espías de Northumbria o Dinamarca.

"Olvida el trueno; va a ser un día seco". Bradan miró hacia el cielo, donde el cometa había dejado solo una leve mancha blanca contra el azul bígaro. "Es mejor llenar nuestras botellas con agua antes de que comience la pelea".

Vadearon el Tweed sin demora, formaron una larga columna en el lado sur del río y siguieron adelante, con Melcorka y Bradan manteniendo el paso a 100 metros detrás de la retaguardia. Mientras marchaban, el clima cambió, como si la cola del cometa hubiera perturbado a los dioses.

Bradan miró hacia arriba. "Demasiado para mi pronóstico del tiempo", dijo con pesar. "Si van a pelear", dijo, "será mejor que sigan adelante. Ese cielo amenaza con una tormenta".

Melcorka asintió. "Será una grande", dijo mientras una multitud de gansos salían disparados hacia el cielo desde un campo, volaban en círculos y se dirigían hacia el mar, su llamada era un melancólico recordatorio de la locura de los hombres.

"Mira detrás de nosotros", dijo Bradan.

El Carnicero los seguía, manteniéndose alejado del ejército, pero siempre dentro de un cuarto de milla. Montaba un pony garrón, el robusto caballo de las colinas de Alba, con el hombre gris a su lado.

"Lo veo", Melcorka se agachó cuando una corneja calva le rozó el pelo. "Eso es inusual. Las cornejas no atacan a la gente".

"Esa sí", dijo Bradan, "pero creo que tenemos más de qué preocuparnos que de un ave perdida".

"¡Northumbrianos!" El grito resonó en todo el ejército. "¡Los de Northumbria están por delante!"

De repente, la atmósfera cambió a medida que los guerreros veteranos se hicieron cargo y el entusiasmo de los no probados se desvaneció. Presumir de la batalla junto al fuego era muy diferente de enfrentar la realidad de los habitantes de Northumbria con sus cuchillos de mar, la caza de esclavos y el salvajismo.

"¡Exploradores!" Gritó Mael Coluim. "Adelante, cuenten sus números, no se involucren".

Melcorka vio cómo una tropa de jinetes fronterizos avanzaba al trote, con el joven Martin ansioso en el medio. "Está casi anocheciendo", dijo. "No habrá batalla hoy". Ella miró por encima del hombro. El Carnicero todavía estaba allí, casi a una distancia de gran alcance, con la capucha que ocultaba por completo su rostro y el hombre gris a diez pasos a su derecha.

Para cuando los exploradores regresaron, la luz se estaba desvaneciendo y el sol teñía el cielo de magenta alrededor de las nubes maguIladas. Bradan gruñó cuando el trueno volvió a ladrar en la distancia, con destellos de relámpagos que resaltaron las curvas de las lejanas colinas de Cheviot.

"Cuando llegue esta tormenta, será feo".

"Sí", Melcorka se sentó en el tronco de un roble caído, puliendo a Defender. "También parece estar molestando a los pájaros". Ella señaló con la cabeza al clamor de las cornejas calvas que volaban sobre los albanos, atacando a individuos y pequeños grupos de hombres.

Mael Coluim escuchó los informes de los exploradores y volvió a poner al ejército en el campamento, esta vez sin beber y con triples centinelas.

"Fronterizos, aviven la noche; recorran el campamento de Northumbria, griten desafíos, manténganlos despiertos en los lados sur, este y oeste". Los jinetes fronterizos se marcharon al trote, mientras el Gran Rey señalaba a los cateranos. "Muchachos, quiero que se concentren en el lado norte, maten a algunos centinelas. Si pueden entrar al campamento y despachar a algunos habitantes de Northumbria, incluso mejor". Endureció su voz. "No se dejen matar. Los necesito mañana".

El trueno que había gruñido durante todo el día continuó en la noche, con relámpagos intermitentes que inquietaban a los caballos. Los centinelas miraban al cielo, se acurrucaban en sus capas y esperaban que el enemigo no tuviera grupos de asalto mientras estaban de servicio. Otros se estremecieron ante los lobos que aullaban en la distancia.

"¡MacBain!" Melcorka se acercó al guardaespaldas del rey. "Tu nombre es conocido".

"Como el tuyo, Melcorka la Mujer Espadachín", MacBain saludó a Melcorka con la confianza de un hombre sumamente consciente de sus habilidades. Detrás de él, Black Duncan miró hacia arriba, mientras que Finleac sonrió amistosamente y volvió su atención a las dos jóvenes que competían por su atención.

"Tu espada llamó mi atención", dijo Melcorka.

"¿Quieres sostenerla?" La sonrisa de MacBain reveló dientes blancos intactos. "¿O es el cristal de la empuñadura por el que quieres preguntar?"

"Ambos", dijo Melcorka, honestamente.

"El cristal se conoce como Clach Bhuaidh", dijo MacBain, "la Piedra de la Victoria". Se quitó la espada y se la entregó sin vacilar, aceptando a Defender a cambio. "Tu espada es más ligera de lo que imaginaba", comentó MacBain mientras realizaba algunos golpes de práctica, "pero muy bien equilibrada. ¿Cuál es tu secreto, Melcorka?"

"Mi habilidad está en la espada", Melcorka confió instintivamente en este hombre. "La Gente de Paz la hizo, hace cientos de años, y conserva la habilidad de cada guerrero que la ha manejado en batalla".

MacBain sostuvo a Defender en alto, lanzó un golpe al aire y miró a lo largo del borde de la hoja. "Ella canta bien", dijo. "Mi secreto está en el Clach Bhuaidh", dijo. "Mientras la Piedra de la Victoria esté en el pomo, no puedo ser derrotado". El Clach Bhuaidh era una piedra de druida desde hacía mucho tiempo, un protector del bien contra el mal.

Melcorka examinó el cristal el cual reflejaba las brasas de las fogatas agonizantes y el brillo de las estrellas del cielo. "Es asombroso el poder que puede tener una cosa pequeña".

"Como dice el refrán, un buen equipo viene en pequeñas cantidades", dijo MacBain.

Devolvieron las espadas. "Me alegro de que estemos del mismo lado", le dijo Melcorka.

"También me alegro" MacBain envainó su espada. "Esperemos que siempre sea así".

"Esperemos que así sea, de hecho", Melcorka observó el brillo del Clach Bhuaidh mientras MacBain miraba alrededor del campamento.

"¿Dónde estarás luchando mañana?" MacBain preguntó.

"Pelearé donde más me necesiten", dijo Melcorka. "No interrumpiré la formación de batalla para ganarme la gloria".

"Esa es la respuesta de un soldado", dijo MacBain con aprobación.

Una hora antes del amanecer, con tenues rayas grises que se deslizaban sobre el horizonte oriental, el campamento se despertó. Se levantaron en silencio, para encontrar cualquier alimento que pudieran, orar por valor y éxito ese día y revisar sus armas. Las mujeres corrían a hacer comida o buscaban el santuario de los árboles para aliviar sus vejigas, un flautista se hizo impopular al tocar una melodía entusiasta y un bardo comenzó un largo monólogo sobre los héroes de batallas pasadas. En el borde del campamento, un grupo de guerreros incondicionales que esperaban ser campeones, practicaban el manejo de la espada mientras se jactaban de impresionar a un grupo de mujeres que miraban.

"Todo es normal", Bradan tocó la cruz en su bastón, "pero las cosas no están bien. El cielo espera y los animales están descontentos. No hay un solo perro en el campamento, a pesar de la abundancia de comida".

"¿Dónde están los perros?"

"Se escaparon anoche". Bradan golpeó el suelo con su bastón. "Las cosas no son lo que parecen, Mel".

"Los campeones no parecen preocupados". Melcorka vio como Finleac besaba a sus dos mujeres, plantaba una pequeña cruz celta en el suelo y se arrodillaba ante ella, mientras Black Duncan afilaba cada uno de sus doce dardos. MacBain le guiñó un ojo a Melcorka mientras se acercaba al rey.

"Reúnanse, capitanes, reyes y jefes", la invitación de MacBain era más una orden. "El Gran Rey tiene información de inteligencia de los exploradores".

"No estamos seguros de quién comanda a los hombres de Northumbria", dijo Mael Coluim a los líderes mientras se congregaban alrededor de su montículo. "Puede que sea el veterano Uhtred o su hermano Eadwulf Cudel. Espero que sea Uhtred, porque rechazó mi ataque a Durham hace 12 años, escondido detrás de las fortificaciones y temiendo luchar contra nosotros al aire libre. Si no, entonces es Eadwulf, a quien incluso su ejército llamó Cudel, sepia, el cobarde. De cualquier manera, saldremos victoriosos".

Los capitanes tenían demasiada experiencia como para animarse. Hicieron preguntas sensatas sobre la disposición de sus hombres y hablaron con sus apoyos en ambos flancos.

"Si alguien quiere ayuda religiosa", agregó Mael Coluim, "la iglesia de San Cutberto está allí. Vayan rápido, ya que partiremos en el momento en que los hombres hayan comido".

Mientras los capitanes se organizaban, MacBain detuvo al ejército, acechando por los márgenes. Al darse cuenta de que el Carnicero lo miraba desde una pequeña colina, se detuvo para mirarlo. El Carnicero, todavía a horcajadas sobre su montura, no se movió, mientras que el hombre gris estaba tan insustancial como antes.

"Ustedes muchachos", señaló MacBain a un grupo de jinetes fronterizos, "vayan y vean quién es ese hombre y qué quiere. Si es un espía danés o de Northumbria, mátenlo. Si quiere unirse a nosotros, tráiganmelo".

Melcorka observó cómo los cinco jinetes se alejaban con el joven Martin a la cabeza. "Me gustaría ver qué pasa ahora".

"El tiempo verá todas las cosas", Bradan levantó la cabeza mientras un lobo aullaba. "Las bestias saben que algo anda mal".

"Por supuesto que algo anda mal", dijo Melcorka. "Miles de hombres se atacarán entre sí para que un rey u otro pueda afirmar que posee un pequeño terreno que probablemente nunca volverá a visitar en su vida".

Bradan asintió. "Sí; tal vez eso sea todo. Creo que será mejor que veamos a los santos. Temo que podamos necesitar su ayuda hoy". Señaló con la cabeza cuando Finleac pasó junto a ellos. "Incluso los campeones del rey están de acuerdo conmigo".

Finleac se movía como una sombra, moviéndose ágilmente por el suelo de camino a la iglesia, todavía con una mujer aferrada a cada brazo. Solo cuando estaba en la puerta de la catedral de San Cutberto se soltó, le dio un beso cordial a la morena de su izquierda, le dio una palmada igualmente cordial en el trasero a la pelirroja exuberante de su derecha e intentó parecer solemne.

La catedral de San Cutberto en Carham, se encontraba a 100 pasos del veloz río Tweed, una creación de madera y zarzo de la Iglesia Celta, un símbolo del cristianismo y la humanidad en una frontera parcialmente domesticada.

Alejando a sus mujeres, Finleac entregó sus espadas a un sacerdote de ojos cansados y entró. Arrodillándose ante el sencillo altar, pidió al sacerdote principal una bendición. "Que Dios me perdone por lo que estoy a punto de hacer", dijo Finleac. "Y perdóname si te olvido durante este día, porque estaré ocupado golpeando caderas y muslos". (Ver Biblia: Jueces 15:8 / N. del T.)

Los sacerdotes acogieron sus palabras, negaron con la cabeza ante la matanza por venir y lo bendijeron. Finleac se levantó, abandonó la pequeña iglesia, aceptó sus espadas de manos del sacerdote y se dirigió con largos pasos al frente del ejército albano. En la distancia, Melcorka escuchó el canto profundo del enemigo, voces duras que rugían un himno de batalla que no tenía nada que ver con el cristianismo amable.

Mael Coluim los hizo avanzar hacia los guerreros de Northumbria, una larga columna de albanos y británicos de Strathclyde, con el Gran Rey, Owen el Calvo y los tres campeones a la cabeza. Llevados por ávidos jóvenes abanderados, una veintena de estandartes y banderas anunciaban los distintos grupos del ejército de albanos, con los estandartes gemelos de la cruz de San Andrés y el Jabalí Azul de Alba al frente.

"Melcorka", dijo Bradan con urgencia, alejando a Melcorka de la primera formación, "mira".

A primera vista, Melcorka pensó que los cinco caballos que galopaban hacia el ejército albano no tenían jinete. Pero luego vio a los ocupantes. Cada hombre había sido colocado boca abajo en su silla. La sangre como un llanto, manaba por las profundas heridas en sus piernas cuando los caballos llegaron a la cabeza del ejército albano. El joven Martín todavía vivía, gimiendo suavemente mientras su vida se le escapaba.

"Esos fueron los jinetes fronterizos que MacBain envió para desafiar al Carnicero", dijo Bradan.

"Sí". Melcorka enganchó a Defender más arriba de su espalda. "Al menos ahora sabemos que el Carnicero no se unirá al ejército".

"Lo que sea que él quiera, tendrá que esperar", dijo Bradan. "Los Albanos tienen más de qué preocuparse que un solo guerrero rebelde, por muy feroz que él pueda ser".

La luz del sol se reflejaba en las espadas y las hachas de los northumbrianos y brillaba en el conjunto de brillantes escudos circulares mientras la línea de batalla enemiga esperaba el avance de los albanos. Los guerreros de Northumbria se habían posicionado a lo largo de una cordillera cubierta de hierba, con el río Tweed protegiendo un flanco y un trozo de bosque denso, el otro. Sobre el ejército, estandartes y banderas flotaban en el viento ligero.

Al ver la formación de northumbrianos, el ejército de Alba se detuvo. Cada lado miró al otro por unos momentos, y luego se dieron un gran rugido de desafío, con las banderas levantadas y blandiendo las armas en alto.

"Aquí vamos de nuevo", Bradan golpeó el suelo con su bastón. "¿Cuántas batallas hemos visto, Melcorka?"

"Demasiadas", Melcorka tocó la empuñadura de Defender. "Esta pelea en Carham será una más para agregar a nuestra lista".

Verdadero Tomás apareció a su lado, con una triste sonrisa en su rostro. "Esta batalla decidirá la forma de una frontera en los siglos venideros", dijo, "pero no debes prestar mucha atención a los ejércitos".

"Entonces, ¿por qué estamos aquí, Tomás?" Preguntó Bradan. "Nos has guiado desde el mar a la batalla. Debe haber una razón".

Cuando Verdadero Tomás asintió, había un cansancio infinito en sus ojos. "Una batalla determinará una frontera y cuál rey posiblemente descuidará a sus súbditos. Los he traído a los dos aquí por algo más importante que reyes o naciones".

"Me gustaría que nos dijeras qué es", dijo Melcorka. "¿Por qué los videntes siempre hablan con acertijos?"

Verdadero Tomás sonrió. "Tienes libertad de elección, Melcorka. Puedo guiarte, pero en última instancia, la decisión es tuya. Te diré esto, Bradan: la arrogancia sonriente del mal revelará la luz".

Bradan se encogió de hombros. "Ese es otro acertijo, Tomás".

"Es un acertijo que puede ayudarte si lo descifras".

"Lo recordaré", dijo Bradan. "La arrogancia sonriente del mal revelará la luz".

"Bueno". Tomás asintió. "Ahora esperen; pronto llegará su hora".

Los guerreros de Northumbria recibieron a los aliados que avanzaban con un gran rugido y una andanada de flechas, piedras y lanzas.

"¡Fuera! ¡Fuera!" gritaron, agitando sus armas en el aire. "¡Fuera! ¡Fuera!"

"¡Suenan como el ladrido de mil perros!" Owen dijo, con un sol oscuro reflejándose en su cabeza calva.

"Estos mismos perros anglos han asesinado y saqueado la mitad de la isla de Gran Bretaña desde que invadieron por primera vez", respondió Mael Coluim. "Son una enfermedad enviada por el diablo por nuestros pecados".

"Entonces seamos el antídoto". Owen desenvainó su espada. Estaba erguido, alto y de hombros anchos. Cuando se puso un casco de acero, parecía cada centímetro de un guerrero británico, enfrentando a los anglos, los enemigos de su sangre.

"¡Fuera! ¡Fuera!" Los guerreros de Northumbria ladraron. "¡Fuera! ¡Fuera!"

Owen golpeó con el pie. "¡Da la palabra, mi rey!"

"¡Buen hombre, Owen!" La sonrisa de Mael Coluim fue feroz. "¡Forma la línea de batalla! ¡Arqueros y lanceros al frente! ¡Los hostigadores avancen!"

Melcorka observó con aprobación cómo se formaba el ejército aliado, con los hombres de Strathclyde de Owen a la derecha, el puesto de honor y los lanceros y arqueros avanzando para acosar a la línea de Northumbria. Los guerreros vestían cuero acolchado o lino acolchado, con algunos de los campeones en cota de malla, mientras que algunos tenían un casco de metal para protegerse la cabeza. La mayoría combatía con sus leines, que era la camisa larga de lino común a todos los pueblos celtas, con quizás un abrigo rudimentario de piel de ciervo como protección. Solo los ricos llevaban espadas, porque eran armas caras que requerían una gran habilidad para fabricarlas. La mayoría de los hombres llevaban lanzas o dagas, el largo cuchillo de combate o dardos largos que podían lanzar con una fuerza y precisión aterradoras.

Uhtred respondió de la misma manera, enviando a sus hostigadores a enfrentarse a los albanos, de modo que las descargas de lanzas y flechas pasaron de un lado a otro, con los soldados de infantería ligera de ambos ejércitos en el medio. De vez en cuando, un misil daba en el blanco, con un albano o un anglo cayendo o gruñendo de dolor. Una dispersión de cuerpos cubrió el suelo, y los gemidos de los heridos se elevaron a las cornejas calvas que giraban en lo alto.

"Los guerreros de Northumbria dominan el terreno elevado", dijo Melcorka, "así que tienen la ventaja. Ahora ambos lados formarán un muro de protección y se tratará de resistencia, potencia muscular y fortaleza".

Bradan golpeó el suelo con su bastón, sin palabras, observando la valentía y el sufrimiento.

Como había dicho Melcorka, Mael Coluim formó a sus hombres en una formación idéntica a la del ejército de Northumbria. Durante media hora, los dos ejércitos se enfrentaron, con los gritos de guerra rivales en aumento y los hostigadores disparando flechas y lanzas. Los hombres caían de a uno y de a dos, y las bajas de ambos bandos empezaron a aumentar.

Dos veces Black Duncan salió de la formación de albanos para desafiar a los campeones de Northumbria a un combate singular, sin resultado. Los elegidos del hogar de Northumbria, los soldados profesionales, permanecieron en sus filas, para disgusto de los albanos.

"¡Cobardes!" Gritaron los albanos. "¡Perros ingleses con cola!"

Melcorka suspiró y acercó su mano a Defender. "Creo que debería involucrarme aquí antes de que todos nos quedemos dormidos".

"No". Verdadero Tomás le puso una mano en el brazo. "Esta es la batalla del Gran Rey. Déjalo ganar. Tu tiempo llegará".

Cuando Mael Coluim rugió una orden, el ejército aliado se formó en una cuña, con las largas lanzas de las Tierras Bajas asomando detrás de una línea de escudos circulares. Los aliados subieron lentamente la pendiente hacia los northumbrianos, quienes respondieron con renovados gritos de "¡Fuera! ¡Fuera!" y una frenética andanada de lanzas, mientras cientos de flechas descendían sobre los aliados que avanzaban. MacBain estaba a la vanguardia de la formación de albanos, marchando con tan poca preocupación como si estuviera en su pueblo natal. Black Duncan y Finleac estaban casi a la altura de él, uno un poco a la izquierda y otro a unos pasos a la derecha, Duncan con su ceño perpetuo y Finleac silbando una canción de amor.

Los dos ejércitos se encontraron con un gruñido de los aliados y un rugido de los soldados de Northumbria. Las lanzas de las Tierras Bajas sondearon, clavándose en rostros medio cubiertos, piernas y muslos desnudos. Hachas y espadas de Northumbria cortaron las astas de lanza de Alba y las cabezas de Strathclyde. Los hombres murieron o cayeron horriblemente heridos, con heridas de lanza en la ingle o el vientre. Uhtred, el rey de Northumbria estaba de pie en el centro de su muro de escudos, con sus carros de fuego, sus guerreros escogidos, por todas partes. Lucharon con el coraje obstinado y poco imaginativo que siempre mostraban los guerreros de Northumbria, hombres grandes con espadas largas, hachas y escudos circulares matando y muriendo juntos.

"¡Fuera! ¡Fuera!" Los soldados de Northumbria ladraron.

"¡Aigha Bas!" Los aliados respondieron. "¡Batalla y muere!"

El muro de escudos de Northumbria se estremeció cuando hombres de la segunda fila dieron un paso adelante para reemplazar a las bajas en el frente, y luego Mael Coluim dio la orden:

¡Cateranos! ¡Supérenlo!"

Tan pronto como se pronunciaron las palabras, la segunda fila de los albanos colocaron sus escudos horizontalmente sobre sus hombros, y 50 de los hostigadores ligeramente armados saltaron encima. Usando los escudos como trampolín, los cateranos saltaron sobre las tres filas de los northumbrianos, se volvieron y atacaron con sus largas dagas. Utilizaron el terrible golpe en la ingle de las Tierras Altas, echando los brazos hacia atrás y empujando hacia arriba con la daga de una sola hoja de tal manera que si la punta no mutilaba la ingle o cortara la arteria femoral, penetrara en el vientre o en el estómago.

Bajo este nuevo asalto por la retaguardia, la línea de batalla de Northumbria se debilitó. Algunos hombres se volvieron para mirar a los cateranos, otros continuaron luchando contra la cuña aliada que avanzaba, y algunos se volvieron y corrieron.

"¡Ahora!" Owen empujó hacia adelante y los hombres de Strathclyde aumentaron sus esfuerzos, golpeando el muro de escudos de Northumbria sacudido con espada y hacha. En ese momento, con los aliados en el punto de la victoria, sonó un cuerno en el ondulado país detrás de los Northumbria, y tres hombres avanzaron. Uno era más alto que cualquier hombre en cualquiera de los dos ejércitos, con un hacha de doble filo en equilibrio sobre su hombro y su cabello oscuro trenzado sobre su hombro. Los otros dos eran casi tan altos, con espadas largas desnudas en sus manos.

"Aquí hay problemas", dijo Melcorka. "Estos muchachos tienen la intención de pelear".

"Espera", dijo Verdadero Tomás, "y serás notada". Cuando se

volvió hacia ella, Melcorka pudo ver la fuerza detrás de sus ojos humeantes. "No te he convocado aquí simplemente para matar a uno o dos guerreros".

"Entonces, ¿por qué estoy aquí?" Melcorka tocó la empuñadura de Defender. "Ya he tenido suficientes pistas, Tomás. Dímelo claro o déjanos en paz".

"Tengo una tarea mucho más onerosa para ti, Melcorka mujer espadachín".

Para cuando Verdadero Tomás terminó de hablar, los tres recién llegados ya estaban en la línea aliada. Atacaron a la vez. "¡Odín te reclama!" dijo el hombre alto mientras decapitaba a un ágil caterano con un movimiento casual de su hacha.

"¡Rey Cnut de Dinamarca!" El segundo rugió cuando su espada larga atravesó un escudo albano y cortó el brazo de su portador.

"¡Thor!" El tercero gritó, cortando una lanza de las Tierras Bajas.

"¿Ahora?" Melcorka cerró su puño alrededor de la empuñadura de Defender.

"No". Los ojos de Verdadero Tomás estaban más humeantes que nunca.

El grupo de jóvenes campeones albanos esperanzados que Melcorka había notado antes corrió para oponerse a los tres guerreros que avanzaban. Los albanos se reían ante la perspectiva de dignos adversarios, ansiosos por demostrar su valía. El alto anglo se enfrentó a ellos solo, bloqueando el movimiento del primer hombre con la cabeza de su hacha, girando la hoja y balanceándose hacia los lados. Su hacha arrancó la pierna izquierda del primer campeón a la altura de la rodilla y remató al hombre con un rápido corte que le rompió la columna. Mientras tanto, sus espadachines de apoyo retuvieron al segundo y tercer campeón.

"Eres mío", el segundo campeón albano saltó sobre el cuerpo todavía tembloroso de su compañero, abanicando la espada.

"Odín te reclama", dijo el hombre alto, en voz baja, mientras esquivaba el empuje de la espada y cortaba la cabeza del campeón en dos. "Te irá bien en Valhalla, valiente guerrero".

El tercer joven albano dudó sólo un segundo. "¡Los mataré, habitantes de Northumbria!"

"¡Somos daneses!" Rugió el hombre del hacha. "¡Luchamos por el Rey Cnut!"

"Son daneses", dijo Melcorka. "No son habitantes de Northumbria".

Los restantes jóvenes albanos cargaron hacia adelante, llenos de coraje pero faltos de astucia cuando los daneses los mataron en segundos.

Los tres daneses avanzaron más, con dos cortando lanzas y escudos para que el tercero pudiera deshacerse del portador. Después de unos momentos, habían hecho una curva siniestra en la línea de albanos de modo que Mael Coluim apuntaba en esa dirección. El avance de los albanos comenzó a crujir cuando los hombres miraron por encima del hombro a los daneses que estaban abriendo un surco sangriento hacia ellos.

"Ahora, Melcorka", dijo Verdadero Tomás. "Ahora es tu momento. El Gran Rey observará todo lo que hagas. Lucha bien, mujer espadachín".

"Cuídate, Melcorka", dijo Bradan mientras Melcorka finalmente desenvainaba a Defender y trotaba hacia adelante.

DOS

Como siempre, el poder de Defender corrió desde la hoja de la espada hasta la mano de Melcorka, subió por su muñeca y atravesó todo su cuerpo. Dejando a un lado un ataque esperanzado de una lanza de Northumbria, mató al dueño con una estocada en el pecho y gritó mientras corría.

¡Atención tres campeones! ¡La mujer espadachín viene por ustedes! "

Los daneses detuvieron su empuje hacia las filas de los albanos para enfrentar a este nuevo desafío.

"¡Luchamos por el Rey Cnut!" rugió el hombre del hacha. "¡Somos daneses!"

"¡Daneses, anglos o nórdicos, a Defender le da lo mismo!" Melcorka respondió. "¿Morirán uno a la vez o todos juntos?"

El hombre del hacha rió. "Bien conocida, mujer espadachín. Te irá bien en Valhalla".

"Pucdcs cspcrarmc allí", dijo Mclcorka, corricndo hacia adclantc con Defender sostenida frente a ella como una lanza. El instinto le advirtió que el hombre de su izquierda empujaría su pierna, así que se hizo a un lado a la derecha, sabiendo que el hombre de su derecha le golpearía el cuello. Bloqueando su intento, giró a Defender hacia arriba, desequilibrando al espadachín y con ello pudo deslizarse hacia el hombre del hacha.

El hombre del hacha la esperaba con el hacha lista y una sonrisa en el rostro. "¿Quién eres, mujer? Me gusta saber los nombres de mis enemigos antes de matarlos".

"Soy Melcorka Nic Bearnas de Cenel Bearnas", dijo Melcorka, cortando detrás de ella cuando escuchó a uno de los otros daneses correr hacia arriba. Sintió que la hoja de Defender atravesaba la carne humana y supo que le había dado una herida mortal.

"Soy Thorkill", el hombre alto dio un paso atrás para darse más espacio.

"Bien conocido, Thorkill". Melcorka se detuvo abruptamente, sabiendo que Thorkill balancearía su hacha de derecha a izquierda. Sintió el viento de la hoja al pasar junto a ella, luego abanicó con Defender, cortando el mango en dos, dejando a Thorkill con solo unos centímetros de madera.

Thorkill miró los restos de su hacha. "Te esperaré en Valhalla", dijo, sacó una daga y se lanzó hacia adelante. Melcorka lo atravezó con la punta de Defender.

"Moriste bien", le dijo al cadáver de Thorkill. "Vivirás bien en el otro lado".

El tercer danés la estaba mirando. Con el rostro pálido, se volvió para huir, solo para que un jinete fronterizo lo matara con un rápido empujón de su lanza. Dondequiera que mirara Melcorka, la línea de Northumbria se había roto y los guerreros aliados avanzaban, matando a los que resistían, esclavizando a los que se rendían y persiguiendo a los fugitivos en pánico.

"No muchos escaparán", Bradan pasó por encima del cadáver del hombre del hacha, mirando a los albanos perseguir a los fugitivos. "Una batalla ganada es casi tan mala como una batalla perdida". Señaló los montículos de muertos mutilados y los desesperanzados heridos gritando. "¿Quién pensaría que hay algo glorioso en esta carnicería?"

"Hay gloria por el valor que hay en ello". Melcorka limpió la sangre de la hoja de Defender. "Y honor para los que murieron bien".

Bradan negó con la cabeza sin responder mientras Verdadero Tomás avanzaba hacia ellos.

"El Gran Rey te quiere", dijo Verdadero Tomás. "Se dio cuenta de lo que hiciste. Ahora comenzará tu misión".

El mensajero era ágil, guapo y limpio, más cortesano que guerrero. Hizo una elaborada reverencia mientras se acercaba a Melcorka.

"Mi Señora de la Espada", dijo. "El Gran Rey, el propio Mael Coluim, desea hablar contigo".

"Los deseos de un rey son una demanda para los mortales comunes", murmuró Bradan. "Estaré a poca distancia, Mel".

"Gracias", respondió Melcorka al cortesano. "Por favor, escóltame hasta la presencia del rey". Notó que Verdadero Tomás había desaparecido, aunque sus ostreros daban vueltas, manteniéndose alejados de las bandadas de cornejas calvas que ya descendían para darse un festín con las bajas de la batalla.

Cerca, el Gran Rey era diferente de lo que Melcorka había imaginado. Era alto, bien afeitado y con una barbilla sorprendentemente débil. Sólo cuando se encontró con su mirada, Melcorka sintió el poder debajo. Los ojos de Mael Coluim parecieron perforarla directamente, viendo en la profundidad de sus pensamientos.

"¿Quién eres tú", preguntó el Gran Rey, "para deshacerte de tres campeones de Northumbria por tu cuenta?"

"Soy Melcorka hija de Bearnas de Cenel Bearnas. Algunos me llaman la mujer espadachín". Melcorka se puso de pie, sosteniendo la mirada del rey.

"Un nombre bien ganado, apuesto", dijo Mael Coluim. "Envié a algunos de mis mejores guerreros jóvenes contra estos habitantes de Northumbria, y murieron". Él la miró, observando cada detalle de su gastada capa azul y la empuñadura en cruz de la espada sobre su hombro.

"Eran daneses, Su Excelencia, no northumbrianos". Aunque

Melcorka sabía que no era prudente contradecir a un rey, deseaba poner a prueba su carácter. "El héroe alto se hacía llamar Thorkill. No sé los nombres de sus compañeros".

Por un momento, Melcorka vio una intensa rabia detrás de los ojos del Gran Rey. "¡Thorkill! Su nombre es conocido. Es uno de los campeones de Cnut. De modo que el conquistador danés de los ingleses ha intentado poner a prueba mi temple, ¿verdad?" La sonrisa de Mael Coluim contenía tanto humor como la sonrisa de un zorro cazador. "Bueno, parece que incluso mis mujeres pueden vencer a sus mejores. Ven conmigo, Melcorka, mujer espadachín".

"¿Puede venir mi compañero también?" Melcorka indicó a Bradan, que estaba a 10 metros de distancia, apoyado en su bastón. "Hemos viajado juntos muchos kilómetros".

"Ustedes son compañeros, pero él no hizo nada para ayudarte cuando peleaste contra tres daneses". La mirada del Gran Rey recorrió a Bradan como si no existiera. "Mi invitación es para ti, mujer espadachín, y solo para ti".

"Como usted desee, Su Excelencia".

Mael Coluim gruñó como si no hubiera duda de que todos seguirían sus deseos. "Tengo algunos asuntos que atender, mujer espadachín. Puedes acompañarme".

Mientras Melcorka seguía al Gran Rey hacia la cercana iglesia de San Cutberto, Owen el Calvo lideró a los tres campeones que se acercaron detrás de ella. Las primeras gotas de lluvia cayeron del cielo pesado, salpicando el suelo empapado de sangre.

"¿Se necesitan estos tres?" De pie a una docena de pasos de distancia, Bradan señaló con la cabeza hacia MacBain, Finleac y Black Duncan.

"El Gran Rey no conoce a Melcorka", dijo Verdadero Tomás. "Tendrá a sus campeones cerca en caso de que ella lo ataque. Si se porta bien, no corre ningún peligro".

"En ese caso, ella no corre peligro", dijo Bradan. "Y si decide portarse mal, será mejor que los tres campeones tengan cuidado".

Como todas las iglesias celtas, la de Carham era pequeña y

austera, y los sacerdotes vivían en una pobreza piadosa. Algunos atendían a los heridos de ambos lados, otros rezaban por las almas de los muertos.

"Aquí", el Gran Rey levantó una cruz y la besó, manchando el artefacto sagrado con sangre. "Aquí hay un regalo para ustedes, sacerdotes". Chasqueando los dedos, hizo un gesto a los sirvientes que lo habían seguido. Los dos primeros depositaron una bolsa de oro frente al altar. "No tengo mirra ni incienso", dijo Mael Coluim, "así que el oro tendrá que ser suficiente".

El sacerdote principal, un hombre alto de ojos tranquilos, miró a Mael Coluim. "Ninguna cantidad de oro puede expiar las vidas cristianas que tomaste hoy". Señaló a Melcorka. "Y tú, una mujer, deberías saberlo mejor. Naciste para nutrir, no para matar cristianos".

Melcorka tocó la cruz. "No maté a ningún cristiano, sacerdote. Los tres hombres con los que luché eran paganos que rezaban a Odín".

"Ahí, ¿ves?" dijo el Gran Rey. "Adoradores de Odín, paganos, anticristianos que robarían tu iglesia y te matarían. Le hicimos un favor, sacerdote. Toma el oro. Habrá más para seguir, sí, y tierras para la iglesia".

"¿Quería verme, Su Excelencia?" Melcorka le recordó.

"Lo hice", asintió Mael Coluim, sentándose en el altar. "Pareces ser hábil con tu espada".

Melcorka asintió sin decir nada.

"Bueno. Un guerrero vaga por mi reino, derrota a mis campeones, desflora a mis doncellas, mata a mis hombres, roba mi ganado y, en general, hace travesuras. ¿Crees que puedes matarlo?"

Melcorka tocó la empuñadura de Defender. "Quizás", dijo. "Su Excelencia tiene muchos guerreros, hábiles en la batalla. Uno de ellos seguramente puede deshacerse de este hombre. ¿Solía haber un guerrero llamado Aharn si mal no recuerdo?"

"Aharn está muerto", dijo el Gran Rey. "Salió tras este asesino y no volvió. Encontramos su cuerpo, días después, con las piernas cortadas en pedazos".

Melcorka recordó a los cinco jinetes fronterizos. "¿Es este el hombre al que la gente llama el Carnicero?"

"Ese es él", dijo Mael Coluim.

"Ayer estaba siguiendo a su ejército, Su Excelencia", dijo Melcorka. Su hombre MacBain envió un escuadrón de jinetes fronterizos tras él. Vi sus cuerpos más tarde".

MacBain asintió. "Eso es correcto. El Carnicero los mató a todos".

"Tal vez Su Excelencia debería enviar toda una tropa tras este hombre", sugirió Melcorka.

El Gran Rey se sentó en el altar con una curiosa sonrisa en el rostro. "No estoy acostumbrado a que las mujeres intenten decirme qué hacer. Tengo un reino que gobernar y enemigos por todas partes. No tengo tiempo para acabar con todos los enemigos que tengo dentro. Ahora, ¿matarás a este Carnicero por mí, Melcorka, tú que mataste a los daneses?

"Si está trabajando para el mal, lo mataré", Melcorka sintió que la atención de los sacerdotes se centraba en ella. El sacerdote principal asintió como si aprobara sus palabras.

El Rey Supremo hizo un gesto con la mano hacia un lado, derribando la cruz. "Haré de eso una orden", dijo, "una orden real". Su voz se suavizó. "Mata a ese hombre".

"Lo haré", dijo Melcorka, "si él está trabajando para el mal".

"Mi señora," el sacerdote principal reemplazó la cruz de madera con toda apariencia de piedad. "¿Qué harías si estuviera trabajando para el bien?"

Melcorka tocó la empuñadura de Defender. "Santo padre, si estuviera trabajando para el bien, no estaría desflorando doncellas ni matando hombres".

El sumo sacerdote hizo la señal de la cruz. "Dios bendiga su sabiduría, mi señora, y que Él la guíe por el camino correcto".

"Gracias, Santo Padre". Melcorka aceptó la bendición.

"Bien dicho, padre". Owen el Calvo había sido un espectador silencioso de todo lo que había sucedido. Ahora tomó a Mal Coluim del brazo y lo sacó del altar. "Debería respetar el altar, Su

Excelencia. No sabes cuándo podrías necesitar la bendición de la iglesia".

La lluvia era más torrencial ahora, golpeando el techo de la iglesia, obligando a los hombres que estaban adentro a alzar la voz.

"He pagado mis deudas", dijo el Gran Rey. "La iglesia me necesitará antes que yo la necesite".

"Venga, Su Excelencia". Owen levantó la cruz, limpiando la sangre que Mael Coluim había dejado en el altar. "Sabes mejor que eso. Todos necesitamos la bendición de la iglesia, especialmente el Gran Rey".

"¿Todos tienen la intención de darme órdenes hoy?" Preguntó Mael Coluim. "¿Quién es el Gran Rey aquí?"

"Lo es, Su Excelencia", dijo Owen, "y como rey súbdito, estoy aquí para orientarlo". Cuando Owen sonrió, parecía un rey muy agradable. "Mientras esta dama de la espada está aquí para deshacerse de tus enemigos". Hizo una pausa por efecto. "Siempre y cuando sean malvados".

Incluso Mael Coluim se unió a la risa. "Tienes razón, Owen, mi brillante amigo". Envolvió un brazo musculoso alrededor de Owen. "Dejaremos en paz a estos buenos sacerdotes y celebraremos nuestra victoria. Ven, mujer espadachín, y únete a nosotros".

"Necesito orar, concédeme un momento en este lugar sagrado", dijo Melcorka.

El Gran Rey enarcó las cejas. "La gente tiende a obedecerme de inmediato".

"Existe un poder mayor incluso que usted, Su Excelencia", dijo Melcorka.

El sacerdote frunció el ceño cuando Melcorka desenvainó a Defender. "Las mujeres no deben involucrarse en juegos de espada, Melcorka Nic Bearnas, o llevar un arma en la iglesia".

"A veces es necesario", dijo Melcorka. "¿Bendecirás mi espada, santo hombre?"

"No lo haré", dijo el sacerdote. "No pondré la bendición de Cristo en un implemento que mata".

"Entonces bendice la empuñadura, santo hombre", dijo Melcorka. "Tiene la forma de una cruz".

El sacerdote dudó solo unos momentos antes de asentir. "No pongas tu espada sobre el altar santo". Mojó la mano en un recipiente con agua bendita y la untó en la empuñadura del Defensor. "En el nombre del Padre, del Hijo y del Espíritu Santo, bendigo la empuñadura de esta espada. Que el mal nunca la toque y que nunca caiga en otras manos a menos que la presente un buen hombre o mujer".

"Gracias, santo hombre", dijo Melcorka. "Juro que nunca sacaré la espada a menos que sea por la causa del bien".

"Y este bastón, hombre santo", había entrado Bradan en la iglesia cuando Mael Coluim y su séquito se fueron. "Me ha servido bien en muchos lugares del mundo. No creo que quede nada bueno ahora".

Cuando el sacerdote puso dos dedos en el bastón, parpadeó. "Alguien ya ha bendecido a este bastón", dijo. "Puedo sentir la virtud dentro de él".

"Sí, hombre santo", dijo Bradan. "Eso fue hace muchos años".

"¿Quién eres tú?" Girando su hombro hacia Melcorka, el sacerdote habló solo con Bradan.

"Soy Bradan el Errante", dijo Bradan.

"Eres un hombre de paz", dijo el sacerdote con tristeza. "Pero tienes muchas pruebas por delante", metió los dedos en la fuente y trabajó en el bastón de Bradan hasta que terminó hundiendo el extremo superior, con la cruz celta, en la fuente y rezando. "Que Dios te acompañe, Bradan el Errante".

"Gracias, santo hombre", dijo Bradan. Incluso mientras agarraba su bastón, Bradan sabía que necesitaría esa bendición. Nunca había experimentado tal sentimiento de aprensión.

Cuando salieron de la iglesia, la lluvia los golpeaba con fuerza, aliviando la sed de los heridos que sollozaban. Ocupados en su tarea de desgarrar los cuerpos de los muertos, las cornejas calvas ignoraron el clima. "Dios está llorando lágrimas de alegría por nuestro éxito", dijo Owen mientras un trueno resonaba desde las distantes colinas de Cheviot.

"Así es". Bradan blandió su bastón contra uno de los depredadores humanos que emergían de sus guaridas después de cada batalla para despojar a los heridos y muertos de la ropa y cualquier cosa valiosa. "Uf, odio a esta gente mucho más de lo que nunca me gustaron los guerreros nórdicos o de Northumbria".

Owen asintió con la cabeza. "Cada país tiene su cuota de estas criaturas lobunas, pero parece haber más este último año más o menos. Es como si el mundo nos estuviera vomitando sus creaciones más desagradables".

A pesar del clima, el ejército victorioso había encendido enormes fogatas, alrededor de las cuales los guerreros, al regresar de su persecución de los northumbrianos que huían, se agruparon para jactarse de sus hazañas, mostrar sus trofeos o curar sus heridas. Unos pocos prisioneros de Northumbria se sentaron en pensamientos lúgubres, atados mientras contemplaban un futuro sombrío y posiblemente corto. Arpistas y bardos cantaron canciones compuestas recientemente mientras las mujeres lloraban a sus muertos o buscaban un hombre fresco entre los vencedores.

"Alguien ha estado ocupado". Owen hizo un gesto hacia el centro del campamento, donde manos dispuestas habían montado una gran tienda para el rey y su séquito, que ahora incluía a Melcorka. Ella se pavoneó como por derecho y habló directamente con Mael Coluim mientras él se sentaba en una silla de madera tallada bebiendo de un cuerno y escuchando los alardes de sus campeones.

"Su Excelencia, ¿dónde puedo encontrar a este feroz Carnicero? Sé que nos ha estado observando los últimos días, pero ¿tiene un castillo, un pardo o incluso una cueva donde vive cuando no está matando a tus hombres?

"Yo no lo sé". El Gran Rey levantó la vista de su cuerno de cerveza. "Ayer estuvo aquí, la semana pasada estuvo en Lothian. Podría estar en cualquier lugar".

Entonces empezaré mi cacería en Lothian. Melcorka miró hacia arriba cuando una violenta ráfaga de viento casi levantó la tienda en el aire. "A menos que el vendaval me lleve allí primero".

"Va a ser una noche tormentosa", dijo Black Duncan.

"Va a ser una tormenta real", coincidió MacBain. Permanezca cerca de nosotros, Su Excelencia. Los northumbrianos podrían vengarse de usted por su victoria".

Mael Coluim sonrió. "Dudo que queden vivos muchos hombres de Northumbria. Nuestro ejército los mató por centenares".

"Entonces Cnut el danés puede intentarlo", dijo MacBain. "Él ha deseado durante mucho tiempo agregar el reino de Su Excelencia a su imperio".

"Él ya falló en hacer eso", dijo Mael Coluim. "Mientras tenga hombres como tú, MacBain, Duncan y Finleac, no le temo al rey danés".

"Eso es una tormenta real", dijo Finleac. "El tipo de tormenta que viene por un rey". Sonrió como si fuera una broma colosal.

"Todavía no es mi momento", dijo Mael Coluim cómodamente. Levantó la voz. "¡Arpista! ¿Dónde está mi arpista?"

"Aquí, Su Excelencia". El arpista era un anciano, calvo en la parte superior de la cabeza y con una larga cabellera gris que le caía hasta los hombros.

"Toca tu música, arpista", ordenó Mel Coluim. "Algo adecuado para celebrar nuestra victoria sobre los hombres de Northumbria".

Los dulces tonos del arpa sonaron sobre la celebración más burda de los guerreros, la risa de los seguidores del campamento y los gritos y gemidos de los heridos y moribundos. Bloqueando los sonidos menos agradables de su mente, Melcorka escuchó el arpa. A medida que la tormenta aumentaba en intensidad, comió y bebió en la mesa real. MacBain estaba frente a ella, riendo con sus colegas.

"Luchaste bien, mujer espadachín", dijo.

"Como lo hiciste tú, MacBain".

Se asintió el uno al otro en aprecio mutuo, mientras que otros en la mesa se preguntaban si alguno de ellos lanzaría un desafío para ver quién era el mejor luchador. Black Duncan no dijo nada, pero escuchó todo mientras Finleac iba de mesa en mesa, hablando con todo el mundo y recogiendo mujeres sin ningún esfuerzo.

"Vamos, guerreros", Owen compartió una jarra de hidromiel. "La batalla está ganada. Pueden relajarte un poco". Sus dientes torcidos cuando sonreía lo hacían aún más simpático. "Melcorka; entreténganos con historias de sus viajes".

"¿Puede Bradan unirse a nosotros?" Preguntó Melcorka, sabiendo que Bradan estaría esperando afuera, apoyado en su bastón y observando todo lo que sucedía. "Él habla mejor que yo".

"Él puede, y bienvenido", admitió Owen. "Y si alguien se opone, diga que MacBain se enojará". Sonrió de nuevo. "Nadie discutirá con MacBain".

"Mi esposa lo hace", dijo MacBain, y todos se rieron.

Bradan se mostró tímido cuando entró en la tienda y miró alrededor de la compañía antes de unirse a Melcorka. Observó cómo un hombre delgado se deslizaba hacia la tienda del rey, para meterse en un rincón apartado. Como no llevaba armas y estaba vestido de gris mate, Bradan supuso que era un sirviente. Mientras el hombre se acostaba, se encontró con la mirada de Bradan y le sonrió. Fue un pequeño gesto, pero que perturbó a Bradan, aunque no pudo decir por qué.

"¡Bradan!" Owen lo saludó como a un amigo perdido hace mucho tiempo. "Cuéntanos sobre tus aventuras".

"¡Adelante, Bradan!" Melcorka animó. "Eres un hombre de palabras".

"No soy bueno en compañía". Bradan deseaba haberse quedado fuera.

"¡Bradan!" Los guerreros reunidos auparon. "¡Bradan!"

Owen le ofreció un cuerno rebosante y mientras lo hacía golpeó a Bradan en el hombro.

Melcorka le sonrió. "Adelante, Brad".

Con el rostro enrojecido pero reforzado por cuernos de hidromiel, Bradan se puso de pie. Una vez que superó su timidez inicial, se puso al ritmo de las palabras. Él obsequió a la compañía con historias de ríos tan vastos que era imposible ver el otro lado, de una cascada tan enorme que hacía un ruido como un trueno y creaba una niebla a cientos de pasos alrededor, y de mares interiores de agua dulce.

Los guerreros escuchaban, con muchos abiertamente escépticos ante maravillas tales como islas flotantes de hielo y grandes imperios que adoraban a una diosa de muchos brazos.

"Tú cuentas una buena historia, Bradan el Errante", dijo Owen cuando las cosas se calmaron un poco. "¿Qué estás haciendo en nuestra pequeña Alba asediada?"

"¡Están aquí para cazar a un pícaro!" Mael Coluim gritó desde la cabecera de la mesa. "La mujer espadachín está aquí para encontrar y matar al Carnicero que está causando tanta destrucción en mi reino".

"Yo podría hacer eso, Su Excelencia", dijo MacBain con suavidad. "Al igual que Finleac o Black Duncan. Estamos listos para cazar a este hombre".

Te necesito, MacBain. Mientras estés a mi lado, nadie intentará usurpar mi trono. No, este es un trabajo para la mujer espadachín". Aunque Mael Coluim bebía al nivel de cualquiera en la tienda, era el hombre más sobrio que había allí.

Bradan miró al Gran Rey. *Sí*, pensó Bradan, *crees que no me importará si el Carnicero mata a Melcorka. No eres tan amigable como pareces, Mael Coluim.*

"Sé de ese hombre, el Carnicero". Owen estaba repentinamente sobrio. "Es una especie de misterio, Melcorka".

"Dime todo lo que sabes sobre él, Owen", preguntó Melcorka. "Me gusta averiguar todo lo que pueda sobre las personas antes de pelear con ellas".

Owen bajó la voz. "Hay una oscuridad allí", dijo. "No es un guerrero ordinario". Se puso de pie, se balanceó y volvió a sentarse con un choque repentino. "Creo que el último cuerno de hidromiel fue muy poderoso", dijo. "Te diré todo lo que sé por la mañana, pero diré esto, Melcorka, cuidado con su familiar".

"¿Su familiar?" Bradan repitió a modo de pregunta.

"Te lo diré mañana", dijo Owen.

"Eso sería mejor", estuvo de acuerdo Bradan, "cuando usted esté lo suficientemente sobrio para hablar y nosotros lo suficientemente sobrios para escuchar".

"Te diré una cosa". Owen se inclinó hacia Bradan, sonriendo con amistad borracha. "El asesino no es lo que parece". Owen le dio un elaborado guiño. "No es en absoluto lo que parece".

"¿Quién alguna vez es lo que parece?" Melcorka se inclinó hacia adelante para atrapar a Owen mientras éste se deslizaba al suelo, soltando su cuerno. El hidromiel se derramó al suelo.

"Qué desperdicio", dijo MacBain, recogió el cuerno y lo apuró, riendo.

Vamos, Brad. Melcorka arrastró a Owen a un lado, empujó a un sirviente delgado a un lado y acomodó a Owen lo más cómodamente que pudo. El sirviente se levantó y se fue sin hacer ruido.

"Es hora de que nosotros también durmamos", dijo Bradan, sonriendo estúpidamente mientras el hidromiel se apoderaba de sus sentidos.

"Demasiado tarde, ya estoy durmiendo", murmuró Melcorka mientras se deslizaba al suelo.

TRES

"¡Owen!" ¡Owen, el Calvo de Strathclyde!" Las palabras viajaron por el campamento dormido, despertando a hombres y mujeres y haciendo ladrar a una veintena de perros. "¿Dónde está Owen el Calvo?"

"Está durmiendo", murmuró Melcorka, dándose la vuelta en el suelo y sujetándose la cabeza. "Yo también. Vete".

"Soy Owen el Calvo". Owen dio un traspié y miró desde la tienda real, todavía aturdido por el sueño y vestido sólo con su leine. Sin afeitar y con la lluvia goteando de su calva, no parecía uno de los mejores guerreros de Alba.

"Soy el hombre que conoces como el Carnicero". El guerrero encapuchado todavía estaba a horcajadas sobre su pony garrón, con el hombre gris parado sin rasgos distintivos a su lado.

"Te hemos estado buscando", dijo Owen mientras media docena de lanceros de Strathclyde se apresuraban a salir en varias etapas de vestimenta y desnudez.

"¿Pelearás conmigo?" Preguntó el guerrero encapuchado mientras la lluvia goteaba de su capa para agregarse a los charcos en el suelo.

"Peleare contigo". Owen se llevó una mano a la cabeza.

"No estás en condiciones de luchar", dijo Melcorka, saliendo de la tienda. "No estás sobrio todavía".

"Borracho o sobrio, puedo derrotar a este carnicero encapuchado", dijo Owen. "Espera aquí", gritó, haciendo una mueca ante el dolor de su cabeza palpitante. "Voy a buscar mi espada".

"Owen, Su Excelencia", advirtió Melcorka. "Podría pelear con él ahora. Bebí menos que tú anoche".

"Este hombre me desafió". La voz de Owen se convirtió en un rugido. "¡Esta es mi palabra! ¡Este guerrero me ha desafiado! Lucharemos, y si me supera, se le permitirá irse sin ser molestado. Esa es mi palabra y mi juramento. ¡Esa es la palabra del rey de Strathclyde!"

Cuando sus lanceros retrocedieron, Owen regresó a la tienda. "¡Traedme agua! ¡Un cubo de agua!"

Cuando un sirviente se acercó un momento después, Owen vació el agua sobre su cabeza, sacudió las gotas alrededor de la tienda y agarró un trozo de cerdo frío de la mesa. "Ahí", dijo mientras el agua corría por su pecho y caía al suelo. "Ahora, estoy en condiciones de luchar contra el mismo diablo".

"Quizás estás en condiciones de luchar", dijo Bradan.

"Entonces, que Dios se apiade del diablo", dijo MacBain, "porque en los combates de práctica, ese pícaro de cabeza brillante incluso me ha superado".

"Sí", dijo Melcorka, "cuando estaba sobrio".

Cinco minutos después de entrar en la tienda, Owen volvió a salir con una cota de malla y espada en mano. Se puso un casco de metal en la cabeza, golpeó con los pies en un charco de barro y gritó: "Vamos, encapuchado".

Cuando el Carnicero desmontó, los espectadores vieron que era un poco más alto que Owen y estaba armado al estilo nórdico, con una espada larga en la mano derecha y un escudo circular en el brazo izquierdo. El escudo era de un gris indiferenciado, a excepción de los dos cuervos negros, uno a cada lado del botón de acero en el centro.

"Ese hombre me resulta vagamente familiar", Melcorka estudió al Carnicero con curiosidad profesional. "Creo que lo he visto antes".

"Es difícil saber cuándo no podemos ver su rostro", dijo Bradan.

"Es su postura y su forma", dijo Melcorka. "Estoy segura de que lo he visto antes, aunque no recientemente. Hace años, aunque no sé cuándo".

"Verás su cara muy pronto", dijo MacBain. "Owen le cortará la capucha y la cabeza al mismo tiempo".

"Desearía que Owen estuviera más sobrio", dijo Melcorka.

Los guerreros de Alba y Strathclyde formaron un círculo, con MacBain y Finleac mirando. Black Duncan sacudió la cabeza y se alejó.

"¿No vas a mirar?" Preguntó Melcorka.

"No. Matar y morir es un asunto serio, no un deporte para que la gente se quede boquiabierta". Ese fue el discurso más largo que Melcorka había escuchado pronunciar a Black Duncan.

"Tiene razón", dijo Bradan. "Es un asunto macabro, ver a un hombre matar a otro".

"Es un método para admirar la habilidad, el coraje y la técnica", dijo Melcorka. "No estaremos de acuerdo allí, Bradan".

Bradan asintió. "Eso es lo que haremos".

Owen tenía una espada más corta que el Carnicero, con una espada en forma de hoja y un escudo ovalado con un patrón de remolino ornamentado alrededor del botón central. "Vamos, carnicero", dijo, con la lluvia cayendo de su casco de metal redondo y sobre sus hombros.

"Observa al Carnicero", murmuró Bradan a Melcorka mientras los dos hombres se rodeaban entre sí. "Observaré a esa criatura en gris". Casi desapercibido entre la multitud, el sirviente del Carnicero sostuvo al pony garrón, sus ojos como pozos descendiendo hacia una oscuridad inquebrantable.

"Él es sólo un sirviente". Melcorka se desentendió del hombre gris con una mirada.

"Sí, pero ¿de quién él es sirviente?" Preguntó Bradan.

Owen fue el primero en atacar, empujando su escudo en la cara del Carnicero, girando hacia un lado y empujando hacia arriba con su espada. El Carnicero retrocedió levemente, paró el golpe de espada y se alejó.

"¿Lo ves? No es tan bueno", dijo Finleac alegremente. "Owen es su maestro. No tendremos que preocuparnos por el Carnicero de nuevo".

"Quizás". MacBain no se convenció tan fácilmente. "Creo que está probando a Owen para ver qué tan hábil es".

"Entonces será una prueba corta", dijo Finleac. "Owen lo destruirá".

"Quizás", dijo MacBain de nuevo.

Melcorka no dijo nada, mirando el juego de pies del hombre encapuchado con el ceño fruncido. "Estoy segura de que conozco a este Carnicero", le dijo a Bradan. "Hay algo en la forma en que se mueve".

"Has visto muchos guerreros", dijo Bradan. "Quizás luchamos junto a él, o contra él, en algún momento del pasado".

"Esa podría ser la respuesta", dijo Melcorka.

La multitud vitoreó cuando Owen atacó de nuevo, haciendo fintas a izquierda y derecha, luego alto y bajo antes de avanzar con un paso lento y deliberado que dejó sus huellas profundamente impresas en la hierba pisoteada. La tormenta estaba directamente sobre sus cabezas ahora, los truenos gruñían y se estrellaban simultáneamente con destellos cegadores de relámpagos. La lluvia se hizo más fuerte, golpeando a los guerreros, rebotando en la lona maltrecha de las tiendas, formando más charcos en el suelo ya embarrado.

El público acogió con vítores cada uno de los golpes de Owen, y cada una de las paradas del Carnicero con silbidos e insultos, con Finleac gritando con lo mejor de ellos, aunque MacBain y Melcorka intentaban analizar los movimientos de ambos hombres.

El Carnicero había contenido tres de los ataques de Owen y ahora comenzó un contraataque. Usando el borde metálico de su escudo como arma, dio un paso hacia un lado, empujó el escudo contra el de Owen y empujó con fuerza. Owen se tambaleó, se agachó y cortó los tobillos del Carnicero con su espada. El Carnicero saltó hacia atrás, cojeando, con la sangre fluyendo de su tobillo. Sintiendo la victoria, Owen avanzó con el escudo levantado y la espada lista.

"Owen lo tiene ahora", dijo MacBain.

Melcorka solo pudo asentir con la cabeza. Con el Carnicero herido y en retirada, el experimentado rey de Strathclyde era el favorito para poner fin a la lucha.

"Dos minutos y listo", dijo MacBain.

Quizás fue la influencia del hidromiel en su sangre, pero Owen avanzó con demasiada confianza, levantó su escudo a la altura de la barbilla y el Carnicero rugió. Chocando contra el escudo de Owen, lo forzó hacia arriba, luego hundió la punta de su espada en el pie de Owen. Cuando Owen saltó hacia atrás instintivamente, el Carnicero enganchó su escudo detrás del escudo del hombre de Strathclyde y lo tiró hacia atrás. Desequilibrado, Owen expuso momentáneamente su pierna derecha. Ese momento fue todo lo que el Carnicero necesitó; cambió su postura y cortó con su espada la parte exterior del muslo de Owen, abriendo una herida profunda de la que inmediatamente brotó copiosa sangre.

Owen cayó, todavía cortando con su espada, y el Carnicero paró con su escudo y cortó hacia abajo, abriendo una herida paralela en la parte interior del muslo izquierdo de Owen. Cuando Owen jadeó, el Carnicero dio un paso atrás, limpió su espada en la parte inferior de su capa y caminó hacia su caballo.

"La pelea ha terminado", dijo el Carnicero. "He derrotado a su campeón".

"Owen", Finleac fue el primero en llegar a Owen.

"Estoy muerto", Owen indicó sus piernas, de las cuales la sangre se estaba drenando para unirse a los charcos de lluvia en el suelo.

"Te vengaré". Finleac desenvainó sus dos espadas y se acercó al Carnicero.

"¡No!" Owen habló fuertemente para ser un hombre que sabía que se estaba muriendo. "Di mi palabra. ¡La palabra de un rey!"

"La última palabra de un rey", dijo el Carnicero mientras montaba en su pony garrón, tiraba de las riendas y pateaba con los talones. El caballo caminó hacia la multitud enojada y sorprendida.

El hombre gris miró directamente a Owen mientras la audiencia se separaba de mala gana para permitirle el paso.

"Así que ese es el Carnicero", dijo Melcorka. "Se las arregló para derrotar a un hombre medio sobrio".

"Sí", dijo MacBain. "Owen también fue un magnífico guerrero. Uno de los mejores. El Carnicero es un hombre a tener en cuenta". Tocó el cristal en la empuñadura de su espada. "Se necesitará un buen hombre para derrotarlo".

"O a una buena mujer", dijo Melcorka.

MacBain la miró. "Esperemos que no llegue a eso. No me gustaría que una mujer luchara por mí".

* * *

Se sentaron alrededor de la mesa, con Mael Coluim a la cabeza, tamborileando con poderosos dedos en el brazo de su silla elaboradamente tallada. "Hubiera matado al Carnicero", dijo Mael Coluim. "Es demasiado peligroso para vivir. Deberías haberlo matado, MacBain. Deberías haber ordenado a los arqueros que le dispararan".

"Owen dio su palabra", dijo MacBain.

"Owen está muerto".

"Fue la palabra de un rey", dijo MacBain. "La última promesa de Owen de Strathclyde".

Mael Coluim gruñó. "¿Por qué el Carnicero eligió a Owen para pelear? Podría haber elegido a MacBain, o Black Duncan, incluso a mí o a Melcorka. ¿Por qué elegir a Owen?

"Puedo tener la respuesta". Bradan habló de mala gana, no deseando llamar la atención sobre sí mismo.

"Dime", ordenó Mael Coluim.

"Antes de quedarse dormido, Owen dijo que nos iba a contar algo sobre este guerrero que está matando gente en Alba", dijo Bradan. "Cuando nos lo dijo, juro que el hombre de gris estaba escuchando".

"¿El hombre de gris?"

"Un hombre vestido de gris entró en la tienda anoche", dijo Bradan. "Y el Carnicero tenía a un hombre de gris como sirviente".

"¿Era el mismo hombre?" Mael Coluim preguntó.

"No estoy seguro", dijo Bradan. "No podría describir a ninguno de ellos". Trató de recordar, sacudiendo la cabeza. "Los vi a ambos claramente, pero eran tan monótonos que no podría distinguirlos entre una multitud de dos".

"Yo también los vi", dijo MacBain en voz baja. "No los reconocería si estuvieran a mi lado en este momento".

Mael Coluim gruñó. "No me gusta eso. No me gusta eso en absoluto". Se puso de pie, dio unos pasos a izquierda y derecha y negó con la cabeza. "No me gusta cuando los asesinos pueden entrar en mi campamento, matar a mis reyes y marcharse sin ser desafiados. No me gusta cuando hombres sin rasgos distintivos pueden entrar y salir de mi tienda, escuchando conversaciones en mi mesa. No estoy contento con la situación en mi reino cuando puedo derrotar los ataques nórdicos en el norte y sofocar a los ingleses en el sur, pero un guerrero desconocido puede matar con impunidad".

Melcorka esperó, sabiendo que el Gran Rey estaba a punto de hacer un anuncio que la preocuparía. Por el rabillo del ojo, vio a Verdadero Tomás de pie, asintiendo con la cabeza y se preguntó de dónde venía él.

Mael Coluim dejó de pasear cuando tomó una decisión. "Esta situación terminará. MacBain, quiero que organices patrullas móviles para dividir mi reino y buscar a este Carnicero, parte a caballo y parte a pie con al menos dos horcas y dos arqueros en cada uno. Si encuentran a este carnicero, mátenlo sin juicio. Black Duncan, el sombrío, te encargo de cazar al Carnicero en el sur de mi reino, las tierras de Lothian y Strathclyde. Finleac, le doy el mismo cargo por la mitad norte, las tierras entre el Forth y el Moray Firth".

Finleac asintió, sonriendo, mientras que la expresión de Black Duncan no se alteró.

Mael Coluim volvió a pasearse mientras Verdadero Tomás estaba de pie, invisible, mirando. Bradan pasó el pulgar por la cruz tallada en su bastón. Melcorka sintió que los latidos de su corazón aumentaban y supo que el Gran Rey estaba considerando qué misión darle. Finalmente, Mael Coluim la enfrentó, con sus tranquilas palabras incapaces de ocultar la fuerza de su personalidad.

Te encargo, Melcorka Nic Bearnas de Cenel Bearnas, y tú, Bradan el Errante, de familia desconocida, que complementen a mis campeones Black Duncan y Finleac el Picto. Buscarán en todo mi reino de Alba, encontrarán y destruirán a este guerrero conocido como el Carnicero y a todos los que puedan estar asociados con él. Si tienen éxito, podrán pedirme una recompensa y se las concederé. En esto, tienen mi palabra real".

"¿Y si fallamos?" Preguntó Bradan. "¿Si este Carnicero nos derrota?"

"No estamos interesados en la posibilidad de una derrota", dijo Melcorka. "No existe".

El trueno volvió a sonar, un último repique que pareció dividir los cielos, mientras que los relámpagos abrieron el horizonte a su alrededor. Por un instante, todo el campamento se iluminó, dándole a Melcorka una imagen que sabía que se quedaría con ella para siempre.

El Gran Rey estaba de pie a la cabecera de la mesa, con una mano en el respaldo de su silla tallada, su rostro bien afeitado, alargado y serio mientras terminaba sus proclamas. A su lado, MacBain pasó una mano por el pomo de cristal de su espada, donde la Piedra de la Victoria reflejaba el relámpago. Un poco más abajo, Black Duncan se estaba medio levantando, alcanzando el hidromiel, con su capa negra abierta de par en par y un ceño enojado en su rostro. Frente a Black Duncan, Finleac el picto parecía pensativo, mirando a Bradan como si se preguntara cómo un hombre de paz había llegado a esa mesa de guerreros. Bradan miró directamente a Melcorka, todavía frotando la cruz en su bastón.

Pero Melcorka no conocía la identidad del hombre de gris que estaba al otro lado del rey, sin expresión en su rostro y sin rasgos reconocibles. Solo sus ojos eran memorables, y eran pozos oscuros del olvido.

Después del relámpago, hubo oscuridad, y Melcorka supo con una certeza enfermiza que los hombres de esa mesa nunca volverían a reunirse en un solo lugar. Podía sentir las tumbas abiertas para recibirlos y los cuervos picoteando sus cabezas.

CUATRO

"Ahora ya saben la razón por la que los llamé desde el mar", dijo Verdadero Tomás mientras estaban parados bajo el serbal retorcido en la orilla sur del río Tweed. "Ahora, conocen su propósito en la vida. Todo lo demás que hayan hecho tiene que prepararlos para esta misión".

"¿Todo lo demás?" Preguntó Bradan.

Los he observado desde el momento en que dieron sus primeros pasos en el camino, Bradan y Melcorka, desde el instante de su nacimiento. Deben tener éxito".

"¿Si nosotros no tenemos éxito?", agregó Bradan.

"Si no lo hacen", dijo True Thomas, "este mundo estará condenado a más horror del que puedas imaginar".

"Sí", dijo Melcorka. "Es un don poco común que tienes, Tomás, ver hacia atrás en el tiempo. "¿Puedes alterar lo que desees?"

"Nunca lo había intentado antes", dijo Verdadero Tomás. "Solo tengo una cosa que alterar, el tiempo en que el mundo se torció hacia la oscuridad".

"¿Cuándo fue torcido?" Preguntó Bradan.

"Eso deben averiguarlo ustedes mismos", dijo Verdadero Tomás.

"Tienen libre albedrío, ¿lo ves? Solo puedo indicarles la dirección correcta. No puedo decirles qué hacer. Deben tomar sus propias decisiones y luchar contra las tentaciones que encontrarán en su camino".

"¿Conseguiremos derrotar a este Carnicero?" Preguntó Bradan. "Sabes lo que pasará."

Verdadero Tomás negó con la cabeza. "Sé lo que pasó cuando ustedes no estaban involucrados. No sé cuál será su futuro a partir de ahora".

Melcorka se estremeció cuando la imagen volvió a ella. Ella yacía rota en un desierto de arena ensangrentada, con un hombre alto y encapuchado de pie junto a ella mientras Bradan se alejaba con otra mujer. A su alrededor, la tierra estaba envuelta en una neblina amarilla y gris, y la derrota le sabía amarga en la boca.

* * *

Finleac fue el primero en abandonar el campamento. Hizo rápidos preparativos antes de despedirse de la mayoría de los pictos que lo habían acompañado al sur en el ejército. Melcorka vio como Finleac afilaba ambas espadas y dejaba caer un pañuelo de seda en cada hoja. Sonrió cuando las espadas cortaron la seda, llamó a sus seguidores inmediatos y montó en su caballo.

"¡Señoras!" Finleac besó a tres de las mujeres que lloraban por su partida, mientras que la cuarta, la rolliza pelirroja, saltó sobre un caballo de su séquito. "Debo despedirme de ti. Has iluminado mi vida y nunca te olvidaré". Sin dejar de reír, le hizo una señal a uno de sus hombres, quien hizo sonar su cuerno para anunciar su partida.

"¡El Carnicero espera por mis espadas!" Finleac dijo, y trotó hacia el norte, saludando a todos los que estaban a su paso. El estandarte del toro de Fidach ondeando sobre su cabeza fue la última vista de Melcorka del campeón picto.

Black Duncan fue más lento y minucioso en sus preparativos. Ordenó a un herrero que le hiciera más dardos, puso filo en su espada y reunió a los principales nobles de Strathclyde y Lothian. Uno por uno, los interrogó sobre la geografía de sus tierras, se aseguró de que lo informaran suficiente a él y a sus hombres y solo entonces se preparó para partir.

"Denme su palabra de que me enviarán información de este Carnicero", dijo Black Duncan a cada uno de los hombres. Cuando estuvo satisfecho con las promesas de los nobles, Duncan abandonó el campamento.

Montado en un pesado caballo negro y con su capa negra colgando libremente de sus hombros, Black Duncan cabalgó hacia el oeste, pesado, silencioso y severo. Dos criados cabalgaban detrás de él, sin fanfarria ni bandera.

"Y eso nos deja", dijo Melcorka, masticando una pierna de pollo fría, mientras el cielo se despejaba sobre ellos.

"Eso nos deja", estuvo de acuerdo Bradan. Verdadero Tomás había vuelto a desaparecer y el cielo se había aclarado después de la tormenta real que se había apoderado de Owen de Strathclyde. Solo el extraño comportamiento de los pájaros irritó a Melcorka, ya que bandadas de cornejas calvas seguían acosando a los albanos.

"¿Qué les molesta?" Preguntó Melcorka.

"Lo mismo que está molestando a las bestias", dijo Bradan. "Escuché que los lobos se llevaron un bebé anoche, son mucho más atrevidos de lo normal".

Melcorka asintió. "Debe ser todo este derramamiento de sangre. Se calmarán una vez que enterremos a los muertos".

Bradan miró hacia arriba cuando un cuervo solitario se abalanzó sobre un seguidor del campamento y le golpeó la cara con las garras. "Me pregunto", dijo.

A su alrededor, el campamento de albanos se estaba vaciando mientras la mayoría de los señores, jefes y nobles conducían a sus hombres de regreso a casa, y algunos marchaban hacia el sur para saquear ganado y esclavos. Con el ejército de Northumbria derrotado y cientos de sus hombres muertos, habría poca resistencia por parte de ese sector y no habría necesidad de mantener intacto al ejército. La victoria de Mael Coluim en Carham había asegurado la frontera sur de Alba, lo cual le permitía concentrarse en la amenaza del norte.

"Así que tenemos que encontrar a este misterioso Carnicero y matarlo", dijo Bradan. "¿No te has hartado de pelear y matar, Mel?"

"Claro que me he hartado", dijo Melcorka. "Siento que es hora de colgar a Defender sobre el fuego y dejar que se oxide en paz. En este momento, me gustaría que alguien más asumiera la carga y el honor de corregir los errores del mundo".

"Todavía puedes hacer eso", dijo Bradan. "Dile al Gran Rey que has reconsiderado su oferta ya que tiene una gran cantidad de valientes guerreros. De hecho, podrías colgar tu espada, encontrar un lugar tranquilo en algún lugar y establecerte".

"La idea es muy tentadora", dijo Melcorka. "Pero parece que me necesitan aquí, de nuevo. Esta será mi última aventura".

"¿Y después de este tiempo?" Preguntó Bradan. "¿Habrá otra última aventura y otra después? ¿Y después de eso? ¿Hasta que seas una anciana tambaleante con una espada demasiado pesada como para que la puedas llevar?"

"Esta será la última", dijo Melcorka. "He vuelto a casa".

Bradan asintió. "Bueno. Si tenemos que hacerlo, hagamos esto rápidamente. ¿Hacia dónde creemos que este carnicero se dirigirá ahora?"

"El Gran Rey cree que vive en algún lugar de Lothian, al sur de Dunedin".

"Podemos navegar por la costa en *Catriona*", dijo Bradan. "No está lejos".

"El Carnicero podría estar tierra adentro", dijo Melcorka. "Vamos". Enganchó a Defender más alto en su espalda, con la guardia cruzada sobresaliendo por encima de su hombro izquierdo.

Colocando su pequeña bolsa de provisiones en su espalda, Bradan agarró su bastón y caminó al lado de Melcorka. Se dirigieron hacia el norte a través de una zona fronteriza que las tribus invasoras de anglos salvajes habían arrebatado una vez a los indígenas británicos, pero que el rey Mael Coluim había confirmado ahora como albana. Esta zona era llana y fértil, con granjas en expansión y granjeros prósperos que miraban con recelo la espada de Melcorka, pues las guerreras eran una rareza. Por la noche, Melcorka descansaba en cabañas donde los ancianos le decían que los lobos eran tan perjudiciales en esta temporada que tenían que traer el ganado temprano.

"Sí", dijo Bradan. "Lo notamos más al sur".

"Es el fin de los tiempos", dijo un granjero de barba gris. "Recuerden mis palabras, es el fin de los tiempos".

"Esperemos que no", dijo Melcorka, acomodándose a Defender para que estuviese segura en su espalda.

Mientras se dirigían al norte, la tierra se alteró, elevándose a un área de páramos de brezos sombríos donde los alcaravanes o sarapicos llamaban en el cielo solitario y manadas de ciervos vagaban libremente.

"A esto lo llaman el Páramo de Lammer", dijo Bradan. "He estado aquí antes, hace muchos años".

Aunque era desolador, caminar era fácil con brezos elásticos bajo los pies y el viento fresco acariciando sus rostros. Dos veces escucharon el aullido de un lobo, pero el único animal que vieron fue un cauteloso perro-zorro que les gruñó desde la distancia antes de decidir que la discreción derrotaba al valor cuando se trataba de una mujer que portaba una espada.

Encontraron el cadáver esa noche. Había sido un hombre joven, fuerte y guapo, hasta que alguien le cortó profundas rasgaduras en las piernas y lo partió en dos desde la parte superior de la cabeza hacia abajo. Ahora moscas, insectos y cuervos se deleitaron con las dos mitades de su cuerpo.

"Parece un granjero, no un guerrero". Melcorka miró el cuerpo sin dejarse dominar por las emociones.

"Los guerreros están con el ejército del rey", dijo Bradan.

"Esto no fue parte de la guerra con Northumbria entonces", dijo Melcorka. "Podría ser un asesinato aislado, o podría haber sido el Carnicero".

"Mira", Bradan señalo hacia arriba, donde un pájaro solitario volaba en círculos arriba de ellos. "Eso es un cuervo, el ave de mal agüero".

"Sí", dijo Melcorka. "Está presagiando el final del hombre que estamos cazando". Señaló a un segundo cuervo que se unió al primero. "Y ese pájaro está haciendo lo mismo".

"Las cornejas calvas atacan a los hombres y los lobos se vuelven cada vez más audaces", dijo Bradan. "Algo ha perturbado la naturaleza de esta tierra".

Melcorka tocó la empuñadura de Defender. "Entonces intentaremos rectificar las cosas".

Avanzaron, ahora más rápido, buscando signos de actividad humana en la desolación de su entorno. Dos veces encontraron granjas solitarias escondidas en un pliegue del páramo, y cada vez los ocupantes estaban muertos; los hombres con las piernas abiertas y las mujeres violadas antes de ser decapitadas.

"En verdad, este hombre, si es sólo un hombre, es malvado", dijo Bradan. "Él tenía su sirviente, recuerda".

"Su sirviente no era nada", decidió Melcorka. "Matar al Carnicero librará al mundo de un gran mal".

"Esta sangre todavía está caliente", Bradan se arrodilló junto al cuerpo de una anciana. "Aún no ha tenido tiempo de solidificarse". Miró hacia arriba. "El asesino estuvo aquí en la última hora".

Entonces lo tenemos. Melcorka miró las nubes bajas y grises que se alzaban sobre la monotonía del páramo. "Podemos terminar esto antes del anochecer".

"Ese será tu última muerte", dijo Bradan.

"Esta será mi última matanza", señaló Melcorka a los dos cuervos en círculos arriba. "Están esperando una muerte".

"Si es así", Bradan golpeó el suelo con su bastón, "ellos podrían encontrarlo aquí, o en la última granja devastada que encontramos, o en el campo de batalla de Carham. Los cuervos pueden oler la sangre a muchas millas de distancia".

Melcorka asintió. Entonces, tienen otra razón por la cual seguirnos.

"Son mensajeros", dijo Bradan. "Mensajeros de la muerte. Nos están cazando, Melcorka, guiando a las Valquirias hacia nosotros, ellas son las que escogen a los que serán asesinados".

"No soy una escandinava para creer tales cosas", dijo Melcorka.

"No". Bradan golpeó el suelo con su bastón. No lo eres, pero los cuervos podrían serlo. O pueden estar guiándonos por un camino de muerte hasta el Carnicero". Volvió a golpear el suelo con su bastón. "Toda esta matanza podría ser para nuestro beneficio, un olor que nos atrae a una trampa".

Cuando Melcorka lo miró, no dijo nada y dio un paso hacia adelante, Bradan supo que estaba preocupada.

Un sendero conducía desde la granja hacia el norte hasta el corazón del páramo, vadeando dos ríos de corriente lenta y luego bajando por una empinada colina cubierta de brezos hasta una llanura de dulce tierra de cultivo. Melcorka se detuvo en el borde de la pendiente, ignorando a los cuervos que volaban en círculos mientras examinaba la tierra por delante.

"La llanura de Lothian", dijo Melcorka. "El asesino puede estar dirigiéndose a Dunedin". Se estremeció al pensar en el Carnicero suelto en la apretada ciudad con sus cientos de ciudadanos desarmados.

"No es así", dijo Bradan. "Mira. Él todavía nos está atrayendo hacia adelante".

En lugar de dirigirse al noreste hacia Dunedin, el rastro conducía directamente al norte. Incluso mientras miraban, Melcorka y Bradan vieron una columna de humo que se elevaba desde una granja a una milla frente a ellos.

"Los cuervos le han informado de que vamos", dijo Bradan. "Está marcando su paso. Ten cuidado, Mel, siento que este no es un hombre común".

Lo he visto pelear, Bradan, recuerda. Él es un hombre. Él sangra, y todo lo que sangra puede morir". Melcorka miró a través de la llanura de Lothian. "Dejar un rastro tan obvio significa una de dos cosas: es un tonto o tiene mucha confianza en su capacidad".

"Esperemos que sea un tonto", dijo Bradan.

"Aún no se ha encontrado con Defender", dijo Melcorka.

"No, y tú aun no te has encontrado con él". Bradan le recordó. "Mató a Owen con cierta habilidad".

"Aún no se ha encontrado con Defender", repitió Melcorka. Ella levantó la voz. "¡Hola, ahí abajo!" Las palabras rebotaron desde las nubes bajas para llegar lejos en el aire quieto. "Soy Melcorka, la mujer espadachín y voy a detener tu ola de asesinatos".

Escucharon durante un largo minuto antes de que llegara una profunda risa en respuesta. A medida que el sonido se elevaba desde el terreno bajo al frente, los cuervos se unieron con gritos ásperos que molestaron a todos los pájaros de la zona, por lo que se levantaron al unísono, cada uno gritando y aleteando hasta llenar el aire con sus gritos. Cuando los pájaros finalmente regresaron a sus árboles y el ruido terminó, dos plumas cayeron desde arriba. Bradan las levantó.

"Plumas de cuervo", dijo, "y mira esto".

En la punta de cada uno, una gota de sangre brillaba rojo rubí.

"Sí", dijo Melcorka. Tienes razón, Bradan. Este carnicero no es un hombre común". Enganchando a Defender, miró a través de la llanura cada vez más oscura. "¡Venimos por ti!" ella gritó.

Esta vez no hubo respuesta, solo un silencio tan profundo que Melcorka sintió que la oprimía.

"Vamos, Bradan, estamos perdiendo el tiempo".

Descendiendo de la meseta del páramo, entraron en la vega. "¿Dónde está toda la gente?" Preguntó Bradan. "Este lugar debería tener 100 fincas pequeñas. En cambio, está vacío".

Aunque el aire otoñal era fresco, no había un agradable olor a humo en el aire, ni una brillante luz de fuego para dar la bienvenida a los viajeros cansados. Cada granja estaba vacía, los campos sin ganado y las cosechas sin recolectar, abiertas al cielo cada vez más oscuro. Solo quedaron los pájaros, elevándose con un clamor furioso cuando Melcorka y Bradan pasaron junto a ellos.

"La gente ha huido", dijo Melcorka, "¡pero mira!" El fuego resplandeció como un faro, iluminando el cielo hacia el norte. Tienes razón, Bradan. El Carnicero nos está haciendo señas para que sigamos".

Aumentaron su velocidad, guiados por el acre hedor de la quema y el brillo del fuego. Después de una milla, un segundo fuego estalló adelante, brillante en el cielo cada vez más oscuro. Llegaron al primero, para encontrar tres cuerpos esperándolos, cada uno con las piernas abiertas y la mano derecha apuntando hacia el norte, donde esperaba el próximo fuego.

"El Carnicero se está burlando de nosotros". Bradan frotó su pulgar sobre su bastón.

"Voy a hacer las burlas pronto", dijo Melcorka con gravedad.

Mientras corrían, escucharon los gritos, agudos y desesperados. "El Carnicero está matando a alguien más", dijo Melcorka.

Bradan tocó el brazo de Melcorka. "Nos está atrayendo a una trampa, Mel. Ten cuidado".

"No conoce a Defender". Melcorka tocó la empuñadura de su espada.

El fuego tenía 30 pies de altura cuando llegaron a la finca, con dos cadáveres esperándolos, cada uno apuntando hacia el norte, hacia la costa. A uno le cortaron la pierna izquierda, el otro estaba torcido, carbonizado y ennegrecido por el fuego.

"Corre", dijo Melcorka. "Quiero a este hombre".

"No luches con ira, Melcorka", aconsejó Bradan.

A estas alturas ya estaban corriendo rápido, saltando paredes y los pequeños arroyos que cruzaban el campo, hasta que llegaron a un acantilado, con el ruido sordo de las olas del mar muy abajo. Las gaviotas giraban y gritaban alrededor de sus cabezas, algunas se acercaban tan cerca que el viento de su paso alborotaba el largo cabello oscuro de Melcorka.

"¿Donde esta él?" Preguntó Melcorka. Levantó la voz a un grito. "¡Muéstrate!"

El mar respondió con una succión y un oleaje, seguido del grito de un centenar de aves marinas que se elevaban en una bandada de plumas blancas.

"¡Lucha conmigo!" Gritó Melcorka. "¡Lucha conmigo!"

El viento llevaba el eco de su voz. "¡Lucha conmigo!" decía. "¡Lucha conmigo!"

Las gaviotas se calmaron con un murmullo suave mientras se apagaba el último rayo de luz, y sólo la fosforescencia de las olas proporcionaba iluminación. Bradan vio el barco primero, su única vela blanca a través de la oscuridad.

"Ahí está", dijo Bradan. "Está navegando en retirada".

"Ojalá tuviéramos a *Catriona*", dijo Melcorka.

"Yo también, pero hay luces allí". Bradan señaló un lugar a su derecha, donde algo amarillo parpadeaba en la superficie del mar. "Y eso significa casas, probablemente un pueblo de pescadores, con botes".

"Podemos seguir la vela del Carnicero". Melcorka ya se estaba moviendo al pronunciar su última palabra. Se deslizaron por un camino resbaladizo hacia las luces, para tropezar con un pueblo, donde cuatro o cinco casitas bajas se apiñaban entre el acantilado y el mar. Dos botes abiertos construidos con maderas en tingladillo, estaban varados en una playa de guijarros, apenas fuera del alcance de las olas.

"Éste". Sin hacer caso de las protestas de los pescadores barbudos, Melcorka empujó el bote al mar.

"¡Lo traeremos de vuelta pronto!" prometió Bradan.

"¡Primero tengo que matar a alguien!" Melcorka agregó cuando el pescador puso una mano desesperada en la borda.

Con Bradan a los remos, se pusieron en marcha en busca de la única vela que podían ver.

"Esperemos que no vaya muy lejos", dijo Bradan.

"No se va a ir lejos", dijo Melcorka. "Se dirige a esa isla de allí. Él sabe que lo seguiremos".

Aproximadamente a una milla de la costa, la isla se alzaba ante ellos, un enorme trozo de roca con los costados escarpados teñidos de blanco con los excrementos de incontables generaciones de aves marinas. "Es conocida como Bass Rock", dijo Bradan. "Nunca la he visitado, aunque creo que algunos santos celtas hicieron sus hogares allí antes de que los nórdicos o los anglos los asesinaran".

Melcorka se agachó en la proa, mirando la roca. "Ese es un lugar tan bueno para pelear como cualquier otro".

"No veo ningún lugar para llegar a tierra", dijo Bradan, mirando por encima del hombro.

La isla parecía ser todo un acantilado, con las olas rompiendo con una furia blanca y lanzando una corriente de 20 pies en el aire antes de retroceder como para reunir fuerzas y lanzarse en otro asalto.

"¡Ahí!" Melcorka vio desaparecer la vela blanca. "Hay algo ahí. ¡A estribor, Bradan!"

Manejando hábilmente los remos, Bradan siguió la vela hasta un diminuto lugar de atraque, demasiado pequeño para ser llamado playa, en el lado este de un saliente dedo de roca. Melcorka saltó primero y juntos arrastraron el bote por una grada natural bañada por algas hasta un terreno casi llano. Junto a ellos, un barco más grande con una vela enrollada yacía de costado.

"¿Adónde se ha ido?" Melcorka tuvo que hablar en voz alta contra el estruendo y la succión del oleaje. "¿Dónde estás?"

Solo los pájaros respondieron mientras mil alcatraces se levantaban de la roca en la que estaban.

"Allí arriba", Bradan indicó una serie de clavijas de madera que una mano atrevida había clavado en el acantilado. Miró hacia arriba, donde la roca de rayas blancas trepaba hacia la noche.

"¡Vamos, Bradan!"

Daba la impresión de que las clavijas habían estado en el acantilado durante algún tiempo. Si bien la mayoría estaban en buen estado, algunas se habían podrido, por lo que Melcorka y Bradan probaron cada una antes de confiar en su peso. Ascendieron lentamente, una clavija a la vez, con el acantilado extendiéndose aparentemente para siempre y el batir de las olas y los gritos de las aves marinas llenando sus oídos. Por un instante, el agarre de Melcorka falló por un resbalón, y tuvo que presionarse contra la superficie del acantilado, balanceándose solo con un pie, hasta que se estiró para la siguiente clavija.

"Ten cuidado aquí", advirtió Melcorka, empujándose hacia arriba.

Unos metros más adelante, los pájaros se interesaron por su paso, los pasaron volando, batiendo las alas y pinchándolos con largos picos.

"No sabía que los alcatraces fuesen agresivos", dijo Melcorka.

"Normalmente no lo son". Bradan se apartó de un macho que graznaba. "Todo es agresivo en esta temporada".

La luna había salido antes de que llegaran a la cima, iluminando una superficie empinada de hierba cortada por el viento, con un centenar de alcatraces mirando. Melcorka fue la primera, levantándose mientras buscaba a su presa.

"Él no está aquí", dijo.

Bradan asintió, jadeando por respirar. "Hombre sensato", dijo.

Se pararon uno al lado del otro, buscando en la superficie abierta de la isla, con Melcorka lista para atraer a Defender y los alcatraces elevándose a su alrededor.

"¿Dónde estás?" Melcorka llamado.

"Estoy aquí". La respuesta llegó un segundo más tarde cuando un hombre emergió, aparentemente del suelo. Estaba de pie en medio de un revoltijo de pájaros, con una capucha que le cubría la cara, un escudo circular en su brazo izquierdo y una espada larga colgando del lado izquierdo de su cinturón. Los cuervos negros gemelos contra el fondo gris del escudo eran identificación suficiente: este era el Carnicero.

"Eres un asesino", dijo Melcorka.

"Eres una asesina", respondió el Carnicero, su voz potente.

"Matas gente inocente", dijo Melcorka.

"Matas para reforzar el poder de un rey", respondió el Carnicero. "No somos diferentes, tú y yo, dos caras de la misma moneda".

"Yo mato por lo que es correcto".

"Esa es la excusa que usas", respondió el Carnicero. Te atormentas a ti misma, Melcorka la mujer espadachín. Te gusta matar, pero tu conciencia te dice que está mal". Dio un paso más cerca hasta que estuvo en el centro de la superficie inclinada de la isla, con la luz de la luna brillando en la empuñadura de su espada y pareciendo dar vida a los cuervos en su escudo.

"No me gusta matar", dijo Melcorka.

"Sin embargo, has luchado y matado en todo el mundo, mujer espadachín, y esperas matarme".

"Eres un asesino", dijo Melcorka.

"¿No sabes quién soy?" preguntó el Carnicero. "Fuimos compañeros una vez".

Melcorka entrecerró los ojos. "¿Quién eres tú? Echa la capucha hacia atrás para que pueda verte la cara".

Usando su mano izquierda, el hombre se echó hacia atrás la capucha. La luz de la luna brillaba directamente en su rostro, mostrando a un hombre de rasgos anchos, pómulos altos y ojos azul claro. "Soy Erik", dijo, "hijo de Egil, que mató a tu madre. Exploramos el Nuevo Mundo juntos".

Melcorka dio un paso atrás cuando regresaron los recuerdos. Erik la había acompañado en una aventura desde Groenlandia hasta Cahokia en el Nuevo Mundo. Lo recordaba como un guerrero joven, un poco impetuoso que había madurado significativamente en el viaje. Ella nunca había esperado volver a encontrarse con él.

"Te conozco Erik, y tú me conoces. Sabes que no puedes derrotarme en la batalla".

"Déjame intentarlo". Erik desenvainó su espada. "Llamo a mi espada Legbiter".

Mientras la luz de la luna recorría la longitud de la hoja, Melcorka vio la exquisita mano de obra en Legbiter, con la espada de doble filo tan larga como la pierna de un hombre, haciéndose más delgada hasta terminar en una punta afilada. Los nórdicos fabricaban armas magníficas, y Legbiter era una de las mejores que había visto, excepto que la hoja era de un negro mate, incapaz de reflejar la luz.

"No deseo matarte", dijo Melcorka. "Éramos amigos, tú y yo".

"Y ahora somos enemigos", dijo Erik con facilidad. "¿Tienes miedo de pelear conmigo desde que derroté a Owen el Calvo?"

"No te temo. Ven entonces, Erik. Melcorka desenvainó a Defender y sintió la esperada emoción de poder correr desde su mano, su brazo y su cuerpo mientras toda la habilidad y el conocimiento de los portadores anteriores de la espada se transferían a ella.

"Mi hombre hará compañía a Bradan", dijo Erik. "No podemos permitirle que interfiera con su pequeño bastón, ¿verdad?"

El ágil hombre gris apareció tan misteriosamente como lo había hecho Erik, a diez pasos de Bradan.

"Tú eres el hombre que estaba en la tienda del rey", dijo Bradan.

El rostro del hombre era tan gris y sin rasgos distintivos como su ropa. No dijo nada, y cuando miró a Bradan, sus ojos estaban apagados y oscuros. Una bolsa gris colgaba de sus hombros hasta posarse debajo de su cintura.

"Los dejaremos luchar en paz", Bradan luchó contra el escalofrío que le dio este hombre. "Y cuando mi mujer mate a tu hombre, veremos quién eres".

El hombre gris no reconoció la presencia de Bradan por palabra o movimiento.

Melcorka esperó mientras Erik caminaba hacia ella, sonriendo, con la espada suelta en la mano derecha. Le había puesto una púa larga al botón central de su escudo, mientras que los dos cuervos parecían girar la cabeza para mirar a Melcorka.

"Fue un placer matar a Owen", dijo Erik. "Será un placer mayor matarte, mujer espadachín". Todavía sonriendo, echó a correr, sosteniendo el escudo frente a él.

Melcorka esperó y se hizo a un lado un instante antes de que Erik la alcanzara. Giró a Defender, apuntando al escudo, y jadeó cuando Erik paró su golpe con su espada de hoja negra. Los cuervos en el escudo de Erik se burlaron de ella con sus ojos.

La sonrisa de Erik se amplió cuando se detuvo, se volvió y empujó con el borde metálico de su escudo, haciendo que Melcorka se tambaleara hacia atrás. Sorprendida, abanicó a Defender, solo para que Erik la detuviera sin esfuerzo, empujando con Legbiter, lo que obligó a Melcorka a bloquear. "¿Qué te pasa, Melcorka? ¿Defender no es tan poderosa como recuerdas?"

Erik avanzó lentamente, cortando, empujando y probando, con Melcorka parando cada ataque mientras Erik evitaba sus asaltos con preocupante facilidad.

Melcorka frunció el ceño. Sintió la emoción habitual con Defender, luchó con la misma habilidad, usando los movimientos y maniobras que le habían servido tan bien en una veintena de peleas en el pasado. No había nada malo con su espada o sus tácticas. Erik era más rápido y más hábil.

Erik avanzó, sosteniendo su escudo en alto, con solo sus ojos visibles por encima del borde, mientras que su mano sosteniendo la espada, estaba a la altura de la cintura con la punta hacia arriba, hacia la garganta de Melcorka. Golpeó con la punta central del escudo, lo que obligó a Melcorka a bloquear, inclinó el escudo, se estrelló hacia arriba en el pecho de Melcorka y empujó con Legbiter.

Melcorka se retiró, paso a paso, bloqueando y esquivando. Era consciente de que Bradan la miraba ansiosamente, consciente de que el hombre gris estaba de pie como un observador silencioso con una mano en su bolso gris, y consciente de que los alcatraces giraban a su alrededor, blancos contra el negro moteado de estrellas del cielo nocturno. Incluso usando toda la habilidad inherente a Defender, Melcorka no pudo impresionar a Erik, quien contrarrestó cada movimiento, bloqueó cada ataque y la llevó gradualmente hacia atrás.

Sosteniendo a Defender con las dos manos, Melcorka se paró en el borde del acantilado, con el mar espumeando a cientos de pies por debajo y la luna brillando desde el escudo de Erik. Respiró hondo, sabiendo que Erik la superaba. "Peleas bien, Erik".

"¡Melcorka!" Bradan dio un paso adelante.

"¡No, Bradan!" Melcorka gritó. "¡Quédate donde estás!"

"Sí, Melcorka". Erik dijo. "Mantén a tu perro bajo control. Él no necesita morir también".

Bradan sintió que los latidos de su corazón aumentaban. Era

consciente del hombre gris deslizando una mano más profundamente dentro de su bolso; él era consciente del viento que tiraba de la capa de Melcorka mientras ella estaba de espaldas al suelo, pero sobre todo era consciente de la forma en que su barbilla empujaba hacia adelante y su negativa a aceptar su miedo. Bradan nunca estuvo más orgulloso de Melcorka que en ese momento.

Melcorka miró el vacío detrás de ella. "Tienes una buena espada", dijo con calma.

"Era la espada de Loki", dijo Erik. "Loki, el malvado bufón de Asgard. Hizo que Hel le hiciera esta espada, de todo el mal en el reino de la muerte. Contrarresta a la tuya, ¿no crees? Legbiter es la antítesis de Defender, cualquier bien que pretenda tener tu espada, Legbiter lo contrarresta".

"¿Él te la dio en persona?" Melcorka tensó sus músculos.

"Si". Dijo Erik. "Él cambió la hoja de mi espada por la suya".

Erik sonrió de nuevo cuando Melcorka comenzó un ataque furioso que lo obligó a retroceder media docena de pasos. "¡Bien hecho, mujer espadachín! Luchas bien cuando tu vida está en juego".

"¡Y tu vida, Erik!" Melcorka paró una estocada en su cabeza, jadeó cuando la púa en el escudo de Erik cortó su brazo e intentó barrer las piernas de Erik. Éste bloqueó con facilidad, y con el impacto de Legbiter en Defender envió una ola de dolor a través de los brazos de Melcorka.

"Ese es mi movimiento, mujer espadachín", dijo Erik. "Yo soy el mordedor de piernas aquí". Girando su espada libre de Defender, arrojó su escudo a la cara de Melcorka, se agachó y le pasó la espada por el muslo izquierdo.

Melcorka jadeó ante el dolor repentino, barrió a Defender hacia la derecha y apartó a Legbiter.

"Legbiter ha mordido", gritó Erik, dando un paso atrás. Morirás ahora, Melcorka. Morirás en lenta agonía. Nadie sobrevive a la caricia de Legbiter".

"¡No!" Cuando Melcorka intentó dar un paso adelante, su pierna izquierda colapsó debajo de ella y se acostó sobre la hierba áspera.

Incapaz de ponerse de pie, trató de abanicar a Defender hacia Erik, el cual permanecía fuera de su alcance, sonriendo.

"Mientras mueres, piensa en mí, Melcorka. Piensa en mí y en mi victoria". Erik dio un paso hacia adelante, tomó su espada y cortó la pierna derecha de Melcorka, abriendo otra larga herida. Adiós, mujer espadachín, aquí arriba morirás lentamente. Tu historia termina en derrota, como lo hizo la de tu madre".

"¡Mel!" Ignorando al hombre gris, Bradan se abalanzó sobre Erik con su bastón. Erik se rió.

"Nunca fuiste un luchador, Bradan". Erik bloqueó el torpe golpe de Bradan con facilidad, lo hizo tropezar con una pierna extendida y lo golpeó en la cabeza con la parte plana de su espada. Se puso de pie, sonriendo, mientras Bradan yacía aturdido en el suelo. "Podría matarte, Bradan, pero en cambio te dejaré vivir. Puedes ver a Melcorka desangrarse y luego permanecer aquí, enloquecer de soledad junto al bosquecillo podrido de tu mujer".

Boca abajo sobre la hierba áspera, Bradan solo pudo mirar mientras Erik envainaba su espada y caminaba hacia Melcorka. Erik se abalanzó sobre Defender, maldijo mientras tocaba la empuñadura y echaba la mano hacia atrás. Lo intentó por segunda vez, maldijo más fuerte, le estrechó la mano como si le doliera y le pegó una patada sólida a Melcorka en las costillas, como en venganza. Cuando intentó y no pudo levantar a Defender por tercera vez, pateó a Melcorka nuevamente y se alejó.

Tendido aturdido en el césped, Bradan vio al hombre gris sacar la mano de su bolso y seguir a Erik hasta que ambos desaparecieron en la oscuridad. Bradan alcanzó a Melcorka, tocó su mano extendida y perdió el conocimiento.

CINCO

"¡Soy Erik Egilsson!" Erik levantó su espada en alto mientras gritaba su nombre. La oscuridad a su alrededor le dio la bienvenida, protegiéndolo de todo daño. Erik besó la hoja negra de Legbiter y la volvió a colocar en su vaina. "¡Loki! ¡Estoy aquí, Loki! ¡He cumplido tus órdenes!"

Estaba parado en una depresión en el suelo, con los pies descalzos profundamente hundidos en el suelo y el hombre gris a diez pasos de él. "¡Soy Erik Egilsson! ¿Puedes oírme, Loki?"

Sin forma en la noche, el ser emergió del suelo alrededor. "¿Mataste a la mujer?" Su voz era profunda, su aliento caliente mientras envolvía la depresión, formándose alrededor de Erik.

"Sí, Loki". Erik se hundió en una rodilla. "Maté a la mujer".

"Bueno. Dame su espada". Loki extendió un brazo que parecía humo, con una mano delgada que goteaba más oscuridad en la noche. Los dedos de Loki eran largos y ásperos.

"No tengo su espada", dijo Loki.

La mano se retiró y una ráfaga de puro calor tiró a Erik de espaldas. "¿No tienes la espada?"

"No, Maestro", dijo Erik.

"¿Dónde está?" Las palabras se formaron en la cabeza de Erik, ardiendo profundamente en su mente.

"La dejé en la isla de Bass Rock".

"¡Tonto!" Las palabras quemaron a Erik, cortando como el látigo de fuego. "Quiero esa espada".

"Mi espada, la espada que me diste, es más poderosa". Erik intentó disculpar su fracaso.

"¡Tonto!" El latigazo de palabras de nuevo, atravesando la mente de Erik, lo hizo caer al suelo y retorcerse de agonía mientras la tierra parecía extenderse a su alrededor, manteniéndolo cerca. "Esa espada tiene una hoja de pura bondad. En este mundo, sigue siendo una poderosa defensora. Si la tengo, mi poder aumentará".

"Sí, Loki". Erik dijo. "Esa espada me quemó".

El ser se levantó y rodeó a Erik, envolviéndolo en una tierra negra. "Entonces acepta la quemadura, Erik Egilsson. Te di la espada más poderosa del mundo y aun así me fallas". La cosa retrocedió, dejando a Erik temblando en la depresión del suelo. "Tráeme a Defender. ¡Puedo neutralizar su poder y así no tener rivales!"

Erik dio un paso atrás mientras Loki avanzaba, una masa informe, solo parcialmente visible en la oscuridad.

"Te di una espada para igualar a Defender y aumenté tu poder con todas las fuerzas escritas del mal. Podrías ser el guerrero más poderoso que jamás se haya conocido. Todo lo que te pido a cambio es que derrotes a la mujer espadachín y me traigas su espada. ¡Me fallaste, Erik Egilsson!"

La agonía regresó, desgarrando la mente de Erik, enviándolo a retorcerse en el terreno cambiante con ambas manos a la cabeza mientras la oscuridad lo abrumaba, llevándolo a las asfixiantes profundidades.

"Consígueme esa espada, Erik Egilsson".

"Sí, señor". Erik se acobardó ante la voz.

Él estaba solo. Loki se había ido, y solo los sonidos de la naturaleza llenaban la noche. Erik se puso de pie, temblando, se sacudió las capas de tierra áspera que lo cubría y se dirigió a la isla de Bass Rock donde había dejado a Melcorka. A diez pasos de distancia, el hombre gris miraba sin una pizca de expresión en su rostro.

"No te defraudaré, Señor", prometió Erik. "Te traeré a Defender". Al llegar a la casa de unos granjeros, masacró a todos los ocupantes, agarró un caballo y lo espoleó cruelmente hacia la costa.

SEIS

Cuando abrió los ojos, Melcorka pudo ver el acero azul plateado de Defender brillando a la fría luz de la luna. Extendiendo la mano, descubrió que no podía tocarlo. "Te fallé", dijo mientras sentía que su fuerza se desvanecía con su sangre. "Te fallé, Defender".

"No le fallaste a nadie". Bradan se acercó un poco más, sangrando por la herida en la cabeza y aturdido al presenciar la derrota de Melcorka. "Erik tenía una espada que igualó a la tuya; eso es todo. Te tomó por sorpresa". Colocó a Defender dentro la mano de Melcorka. "Veamos tus heridas".

Ambos cortes eran profundos y se extendían a lo largo de los muslos de Melcorka, con la sangre enrojecida brotando sobre el gris verdoso de la hierba. Bradan se quitó rápidamente el leine, la camisa de lino que llevaba, rasgó una tira larga y la ató por encima de la herida de la pierna izquierda para que actuara como torniquete. El flujo de sangre se alivió, sin cesar por completo.

"La otra pierna", dijo Bradan, arrancando otra tira de leine. Repitió el procedimiento en el muslo derecho de Melcorka, y su sangre pronto empapó la ropa para gotear lentamente sobre la hierba.

"Eso ha parado un poco el sangrado", dijo Bradan en voz baja. "Buscaré algo de musgo sphagnum o esfagno. Eso es lo mejor".

"No. Toma a Defender. Melcorka escuchó la debilidad en su voz. "Empuja la hoja contra la herida".

"¿Qué?" A punto de discutir, Bradan vio la debilidad en el rostro de Melcorka. "Tú conoces mejor a Defender". Levantando la espada, Bradan presionó el acero contra el muslo izquierdo de Melcorka, fuera del vendaje.

"Puedo sentir que el flujo de sangre disminuyendo", dijo Melcorka. "La magia de la hoja está funcionando".

Cuando la sangre dejó de gotear, Bradan hizo lo mismo con el muslo derecho de Melcorka.

"¿Estás curada?" Preguntó Bradan.

"No". Melcorka negó con la cabeza. "Defender solo puede contener la sangre por un tiempo". Ella se examinó. "Hay algo dentro de mí, Bradan. Puedo sentirlo".

Bradan no vio aparecer a Verdadero Tomás hasta que se paró junto a Melcorka. "Perdiste tu pelea, entonces". Verdadero Tomás negó con la cabeza. "A veces, es mejor perder y aprender, que ganar y no saber nada".

Melcorka hizo una mueca de dolor mientras trataba de ponerse de pie. "Lo derrotaré la próxima vez", dijo.

"Puedes intentarlo", dijo Verdadero Tomás. "Ese será un día que no verás".

"Lo veré", dijo Melcorka. "Me recuperaré de estas heridas, cazaré a Erik y lo derrotaré". Ella miró sus piernas. "O moriré, y Black Duncan o Finleac terminarán el trabajo".

"Tu vivirás". Bradan trató de ocultar su preocupación detrás de una falsa sonrisa.

Verdadero Tomás solo miró las heridas de Melcorka. "¿Aprendiste algo de esta pelea, Melcorka? ¿Algo que aumente tus posibilidades de victoria si te enfrentas a Erik de nuevo?"

Melcorka acercó a Defender hacia ella y sacudió la cabeza. "No".

"Yo sí", dijo Bradan. "Aprendí dos cosas. Aprendí que el hombre gris no solo es el sirviente de Erik, sino que también lo ayuda a luchar".

Tomás asintió. "¿Y la segunda cosa?"

"Erik no puede levantar a Defender. Lo intentó tres veces, y la espada lo repelió cada vez".

"La empuñadura", dijo Melcorka, girando mientras el dolor aumentaba dentro de ella. "Los sacerdotes de San Cutberto en Carham bendijeron la empuñadura de Defender".

"Eso funcionó, entonces", dijo Bradan.

"Aun así Erik me derrotó", jadeó Melcorka, retorciéndose en el suelo.

Bradan presionó musgo sphagnum en la herida de su pierna izquierda. "No solo estabas luchando contra Erik", dijo. "También estabas luchando contra el hombre gris".

"Él no estuvo involucrado", dijo Melcorka.

"Lo estaba", la contradijo Bradan, presionando una almohadilla en la pierna derecha de Melcorka. "Cada vez que obtuviste una ventaja, el hombre gris metió su mano dentro de su bolsa y Erik te respondió".

"¿La bolsa?" Melcorka trató de levantarse, jadeó, sacudió la cabeza y volvió a hundirse.

"¿Cómo ayudó eso?"

"No lo sé", dijo Bradan. "Debe haber algo dentro de la bolsa".

Verdadero Tomás asintió. "Recuerda, Bradan, la arrogancia sonriente del mal revelará la luz".

"¿Qué significa eso?" Preguntó Bradan, pero Tomás no respondió mientras hablaba con Melcorka. "Erik tiene el poder del mal con él. Verdadero mal".

"Él me habló de la espada de Loki". Melcorka se obligó a ponerse de pie, agarrándose a Bradan como apoyo. "Loki le ha dado el poder".

"Hay algo peor que Loki", dijo True Thomas. "No puedes vencer todo el mal por tu cuenta. Necesitas ayuda. Debes viajar para reconstruir tu fuerza y luchar contra Erik solo cuando tengas la fuerza espiritual y las palabras para ganar".

Melcorka con esfuerzo se puso de pie. "¿A dónde debo viajar para encontrar las palabras y ganar esta pelea? Apenas puedo estar de pie, y mucho menos caminar".

"Sigue a los ostreros". Tomás señaló hacia arriba. Melcorka miró, no vio nada, se devolvió a mirarle pero Tomás ya se había ido.

"¿Dónde diablos está?" Preguntó Melcorka, pero la única respuesta provino de los estridentes gritos de las aves marinas hasta que, medio escondidos por una bandada de alcatraces, los ostreros aterrizaron frente a ellos.

"¿Verdadero Tomás los ha enviado?" Bradan preguntó a los pájaros.

Los pájaros lo miraron, los picos anaranjados parecían asentir con la cabeza.

"¿Están aquí para guiarnos?" Bradan esperó el siguiente asentimiento. Vayan despacio entonces, porque Melcorka está herida.

Elevándose con gracia, los ostreros dieron vueltas antes de dirigirse a la cima de Bass, el blanco en sus alas brillando a través de la noche.

"Vamos, Mel", Bradan puso un brazo alrededor de ella. "Seguiremos a los ostreros. Parece que no vamos a bajar por el acantilado".

Cojeando, luchando contra el dolor, Melcorka apoyó su peso sobre Bradan, hizo una mueca de dolor cada vez que su pie golpeaba el suelo y se tambaleó por la pendiente. "No puedo hacerlo, Brad", dijo.

"Tú eres Melcorka la mujer espadachín", recordó Bradan, soportando la mayor parte de su peso. "Puedes hacerlo".

"Erik me derrotó", Melcorka se detuvo después de solo 10 pasos.

"Entonces lo derrotarás la próxima vez". Bradan tomó más del peso de Melcorka.

Cuando llegaron al lugar donde Erik había desaparecido, Bradan notó un pequeño declive en el suelo, con un perno de anillo de hierro. Los ostreros aterrizaron junto a él, silbando.

"Tira de ese anillo de hierro", jadeó Melcorka. "Suéltame y tira de él".

El perno del anillo abrió un agujero cuadrado en el suelo, con un tramo de escalones que conducían hacia profundidades invisibles. "Vamos, Mel", Bradan fue el primero en entrar, dando golpecitos en la escalera superior con su bastón. Extendió la mano hacia Melcorka. "Te tengo".

Bajaron lentamente, con Bradan probando cada paso mientras sostenía a Melcorka hasta que oyeron el ruido sordo del oleaje y emergieron en el lugar de atraque, con los ostreros esperando en la borda de su bote. Las esperanzas de Bradan aumentaron hasta que vio que Erik había roto el fondo del bote con una piedra.

Bradan maldijo, miró a Melcorka mientras yacía sangrando y maldijo de nuevo. Miró hacia el mar y sacudió la cabeza con incredulidad cuando vio a *Catriona* balanceándose a 100 metros de la costa. Nadó hacia ella. "Es cierto que Tomás dijo que volverías por nosotros", dijo asombrado.

"No puedes remar", Bradan ayudó a Melcorka a entrar en *Catriona* y ató el barco de pesca destrozado a popa. "Siéntate ahí".

"No soy una inválida", se quejó Melcorka, blanca bajo su bronceado.

"No, eres una guerrera herida", dijo Bradan. "Debes depender de mí por un tiempo, Melcorka".

Melcorka esbozó una débil sonrisa. "No hay nadie de quien prefiera depender". Se hundió en el bote mientras Bradan los empujaba al agua agitada. Tomó los remos, tirando con fuerza hacia la orilla mientras Melcorka se balanceaba en la popa, moviendo los labios silenciosamente. Vio la hoja negra de Legbiter caer sobre ella, sintió el mordisco e hizo una mueca de dolor. "No puedo pelear más", dijo.

"Cúrate primero", Bradan llevó a *Catriona* a la orilla. "Luego decides".

Dos pescadores los encontraron junto al grupo de cabañas.

"Hemos traído su bote de vuelta". Bradan señaló a la pequeña embarcación de pesca. "Lamento que esté dañado".

"¿Dañado?" dijo un pescador barbudo. "Nada que dos hombres y dos horas de trabajo no arreglen".

"Gracias, pescador", Bradan deseó tener una moneda con la que recompensar al pescador, sabía que el hombre tomaría la oferta como un insulto y ayudó a Melcorka a salir de *Catriona.*

"¿Lo mataron entonces?", le preguntó el pescador barbudo a Melcorka y luego negó con la cabeza. "No, pero él casi los mata a ustedes".

"Casi", dijo Bradan. "No exactamente". Vio a los ostreros dando vueltas hacia el sur.

"Que Dios te acompañe", dijo el pescador mientras su esposa se apresuraba a salir con una jarra de piedra llena de cerveza y una bolsa de cuero con abadejo cocido.

"Aquí", dijo la pescadora. "Dios bendiga el viaje".

"Gracias", dijo Bradan. "Vamos, Melcorka, volvemos de viaje". Empujó a *Catriona* al mar, sabiendo que Verdadero Tomás cuidaría de ella.

"Me matará la próxima vez", dijo Melcorka. "Erik me matará en un páramo arenoso y tú te irás con otra mujer".

"¿Es eso lo que va a pasar?" Bradan se inclinó, levantó a Melcorka corporalmente y la colocó sobre su espalda. "Bueno, no creo que sea hoy". Enderezándose los hombros y frunciendo el ceño ante la sangre que manaba de las piernas de Melcorka, se puso en marcha tras los ostreros.

SIETE

La Roca se elevó ante él, de un blanco fantasmal, con los alcatraces revoloteando por todas partes y un viento fuerte levantando las crestas de las olas. Desde su posición en la costa, Erik no podía ver si había alguien en la isla Bass o no. Caminando hacia el pueblo de pescadores al pie del acantilado, llamó a la tripulación de un bote.

"Denme ese bote".

"No te lo entregaremos". Mirando la espada de Erik con cautela, los tres hombres se enfrentaron a él, uno levantando un anzuelo, los otros levantando sus remos en desafío.

"Denme ese bote", dijo Erik. La isla de Bass Rock estaba a solo una milla de distancia, brillando bajo el sol naciente.

"Aléjate". El hombre barbudo con el anzuelo dio un tentativo empujón hacia Erik. "Empujen el bote, muchachos".

Caminando hacia adelante, Erik desenvainó la espada de Loki y mató al hombre con el gancho, luego cortó las piernas de los otros dos hombres. Con el espíritu de la espada atravesándolo, se dirigió a la cabaña más cercana de la aldea, pateó la puerta y mató a la mujer y a dos niños pequeños que estaban adentro. Diez pasos atrás, el hombre gris miraba, sin palabras e inexpresivo.

"¿Quién eres tú?" Salieron mujeres de las dos cabañas restantes. Dos gritaron de horror ante la escena de la carnicería, y otras levantaron piedras para tratar de repeler a Erik. Con la espada de Loki todavía pegajosa con sangre y cerebros humanos, Erik avanzó y mató a las mujeres, luego acabó con los niños aterrorizados que permanecían dentro de las cabañas y los tres perros que lo atacaron, ladrando locamente. Con su lujuria temporalmente saciada, Erik entró en el barco pesquero salpicado de sangre, arrojó los cadáveres al mar y se dirigió hacia la isla Bass.

Sabiendo exactamente adónde ir, se dirigió al embarcadero y desembarcó sin vacilar, caminando hacia el túnel oculto que atravesaba la Roca y daba acceso a la superficie muy por encima. El hombre gris lo seguía, 10 pasos atrás.

"¡Mujer espadachín! ¿Dónde estás?" Erik emergió en la cima de la roca. El sol de otoño hacía que la hierba áspera pareciera verde, mientras los alcatraces se elevaban en hordas revoloteando. Erik miró a su alrededor, viendo la siniestra mancha oscura donde Melcorka había estado. "¿Dónde estás?"

Solo los alcatraces respondieron, gritando y girando en incontables miles.

"¡No!" Erik miró a su alrededor hacia la pendiente vacía de Bass. Cuando desenvainó la espada de Loki, pudo sentir el tenue resplandor donde Defender había presionado contra el suelo.

"¡Maestro!" gritó: "Te he fallado".

La forma oscura emergió del suelo. "¿Dónde está la espada?"

"No pude conseguirla".

"Tonto". Esa sola palabra llevó a Erik de regreso al borde del acantilado, con la caída de 300 pies al mar absorbiéndolo. "¡Tonto!" Las palabras que rodearon a Erik lo elevaron alto, lo colocaron sobre el mar y lo arrojaron a la superficie de Bass.

"Consíguela". Una vez más, las palabras se grabaron en el cerebro de Erik, haciéndolo temblar.

"Sí, Loki".

"Te elegí porque tu padre mató a la madre de la mujer espadachín". Las palabras eran más suaves ahora, sin el filo. "Te elegí porque eres un aventurero de sangre guerrera, un hombre que ha estado donde otros no se atreven a ir".

Erik se levantó, enderezó la espalda y trató de enfrentarse a la forma. "Soy Erik Egilsson", dijo. "He viajado más allá de los límites del Océano Occidental y he visto imperios y tierras que pocos saben que existen".

"¿He elegido mal?" Preguntó la voz endureciéndose de nuevo. "¿No estás en condiciones de llevar mi espada?"

"Estoy en forma, Señor", dijo Erik.

La oscuridad vino de abajo, cubriendo la superficie de Bass y envolviéndose alrededor de Erik. Trató de respirar, se atragantó y volvió a intentarlo.

"Hay otros guerreros, Erik Egilsson, otros hombres que darían la bienvenida a mi espada. Tienes hasta el final de este año para traerme Defender".

"Sí, Señor", Erik inclinó la cabeza.

La oscuridad volvió a aumentar, con un olor a tierra en el que Erik percibió una bocanada de azufre. El rastro de sangre conducía al túnel por el que acababa de llegar Erik. Se detuvo en la orilla y volvió a maldecir cuando se dio cuenta de que faltaba el bote de Melcorka.

"¡Mujer espadachín!" Erik rugió hacia el cuenco brillante del cielo. "¡Mujer espadachín! No puedes esconderte de mí. ¡Morirás a causa de tus heridas y yo tendré Defender!" Mil pájaros se levantaron ante sus palabras, gritando y gritando. "¡Dondequiera que vayas en esta tierra, te encontraré!"

Todavía diez pasos atrás, el hombre gris miró directamente a Erik.

"Necesitarás ayuda". Las palabras explotaron dentro de la cabeza de Erik. "Te enviaré ayuda".

"Encontraré la espada", dijo Erik. "¡Encontraré a Defender!"

"¿De qué sirve si no puedes levantarla?" Las palabras fueron duras. "Me fallaste de nuevo". El dolor golpeó a Erik ola tras ola, cada una más intensa que la anterior. Cuando terminó, se tumbó en el suelo, jadeando. "Tienes hombres que matar". Las palabras cortaron el cerebro de Erik. Se encogió en ese embarcadero con las olas bañando la sangre de Melcorka y los alcatraces llorando por todas partes.

"Oh, gran Odín, ten piedad de mí", rezó Erik. "Loki, yo soy tu hombre".

OCHO

Las colinas triples se alzaban delante, tres picos verdes contra un cielo de nubes irregulares.

"Esas son las colinas de Eildon", Bradan bajó a Melcorka al suelo y alivió la tensión en su espalda. Observó cómo los ostreros daban vueltas en su cabeza antes de volar, como flechas, hacia los picos. "No tengo ningún deseo de visitarlas porque he oído que Elfhame está ubicada debajo de ellas".

"También he escuchado esa leyenda", Melcorka se apoyó en un olmo solitario para descansar sus doloridas piernas. A pesar de todas las atenciones de Bradan y el poder de Defender, sus heridas aún lloraban sangre. Ella se agachó, tratando de forzar una sonrisa. "La Gente de Paz vive en Elfhame. El Daoine Sidh, o el pueblo de las hadas, si así lo prefieres".

"No confío en la Gente de Paz", dijo Bradan.

"Lo sé". Melcorka levantó una pierna y luego la otra para aliviar el dolor. "Sin embargo, los ostreros nos llevan allí. No lo olvides, la Gente de Paz crio a Maelona, y fue la persona más amable que he conocido".

Bradan asintió. "Recuerdo a Maelona, la buena reina, pero la

Gente de Paz son engañadores de la peor clase, gente que te atrae con falsas promesas y te quita años de la vida".

Mientras hablaban, miraban los picos triples, que parecían tener un brillo extraño, como si algo los iluminara desde adentro.

"Bradan", dijo Melcorka. "No hay necesidad de que te acerques. Entraré sola".

Bradan ni siquiera consideró la idea. "No puedes caminar", dijo. "Ambos vamos a entrar". Levantó la barbilla. "Y que el Señor tenga misericordia de nuestras almas".

El ciervo se acercó silenciosamente a ellos, un ciervo joven y dos ciervas, caminando a su lado, mirándolos con ojos aterciopelados sin aventurarse a acercarse demasiado.

"La Gente nos ha visto", murmuró Bradan, agarrando su bastón con más fuerza. "Esperemos que todavía desconfíen de la madera de serbal".

"Tu bastón te protegerá", dijo Melcorka, "aunque creo que no hay necesidad de preocuparse". Ella soltó su agarre del árbol, tropezó, jadeó y cayó de cabeza, lo que hizo que Bradan dejara caer su bastón y corriera a ayudarla.

"Te tengo". Bradan la puso sobre su espalda. "Estás bien ahora".

En el instante en que Melcorka cayó, el ciervo se cerró a su alrededor y el cielo cambió de color. Balanceando a Melcorka en su espalda, Bradan se dio cuenta de que su bastón había desaparecido, y con él, cualquier protección contra la Gente de Paz. Sintiendo una oleada de miedo, miró a su alrededor, para ver que ya no estaba en un paisaje familiar. Una niebla verde se formó a su alrededor, suavemente seductora, mientras que la armonía de las arpas distantes aumentaba la suave caricia del canto de los pájaros en los árboles.

La ondulada tierra de campos y granjas se había convertido en un solo tramo de bosque abierto, a través del cual los ciervos y las liebres corrían libremente, mientras que el opaco cielo otoñal se había transformado en un sol brillante.

"Estamos en Elfhame", dijo Bradan desesperado. "Y la Gente de Paz ha escondido mi bastón".

Melcorka asintió. "Estamos en Elfhame". A pesar de sus palabras anteriores, se sentía incómoda, porque la Gente de Paz era impredecible. Podrían ser los mejores amigos imaginables, o podrían alejar a un humano durante 100 años o más. Todo dependía de su estado de ánimo o de cómo los trataran los humanos.

"Nos están mirando". Bradan estaba luchando contra su miedo.

Los animales se acercaron a ellos, ciervos y liebres, marta y zorros, tejones y lobos y el jabalí con colmillos, hasta que la presión de los cuerpos obligó a Bradan a sujetar a Melcorka con más fuerza. "Bájame", dijo Melcorka. "Necesito estar de pie".

Cuando sus pies tocaron el suelo, las piernas de Melcorka cedieron. Volvió a tropezar, agarró a Bradan en busca de apoyo, falló y cayó en un pozo oscuro que se abrió debajo de ella, llevándola a un lecho de suaves hojas. La oscuridad teñida de verde la rodeaba, impenetrable, exprimiendo el aliento de sus pulmones para que no pudiera respirar.

"Bradan". El nombre le raspó la garganta. "¿Estás ahí?"

No hubo respuesta. "¿Bradan?" Cuando Melcorka intentó moverse, la oscuridad verde se espesó, asfixiándola hasta que jadeó. Incapaz de moverse, incapaz de respirar, perdió el conocimiento.

Con la oscuridad, vino el dolor. Llegó en oleadas, extendiéndose desde las profundas heridas en sus muslos para estrellarse contra su cuerpo. Se quedó quieta, luchando contra el miedo, luchando contra el dolor, sin saber dónde estaba o por qué estaba allí. Podía sentir que se alejaba mientras las fuerzas de su vida disminuían.

"¡Melcorka!"

"¿Madre?" Melcorka miró el rostro severamente amoroso de Bearnas, su madre. "¿Estás en Elfhame también?"

"No, Melcorka. Estoy en otro lugar", dijo Bearnas.

"Pensé quc estabas muerta", dijo Melcorka. "Pensé que Egil el noruego te había matado".

"Egil el noruego me mató, pequeña", dijo Bearnas.

"¿Estoy muerta?" Melcorka trató de sentarse, pero el dolor la obligó volver al suelo nuevamente.

"Solo tú puedes decidir eso, Melcorka".

"¿Cómo puedo decidir?" Preguntó Melcorka.

No hubo respuesta. Bearnas se había ido y ella estaba sola en un mundo que solo consistía en dolor y duda. Cerró los ojos, sintiendo que el dolor crecía hasta consumirla, extendiéndose desde sus piernas a cada parte de su cuerpo. Incapaz de resistirse, gimió, tratando de alejar el dolor. Había algo adicional a la agonía física, una oscuridad mental que no entendía, algo que carcomía su esencia misma, algo que la conducía más abajo de lo que había estado antes.

"¿Melcorka?" La voz venía de fuera de su realidad, de algún lugar donde la gente caminaba, hablaba y reía. Esa voz no era de Bearnas.

"¿Melcorka?"

La voz no importaba. No tenía nada que ver con ella. Melcorka sintió que se deslizaba hacia abajo, de cabeza hacia un gran hueco de luz helada. No se mostró reacia: se sentía natural que el brillo la atrajera como una llama atraía a una polilla, o las cabeceras de un río atraían a los salmones en desove. Iba a casa, viajando al destino final de toda la vida. Era cómodo aquí, con tantas otras almas yendo en la misma dirección. No había preocupaciones, no había decisiones que tomar, no había nada de qué cuidarse. La voz se entrometió de nuevo, sacudiendo su fácil descenso.

"Melcorka".

"No", dijo Melcorka. "Déjame tranquila". Trató de ignorar la intrusión, trató de permitirse volver a la agradable nada.

"Melcorka".

"Aléjate de mí".

La luz la llamaba, su brillo era suave debajo de ella, tan seductor que casi podía tocarlo. Una vez que sus dedos pudieron captar esa acogedora suavidad, Melcorka supo que estaría en casa. Ella se estiró, estirándose por la paz.

Melcorka. No es tu hora".

"Déjame". Los dedos de Melcorka escarbaron en el borde de esa luz acogedora. Cuando su deslizamiento hacia abajo se detuvo, trató de jalar los últimos centímetros, desesperada por la paz reconfortante que estaba tan cerca.

"No es tu momento".

La voz le resultaba familiar; Melcorka lo había escuchado antes, en algún lugar, no aquí.

"Vuelve".

"¡No! Déjame en paz".

La luz estaba más lejos mientras Melcorka se movía en la dirección opuesta a las almas que se deslizaban hacia el brillo. Melcorka pasó junto a ellos a mayor velocidad mientras algo la arrastraba más y más lejos del confort de la luz.

"No. Déjame. Quiero ir allí". Era más fácil aceptar que resistir, más natural deslizarse hacia abajo que esforzarse.

El movimiento la rodeaba y los ásperos sonidos de la vida. La gente estaba allí, hablando, riendo, rostros alrededor, algunos preocupados, otros aliviados, algunos los conocía, otros no conocía. Melcorka se encogió bajo el murmullo de ruido y color, tratando de regresar al lugar de la luz acogedora.

"¿Está viva? Melcorka, ¿estás de vuelta con nosotros?"

"¿Bradan?" Melcorka trató de incorporarse, pero unas manos fuertes la empujaron firmemente hacia abajo. "¿Dónde estoy?"

"Elfhame", dijo Bradan. "Pensamos que te habíamos perdido".

"¿Cómo?" Melcorka miró a su alrededor. "¿Cómo llegué aquí? Estaba peleando contra Erik Egilsson en la isla de Bass Rock".

"Nos trajeron los ostreros". Bradan estaba de rodillas a su lado, su rostro demacrado, lleno de preocupación. "¿No te acuerdas?"

Melcorka negó con la cabeza. "Recuerdo haber peleado con Erik. ¿Lo derroté?"

"No". El rostro de Bradan se acercó más, sus ojos se hundieron profundamente en su cabeza por el cansancio. "Él te derrotó. Te cortó en las piernas dejando heridas abiertas".

"¿Mis piernas?" Melcorka miró hacia abajo. Estaba desnuda sobre un lecho de hojas, con vendas cubriendo cada pierna desde la cadera hasta la rodilla. "Recuerdo. Erik tenía a Legbiter, su espada".

"Defender fue impotente contra ella", dijo Bradan. "Te cortó y te dejó desangrado hasta morir".

"Lo recuerdo", dijo Melcorka mientras los recuerdos regresaban lentamente. "¿Dónde está ahora? Debo detenerlo". Tanteando por Defender, trató de levantarse, hasta que esa nueva negrura la venció y se hundió de nuevo.

"Todavía no, Melcorka". Una nueva voz se unió cuando una mujer etérea se arrodilló al lado de Bradan. "No estás lista. ¿Me recuerdas?"

"Reina Maelona", dijo Melcorka. "Eras la Reina de Alba cuando nos marchamos. ¿Por qué estás de vuelta en Elfhame?"

"Hay un mal", dijo Maelona.

"No puedo recordar", Melcorka trató de recuperar los recuerdos perdidos de su confuso cerebro. "¿Qué pasó?"

Maelona sacudió la cabeza con tristeza. "Me ayudaste a ganar el reino", dijo, "y me casé con Aharn, ¿recuerdas?"

"Recuerdo. Eso fue hace mucho tiempo", dijo Melcorka. "Él es un buen hombre".

"Era el mejor de los hombres". Maelona habló con infinita tristeza.

"¿Fue?" Melcorka luchó por incorporarse. "¿Qué le sucedió? ¿Dónde está ahora?"

"Está muerto", dijo Maelona, "al igual que muchos de los buenos hombres de Alba. Hay un mal acechando el reino, Melcorka, algo que solo se pondrá peor, infinitamente peor".

"¿Cómo murió?" Preguntó Melcorka, aunque ya había adivinado la respuesta.

"Erik Egilsson, el carnicero". Dijo Maelona. "Erik y sus compañeros son una plaga".

Melcorka había visto morir a demasiados hombres y mujeres buenos como para sorprenderse con la muerte de uno más. De todos modos, le había tenido cariño a Aharn, y su muerte la entristeció, a pesar de su mente confusa. "¿Viniste aquí cuando perdiste a Aharn?"

"Lo hice", dijo Maelona. "Alba ya no es el lugar para mí. Aharn era un buen guerrero, pero Erik Egilsson lo mató como algo casual, sin ninguna dificultad".

Bradan se acercó a Melcorka. "Maelona y la Gente de Paz te salvaron la vida, Mel. Estabas cerca de la muerte y te trajeron de vuelta".

Melcorka recordó la sublime paz del lugar que había dejado. "Gracias, Maelona". Volvió a mirar sus piernas. "No sé cómo Erik me dominó tan fácilmente. Conocía mis movimientos antes de que los hiciera. Era como si tuviera una espada ordinaria en lugar de Defender".

Maelona suspiró. "No estoy segura de la ventaja que tiene Erik", dijo. "Todo lo que sabemos es que posee el poder del mal. Nadie, ningún campeón o héroe, puede enfrentarse a él. Su espada, Legbiter, detecta sus movimientos y los contrarresta. Una vez que tiene su medida, Legbiter los corta y el veneno del mal en la hoja mata lentamente".

Melcorka se tocó las piernas; aunque ambas todavía palpitaban, sabía que lo peor había pasado. "Tú me curaste".

"La Gente de Paz solo curó lo físico, no el mal que se plantó dentro de ti. Fue difícil, incluso para la Gente Paz", dijo Maelona. "Estuviste en el pozo de la muerte, Melcorka". Ella miró a Bradan. "Si Bradan no te hubiera traído aquí, habrías muerto".

Melcorka tocó sus piernas hinchadas. "¿Puedo levantarme?"

"Tendrás que aprender a caminar de nuevo", dijo Bradan, "y luego debes recuperar tus fuerzas". Aunque sonrió, Melcorka vio las sombras en los ojos de Bradan y supo que estaba preocupado por ella.

"Puedo hacer eso", Melcorka habló con más optimismo del que sentía.

En Elfhame, el tiempo pasaba de manera diferente a en otros lugares, por lo que Melcorka no sabía cuántos días o semanas transcurrieron antes de que pudiera ponerse de pie. A medida que la salud de Melcorka mejoraba lentamente, se dio cuenta de la presencia de la Gente de Paz. A veces eran tan sólidos como cualquier ser humano, otras veces eran seres etéreos, casi transparentes mientras revoloteaban en el borde de la conciencia de Melcorka a su lado y se alejaban nuevamente.

"Camina", Bradan la alentó. De pie a unos pasos frente a Melcorka, extendió las manos. "Ven a mí".

Apretando los dientes, Melcorka dio un solo paso, jadeó, aguantó el dolor y dio otro. Sus piernas se sentían como pesos pesados, aunque ambas eran esqueléticas, simplemente huesos con una fina capa de carne. Las cicatrices dejadas por la espada de Erik eran de color rojo pálido, y aún supuraban un líquido incoloro. El primer paso de Melcorka fue doloroso; el segundo fue una agonía, y ella cayó, con Bradan corriendo para ayudarla.

"Te tengo", los brazos de Bradan estaban alrededor de ella. "Estás bien".

"No", Melcorka trató de liberarse. "Debo conquistar esto".

De pie, sola, tambaleándose con piernas inestables, Melcorka estiró los brazos frente a ella y lo intentó de nuevo, haciendo una mueca cada vez que sus pies tocaban el suelo.

Después del primer día, Melcorka yacía en su cama, preguntándose qué había pasado. Vencer el dolor físico fue difícil; pelear la batalla mental y emocional fue peor. Acostumbrada a la victoria constante, encontraba la derrota casi imposible de aceptar.

"Bienvenida al mundo real", Bradan se sentó junto a su cama, sonriéndole. "Una vez que puedas caminar, te haremos correr como un ciervo joven".

"Me duelen las piernas", dijo Melcorka.

"Bien", dijo Bradan. "Los músculos están comenzando a trabajar de nuevo".

Melcorka forzó una sonrisa. "Me gustaría conocer a Loki, cara a cara", dijo. "En mis términos, no en los suyos".

Maelona se unió a ellos, sentándose en el lado opuesto de la cama a Bradan. "Cualquier poder que haya en la espada de Erik, Melcorka, no viene de Loki".

"Erik me dijo que sí", dijo Melcorka.

"Erik está mintiendo o está equivocado". Maelona habló en voz baja. "Loki es el nombre del espíritu malicioso nórdico, si es que existe. Hará bromas, provocará disgusto y humillación, nada más. No puede producir suficiente maldad para contrarrestar el poder inherente a Defender".

"¿Entonces qué?" Melcorka trató de ordenar su cerebro atropellado. "¿Qué es lo que puede contrarrestar a Defender?"

"Algo infinitamente peor que Loki", dijo Maelona. "La Gente de Paz cree que es algo incluso más antiguo que ellos, un mal tan antiguo que estaba aquí antes de que la vida llegara a este mundo".

"¿Puedo derrotarlo?" Preguntó Melcorka.

Maelona lo consideró antes de responder. "No lo sé", dijo. "No es de nuestro tiempo. Tendrás que encontrar al hombre que despertó este mal y preguntar de dónde vino".

"¿Dónde está él? ¿Fue Erik Egilsson?

Maelona negó con la cabeza. "En este momento, eres demasiado débil emocionalmente para buscar al hombre que desató la vieja entidad prohibida".

"¿Dónde encontraré a este hombre?" Melcorka levantó la barbilla cuando algo de su antiguo espíritu regresó. "¿De dónde viene esta entidad prohibida?"

"No lo sabemos", dijo Maelona. "Es un conocimiento que solo los druidas restantes podrían tener".

"¿Los druidas?" Dijo Melcorka. "¡Pensé que esa orden estaba extinta!"

"Quizá se volcaron a la clandestinidad", dijo Maelona. "Algunas de las familias más antiguas de la tierra todavía tienen un druida personal. Son recolectores y poseedores de conocimiento, como sabe Bradan".

"Eso lo sé", Bradan estuvo de acuerdo.

"Cada druida tiene su reserva de conocimiento y sabiduría", dijo Maelona, "y una vez al año, se reúnen para compartir ese conocimiento".

Melcorka escuchó, tratando de hacer funcionar su mente aturdida.

"Nadie, excepto los jefes, sabe quiénes son los druidas, y solo los druidas saben dónde podría estar el lugar de reunión".

"Continúa", invitó Melcorka, sabiendo que Bradan estaba absorbiendo cada palabra.

"Incluso la Gente de Paz solo tiene una pista oscura", dijo Maelona, "y no podemos calcular el momento ni el lugar".

"Dime", dijo Bradan. "Soy un errante. He vagado por los senderos y lugares sin caminos de Alba, Erin y Cymru, así como por los reinos anglosajones, todos mis días. Es posible que conozca este lugar de reunión".

"Danos esa pista, Maelona". Melcorka dijo.

Maelona miró a su alrededor como si temiera que la escucharan antes de hablar con su voz baja y musical. "Uno dentro de tres al lado del espejo de la luna, con la sabiduría de los antiguos extraídos de la sangre sagrada".

Hubo un silencio mientras Melcorka y Bradan ponderaban las palabras. "¿Por qué estas cosas siempre están en acertijos?" Bradan preguntó finalmente.

"Esa es la manera del mundo", dijo Maelona.

"¿Eso significa algo para ti, Bradan?" Preguntó Melcorka.

"Nada", dijo Bradan. "Tendré que pensar en eso".

"Oh". Melcorka luchó contra su decepción. Tenía la esperanza de que Bradan pudiera desentrañar de inmediato el misterio. "Haz eso, Bradan".

Día tras día, Melcorka recuperaba gradualmente su fuerza física, aunque cavilaba sobre su derrota y le preocupaba cómo se las arreglaría en cualquier encuentro futuro. Con Defender apoyada contra la pared, apenas la miraba mientras los días pasaban. Bradan la miró, ocultando su preocupación detrás de una conversación alegre.

Permanecieron dentro de Elfhame, sin estar seguros del paso del tiempo, sin saber si alguna vez se les permitiría regresar a su propio reino, ignorando lo que estaba sucediendo en el mundo exterior mientras Melcorka progresaba de un solo paso vacilante a estar de pie durante todo un día. Finalmente, después de lo que podría haber sido un año o tres meses, Melcorka se declaró en forma una vez más.

"Estás solo parcialmente curada", dijo Maelona. "Aunque físicamente estás mejor, tu mente todavía está dañada".

"No puedo quedarme aquí por más tiempo", dijo Melcorka. "No puedo seguir aceptando la hospitalidad de la Gente".

"¿Estás lista para dejar Elfhame?" Preguntó Maelona.

"Estamos listos", Melcorka tocó a Defender por primera vez en semanas. "Buscaremos este lugar misterioso junto al espejo de la luna".

"La Gente de Paz les desea lo mejor", dijo Maelona. "Luchar contra esta oscuridad nos beneficia a nosotros y a la humanidad".

"¿Cómo nos vamos?" Bradan estaba desesperado por seguir su camino.

"Ya lo han hecho", dijo Maelona.

Cuando Bradan miró a su alrededor, un viento suave disipó la niebla verde y se pararon en las laderas superiores de las colinas de Eildon, con la mitad de Alba revelada ante ellos.

Melcorka se puso de pie, con los hombros redondos, sosteniendo a Defender como si nunca antes hubiera visto su espada. "Quiero volver", dijo.

NUEVE

Erik se sentó en una roca redondeada dentro de las murallas del antiguo fuerte de la colina, con los cuervos rodeándolo en espirales cada vez mayores. Afiló Legbiter sobre una piedra lisa, con pases largos y uniformes a lo largo de la espada. Con cada pase, la hoja oscura vibraba, creando una música sombría. A diez pasos de Erik, el hombre de gris estaba de pie, sin sonreír, con el rostro impasible, y la bolsa gris colgada del hombro.

"Es un precio difícil de pagar", dijo Erik, levantando la vista de su tarea.

"Es el trato que acordaste", dijo el hombre gris sin mover los labios, los pensamientos se transfirieron de su mente a la de Erik en un instante.

"Es un trato más difícil de lo que deseaba".

"Es el trato que acordaste", reiteró el hombre gris.

Erik continuó afilando Legbiter, manteniendo la cabeza gacha para ocultar las lágrimas en sus ojos. "No deseo continuar con el trato. Quiero estar libre de Loki".

"Es el trato que acordaste", repitió el hombre gris una vez más.

"Deseo acabar con él". Erik dijo.

El hombre gris puso una mano sobre su bolso y su risa fue dolorosa cuando atravesó la cabeza de Erik. Se encogió, dejó caer la espada y se tapó los oídos con ambas manos, lo que solo atrapó la risa en su mente. "No", dijo, "no", mientras el ruido aumentaba, expandiéndose hasta llegar a cada parte de él. "¡Noooo!"

El hombre gris no se movió. No había expresión en su rostro mientras Erik se retorcía y pateaba, agarrándose la cabeza hasta que la risa terminó tan abruptamente como comenzó.

Tumbado en el suelo, exhausto, Erik sintió que el sudor lo empapaba desde el cuero cabelludo hasta los pies. El hombre gris permaneció tan impasible como antes.

"Es el trato que acordaste".

Erik se puso de pie. "Es el trato que acordé", dijo miserablemente. Erik levantó Legbiter y volvió a afilarla con los mismos pases largos y uniformes que sonaban por el interior del fuerte. Mientras trabajaba, los dos cuervos se acercaron más, hasta que cada uno se paró en cada hombro. Un viento suave susurró a través de las piedras caídas del antiguo fuerte de la colina, un recordatorio de que todas las cosas llegan a su fin, e incluso el más poderoso de los imperios se desvanece.

Erik miró hacia arriba cuando se le ocurrió la idea. De pie, probó el filo de su espada, sacando una brillante gota de sangre de su pulgar.

"Él está aquí". Las palabras se formaron en su mente. "Eres un escandinavo, Erik Egilsson; lucha. Mátalo ahora".

Los cuervos continuaron volando en círculos cada vez mayores desde el fuerte de la colina, sus ojos viendo todo lo que tenían debajo.

Erik, de pie en el punto más alto de las una vez formidables murallas, vio que el pequeño grupo de hombres se acercaba y sus caballos parecían arrastrarse por el verde brillante del campo. Incluso desde esta distancia, Erik podía ver que un hombre cabalgaba ligeramente por delante de los demás, con su capa negra fluyendo de sus hombros.

"Black Duncan el Adusto", dijo Erik. "Ven a matar o ser aniquilado".

Erik se apartó de las piedras manchadas de líquenes, se quitó la ropa y se tumbó en una depresión en el suelo, extrayendo energía del suelo. El poder lo inundó, aumentando su fuerza, agudizando su mente, aumentando la fuerza de Legbiter, así que cuando Erik se levantó, estaba listo para luchar. Sabiendo que Black Duncan lo encontraría, Erik se tomó la molestia de untar el barro sobre su cuerpo desde el cuello hasta la parte superior de los muslos antes de vestirse. El hombre gris miraba sin decir nada.

Sólo cuando estuvo vestido, Erik se subió la capucha y regresó a los linderos del fuerte. Observó a los jinetes subir la pendiente, evitando con cuidado las hileras de rocas afiladas que manos muertas habían colocado allí para disuadir a los atacantes. Black Duncan detuvo su caballo a un tiro de lanza de Erik, estudiándolo cuidadosamente antes de hablar.

"¿Eres el hombre al que llaman el Carnicero?"

"Ese es un nombre que los hombres me llaman", respondió Erik.

"Entonces estoy aquí para matarte".

"Lo sé, Black Duncan el Adusto". Erik sintió el poder de la tierra entrar en su cuerpo y la oleada de maldad de Legbiter. "Lucharemos, y uno de nosotros morirá hoy".

"Si. Una pelea justa, de guerrero a guerrero, y ni tu sirviente ni mis hombres saldrán heridos, sea quien sea el vencedor", dijo Black Duncan.

"Tienes mi palabra", prometió Erik.

"Y tú tienes la mía", dijo Duncan.

Al desmontar, Black Duncan caminó los últimos 50 pasos hasta el muro delimitador. Miró dentro del fuerte, donde Erik se había retirado a la depresión fangosa en el centro y lo esperaba con el escudo en el brazo izquierdo y la espada en la mano derecha. Ya no en el cielo, los dos cuervos habían regresado al escudo de Erik, mirando siniestramente desde ambos lados de la espiga central. El hombre gris estaba de pie junto a la parte más alta que quedaba del muro límite, casi invisible contra las piedras grises.

Por favor mátame. Erik pensó y se estremeció ante las oleadas de dolor que lo atacaron. "¡Estás bien, hombre muerto!" Dijo, y el dolor disminuyó. "Morirás hoy".

Sin decir nada, Black Duncan asintió con la cabeza a sus cuatro seguidores, que se movieron hacia el hombre gris, sin acercarse demasiado.

Erik chocó la hoja de su espada contra su escudo, el sonido reverberaba alrededor del fuerte. Ambos cuervos partieron y volaron en círculos arriba, con los ojos ocupados. Podían ver el campo vacío en kilómetros a la redonda, y los cadáveres de hombres, mujeres y niños que Erik había matado o dejado desangrados hasta morir. Cada cuerpo tenía un brazo extendido, apuntando hacia el fuerte de la colina, marcadores fáciles de seguir para Black Duncan.

Después de comprobar que ningún otro guerrero seguía a Duncan, los cuervos regresaron al escudo de Erik. Erik chocó su espada de nuevo, dando un paso adelante.

Sin decir nada, Black Duncan se desató la capa y la dejó caer al suelo. Ahora se podía ver su cuero acolchado oscuro y la docena de dardos que llevaba en el cinturón. Sin decir una palabra, sacó un dardo en su mano derecha, apuntó y se lo tiró a Erik, quien se hizo a un lado. El dardo falló, pero Black Duncan lo siguió con dos más. Erik atrapó al segundo en su escudo y jadeó cuando el tercero cortó la parte exterior de su brazo derecho, extrayendo sangre que lentamente descendió hasta su codo doblado y goteó en gotas escarlatas hacia la hierba debajo.

El hombre gris miraba impasible, como siempre.

Black Duncan hizo un círculo, levantó otro dardo, hizo una finta a la izquierda, hizo una finta a la derecha y lo lanzó en un arco alto. Cuando Erik levantó su escudo para atrapar el dardo, Duncan corrió hacia adelante, sacando su espada, manteniéndola baja en su lado derecho con la punta hacia arriba.

El hombre gris metió su mano derecha dentro de su bolso.

Dejando caer el escudo, Erik se abalanzó hacia la izquierda y hacia la derecha, evitó el empuje giratorio de Duncan por un dedo y cortó el muslo izquierdo de Duncan. Pasando Legbiter a través del músculo de Duncan, se retiró, atrapó su escudo antes de que golpeara el suelo y se quedó esperando mientras el avance de Duncan flaqueaba. Duncan miró su pierna herida, negó con la cabeza y sacó dos dardos más de su cinturón. Con la sangre ya corriendo por su muslo hasta su pie, dio un paso adelante, apuntó y lanzó. Erik atrapó a ambos en su escudo, se rió y corrió hacia Duncan, que se debilitaba rápidamente.

Saltando en el aire, Erik esquivó el siguiente intento de tiro de Duncan y cortó hacia los lados, abriendo una herida en el brazo derecho de Duncan. Duncan levantó un dardo con su mano izquierda y embistió, agarrando a Erik en el costado de su cuello y obligándolo a retroceder un paso. Siguiendo su ventaja momentánea, Duncan blandió su espada hacia Erik.

El hombre gris metió la mano más profundamente en su bolso cuando Erik paró el débil golpe de espada de Duncan y cortó a lo largo de su muslo derecho, abriendo la carne hasta el hueso. Privado del uso de ambas piernas, Duncan cayó de inmediato. Todavía estaba consciente cuando Erik corrió hacia su sorprendido séquito y los cortó en pedazos antes de que pudieran sacar una espada.

"Ellos no eran parte de esto". Duncan apenas podía oír su voz mientras protestaba.

Erik se paró sobre él, usando la capa negra de Duncan para limpiar la sangre, la carne y masa craneal de Legbiter. "No", dijo y agregó con curiosidad. "¿Cómo se siente saber que te estás muriendo?"

Tumbado en el charco de su sangre y con sus hombres asesinados ante él, Black Duncan alcanzó uno de sus dardos, hasta que Erik casualmente le pisó la mano.

"Eres un asesino y un infractor de juramentos". La voz de Duncan se debilitó con cada aliento que tomaba.

"Sí". Erik se agachó al lado de Duncan y bajó la voz a un susurro. "Eres un hombre afortunado, Duncan, más afortunado de lo que jamás sabrás".

Aunque Duncan reconoció el dolor en los ojos de Erik, estaba más preocupado por los dos cuervos que saltaron hacia él. Cuando comenzaron a llorar sus ojos, se alegró de que la muerte lo liberara de su tormento.

DIEZ

La mujer se sentó junto al avellano, como lo había hecho durante los últimos tres días y tres noches. Con las piernas cruzadas, ignoró la lluvia intermitente que humedecía su ropa y el viento que enredaba su largo cabello rubio. Por la noche, escuchó el ladrido de un zorro y una vez el aullido escalofriante de una manada de lobos. Permaneció quieta, convirtiéndose en una parte tan importante del paisaje que una manada de ciervos pasó sin dudarlo y las abejas esperanzadas exploraron sus brazos desnudos. Sin sentir hambre ni sed, esperó con la infinita paciencia de un niño criado en la naturaleza.

Por fin, al cuarto día, escuchó un susurro desde el suelo al pie del árbol. Era solo un pequeño sonido que la mayoría de la gente no notaría, pero la mujer estaba consciente de todo. Ella permaneció quieta cuando la serpiente se deslizó fuera, las marcas distintivas en su espalda proclamaban que era una víbora venenosa. La serpiente se arrastró sobre sus piernas y se alejó adentrándose en la hierba alta a su lado. La mujer se quedó quieta como una segunda víbora siguió a la primera, y luego una tercera siguió a la segunda. Solo cuando seis serpientes pasaron sobre sus piernas, la mujer se movió, porque era la séptima serpiente que deseaba.

Cuando la serpiente de color blanco puro estuvo completamente fuera del agujero, la mujer saltó hacia adelante, la agarró por el cuello, se puso erguida y la levantó en alto. Sin decir nada, dejó caer la serpiente en un recipiente de barro y cerró la tapa, atándola bien con tallos de brezo flexible.

Recogiendo palos secos de avellana de la base del árbol, la mujer los amontonó en una pirámide, encendió una chispa de dos piedras y sopló vida en la diminuta llama resultante. Vio como el fuego se extendía, agregando ramitas y leña seca hasta que construyó un resplandor respetable.

Asintiendo con satisfacción, la mujer llenó una olla de hierro, la llenó con agua pasada por fuego y la colocó sobre el fuego que ahora rugía. Humo azul y aromático brotó en espiral hacia arriba, contra un cielo vacío, en aquella cañada desierta. Cuando el agua empezó a hervir, la mujer tomó la vasija de barro, desató el brezo y dejó caer la serpiente blanca dentro del agua, colocando rápidamente una tapa en la parte superior, con una piedra grande para mantenerla en su lugar. El vapor escapó de un pequeño agujero en el costado, uniéndose al humo.

La mujer volvió a sentarse con las piernas cruzadas y esperó con infinita paciencia hasta que el fuego se apagó. Sólo cuando la olla de hierro estuvo lo suficientemente fría como para tocarla, la mujer levantó la piedra de la tapa y retiró la olla de las brasas del fuego ahora apagadas. La serpiente se había convertido en sopa, con los huesos enrollados alrededor del interior de la olla. Sin dudarlo, la mujer bebió el contenido, con el derrame cayendo en cascada frente a ella para formar un pequeño charco alrededor de sus pies descalzos.

"¡Ahora sé!" Dijo mientras la sabiduría de la serpiente blanca explotaba dentro de su cabeza.

"¡Ahora sé todo lo que hay que saber!" Dejando caer la olla, ella comenzó a reír, con el sonido de su voz resonando alrededor de la cañada.

"¡Ahora lo sé todo!"

"¿Sabes quién soy?" La figura oscura se levantó del suelo, sin forma a excepción de los dos ojos rojos que miraban a la mujer.

"¿Quién crees que soy?"

"Tú eres el Cu-saeng", la mujer se enfrentó a la oscuridad.

"¿Por qué no me temes?" La voz de Cu-saeng resonó dentro de la cabeza de la mujer.

"Porque me necesitas", dijo la mujer mientras el conocimiento de la serpiente blanca caía en cascada dentro de su cabeza.

"¿Sabes lo que deseo?" preguntó el Cu-saeng, levantándose alrededor de la mujer, una masa sin forma.

"Deseas que ayude a Erik Egilsson". Dijo la mujer. "Necesitas que tome la espada encantada de Melcorka Nic Bearnas de Cenel Bearnas".

"Ve entonces y haz lo que yo deseo", dijo el Cu-saeng.

La mujer vio como el Cu-saeng se disolvía de nuevo en el suelo, sonrió y caminó hacia el sur.

ONCE

Estaban en la ladera de las colinas triples de Eildon con el bastón de Bradan erguido en el suelo mientras tres ciervos los miraban con curiosidad. Cruzando las cumbres, un viento fuerte sopló nubes irregulares hacia el este, hacia el mar.

"¿Cómo están las piernas?" Preguntó Bradan.

Melcorka se las examinó, golpeando primero a la izquierda y luego a la derecha. "Están lo suficientemente fuertes", miró la amplia cicatriz blanca que desfiguraba la parte exterior de cada muslo.

"No deseo volver a pelear con Erik".

"La lucha puede esperar", dijo Bradan. "Me alegro de que tus piernas estén bien. Sospecho que tenemos mucho que andar por delante".

"¿Has tenido alguna idea sobre el acertijo?" Preguntó Melcorka. "Uno dentro de tres al lado del espejo de la luna, con la sabiduría del antiguo dibujo de la sangre sagrada". Ella negó con la cabeza, moviendo su largo cabello oscuro alrededor de su cuello. "No significa nada para mí".

"He tratado de analizarlo", dijo Bradan. "Creo que está en dos partes. La primera es uno dentro de tres al lado del espejo de la luna, y la segunda es con la sabiduría del antiguo dibujo de la sangre sagrada".

"¿Caminamos?" Preguntó Melcorka.

"Todavía no", dijo Bradan. "No hasta que sepamos en qué dirección debemos ir". Dio una sonrisa torcida. "Odiaría marchar dos días al norte y descubrir que deberíamos ir hacia el sur".

Melcorka no coincidió con la sonrisa de Bradan. "¿Qué hacemos entonces?"

"Una vez conocí un pozo de los deseos cerca de aquí". Dijo Bradan. "Estaremos a salvo allí, con un serbal para protegernos de la Gente de Paz".

"Si así lo crees", dijo Melcorka mientras Bradan se preocupaba por su falta de ánimo.

El pozo estaba tal como lo recordaba Bradan, dos millas al norte de los Eildons, pequeño y oscuro junto a un serbal escarpado. A su alrededor, la hierba se extendía en una agradable franja verde, salpicada de margaritas, dientes de león y ranúnculos, mientras que las mariposas brillantes flotaban libremente. Una veintena de ovejas peludas pastaban felizmente.

"¿Vas a desear una respuesta al acertijo?" Preguntó Melcorka.

Bradan negó con la cabeza. "No. Me quedaré cerca del serbal y estaré agradecido de habernos alejado de Elfhame. Ojalá supiera cuánto tiempo estuvimos allí. A juzgar por el clima y el estado del país, es primavera, si no principios de verano".

"Podemos preguntarle a ese pastor", señaló Melcorka a un hombre que estaba pastoreando sus ovejas con la ayuda de dos perros collies blancos y negros.

Bradan le hizo un gesto al hombre. "¡Hola! ¿Sabes qué año es?

"¿Qué año es?" El pastor se acercó y se acarició la barba como si estuviera sumido en sus pensamientos. "El mismo año que fue ayer", dijo, "y el mismo año que será mañana, pero bendecido si sé qué número dice la gente que es".

Bradan asintió. "Sí; esa es una respuesta justa", dijo. "¿Mael Coluim sigue siendo rey de Alba?"

"¿Rey de Alba? Hay un rey, seguro, o tal vez una reina, pero sería una bendición saber quién es. No hablo con esas personas, ¿sabe?, y ellas no me hablan a mí".

Bradan lo intentó de nuevo. "¿Recuerdas una gran batalla en Carham, cerca del Tweed?"

El pastor volvió a acariciar su barba. "Ha habido muchas batallas por las riberas del Tweed. ¿A cuál te refieres?

"En el que el rey Mael Coluim derrotó a los hombres de Northumbria", Bradan luchó por mantener la paciencia.

"En el que una mujer mató a tres campeones daneses", el pastor de repente se puso alerta, señalando con la cabeza a Defender. "Una mujer con una espada así".

"Esa es la batalla", dijo Bradan. "¿Podrías decirme cuánto tiempo hace?"

"Seis meses, Bradan", dijo el pastor. Mientras Bradan miraba, el pastor se transformó en Verdadero Tomás, mientras que sus collies se redujeron a ostreros. "Llevas cinco meses y tres semanas en Elfhame. El mundo cree que estás muerto y el Carnicero sigue matando". Verdadero Tomás parecía serio. "Derrotó a Black Duncan el mes pasado".

"¿Black Duncan también se ha ido?" Melcorka sintió que aumentaba su desaliento. "Él era uno de los mejores. No creo que nadie pueda derrotar a Erik y Legbiter".

"Siempre hay esperanza", dijo Verdadero Tomás. "¿Qué han aprendido en Elfhame?"

Bradan le contó las ideas de Maelona sobre la entidad prohibida de un pasado lejano y repitió el acertijo. "Uno dentro de tres al lado del espejo de la luna, con la sabiduría del antiguo dibujo de la sangre sagrada".

"El espejo de la luna", dijo Verdadero Tomás. "Eso debería ser fácil de explicar, si no de encontrar. ¿Dónde puedes encontrar un espejo que muestre la luna?"

Bradan gruñó. "Cualquier estanque, lago o pileta reflejará la luna".

"Exactamente", dijo Verdadero Tomás. "Estás buscando un cuerpo de aguas sin movimiento".

Bradan apartó la mirada. "Sí, vidente; en Alba, debemos tener diez mil cuerpos de agua estancada".

"Ahora mira la segunda sección del acertijo". Tomás ignoró la irritación de Bradan. "Uno dentro de tres. ¿Eso significa algo para ti?"

"No significa nada para mí", dijo Bradan.

"El "uno" debe ser significativo". Melcorka trató de darle vida a su cerebro. "¿Cuál es uno que podría importar? ¿Cuál es ese uno que puede destacarse dentro de tres?"

"Algo que domina su entorno, o algo de importancia histórica", dijo Bradan.

"Yo estaría de acuerdo", dijo Tomás. "¿Qué cosa podría dominar su entorno estando dentro de un trío?"

"¿Un edificio, tal vez?" Melcorka se arriesgó. "¿Un castillo? ¿O una montaña? Schiehallion, ¿la montaña sagrada? Eso se destaca".

"Claro que destaca", asintió Bradan, "pero ¿dónde entra el espejo de la luna o los tres?"

"Algo que se erige junto a un lago o estanque", dijo Melcorka.

"La sabiduría de los ancianos también debe estar representada", agregó Tomás, con rostro grave.

"Este es un acertijo complejo". Agregó Melcorka.

"De hecho", Bradan comenzó a golpear el suelo con su bastón. "Uno dentro de tres. No puedo comprender eso, pero la segunda parte del acertijo trata sobre la sabiduría de los ancianos. Maelona mencionó que algunas de las antiguas familias todavía poseían un Druida familiar. Los druidas mantienen la sabiduría de los viejos".

Lo hacen", dijo Verdadero Tomás. "¿Dónde viven estas viejas familias?"

"Al norte del Forth", dijo Bradan de inmediato, "y en las áreas donde la influencia de los nórdicos es más débil".

Melcorka asintió. "Eso significa el norte y el este del país".

"Estamos reduciendo el área", dijo Bradan. "¿Qué tipo de familias tendrían estos druidas?"

"Las viejas familias pictas", dijo Melcorka, sin la sombra de una sonrisa. "Los más alejados de la iglesia celta".

"Lejos de los nórdicos, lejos de la Iglesia", dijo Bradan. "Yo diría que estamos mirando un área tierra adentro, y pensamos en el noreste".

"Has recorrido por allí, Bradan," dijo Melcorka. "¿Qué viejas familias tendrían una piscina o un estanque? ¿Quizás un lago sagrado?"

Bradan sacudió la cabeza. "Hay cientos de lugares sagrados, colinas, lagos, ríos y piedras erguidas en esa área". Miró a Melcorka con una iluminación repentina. "Y círculos de piedra".

"¿Círculos de piedra?" Preguntó Melcorka. "¿Hay alguno al lado de un lago?"

"Sí", dijo Bradan. "Sé de uno en el páramo de Grainish". Poniéndose de pie para aclarar su mente, golpeó su bastón en el suelo. "Creo que sé dónde podría estar este lugar, Mel. Sé de un círculo triple de piedras, tres anillos concéntricos de piedras, con una piedra más alta en el centro".

"Uno dentro de tres," dijo Melcorka sin animación. "¿Hay un lago cerca?"

"Hay una laguna, si mal no recuerdo," dijo Bradan, "un pequeño charco de agua oscura. No sé si es sagrado o no".

"Será sagrado en un lugar así", dijo Melcorka. "El páramo de Grainish está en Fidach, ¿no es así? La antigua provincia picta que una vez conocimos bien".

"El páramo de Grainish se extiende a ambos lados de la frontera entre Fidach y Alba", dijo Bradan. "Lo pasamos de camino a Fidach, hace años".

"Lo recuerdo", dijo Melcorka. "No conocimos a ningún druida".

"Deben reunirse en ciertos momentos, en los viejos tiempos sagrados, tal vez".

"Beltane". Melcorka dijo rotundamente. "Si los druidas se reúnen allí, será cuando enciendan los fuegos sagrados en Beltane", dijo Melcorka. "Beltane es el comienzo del verano".

"¿Qué fecha es hoy?" Preguntó Bradan.

Verdadero Tomás había estado escuchando. "Tienes dos semanas", dijo. "Y 200 millas de terreno difícil de cubrir".

Bradan golpeó el suelo con su bastón. "Será mejor que arranquemos", dijo. "Gracias por tu ayuda, Tomás".

Pero Verdadero Tomás había desaparecido. El anciano pastor le sonrió, con los dientes huecos y sin comprender.

"Desearía que ese hombre se quedara para una conversación completa", dijo Bradan.

"Sí". Melcorka ya había perdido el interés. Ella miró a una oveja como si nunca antes hubiera visto un animal así.

"Vamos, Mel", dijo Bradan. "Tenemos un largo camino por recorrer".

* * *

"Todavía no me siento como si fuera yo misma", dijo Melcorka mientras se apoyaba en el tronco muerto de un árbol ahuecado.

"No eres tú misma", dijo Bradan. "Puedo sentir la debilidad en ti".

"Pensé que la Gente de Paz me había curado".

"Ellos curaron la herida física", le recordó Bradan suavemente. "Hay otras cosas que no pudieron curar. Esa es una de las razones por las que todavía estamos buscando ayuda".

Melcorka forzó una sonrisa. "No me gusta este sentimiento. Es como si alguien estuviera dentro de mí, desgarrándome mientras intenta salir".

"Te ayudaremos a mejorar, Mel". Bradan la rodeó con un brazo. "Desearía que Verdadero Tomás volviera a aparecer. Como todos estos videntes y predictores, habla con acertijos y nos deja buscar la solución a tientas".

"Sí". La atención de Melcorka se había desviado de nuevo. Ella levantó su espada, frunciendo el ceño. "¿Tengo que llevar esta cosa?"

"La necesitarás más tarde". Una vez más, Bradan ocultó su preocupación.

"Oh". Melcorka sacudió la cabeza. "Sí, por supuesto".

"Alguien nos está siguiendo", dijo Bradan. "No mires hacia atrás".

"No escuché nada". Melcorka se habría dado la vuelta si Bradan no le hubiera sujetado la manga.

"Yo tampoco", dijo Bradan. "Eso es lo que me preocupa. No he escuchado un pájaro o un animal desde hace algún tiempo". Forzó una sonrisa. "Sigue caminando, Mel".

Llegaron al borde del Flanders Moss, el vasto tramo de fango de turba, ríos e islas flotantes de turba que se extendían por la cintura de Alba, separando el sur del país del corazón del norte.

"¿Cuántas personas nos están siguiendo?" Preguntó Melcorka.

"No lo sé". Bradan probó la profundidad del barro con su bastón. Cuando no sintió fondo, siguió adelante, buscando una entrada al pantano. "Sé que hay calzadas en alguna parte". Golpeó una gran cantidad de insectos que picaban, frunció el ceño y siguió adelante. "Ah, aquí estamos, hay tierra firme como a un palmo de mano debajo del agua. ¿Puedes ver a alguien detrás de nosotros?"

"No". Melcorka había encontrado un árbol medio sumergido desde donde podía mirar en todas direcciones. "Ningún movimiento en absoluto".

"Siempre y cuando no nos ataquen cuando estemos en la calzada". Bradan esperó a que Melcorka se riera de sus miedos para despreciarlos.

"Espero que no". Melcorka no tocó a Defender mientras miraba detrás de ella con repentina aprensión.

"Aquí vamos, Mel". Probando cada paso con su bastón, Bradan avanzó con cautela a lo largo de la calzada, con Melcorka unos pasos detrás de él, ocasionalmente mirando por encima de su hombro.

"¿No puedes ver a alguien todavía?" Preguntó Bradan

"Vi algo". Melcorka sonaba inusualmente nerviosa. "Algo en movimiento".

"Si es amistoso, no nos preocupará. Si no es amigable", Bradan señaló con la cabeza a Defender", tienes eso".

Melcorka apartó la mirada. "Sí. Yo tengo eso". Ella no tocó la empuñadura de su espada.

Bradan miró por encima del hombro y entrecerró los ojos para ver qué estaba pasando. Fragmentos de niebla flotaban por la superficie del Musgo, lo que dificultaba la identificación, pero vio movimiento. ¿Era un hombre en la calzada detrás de ellos? ¿O se trataba de un animal? No podía estar seguro. "Podría ser sólo un ciervo", dijo Bradan, "o un truco de la luz en el Musgo".

"No era un ciervo", dijo Melcorka. "¿Puedes oler a los ciervos?"

"No puedo". Bradan miró a su alrededor. Era imposible apresurarse, ya que un paso fuera de la serpenteante calzada significaba una lenta asfixia en el lodo. Olfateó de nuevo. "Tienes razón. No puedo oler ciervos ni nada". Las personas y los animales tenían aromas distintivos para las personas criadas en la naturaleza. Aunque la humedad del Musgo enmascararía la mayoría de los olores, Bradan sabía que reconocería el olor de un ciervo. Esperó a que Melcorka desafiara a quienquiera o lo que fuera que los seguía, para desenvainar a Defender y enfrentarse a los perseguidores. En cambio, ella señaló hacia adelante.

Date prisa, Bradan. Intentaremos perderlos en el fango".

"Me apresuro", sondeó Bradan y dio un paso, sondeó y pisó, con la calzada llevándolos más profundamente en el musgo, girando de un lado a otro sobre parches de césped verde brillante, áreas de agua cubierta de cañas y agujeros de turba donde el agua oscura Cubría profundidades misteriosas. De vez en cuando, los árboles atravesaban el musgo, aislados en parches de tierra más firme, y de vez en cuando una rata nadaba junto a sus pies o examinaba sus tobillos, mientras que el algodón de turba se balanceaba en vientos invisibles.

"¡Mira!" Melcorka señaló hacia un lado, donde un hombre saltó alto sobre la superficie del Musgo, para desaparecer en una mancha de niebla. "¿Qué clase de hombre puede hacer eso?"

"Del tipo que puede sangrar", dijo Bradan. Vio a otro hombre elevarse muy alto, sosteniendo un palo largo, luego pareció volar sobre el Musgo. "Quienquiera que sea, es ágil".

Las figuras aparecían y desaparecían, saltando sobre o a través de la niebla en sus largos palos. Vistos solo parcialmente, se movían en silencio, sin palabra ni gesto.

"Están frente a nosotros", dijo Melcorka.

Desfigurados por la niebla en gigantes alargados, los hombres se asomaban al frente, parados en la calzada para bloquear el camino de Melcorka y Bradan. Cada uno sostenía un palo tres veces más largo que un hombre alto.

"Eso no es prometedor", dijo Bradan.

"No", Melcorka miró detrás de ella. "No podemos luchar contra los tres".

"Eres Melcorka, la mujer espadachín", dijo Bradan. "Puedes pelear con cualquiera".

Melcorka negó con la cabeza. "Ahora no. Ya no más". Ella miró a su alrededor, buscando una vía de escape.

"¿Quiénes son ustedes?" Gritó Bradan. "¿Qué desean?"

Los tres hombres se pararon frente a ellos, figuras silenciosas en la niebla. Con sus rostros manchados de barro y sus ropas del mismo color gris verdoso que el pantano circundante, encajaban perfectamente en su entorno.

Melcorka jadeó cuando una mano se deslizó desde el pantano para agarrar su tobillo derecho. Ella pateó, saltando hacia atrás cuando otro agarró su pantorrilla izquierda.

"¡Aléjense!" Bradan golpeó con su bastón. Un hombre emergió del barro con los ojos oscuros en un rostro embarrado. Bradan lo golpeó de nuevo. Aparecieron dos más, patinando sobre la superficie del barro en zapatos como platillos anchos.

Más manos agarraron a Melcorka, tirándola hacia abajo, mientras los patinadores se abalanzaban sobre la empuñadura de Defender.

"¡No, no lo haces!" Bradan balanceó su bastón, derribando a un hombre. El segundo casi logró sacar a Defender de la vaina antes de que Melcorka se pusiera de pie y Bradan se lo llevara. Los hombres del fango desaparecieron en la brumosa distancia, dejando solo a los tres en la calzada.

"Ellos quieren a Defender", dijo Bradan.

"¿Por qué?"

"Quizás nunca antes habían visto una espada", dijo Bradan. "O tal vez alguien los ha enviado".

"Hay más detrás", dijo Melcorka. "¡No podemos volver!"

Bradan asintió. Dos hombres más del fango estaban en la calzada detrás de ellos. "Bueno, tampoco podemos quedarnos aquí, Mel. No soy un luchador, pero estoy condenado si dejo que extraños bloqueen mi camino. Ven conmigo".

"No puedo", dijo Melcorka.

"Claro que puedes. Tienes a Defender".

"No puedo usarla". Melcorka sonaba desesperada.

"Tal vez no". Bradan pudo ver que Melcorka estaba lejos de su habitual confianza en sí misma, "¡pero ellos no lo saben! Míralos con ferocidad y sigue mi ejemplo".

"No puedo lucir feroz hoy", dijo Melcorka.

"Haz tu mejor esfuerzo, o dame a Defender y la blandiré".

La sonrisa irónica de Melcorka no logró ocultar su miedo. "Bradan, no podrías lucir feroz en ninguna circunstancia".

"Al menos lo intentaré". Entregando a Melcorka su bastón, Bradan desenvainó a Defender y avanzó. Aunque Melcorka le había contado sobre la oleada de poder que siempre experimentaba mientras sostenía la espada, solo sentía el peso de un arma perfectamente equilibrada.

"¡Muévete!" Bradan ordenó mientras los tres hombres del fango estaban frente a él. "Estamos saliendo".

Los hombres del fango retrocedieron por la calzada, y el espacio entre ellos y Bradan permaneció igual, por muy rápido que éste salpicara. Sintió un movimiento a su derecha y vio más de los hombres del fango paralelos a ellos en la superficie del pantano.

"Quédate conmigo, Melcorka", Bradan miró por encima del

hombro. "Los muchachos que nos siguen no parecen ser una amenaza".

"Estoy cerca de ti". Melcorka agarró la manga de Bradan.

Una cuarta figura se unió a los tres hombres del fango al frente. Un poco más pequeña, la recién llegada no usaba capucha y su largo cabello rubio descendía hasta sus hombros mientras permanecía en silencio, pero Bradan sabía que ejercía el poder. Cuando levantó una mano, todos los hombres se reunieron, los que tenían palos largos para saltar de tierra seca a tierra seca, los que llevaban los zapatos grandes que les ayudaban a atravesar el musgo y los hombres desnudos que nadaban por el barro como anguilas humanas.

"Melcorka; mantente cerca", dijo Bradan. "Algo está pasando aquí".

La mujer rubia señaló a Bradan, sin decir palabra, y todos los hombres se movieron, con los saltadores a un lado, los hombres con zapatos al otro y los nadadores sumergiéndose en el fango.

"Vienen por nosotros", dijo Bradan. "¿Quieres a Defender? Ella trabaja para ti".

Melcorka negó con la cabeza, tropezó y sin darse cuenta tocó la hoja del Defensor. Por un instante, se dio cuenta de lo que estaba pasando.

"Bradan". Hablaba con más claridad de lo que lo había hecho durante meses. "Esa mujer está a cargo aquí. Ella está dirigiendo a los hombres del fango".

"Entendí eso", Bradan le dio un golpe a uno de los saltadores, fallando por completo y casi desequilibrando con la fuerza que usó.

"Si nos deshacemos de ella, el resto retrocederá". Melcorka vaciló cuando su mente comenzó a nublarse de nuevo. "Ve por ella, Bradan".

"Quédate cerca". Bradan avanzó, esperando que la calzada fuera relativamente sencilla bajo sus pies, levantando salpicaduras de agua fangosa mientras se acercaba a la mujer. Dos de los nadadores emergieron a su lado, uno agarrándose a sus piernas, tratando de sacarlo de la calzada, el otro tratando de alcanzar a Defender. Balanceando la espada, Bradan sintió contacto cuando el segundo hombre cayó hacia atrás, chorreando sangre. Pateó al otro, maldiciendo.

"Continúa, Bradan", instó Melcorka. "Solo la mujer importa".

La mujer no se había movido, dependiendo de los hombres del fango para seguir sus órdenes. Dos de los superficiales se deslizaron hacia Bradan, buscando a Defender. Bradan abanicó hacia uno, falló y maldijo cuando el segundo lo agarró del brazo. Otro nadador agarró las piernas de Bradan, y dos de los saltadores aterrizaron suavemente en la calzada a su espalda, lidiando con él mientras intentaban arrebatar a Defender de sus manos.

Lanzando uno al suelo, Bradan intentó abanicar con Defender, pero con dos hombres del fango jalando su brazo hacia abajo, se encontró gradualmente dominado. Por el rabillo del ojo, vio a Melcorka dejarlo.

Melcorka se lanzó hacia adelante, sus pies resbalaron en la traicionera calzada. Mientras se acercaba a la mujer, apuntó con el bastón de Bradan como si fuera una lanza y se lanzó hacia adelante.

"¡Mel!" Bradan gritó cuando otro nadador tomó su pierna izquierda y tiró. Luchó desesperadamente por permanecer en la calzada mientras un pie resbalaba y se deslizaba de lado.

"¡Cenel Bearnas!" Melcorka gritó el viejo lema de su familia mientras se lanzaba hacia adelante con el bastón de Bradan. La parte superior, con su cruz celta tallada, se acercó a la mujer rubia, que al instante se retiró. Melcorka volvió a golpear, y una tercera vez, gritando para disimular su miedo. "¡Cenel Bearnas!"

La mujer desapareció. En un segundo, los hombres del fango se retiraron a sus guaridas, saltando, nadando o deslizándose, dejando a dos de ellos en la calzada.

"¿Cómo hiciste eso?" Preguntó Bradan.

"La amenacé con tu bastón". Melcorka habló a través de su confusión. "No sé por qué se fue".

"Sí", dijo Bradan. "El sacerdote de Carham bendijo al bastón. El mal no puede oponerse a la bendición".

"No recuerdo a los sacerdotes bendiciendo nada". Melcorka negó con la cabeza.

"Sí, puedes", dijo Bradan. "Simplemente no sabes que lo recuerdas. Vamos, Melcorka, alejémonos del musgo antes de que regresen estas personas". Bradan avanzó, con Melcorka detrás de él, sus pies chapoteando en el barro.

"Creo que se han ido", dijo Bradan, mirando a lo lejos.

"No". Melcorka intentó controlar el martilleo de su corazón. "Todavía están allí. No podemos verlos, pero están a nuestro alrededor".

Agarrando al Defender con fuerza, Bradan siguió por la calzada, moviéndose tan rápido como pudo mientras se cuidaba de no pisar el barro que esperaba a ambos lados.

Melcorka tenía razón. Podía sentir la presencia de los hombres del fango en medio de la niebla. No estaba seguro de qué eran o por qué estaban allí, pero se sentía más incómodo que en cualquier momento de su vida. Bradan negó con la cabeza, tratando de forzar algún pensamiento racional en su mente. Esa mujer los había dirigido, tratando de agarrar a Defender. Ahora pensaba en ella, no podía describirla, como no podía describir al hombre gris que acompañaba al Carnicero. ¿Por qué era eso?

Bradan no pudo pensar en una solución. Solo sabía que la bendición de su bastón había repelido a la mujer, lo que indicaba que era malvada. Bradan pensó en algunos de los peligros que él y Melcorka habían enfrentado, desde los ejércitos nórdicos hasta los monstruos con múltiples brazos del Océano Índico, la magnífica cascada del Nuevo Mundo, los elefantes de guerra y las sirenas asesinas. Sin embargo, nunca antes había sentido tanta desolación interna, como si estas personas grises y sin rasgos le estuvieran quitando toda confianza.

"¡Vamos, Mel!" Bradan pasó cl pulgar por la cruz tallada en la parte superior de su bastón. La oleada de esperanza que le dio esa simple acción recorrió su cuerpo.

"Vamos, Melcorka". Manteniendo el pulgar presionado sobre la cruz esculpida, Bradan casi arrastró a Melcorka sobre el último tramo de la calzada y hacia la tierra seca más allá. Cuando miró hacia atrás, solo quedaba el musgo, y la amenaza de la que no podía deshacerse.

Esa fue la diferencia. En sus aventuras anteriores, Bradan sabía que él y Melcorka solo habían arriesgado sus vidas. Esta vez, supo que arriesgaban sus almas.

DOCE

"¿Quién eres tú?" Erik miró al hombre gris antes de hacer la pregunta como si pidiera permiso para hablar. Sacó a Legbiter, preparado para atacar.

"Soy cualquiera que tú desees que sea". La mujer estaba de pie en la entrada de la cabaña en la que Erik había pasado la noche.

"Podría matarte", dijo Erik.

"Podrías", estuvo de acuerdo la mujer. "Pero no lo harás". Entró en la cabaña, permitiendo que su larga capa azafrán se abriera, revelando que no llevaba nada debajo.

Los ojos masculinos de Erik devoraron lo que la mujer ofreció con tanta astucia. "¿Qué deseas?" Pasó su lengua sobre labios repentinamente secos.

"Te quiero a ti", dijo la mujer. "Y entonces me querrás". Entró más en la cabaña, sentándose en la esquina de la sencilla mesa. Ella lo miró de arriba abajo. "Veo que ya me quieres, Erik Egilsson, el que los hombres llaman el Carnicero".

"Si sabes quién soy", Erik apartó aún más la capa de la mujer con la hoja de Legbiter, "¿por qué no me tienes miedo?"

"Estoy aquí para ayudar". La mujer echó hacia atrás su largo cabello rubio, sonriendo. "Entre nosotros, llevaremos a Defender a nuestro Señor".

"¿Cuál es tu nombre?" Erik se sintió atraído por la fuerza dentro de la mujer.

La mujer sonrió. "Como quieras llamarme, Erik".

"Te llamaré Revna", dijo Erik. "Significa Cuervo".

"Entonces déjame besarte, Erik", dijo Revna, "antes de ponernos a trabajar". Se rió cuando Erik la alcanzó, sin importarle los dos cadáveres que ya compartían esa cabaña con ellos.

TRECE

El amanecer trajo rayas rojas y plateadas que adornaban un cielo gris, mientras que las nubes blancas flotaban sobre los picos azules de las montañas Cairngorm. Bandada tras bandada de gansos pasaron junto a ellos, volando hacia el norte, hacia el mar y las tierras que se extendían más allá, como ansiosos por escapar del atribulado reino de Alba.

"Ahí está el Páramo de Grainish". Bradan descansaba sobre su bastón, mirando hacia la extensión de páramo áspero que se extendía hasta una pequeña cresta de granito en la distancia neblinosa.

Aun apoyando sus piernas heridas, Melcorka asintió. Permanecieron uno al lado del otro mientras el sol se elevaba, con los rayos plateados resaltando las piedras blancas que sobresalían del cuerpo del páramo y reflejándose en las lagunas y las quemaduras que disecaban el brezo. "¿Dónde está tu triple círculo de piedra?"

"En el mismo centro", dijo Bradan. "Te advierto que este es un lugar peligroso".

"En todas partes es peligroso esta temporada", dijo Melcorka.

La atmósfera los golpeó en el momento en que pisaron el brezo elástico. A pesar del sol naciente, estaba fresco. A pesar de la luz del día, había oscuridad en el aire. A pesar de los gansos que pasaban por encima, estaba en silencio. Ni una abeja zumbó, ni una rana cantó, ni un ciervo rompió el silencio de la mañana. Lo único que escucharon fue el crujir de sus pies a través del brezo y el ruido sordo del bastón de Bradan en el suelo esponjoso.

"Algunos llaman a esto el páramo silencioso", dijo Bradan. "Otros, el páramo de las serpientes".

"Puedo entender el nombre silencioso", dijo Melcorka. "No estoy tan segura de las serpientes. No he visto ninguna".

"Es otro nombre para los druidas", explicó Bradan.

El Páramo de Grainish no era extenso, por lo que Bradan y Melcorka pudieron caminar hasta el centro en un par de horas. Pasaron tres piedras individuales y los restos de dos círculos de piedra antes de que Bradan señalara el círculo triple.

"Aquí estamos".

Las piedras se levantaban de un parche central de terreno ligeramente más alto, como una isla rodeada de pantanos. Un solo monolito se alzaba sobre tres círculos de piedra concéntricos, mientras que un lago circular, medio oculto por una maraña de brezos, acechaba siete pasos hacia un lado.

"No hay nadie aquí", Melcorka no pudo ocultar su sensación de decepción.

"No es Beltane hasta mañana", dijo Bradan. "Encontraremos un lugar para esperar, observar y presenciar". Hizo una pausa. "Ni siquiera sabemos si este es el lugar correcto. Es solo una suposición".

Melcorka aceptó la palabra de Bradan. "No puedo recordar qué son los druidas, Bradan, mi cabeza está tan confundida".

"Ellos eran la clase letrada de la sociedad", le recordó Bradan gentilmente. "Los sacerdotes del mundo celta antes de la llegada del cristianismo".

"Oh, creo que lo recuerdo". Melcorka luchó con su cerebro magullado.

"Hasta donde sabemos", continuó Bradan, "tenían 30 años de

formación en geografía, naturaleza, astronomía, teología y la inmortalidad del alma humana".

Melcorka luchó con un recuerdo dormido. "Pensé que sacrificaban gente".

"No lo creo", dijo Bradan. "Tienen, o han tenido, el entrenamiento mental más disciplinado en cualquier parte del mundo que conocemos".

"¿Pueden ayudarnos?" Preguntó Melcorka.

"Eso espero, Mel", Bradan bajó la voz. "Oh, Dios, eso espero".

Caminaron alrededor del anillo triple, tres filas, cada una de siete piedras, con el monolito central de color más claro que los demás y la mitad de alto al igual que los anteriores. "Mira", Melcorka señaló al suelo, donde una piedra estaba horizontal, medio oculta por brezos como de un año de crecimiento. "Hay algo tallado en la piedra".

"Una huella", Bradan limpió el brezo. "No, dos huellas".

"Me pregunto por qué", dijo Melcorka.

"Alguna ceremonia, tal vez", dijo Bradan. "Dudo que alguna vez sepamos por qué". Caminó alrededor de los círculos. "No puedo sentir nada especial aquí", dijo. "No puedo sentir una oleada de espiritualidad. En todo caso, es deprimente". Miró al lago, esperando respuestas. "Sólo agua", dijo. "Agua oscura y turbia".

Al encontrar un lugar escondido a la vista de los círculos, se tumbaron bajo el suave sol y se prepararon para un largo día. Después de un tiempo, las pequeñas criaturas del páramo regresaron, abejas en busca de brezos, arañas de patas largas en busca de presas, un ratón tímido que se escabulló cuando sintió la presencia de la humanidad.

El sonido comenzó tan pronto como el sol se puso por el oeste. Al principio, Melcorka no pudo reconocerlo, hasta que se dio cuenta de que era alguien tarareando. Venía de más allá de su conciencia, de algún lugar más allá del triple círculo, de algún lugar más allá de los confines del páramo.

"¡Bradan!"

"Lo escucho". Yacían uno al lado del otro en el brezo, mirando cómo una luz etérea venía de arriba, iluminando el triple círculo para que cada piedra brillara. "Y lo veo".

El murmullo aumentó de volumen hasta dominarlo todo, bloqueando el susurro del viento entre los brezos y el suave gorgoteo de las quemaduras a medio ver. Las pequeñas criaturas volvieron a desaparecer, creando una esterilidad inquietante. Se volvió difícil hablar, difícil pensar con ese zumbido persistente.

"¿Qué está pasando?" Melcorka agarró la empuñadura de Defender.

"Los druidas están creando un vacío, creo", dijo Bradan. "Están alejando todo del páramo para poder apoderarse de él".

"El poder del sonido", dijo Melcorka. "No había oído nada parecido antes".

"*En el principio era la Palabra*", citó Bradan a la Biblia. "*Y el Verbo estaba con Dios*", agregó. "Las palabras y los sonidos son más importantes de lo que creemos".

El murmullo continuó, unido ahora por un cántico de garganta profunda que erizó los pequeños pelos de la nuca de Melcorka. "Creo que algo está pasando", dijo.

El primer hombre vino del norte, vagando por los brezos como si sus pies no tocaran el suelo. Con una capa blanca larga con capucha que protegía su rostro, colocó una sola rama de madera en el suelo, se trasladó al círculo exterior de piedras y se quedó quieto mientras continuaban los cánticos y tarareos. El segundo hombre apareció un poco al este del norte, agregó un palo a la pila y se paró en la siguiente piedra en el círculo un momento después, y el tercero unos momentos después de eso.

"Aparecen en sentido horario", dijo Brand. "Como si siguieran la rotación del sol".

Uno por uno, aparecieron los hombres con túnica y encapuchados, cada uno agregando a la pila de palos antes de tomar su lugar al lado de una piedra en particular. El murmullo aumentó de volumen hasta convertirse en un fenómeno casi físico, doloroso para los oídos. Con la llegada de cada hombre, las piedras brillaron más, como si estuvieran sacando luz del sol moribundo. Solo la piedra central y más alta permaneció en la oscuridad.

Cuando un hombre se paró en cada piedra en el círculo exterior, el tarareo y los cánticos alcanzaron un crescendo y se detuvieron. La ausencia de sonido fue tan dolorosa como lo había sido el ruido. Nada se movía en el páramo, ni el viento, ni un insecto. Incluso los brezos quemados estaban en silencio.

Sin ninguna señal visible, cada hombre avanzó hacia el círculo central de piedras, de nuevo en una formación en sentido horario, en dirección al sol. El canto comenzó de nuevo, bajo y suave.

"Nunca había visto algo como esto antes", dijo Melcorka.

"Dudo que alguien lo haya hecho, excepto los druidas, si eso es lo que son". Bradan bajó la voz.

"¡Mira! ¿Qué está pasando ahora?"

Otro hombre caminó hacia el círculo triple. Vestido con una capa negra, pasó alrededor del anillo exterior, tocando cada piedra a su vez, antes de pasar al círculo del medio donde estaban los druidas.

Moviéndose lentamente, el hombre de negro se inclinó ante cada druida, ninguno de los cuales devolvió el saludo. Cuando completó el circuito, el hombre de negro se trasladó al círculo interior, moviendo el eje, tocando cada piedra antes de acercarse al alto monolito en el centro. El sol vaciló en el borde occidental de las colinas, reteniendo una franja de color rojo ocre como si no quisiera desaparecer y dejar la tierra desatendida por la luz.

"No creo que me guste esto". El instinto impulsó a Melcorka a tocar la empuñadura de Defender. La espada se sintió fría, como si todo el poder se hubiera retirado de ella.

"A mí tampoco", susurró Bradan.

El hombre de la capa negra estaba junto a la piedra central. El canto aumentó con los druidas hablando un idioma que ni Melcorka ni Bradan entendían, pero que Bradan supuso que era tan antiguo que ningún escriba lo había escrito jamás, o tan sagrado que solo los druidas lo sabían. Uno por uno, los druidas se acercaron al círculo más interno, todavía cantando.

A estas alturas, el cielo estaba completamente oscuro, pero las piedras aún brillaban. El hombre de la capa oscura levantó las manos como en una súplica, y los demás siguieron sus movimientos. Muy arriba, las nubes se separaron, permitiendo que la luna brillara a través de ellas.

Los druidas comenzaron a cantar de nuevo, avanzando hacia el hombre de negro. Cuando lo rodearon, se quitó la capa y se quedó completamente desnudo frente a la piedra vertical central.

Cada uno de los druidas de capa blanca sacó un pequeño cuchillo de hoja de dentro de la voluminosa manga de su capa y alcanzó al hombre desnudo.

"Pensé que habías dicho que los druidas no tenían sacrificios humanos", dijo Melcorka.

"No pensé que lo hicieran". Bradan deseó no haber traído a Melcorka aquí. Sintió un repugnante deslizamiento de decepción. Se había equivocado: estas no eran las personas que ayudarían a Melcorka. Él había levantado sus esperanzas sin razón.

"Deberíamos irnos", susurró Bradan.

"No". Melcorka volvió a tocar la empuñadura del Defender, sin saber por qué. Aun así, la espada se sentía fría, sin su habitual emoción de poder. "Aún no está terminado. Observa".

"La víctima no parece renuente", asintió Bradan de mala gana.

El hombre desnudo estaba de pie con los brazos extendidos como si aceptara el mordisco de las espadas de los druidas. El primero de los druidas le cortó el brazo con el cuchillo, luego el segundo, luego el tercero hasta que todos cortaron al hombre desnudo. Inmóvil, el hombre desnudo ignoró la sangre que fluía por su brazo hasta las puntas de los dedos y la losa yacente. Con esa parte del procedimiento completa, cada druida se cortó el antebrazo y dejó que la sangre cayera.

"Están llenando las huellas con sangre", dijo Bradan, aliviado de que no hubiera ningún sacrificio humano. "¡Y mira!"

La luna brillaba en el cielo, rodeada de un halo rojo. Silencioso junto al triple anillo de piedras, el lago capturó y realzó el reflejo, como si hubiera atraído la luna hacia el Páramo de Grainish.

"Ese es el dicho completo", dijo Bradan. "El uno, los tres, la sangre sagrada de los druidas y ahora el espejo de la luna. No puedo sentir que soy diferente. ¿Puedes tú, Mel?" Preguntó, más en esperanza que en expectativa.

"Observa". Melcorka puso una mano sobre el brazo de Bradan. "No han terminado todavía".

El hombre desnudo fue el primero en pisar las huellas de sangre, y los demás lo siguieron uno a uno, permaneciendo en la sangre durante siete segundos antes de irse. Solo cuando todos los hombres estuvieron en las huellas talladas, el hombre desnudo usó la fricción de dos palos para encender un fuego en ambos montones de leña. Esperando hasta que las llamas se prendieron, caminó a través del humo entre ambos fuegos. Los otros siguieron en una sola línea silenciosa.

"Los fuegos de la necesidad", dijo Bradan. "El humo es para purificar a los que pasan".

"Tenemos que hablar con uno de estos druidas". Melcorka tuvo uno de sus momentos de lucidez.

"Bueno, entonces", Bradan golpeó su bastón. "Hablemos; parecen haber completado la ceremonia".

Melcorka y Bradan se levantaron juntos y caminaron abiertamente hacia adelante. A primera vista, los druidas formaron un círculo alrededor del hombre desnudo. Uno dio un paso adelante, con la capucha protegiendo su rostro.

"¿Quiénes son ustedes?" La voz del druida era profunda dentro de su capucha.

"Soy Melcorka Nic Bearnas de Cenel Bearnas".

Bradan se estremeció. Desde que Erik la derrotó, Melcorka ya no se llamaba a sí misma la Mujer Espadachín. "Soy Bradan el Errante".

"¿Por qué están aquí?"

"Buscamos su conocimiento", dijo Bradan.

Los otros druidas se reunieron a su alrededor, en silencio dentro de sus capuchas profundas. Uno dio un paso adelante. "Yo soy Bruachan".

"Pensé que ibas a ser un sacrificio humano", Melcorka reconoció a Bruachan como el hombre que estuvo antes desnudo, ahora con una capa blanca idéntica a los demás.

"No sacrificamos humanos", dijo Bruachan solemnemente.

"La Gente de Paz nos sugirió que le pidiéramos consejo", dijo Melcorka.

"Maelona", dijo Bruachan. "Sentimos su presencia en nuestras mentes".

"Necesitamos su ayuda", dijo Melcorka. "Tenemos una misión y órdenes del Gran Rey".

Bruachan encontró su mirada. "Necesitas nuestra ayuda más de lo que crees, Melcorka Nic Bearnas. ¿Quién te hizo daño?

"Un hombre llamado Erik Egilsson. ¿Cómo lo sabes?"

Bruachan ignoró la pregunta. "Él era el recipiente. ¿Quién lo controla?"

"Erik cree que Loki de los dioses nórdicos hizo que su espada fuera más poderosa que la mía. Maelona cree que es algo mucho mayor que Loki".

Bruachan se echó hacia atrás la capucha, revelando el rostro severo y bien afeitado de un hombre que se acerca a la mediana edad. "Maelona cree que es el subterráneo. El prohibido".

"Quizás. No lo sabemos". Dijo Bradan. "Esperábamos que pudiera ayudarnos".

Bruachan asintió. "Vengan conmigo".

Cada druida se alejó en una dirección diferente, dejando solo a Bruachan con Melcorka y Bradan. "No está lejos", caminaba Bruachan mientras hablaba, cubriendo el suelo a gran velocidad aunque no parecía moverse rápidamente.

La torre circular de piedra se elevaba desde una pequeña elevación en el borde del páramo, con el pantano creando un foso defensivo natural. Bruachan caminó sin vacilar a través de una calzada torcida, deteniéndose en las curvas para asegurarse de que Melcorka y Bradan lo siguieran. La puerta alta se abrió ante ellos, permitiendo el paso a través de los muros dobles hacia un patio circular donde un edificio de piedra abrazó el muro interior. Dos hombres retrocedieron para permitir el paso de Bruachan, aunque miraron a Bradan y Melcorka con cierta sorpresa.

"Aquí", dijo Bruachan, y lo siguieron a un apartamento sorprendentemente espacioso de piedra revestida de madera, donde una olla negra colgaba sobre un fuego de turba humeante. "Tendrán hambre después de su vigilia", dijo Bruachan.

Se quitó la capa blanca y se sentó junto al fuego, vistiendo el ubicuo leine de lino y sonriéndoles. "¿Qué esperabas, Melcorka? ¿Alas de murciélago y cabezas de sapo colgando de ganchos?"

Melcorka asintió. "Algo de ese tipo".

Colocando el contenido de la olla en vasijas de madera, Bruachan se los entregó. "Caldo de verduras", dijo. "Lo mejor después de una de estas ceremonias".

"Te sentirías frío de pie sin ropa", dijo Bradan. "¿Qué estaba pasando?"

"Me estaban presentando al orden más alto de Druidas, mientras estábamos tocando las piedras", dijo Bruachan. "Estaban aquí mucho antes de que los druidas o los pictos llegaran a Alba".

"Eso creo", dijo Bradan. "Se trata de un dios, o algo, desde ese momento que buscamos tu consejo".

"El prohibido", dijo Bruachan de nuevo.

Era cómodo en ese pequeño edificio con el fuego dando un brillo cálido y el humo de turba azul subiendo para crear una neblina desde el techo de piedra hacia abajo.

"¿Por qué preguntarnos?" Bruachan preguntó, y sonrió ante la expresión del rostro de Melcorka. "¿Creías que los druidas eran omniscientes? ¿Creías que sabíamos todo sobre todos?"

"Las historias sugieren que sí". Bradan habló por Melcorka.

"Las historias dicen que tenemos sacrificios humanos; las historias dicen que quemamos a la gente en enormes hombres de mimbre; las historias dicen muchas cosas que no son ciertas. Estudiamos a las personas y la naturaleza, Bradan, como tú, y creamos una filosofía de vida, como tú lo harás. Tres veces al año, intercambiamos información, como ustedes acaban de presenciar".

"¿Sabes para qué son estos círculos de piedra?" Preguntó Bradan con genuina curiosidad.

Bruachan asintió. "Están alineados con la luna, el sol o las estrellas. Los construyeron los viejos". Se echó hacia atrás. "No viniste a preguntarme eso".

"No". Bradan miró a Melcorka y le explicó su misión. "Empezamos tratando de derrotar a un espadachín conocido como el Carnicero, pero ahora creemos que hay algo mucho más poderoso y mucho más malvado. Necesito curar cualquier malestar que haya dentro de Melcorka, y luego debemos encontrar y purgar este mal".

Bruachan asintió. "¿Qué les hizo creer que podrían derrotar a este Carnicero?"

"Melcorka tiene una espada que conserva todo el poder y la experiencia de sus dueños anteriores, siempre y cuando la maneje para el bien". Bradan vaciló. "No estamos seguros de si todavía tiene ese poder".

Déjame ver la espada. Bruachan tomó Defender de Melcorka. "El Pueblo de la Paz hizo esto, hace siglos," colocó la hoja contra su mejilla. "Aún puedo sentir el poder. Defender no es menos de lo que siempre fue. Te has encontrado con un mal mayor". Pasó sus manos sobre la hoja. "Siento el mal aquí, disminuyendo lentamente a medida que el bien lo derrota. Déjame ver tus heridas, Melcorka".

"Están en mis piernas", dijo Melcorka, tan inocente como una niña.

"Muéstrame".

Bruachan examinó las amplias cicatrices blancas en los muslos de Melcorka. "La Gente de Paz ha hecho un buen trabajo aquí. Han curado tus heridas físicas". Presionó una mano en la pierna izquierda de Melcorka y la otra en su frente. "No tenían el conocimiento para curar los otros daños. Hay mucho del mal que queda dentro de ti".

"¿El mal?" Bradan puso una mano reconfortante sobre el hombro de Melcorka. "No creo que nunca hubo maldad en Melcorka".

"El Carnicero lo puso allí", Bruachan colocó ambas manos en una olla de pasta verde que estaba junto al fuego. "Hay maldad en su espada. Entró en tu cuerpo cuando el Carnicero te cortó". Bruachan suspiró. "El mal creó a tu peor enemigo, Melcorka, depresión dentro de tu mente. Te limitó al causar dudas y confusión. Si aceptas una limitación, entonces se convierte en lo que eres". Miró a Bradan. "¿Melcorka ha actuado de manera diferente desde su herida?"

"De hecho, ha perdido toda la confianza en sí misma", dijo Bradan.

"Ese es el veneno del mal que está dentro de ella", Bruachan colocó sus manos sobre las cicatrices de Melcorka. "Esto dolerá, Melcorka, pero es necesario. Prepárate".

"¿Qué vas a hacer?" Preguntó Bradan cuando los ojos de Melcorka se abrieron.

"Voy a eliminar el mal", dijo Bruachan. "Bradan; puede que tengas que sujetar a Melcorka". Tomando su pequeño cuchillo en forma de hoja, Bruachan hizo una pequeña incisión en la cicatriz.

"Eso no dolió", observó Melcorka sin inmutarse.

"Esto sí te dolerá". Poniéndose a gatas, Bruachan se sumergió en la olla de líquido verde y untó el contenido sobre la herida abierta. Melcorka se puso rígida.

"¿Qué es eso?"

"Un antídoto contra el mal". Dijo Bruachan. "La Gente ha curado la herida física. Esta solución debería curar las heridas emocionales y mentales. Habrás notado que has estado letárgica recientemente".

"No, no lo he estado", negó Melcorka.

"Sí ha estado como perdida", confirmó Bradan, asintiendo. "No hay espíritu en ella en absoluto".

"El mal la ha sometido. Si eliminamos el mal, Melcorka se recuperará". Bruachan introdujo el dedo en la herida fresca y le introdujo el ungüento profundamente en la pierna de Melcorka. "Está en su sangre, recorriendo su cuerpo hasta su cerebro, eliminando todo lo que la convirtió en Melcorka". Continuó empujando mientras Melcorka se retorcía. "El mal es una depresión que se come su espíritu, le quita las ganas de vivir, de luchar. Reduce a las personas a caparazones con apariencia de humanidad pero sin fuerza vital".

El sudor brotaba del cuerpo de Melcorka mientras yacía en el suelo de losas de piedra, retorciéndose de agonía mientras el ungüento de Bruachan luchaba contra el mal en sus venas.

"Cuando mi poción llegue a su corazón, lo sabrás", dijo Bruachan. Entonces tendrás que abrazarla, Bradan. Cuando llegue a su cerebro, es posible que no seas lo suficientemente fuerte. Ora por fuerza, Bradan, para ti y Melcorka".

"¡Oh Dios!" Melcorka abrió la boca para respirar. "¿Qué me has hecho?"

"Tu cuerpo es un campo de batalla", le dijo Bruachan. "El bien de la naturaleza está luchando contra el mal de los sin espíritu dentro de ti. No sé cuál saldrá victorioso. Depende de cuánto de lo esencial te quede para ayudar en la lucha. Depende de tu fuerza espiritual".

"¡Bradan!" Melcorka gritó, retorciéndose, arañándose el pecho. "¡Bradan!"

"Estoy aquí". Bradan le tomó las manos, sufriendo con ella. "Siempre estoy aquí, Melcorka".

"¡Por el amor de Dios!"

Bradan se inclinó más cerca, tratando de ayudar, deseando que Melcorka peleara. "Estoy aquí, Melcorka; toma mi fuerza".

Melcorka se retorció, sujetándose mientras el ungüento de Bruachan luchaba contra el veneno que infectaba su sangre, combatiendo la depresión que aplastaba su espíritu y le quitaba el poder de decisión y alegría. El sudor manaba de cada poro de Melcorka para formar un charco debajo de ella cuando sus ojos se abrieron hasta que se salieron de sus órbitas. Ella gimió, ya no podía articularse, y las venas de su frente y cuello se hincharon.

"Bruachan", suplicó Bradan. "¿Qué puedo hacer para ayudar?"

"Estar allí". Bruachan estaba mirando, con sus dedos profundamente dentro de la cicatriz de Melcorka.

"Sostenla. Deja que tu mente se encuentre con la de ella".

"¿Mi mente?" Bradan hizo lo que dijo Bruachan, desesperado por ayudar mientras Melcorka se movía más allá del dolor hacia un reino donde nada importaba, un lugar que solo unos pocos conocen. No había paz allí, solo un tormento tan grande que se convirtió en la única razón de existencia.

"Melcorka". La voz de Bearnas era suave. Estaba de pie junto a Melcorka, junto a otros miembros de su familia, mujeres y hombres guerreros que se remontaban al pasado.

"Estamos aquí, Melcorka. Estamos aquí. Toma fuerza". Bearnas se acercó a Melcorka. "No estás sola. Nunca estás sola".

Los pájaros blanco y negro estaban allí, los ostreros dando vueltas, listos para guiar a Melcorka a cualquier lado que eligiera, el camino de la izquierda o el camino de la derecha.

"No estás sola, Melcorka".

"Sí, Madre". Incluso a pesar de su agonía, Melcorka se escuchó a sí misma hablar.

"La madre de Melcorka está muerta", le dijo Bradan a Bruachan. ¿Está Melcorka con ella o con nosotros?"

Bruachan negó con la cabeza. "Yo no lo sé".

"Mel". Bradan presionó sus manos sobre la cabeza de Melcorka. "Toma mi fuerza, Melcorka. Es toda tuya". Su cabeza estaba empapada de sudor mientras se agitaba sobre las losas, gimiendo. Ella se estiró, agarrando a Bradan con ambas manos.

"¿Bradan? Te vi marcharte con otra mujer cuando yo estaba muerta en la arena".

"No estás muerta, Melcorka, y no hay otra mujer".

"Ella sabe que eres tú", dijo Bruachan. "Ella va a volver".

"¡Melcorka!"

"Aún no es su momento", dijo Bruachan. "Mira; ella ha superado lo peor ahora".

Melcorka se relajó hasta que se quedó quieta en el suelo. Ella miró hacia arriba. “¿Bradan? ¿Eres tú?”

“Soy yo, Mel”, Bradan escuchó el tono de su voz. “Has vuelto, otra vez”.

“¿Dónde he estado?”

“En otro lugar”, dijo Bradan. “Has estado fuera por algún tiempo”.

“Tengo cosas que hacer”, la voz de Melcorka ya era más fuerte, y había un fuego en sus ojos que Bradan no había visto desde que luchó contra Erik.

“Primero tienes que reunir tus fuerzas”, advirtió Bradan.

“¡Estoy lo suficientemente fuerte, maldita sea!” Dijo Melcorka. “Y dile a ese druida que quite la mano de mi pierna o se la cortaré por la muñeca”.

CATORCE

"Ese es Bruachan", dijo Bradan. "Él te trajo de vuelta".

Melcorka se sentó. "Ahora recuerdo. Mi madre estuvo aquí. Y Bradan. Gracias, Bruachan".

El druida retiró la mano. "Mantendré mi muñeca intacta, creo. No mucha gente podría sobrevivir al mal que Erik puso en ti, Melcorka. ¿Qué piensas ahora?"

Cuando Melcorka tocó la empuñadura de Defender, volvió la vieja y familiar emoción. "Primero lavaré este sudor de mi cuerpo y luego cazaré a Erik", dijo.

"¿Por venganza?" Bruachan preguntó.

"No. Para quitar el mal de Alba". Melcorka se puso de pie, se balanceó y aceptó la mano de apoyo de Bradan. "Si fuera por venganza, Defender no funcionaría para mí".

Bruachan esbozó una leve sonrisa. "Tu Defender es virtualmente imbatible contra cualquier arma fabricada en su propio tiempo, ya que posee la habilidad de grandes guerreros".

Melcorka asintió. "Eso es así, sin embargo Erik y Legbiter me derrotaron con facilidad".

"Él lo hizo. Erik usó el mal de una cosa que era antigua mucho antes de que los romanos crucificaran a Cristo. Es un espíritu primigenio de la tierra, algo de las profundidades ocultas debajo de la tierra, un mal prohibido".

"Cuéntame más", dijo Melcorka.

"Lo llamamos Cu-saeng, porque no tiene otro nombre conocido", dijo Bruachan. "Las personas que lo adoraban murieron miles de años antes de que los antepasados de nuestros abuelos llegaran a esta tierra". Bruachan observó mientras Melcorka caminaba por la habitación, se volvía y retrocedía. "Es posible que las personas que erigieron los círculos de piedra supieran de esta entidad, ya que de vez en cuando hemos descubierto sacrificios debajo de las piedras".

"¿Qué tipo de sacrificios?" Preguntó Melcorka sin dejar de caminar.

"Encontramos huesos de animales y humanos". Bruachan les pasó una pequeña botella de cuero. "Aguamiel", dijo. "Bebe. Te ayudará a recuperar tus fuerzas".

Melcorka así lo hizo, sintiendo el dulce licor de miel que se filtraba por su cuerpo. "Eso es lo mejor que he probado en meses", dijo.

"Le encontrarás mejor sabor", dijo Bruachan, "a medida que continúe tu recuperación".

"Creemos que este espíritu es dueño del suelo y de todo lo que se encuentra debajo de la superficie de la tierra, por lo que le molesta que alguien esté excavando los cimientos de las casas o realizando cualquier otra alteración de sus posesiones".

"¿Se puede matar?" Preguntó Melcorka.

"No; es la encarnación del mal, así como Cristo fue la encarnación del espíritu del bien".

"Si no puedo matarlo, ¿puedo derrotarlo de otra manera?" Melcorka acarició la empuñadura de Defender.

"Creemos que se puede reprimir", Bruachan habló con cautela. "En algún momento, los hombres y mujeres que erigieron el círculo de piedra triple capturaron y contuvieron el poder del Cu-saeng".

"¿Capturaron su poder?" Melcorka pasó su pulgar por la hoja de Defender.

"El poder estaba escrito en un libro, que los antiguos enterraron profundamente bajo la tierra, y los monjes cristianos lo localizaron y contuvieron de forma segura".

Melcorka apuró el hidromiel y buscó algo de comer. "¿Esta cosa de Cu-saeng todavía está contenida?"

Bruachan negó con la cabeza. "No. Cuando comenzaron las guerras actuales con los nórdicos, los albanos y los northumbrianos, el líder de una banda de guerra estaba buscando saqueos y desenterró este libro, el Libro de la Tierra Negra, como se le conoce. Algún tonto lo abrió, y una parte del espíritu cambió la espada del guerrero más cercano por una que contenía pura maldad".

"Esa sería Legbiter", dijo Melcorka. "¿Erik fue ese líder?"

"Erik no era el líder. Él era solo uno de la banda de guerra. Él cree que controla la espada, pero Legbiter lo controla a él". Bruachan le entregó una barra de pan, que Melcorka mordió. "Estás recuperando tu fuerza más rápido de lo que esperaba".

"Sí", dijo Melcorka. "Dijiste que parte del espíritu entró en Legbiter. ¿Qué pasó con el resto?"

"Eres una mujer con muchas preguntas", dijo Bruachan. "El resto está en el libro, que creemos que tiene el líder de la banda de guerra".

Melcorka terminó el pan y buscó más. "¿Qué debo hacer?"

"Dos cosas", dijo Bruachan. "Primero, debes detener la ola de asesinatos de Erik y destruir su espada maligna, y segundo, debes encontrar el libro y contener o disipar la maldad de Cu-Saeng".

"Una cosa a la vez", dijo Melcorka. Erik puede esperar. ¿Dónde está este libro? ¿Quién lo liberó?

Bruachan negó con la cabeza. "Aún no lo sabemos. Todo lo que sabemos es que el libro fue retenido en una casa construida con huesos humanos y el guerrero que dirigió la banda de guerra aún vive allí".

"Eso es un comienzo", dijo Bradan. "No puede haber muchas casas construidas sobre huesos humanos".

Impaciente ahora, Melcorka interrumpió. "En segundo lugar, ¿cómo puedo asegurarme de que el libro esté seguro?"

Bruachan negó con la cabeza. "Eso está más allá de nuestro conocimiento".

Bradan golpeó el suelo con su bastón. "Todo bien. Cruzaremos ese puente cuando lleguemos a él. Primero tenemos que encontrar la cosa".

"Y acabar con la matanza de Erik", dijo Melcorka. "Me superó fácilmente. ¿Cómo puedo derrotarlo?"

"Legbiter es tan poderosa como Defender", dijo Bruachan. "Combina el bien con el mal. Pero aumenta su poder al aprovechar la maldad acumulada del Libro de la Tierra Negra. Si neutralizas el libro, puedes luchar contra Erik en términos de nivel. Puedes ganar, puedes perder".

"Así que primero debemos encontrar el libro", dijo Melcorka.

"Primero debes encontrar el libro," estuvo de acuerdo Bruachan. "En una casa construida sobre huesos humanos".

"Si el hombre que desató el mal dirigiera un grupo de guerra", dijo Bradan, "sería un escandinavo, por lo que lo más probable es que esté en el extremo noreste, más allá de Inverness".

Melcorka miró hacia arriba. "Yo nunca he estado allí".

Bradan gruñó. "Yo tampoco". Levantando su bastón, lo arrastró por el suelo. "Me llaman Bradan el Errante, pero nunca he entrado en territorio nórdico por elección. Esta empresa podría ser muy interesante".

Bruachan se inclinó hacia atrás. "He ayudado en todo lo que he podido y les he dicho todo lo que sé. Ahora, deben hacer su camino. Recuerden la verdad dorada: la acción sigue al pensamiento".

"La acción sigue al pensamiento", repitió Bradan. "Te agradecemos tu ayuda y consejo, Bruachan". Él se paró. "Ahora buscaremos a este hombre con una casa construida sobre huesos de muertos".

"Vayan con Dios", dijo Bruachan, "y que Dios vaya con ustedes".

Melcorka asintió. "Y que Él bendiga tu sabiduría". Sin embargo, a pesar de su nueva confianza, Melcorka aún recordaba su visión. Ella yacía rota en un desierto de arena ensangrentada, con un hombre alto y encapuchado de pie junto a ella mientras Bradan se alejaba con otra mujer. A su alrededor, la tierra estaba envuelta en una neblina amarilla y gris, y conoció el sabor de la derrota.

"¡Vamos, Mel!" Bradan golpeó el suelo con su bastón.

"Ya voy". Sacudiendo el último de sus oscuros pensamientos, Melcorka enganchó a Defender y salió de la torre.

QUINCE

Se movían más rápido ahora, con Melcorka a grandes zancadas de nuevo, chapoteando a través de los ríos sin miedo y saludando a los que conocía sin aprensión. "¡Vamos, Bradan! ¡Tenemos errores que corregir!"

"Tenemos", Bradan la miró, ocultando su placer por la diferencia. Todos los días pedían noticias de Erik, y a veces recopilaban información y otras no. Compartieron la amistosa llama de fuego de turba con pastores y con señores, intercambiando inteligencia del mundo, cantando las viejas canciones y disfrutando de la hospitalidad por la que Alba era famosa. De vez en cuando, uno o dos de los jóvenes guerreros del séquito de un señor miraban la espada de Melcorka y se preguntaban si ella podría usarla.

"Esa es una gran arma que tienes allí", preguntó un pelirrojo musculoso cuando se sentaron en el pardo de un cacique a la orilla de un lago.

"Lo es", asintió Melcorka, sonriendo por encima del borde de su cuerno de aguamiel.

"Me preguntaba si quedaría mejor en mi espalda que en la tuya".

"Ella se ve bien donde está", dijo Melcorka.

"Unos pocos golpes pueden decidir de manera diferente".

"Podrían, y podrían eliminar tus dudas, o podrían quitar la cabeza de tus hombros", respondió Melcorka. "Y muchas mujeres llorarían la remoción".

"¡Lachlan! Estos son mis invitados", rugió el cacique. "No tendré descortesía hacia ellos".

"No, padre", dijo de inmediato Lachlan, el pelirrojo, aunque siguió mirando con envidia a Defender.

"Podemos tener una pelea de práctica", Melcorka alivió la decepción de Lachlan, "sin derramamiento de sangre. Necesito el ejercicio".

La casa formó un círculo en el patio, viendo cómo Melcorka y Lachlan se enfrentaban. Ambos se desnudaron, ataron el extremo suelto de la camisa entre las piernas y sopesaron sus espadas. Algunos de los espectadores señalaron las lívidas cicatrices blancas en los muslos de Melcorka.

"Ella no es tan buena; mira los segundos premios en sus piernas".

"Cuidado, Mel", dijo Bradan, mientras Melcorka desenvainaba a Defender por primera vez desde que Erik la había derrotado.

"Tendré cuidado", Melcorka se estremeció cuando la familiar emoción la recorrió. Ella le sonrió a Bradan. "¡Está bien, Bradan! ¡Soy yo de nuevo!" Defender era ligera en sus manos, el equilibrio perfecto. Pasó la mirada por el borde del acero, sonriendo para sí misma.

"Cuando estés listo, Lachlan. Solo por diversión".

Lachlan tenía una espada más corta, del tipo nórdico de una mano que empuñaba junto con un escudo circular y una daga. Como era de esperar de un joven, se movía con gran energía, sonriendo y echándose hacia atrás su cabello rojo.

"¡Una mujer con una espada! ¿Quién ha oído hablar de tal cosa? ¡Va contra la naturaleza! ¡Vuelve a tu cesto de lana, mujer!"

"¡Ja!" Melcorka respondió: "¡Un niño que se cree un hombre! ¡Espera hasta que las marcas de tu cuna se hayan desvanecido antes de cantar, mi joven gallo!"

Sosteniendo a Defender con las dos manos, con la hoja apuntando al cielo, Melcorka miró a Lachlan. Su carrera fue repentina pero no inesperada, una oleada de urgencia que lo vio cruzar el espacio entre ellos en medio segundo, sosteniendo su escudo en un ángulo para desviar a Defender mientras intentó cortar astutamente la cicatriz lívida en el muslo izquierdo de Melcorka.

Bloqueando el swing con facilidad, Melcorka levantó la hoja de Defender para atrapar la parte inferior del escudo de Lachlan y le torció la muñeca. El movimiento obligó al escudo hacia atrás y hacia arriba. Lachlan dejó caer el escudo, trató de apuñalar con su daga, descubrió que Melcorka ya no estaba allí y gritó cuando Melcorka le dio un fuerte planazo contra su trasero.

"Me gusta llamar a eso la despedida de Melcorka", se rió Melcorka.

Frotándose el trasero, Lachlan sacudió la cabeza con pesar y se unió a las risas de la audiencia. "Sabes cómo usar tu espada", admitió, tratando de mirar por encima del hombro para evaluar el daño.

"¿Nunca has oído hablar de Melcorka la mujer espadachín?" Preguntó Bradan en voz baja. "¿Las mujeres que ayudaron a ganar la batalla de Carham?"

"Esa mujer está muerta". Lachlan recuperó sus armas con una mirada cautelosa en Melcorka.

"El Carnicero la mató en simple combate".

"Yo soy esa mujer", dijo Melcorka, "y estoy muy viva".

Con la noticia, los hombres y mujeres del sol dejaron de reír. "¿Eres la mujer espadachín?"

"Lo soy", Melcorka inclinó al Defender sobre su hombro derecho, mirando a Lachlan en caso de que intentara otra carrera.

"¿Vas a luchar contra el Carnicero de nuevo?"

"Todavía no", dijo Melcorka. "Primero, estoy en una búsqueda. Cuando lo haya completado, volveré a enfrentar al Carnicero".

"Iba a luchar contra el Carnicero", Lachlan volvió a colocar su espada en su vaina. "Estoy entrenando para ese día".

"No estás listo para enfrentarlo", dijo Melcorka con seriedad.

"Eres un joven aprendiz agradable, pero él es un asesino experimentado. Déjelo a mí o a los campeones del rey, si pueden encontrarlo".

"¿Cuál es tu búsqueda?" El cacique preguntó.

"Estoy buscando a un hombre, tal vez un asaltante nórdico, que vive en una casa construida sobre los huesos de hombres muertos. El Carnicero era uno de sus guerreros".

El cacique parecía serio. "Puede que conozca a un hombre así; un vendedor ambulante habló de un guerrero con cabeza de gato que vive en una casa de huesos".

"¿Un guerrero con cabeza de gato?" Bradan pasó el pulgar por la cruz de su bastón. "Nunca he conocido a un hombre así".

"Tampoco quieres conocerlo", dijo el cacique. "El vendedor ambulante dijo que es un vikingo de renombre, un hombre que está enfermo para cruzar".

"¿Dónde podemos encontrarlo?" Preguntó Bradan.

"Donde pertenece un hombre así", dijo el cacique. "Está en la provincia del Gato, a través del bosque, atravesando el Lago Beiste, a través de la Cañada Gris o Tacheichte y atravesando el gran páramo".

"¿El Lago del Monstruo y la Cañada Encantada?" Bradan tradujo. "¿Quién le da a estos lugares esos nombres?"

"Gente que conoce sus historias", dijo el cacique. "Gente que sabe evitarlos". Bajó la voz. "Ten cuidado, Bradan, porque te diriges a lugares donde incluso Dios temería pisar".

"¿Sabes dónde en la Provincia del Gato tiene su guarida este extraño guerrero?"

"No lo sé", dijo el jefe.

Melcorka enfundó a Defender. "Gracias por sus consejos y conocimientos", dijo. Y por su hospitalidad. Nos dirigiremos hacia el norte para buscar esta casa construida sobre huesos".

"A su regreso", dijo Lachlan, todavía frotándose las posaderas. "Podemos entrenar de nuevo, y tú puedes enseñarme ese truco".

"Podemos hacer eso, joven guerrero", dijo Melcorka.

* * *

"Hay un asentamiento por delante". Bradan señaló con la barbilla mientras alcanzaban otra cresta. En esa parte de Alba, las cañadas corrían de este a oeste, por lo que continuamente subían o bajaban colinas, con las laderas más bajas de los valles envueltas en bosques abiertos y los fondos pantanosos o inundados alrededor de ríos turbios. La cañada que miraban hacia abajo era sorprendentemente seca, con suelo fértil y un grupo de árboles de serbal y ancianos junto a un pequeño río.

"Esa es una vista bienvenida", dijo Melcorka.

Las casas circulares estaban agrupadas detrás de una pared de madera, con cuerdas de brezo que sujetaban la paja de caña contra los vientos. Los pequeños campos alrededor habían sido ganados dolorosamente y mostraban signos de actividad reciente en forma de surcos de arado.

"No veo ninguna vida", dijo Melcorka, acelerando el paso ante la idea de una amable bienvenida en el hogar de un fuego de turba brillante.

"Quizás todos estén adentro", dijo Bradan.

Se apresuraron cuesta abajo, gritando sus nombres para advertir a la gente del asentamiento que iban a llegar. No hubo respuesta, ni siquiera el ladrido de un perro o la llamada de un gallo.

"Eso es extraño", dijo Bradan.

"Eso sería extraño en cualquier otro momento", dijo Melcorka. "Justo ahora, lo extraño es normal". Desenvainó a Defender. "Echemos un vistazo a este asentamiento vacío".

Rodeando la empalizada de madera antes de entrar, vieron que los campos estaban vacíos de ganado, mientras que un arado yacía abandonado de lado. Melcorka fue la primera en atravesar la puerta de madera, mirando a su alrededor con cautela, con Defender en equilibrio sobre su hombro derecho.

"¡Hola!" Ella gritó un saludo. "Soy Melcorka Nic Bearnas y conmigo está Bradan el Errante".

Nadie respondió. Una sola rata salió corriendo de la casa más cercana, su cola tocó el tobillo de Melcorka al pasar.

Todas las puertas estaban abiertas, crujiendo suavemente mientras se balanceaban con la melodía del viento.

"No hay nadie aquí", informó Bradan al entrar en cada casa, una por una. "Todo el lugar está desierto".

"Ni siquiera un perro o un gato", dijo Melcorka. "Solo alguna rata".

"Los escandinavos han estado aquí".

"No", Melcorka negó con la cabeza. "De las incursiones nórdicas, habrían dejado cadáveres. No hay nada, ni rastro de vida. Nada".

"Hay comida en las ollas", dijo Bradan, "y ropa en las camas. Lo que sea que sucedió fue rápido. La gente no tuvo tiempo de recoger sus pertenencias".

Melcorka aplastó las moscas que se agrupaban en las ollas. "Es hora de irse", dijo. "No hay nada aquí para nosotros".

Salieron del asentamiento tan rápido como habían llegado hasta que Melcorka se detuvo para agacharse en el suelo afuera. "Alguien ha estado aquí", indicó las marcas de los pies. "Mucha gente, 20, tal vez 30, de todas las edades. ¿Ves?" Señaló una pequeña pisada, bastante clara en el barro endurecido. "Esa es la huella de un niño, alejándose del pueblo en la dirección que estamos tomando".

"Algo los asustó". Bradan frotó su pulgar en la cruz celta de su bastón.

"Sí". Melcorka se puso de pie. "Alguna cosa". Miró arriba y abajo a lo largo de la cañada poco profunda. "Dudo que alguna vez sepamos qué, Bradan, pero apuesto a que toda la maldad está conectada".

"¿Erik Egilsson?"

"Sí, ese hombre, o lo que sea que esté dentro de él, esta criatura Cu-saeng". Guardando a Defender en su vaina, Melcorka guio el camino de nuevo, ahora moviéndose más lentamente mientras miraban a su alrededor.

Había otra aldea desierta en la próxima cañada, otra vez libre de toda vida excepto insectos, ratones y ratas.

"Si hubiera muertos aquí, los cuervos carroñeros estarían aquí para festejar", dijo Melcorka. "Nunca había visto algo así antes. Este lugar está desierto como si algo barriera a la gente con un cepillo enorme".

Bradan miró hacia arriba. "Los cuervos han vuelto".

"Pobres sobras para ellos aquí", dijo Melcorka.

La siguiente cañada tenía otras dos aldeas desiertas, con campos abandonados y el techo de paja de brezo cayendo hacia el interior de las casas. "Estas han estado vacías por algún tiempo", dijo Melcorka. "Más tiempo que las demás: las malas hierbas crecen en los surcos del arado y los pájaros anidan en el techo de paja. Lo que sea que haya ocurrido, golpeó aquí primero y se trasladó más lejos".

"¿Quizás una plaga?" Bradan se arriesgó. "¿Alguna forma de morrena?"

"¿Sin cadáveres ni tumbas?" Melcorka negó con la cabeza. "Lo que sea, llegó rápido y de manera repentina, sin aviso y sin tiempo para alertar a la gente en la cañada vecina".

"Me alegrará alejarme de esta zona". Dijo Bradan. "Cada cañada está aislada, incluso secreta, por lo que el mal puede atacar sin ser visto".

Melcorka forzó una sonrisa. "Al mal le gustan los lugares oscuros y solitarios. Todavía debemos llevar luz a Alba, Bradan. Tocó la empuñadura de Defender. "Vamos".

Encendieron un pequeño fuego esa noche y se alejaron 100 pasos, sabiendo que la luz atraería a cualquier depredador.

"Uno de nosotros permanecerá despierto", dijo Melcorka, "mientras el otro duerme. Yo haré la primera guardia".

"Sí", dijo Bradan. "Despiértame si me necesitas".

Descansando a sotavento de una roca de granito redondeada, pasaron una noche incómoda, con las estrellas brillando en lo alto y el viento constante haciendo crujir los brezos. Dos veces oyeron el aullido de un lobo, y una vez el resoplido de un jabalí que se acercó, pero estos eran los sonidos habituales de la naturaleza y no los molestaron. Por la mañana volvieron a la fogata.

"Huellas", dijo Bradan. "Alguien visitó nuestro fuego anoche".

"Aproximadamente una docena de personas", dijo Melcorka. "Descalzos; hombres y mujeres juntos".

Bradan examinó los alrededores. Estaban al norte de la zona de cañadas poco profundas, con el viento arrasando un desolado paisaje de lochans (pequeños lagos) y rocas. Unas millas más adelante se extendía un oscuro cinturón de bosque, la siguiente barrera para su progreso. "Puede haber sido la gente de las aldeas vacías".

"Quizás", dijo Melcorka. "Pero no puedo ver de dónde vinieron ni adónde fueron. No hay ningún lugar", señaló con la cabeza hacia el bosque, "excepto allí".

Parecía no tener fin, un bosque que se extendía hacia el este y el oeste hasta donde alcanzaban la vista. Había espacios entre los árboles en la franja del bosque, permitiendo un hilo de luz solar que se desvanecía a medida que el bosque se volvía más denso.

"El Bosque de Caledón", dijo Bradan. "O el bosque de Caledonia, si así lo prefieres".

"Preferiría que no estuviera aquí en absoluto", dijo Melcorka. "No recuerdo haber pasado a través de él la última vez que viajamos por Alba".

"No lo hicimos", dijo Bradan. "Esta vez tenemos un destino diferente".

"¿Has estado aquí antes?" Preguntó Melcorka.

"Si; hace mucho tiempo". Bradan golpeó el suelo con su bastón. "Vamos, Mel; hablar nunca hizo un viaje más corto".

La franja del bosque les dio la bienvenida con rayos de sol que se filtraban a través de las ramas, pero con cada pocos metros la luz se hacía más tenue y la maleza más espesa, por lo que pronto abrieron un camino a través de helechos y zarzas enredadas a la altura de los hombros.

"Nunca había sido así antes", Bradan se secó el sudor de la frente. "Juro que estos arbustos de zarzas son más grandes y con espinas más grandes que cualquiera que haya visto antes".

"Las moscas también son peores", Melcorka golpeó a la multitud de moscas azules que zumbaban alrededor de su cabeza. "Y más agresivas".

A medida que avanzaban, aumentaba el número de moscas a su alrededor. "¡Bradan!" Melcorka le puso una mano en el brazo. "¡Cuida tus pies!"

La víbora yacía sobre una roca expuesta, enrollada pero aún peligrosa. Bradan la rodeó y se detuvo cuando vio otra serpiente unos metros más adelante, y una tercera deslizándose entre los helechos.

"Eso es inusual en esta época del año", dijo Bradan. "Normalmente son más numerosas hacia el final del verano".

"Todo parece inusual", dijo Melcorka. "Más moscas, más plantas que pican, más serpientes".

"Se parece más a estas selvas que vimos en Hindustan que a un bosque de Alba", dijo Bradan.

Oyeron el estruendo de un animal grande que se movía por el bosque y se refugiaron en un árbol cuando el jabalí pasó corriendo, seguido por otros dos. En la penumbra, sus colmillos parecían terriblemente peligrosos.

"Sí, las cosas salvajes gobiernan el bosque", dijo Bradan. "Cuanto antes regresemos a un campo más abierto, más me gustará".

Cortando parte de la maleza, se apoyaron contra el tronco de un árbol. "¿Cuánto tiempo hemos estado aquí?" Preguntó Melcorka.

"Parecen días", dijo Bradan, "pero dudo que sean más de ocho horas".

"Quiero ver el fin de esto", dijo Melcorka. "Subiré a un árbol y veré qué tan lejos se extiende el bosque". Escalar era una segunda naturaleza para Melcorka, por lo que subió al árbol sin dificultad, trepando hasta la rama más alta para mirar hacia el norte.

El bosque se extendía hacia una cadena de montañas distantes. Ondulaba sobre terreno accidentado, con zarcillos de niebla deslizándose entre los árboles, en espiral hacia arriba para disiparse en el aire.

"Tenemos un largo camino por delante", informó Melcorka a su regreso. "Otro día al menos, tal vez más, y la oscuridad no está lejos".

"Será mejor que busquemos refugio para pasar la noche". Bradan se pasó los dedos por la cara y se quitó un puñado de moscas. "Solo Dios sabe qué tipo de criaturas infestan este lugar en la oscuridad. Todo parece hostil hoy en día".

"Llegaremos a un terreno elevado", dijo Melcorka, "o treparemos a un árbol sobre el suelo lejos de ese tipo de cosas". Señaló una columna de hormigas que pasaba junto a ellos. "Incluso Defender no es bueno contra un millón de insectos". Vio el movimiento por el rabillo del ojo y desenvainó a Defender antes de terminar de hablar.

"¡Párate! ¡Puedo verte!"

El hombre se detuvo. Cubierto de hojas y ramas, parecía una parte andante del bosque.

"Soy Melcorka Nic Bearnas. ¿Quién eres tú?"

"Hola". El hombre del bosque se quitó una máscara de musgo de la cara. "Pensé que te vi trepando a los árboles".

"¿Quién eres tú?" Melcorka presionó la punta de Defender contra la garganta del hombre.

"Soy Drost". El hombre era de mediana estatura, esbelto y de agradable rostro pecoso. Se cubrió la boca con las manos mientras hablaba, como si fuera tímido con los extraños. "¿Están perdidos?"

"No", dijo Bradan. "Estamos atravesando el bosque".

"¿Por qué?" Dijo Drost.

"Vamos hacia el norte". Dijo Bradan. "¿De dónde eres?"

"Vivo aquí", dijo Drost. "Puedo llevarlos a mi casa. Pueden pasar la noche si quieren".

Melcorka miró a Bradan, quien asintió. "Llévanos allí", dijo Melcorka.

"Por aquí", Drost los condujo por caminos tan estrechos que eran casi imposibles de ver, hasta que llegó a un agradable claro con un roble central. "Allí arriba", señaló a una pequeña estructura de madera y corteza en las ramas inferiores del árbol. "Está a salvo de los jabalíes y las serpientes de la noche. Observen".

Tomando un palo en forma de gancho de la base del árbol, Drost saltó y tiró hacia abajo lo que parecía ser una rama suelta, pero en realidad era el extremo de una simple cuerda anudada hecha de hierba trenzada.

"Síganme". Saltando sobre la cuerda, Drost se arrastró hasta la casa del árbol con la agilidad de cualquier ardilla. Melcorka siguió, con Bradan, torpe, de último.

La casa era pequeña y sorprendentemente cómoda, con suelo de tablones y bancos de madera para sentarse o dormir. Aún más sorprendente fue la mujer y los tres niños que miraban mientras Drost presentaba a sus invitados.

"No recibimos muchas visitas", la mujer también se llevó la mano a la boca mientras hablaba. "Soy Eithne".

"Soy Melcorka, y este es Bradan", dijo Melcorka. "¿Están seguros de que no estamos molestando?"

"¿Molestar?" Dijo Drost. "¡No! para nada. Háblenos del mundo exterior. ¿Qué está pasando fuera del bosque?"

"Deben comer primero", dijo Eithne. "¿Dónde están tus modales, Drost? Todos los invitados deben comer primero".

"Sí", dijo Drost con entusiasmo. "Tienen que comer primero. Todo el mundo tiene que comer".

"Gracias", dijo Bradan mientras Eithne sacaba tazones de un caldo verde, con trozos de hojas flotando en la parte superior.

Melcorka lo probó primero. "Está delicioso", dijo. "¿Qué es?"

"Hojas y musgo, con insectos y larvas", Eithne parecía orgullosa de sus habilidades culinarias.

Acostumbrados a comer todo lo que podían en sus viajes, ni Bradan ni Melcorka se quejaron de la comida. La nutrición era necesaria para darles fuerza. "Todos lucen muy saludables", dijo Melcorka.

"Oh, tenemos mucha comida", dijo Drost.

"Mucha comida", repitió Eithne mientras los niños se miraban y asentían sin sonreír. Miraron a Melcorka con ojos grandes.

"Ahora deben descansar", dijo Eithne. "Parece que tuvieron un día difícil".

"Son ustedes muy amables", dijo Bradan. En Alba, era habitual que la gente mostrara su hospitalidad a los viajeros, siendo las personas más empobrecidas a menudo las más generosas, incluso si eso significaba que ellos mismos pasarían hambre. De todos modos, con el actual estado inestable del país, se sorprendió de que estos habitantes del bosque lo recibieran en su hogar con tanta presteza.

"Duerman ahora", dijo Eithne. "Todos dormiremos ahora".

Era extrañamente cómodo en esa pequeña casa en lo alto de los árboles, con el sonido de las ramas crujientes alrededor. Bradan colocó su bastón en el suelo a sus pies, les guiñó un ojo a los niños y se acostó en el banco de madera. "Me alegra que nos hayas encontrado, Drost", dijo. "No teníamos ganas de pasar una noche en el bosque".

Eithne se rió, tapándose la boca con timidez. "De nada", dijo. "No solemos recibir invitados".

"Quítate la espada, Melcorka," dijo Drost. "No necesitarás tu espada por la noche. Los jabalíes no trepan a los árboles".

Eithne se rió. "No, los jabalíes no trepan a los árboles".

La luz se filtraba de color verde a través de las ramas, desvaneciéndose gradualmente a medida que avanzaba la noche. Los cantos de los pájaros durante el día se extinguieron, reemplazados por los melancólicos silbidos de los búhos cazadores. Bradan cerró los ojos, escuchó la respiración suave y regular de sus anfitriones, se preguntó brevemente qué encontraría mañana y se quedó dormido. Hacía mucho tiempo que no se sentía tan relajado.

DIECISÉIS

"¡Bradan!" Melcorka habló con urgencia. "¡Bradan!"

"¿Qué?" Bradan se dio la vuelta, estuvo a punto de caer al suelo y vio la tenue forma de Melcorka inclinada sobre él.

"Todos se han ido", dijo Melcorka. "Drost, Eithne y los niños se han ido".

"Al igual que los aldeanos". Bradan se obligó a despertar. "¿Adónde?"

"¿Cómo debería saberlo?" Preguntó Melcorka. "Escuché movimiento, y se fueron".

"Algo debe haberlos llevado". Dijo Bradan. "Es hora de que nos vayamos también, o seremos los próximos en desaparecer".

Melcorka levantó a Defender y se la ató a la espalda. "No", dijo ella. "Estas personas nos brindaron hospitalidad. Intentaremos encontrarlos; debe haber algún tipo de rastro a seguir".

Aunque la copa de los árboles ocultaba el cielo, Bradan supuso que eran las primeras horas de la mañana. La cuerda colgaba hacia abajo, balanceándose solo levemente cuando la agarró.

"¡Bradan!" Melcorka llamó cuando comenzó la escalada. "¡Mira abajo!"

En la penumbra, Bradan solo pudo distinguir formas. Calculó que alrededor de una docena de personas estaban reunidas en la parte inferior de la cuerda, con un hombre trepando mientras bajaba. Máscaras de musgo ocultaban los rostros, dejando solo los ojos para mirarlo.

"Vuelve, Bradan", siseó Melcorka.

El hombre debajo de Bradan trepó por la cuerda mucho más rápido que Bradan. Antes de que Bradan regresara a la plataforma construida con tablas, el hombre se estiró, agarró la pierna de Bradan y tiró, y otro hombre se unió a él segundos después.

"¡Aléjate!" Bradan pateó hacia abajo, sintió contacto y pateó de nuevo. Las manos agarraron sus piernas, tirando de él lejos de la cuerda, tratando de arrastrarlo hacia la creciente multitud de abajo.

"¡Bradan!" Melcorka tomó los brazos de Bradan y trató de levantarlo, pero llegó demasiado tarde. La llegada de un tercer hombre rompió el agarre de Bradan, tirándolo de cabeza al suelo, con la fuerza del aterrizaje aturdiéndolo. Se quedó quieto por un momento, mirando el círculo de rostros cubiertos de musgo que lo rodeaban.

Estaban silenciosos e inidentificables, simplemente con ojos deslumbrantes en una masa de musgo. "¿Quiénes son ustedes?" Dijo Bradan. "¿Qué desean?" Cuando trató de moverse, media docena de hombres lo agarraron y algunos se quitaron las máscaras.

Drost y Eithne estaban a la vanguardia, seguidos por sus hijos y otras caras que no reconoció. Cuando Drost sonrió, Bradan vio que sus dientes estaban limados en puntos, al igual que los de Eithne y los niños.

"¿Qué?" Preguntó Bradan, todavía demasiado aturdido para entender lo que estaba pasando.

La multitud se arremolinaba, charlando, mientras comenzaban a arrastrarlo y llevárselo.

"¡Bradan! ¡Ya voy!" Balanceándose sobre la plataforma, Melcorka bajó por la escalera de cuerda, saltando los últimos metros.

A medida que los efectos de su caída desaparecieron, Bradan luchó, pateando a los hombres a sus piernas.

Eithne bailaba dando órdenes a los hombres. "Llévenselo. Derríbenlo. Capturen a la mujer también".

"Vamos a comer bien hoy", dijo Drost, con una risa aguda que envió un escalofrío por la columna vertebral de Bradan al comprender el significado de los dientes afilados.

"¡Caníbales!" Gritó Bradan. ¡Melcorka! ¡Estos son caníbales!"

Melcorka llegó como un gato entre una tribu de ratones. Desenvainando a Defender, cortó de izquierda a derecha, matando a Drost y a otro hombre. "¡Dejen ir a Bradan!" El poder de Defender surgió a través de ella, permitiéndole esquivar la lanza corta que un hombre le arrojó, clavar la punta del Defender en el vientre de otro lancero y cortarle el brazo a un tercero.

"¡Bradan!"

Cuando los caníbales soltaron a Bradan, este pateó a Eithne, rodó por el suelo y buscó algo para usar como arma.

Aparecieron más caníbales, corriendo hacia el claro con lanzas, palos fuertes y cuchillos, para saltar sobre Bradan y formar un círculo alrededor de Melcorka.

"¡Hacia mí, Bradan! ¡Ven hacia mí!"

Tres mujeres agarraron a Bradan y lo arañaron con largas uñas mientras él levantaba desesperadamente un palo caído y les lanzaba un golpe. El palo se rompió al contacto, dejándolo con solo un fragmento un poco más largo que su pulgar.

Bradan maldijo, arrojó el palo a un caníbal que avanzaba, levantó una de las lanzas cortas de un hombre que Melcorka había matado y retrocedió contra un árbol. "¡Ven entonces! ¡Ven y lucha por tu desayuno!"

Por el rabillo del ojo, Bradan vio que los caníbales se acercaban a Melcorka. Agachándose, hizo girar a Defender en un círculo completo, cortó tres piernas y envió a los supervivientes corriendo hacia atrás en pánico. A grandes zancadas, alcanzó a Bradan, mató a otro caníbal y agarró la manga de su leine.

"¡Quédate conmigo!" Melcorka gritó y miró hacia arriba cuando los caníbales huyeron repentinamente. Ella y Bradan estaban solos en el claro excepto por los muertos y los moribundos.

"Prefiero arriesgarme con las bestias del bosque a los caníbales", dijo Melcorka.

"También yo". Bradan respiraba con dificultad. "Voy a buscar mi bastón".

El bosque estaba en silencio cuando salieron del claro, sin pájaros que cantaban y solo los insectos picadores les daban las buenas noches. Ahora Melcorka sabía qué buscar, vio otras casas de caníbales en los árboles y supo que unos ojos depredadores la estaban mirando. "Hay más de estos habitantes de los bosques", dijo Melcorka.

"Seguiremos moviéndonos", dijo Bradan. "Por muy cansados que estemos, seguiremos moviéndonos".

Tropezando con las ramas caídas, cortando una maraña de maleza, chapoteando en arroyos invisibles y parches de pantanos, avanzaron a través de la oscuridad hasta llegar a otro claro, donde Melcorka levantó la mano para detener su avance.

Un cambio en el viento permitió que la luz de la luna se inclinara entre las ramas superiores, brillando sobre algo blanco.

"¿Qué es eso?" Preguntó Bradan. "Huesos". Respondió a su propia pregunta. "Huesos humanos".

Manos hábiles habían unido los huesos de los muslos y las costillas para formar un largo pasillo que conducía al centro del claro.

"¿Qué maldad es esta?" Preguntó Melcorka.

Siguiendo el pasaje, llegaron a una pirámide de cráneos humanos, adultos y niños apilados ordenadamente, con las cuencas de los ojos ciegos y las mandíbulas abiertas hacia afuera. A diez pasos estaban las ascuas ennegrecidas de un fuego masivo y el metal oscuro de tres ollas.

"Querido Dios del cielo", dijo Bradan. "Aquí debe ser donde estos demonios asan a sus víctimas".

"Puedo saborear el mal", dijo Melcorka. "¿Recuerdas estos asentamientos por los que pasamos antes de llegar al bosque?"

"Lo recuerdo", dijo Bradan con gravedad, con el pulgar presionando firmemente la cruz celta en la parte superior de su bastón.

Melcorka desenvainó a Defender e indicó las brasas. "Aquí es donde terminaron los habitantes. Los caníbales deben haberlos agarrado y traído aquí".

"Sí", dijo Bradan. "Sigamos moviéndonos. Cuanto más nos alejemos de este lugar infernal, estaré más a gusto. Ahora hay un mal en esta tierra, Melcorka".

"Sí". Melcorka agarró firmemente a Defender, "y estos caníbales no se han ido, Bradan. Están a nuestro alrededor".

La primera lanza pasó silbando para estrellarse en el suelo, seguida de dos más. Los caníbales les gritaban desde las ramas superiores alrededor del claro, gesticulando mientras corrían por las ramas de árbol en árbol.

"Son como ardillas", dijo Bradan.

"Ardillas peligrosas". Melcorka hizo girar a Defender para derribar una lanza bien apuntada. Ella miró hacia adelante. "Los árboles están más juntos al frente. Eso nos detendrá y dará ventaja a los caníbales".

Bradan esquivó una andanada de palos. "Si uno de estos misiles te deja inconsciente, Mel, los dos seremos cena. No puedo luchar contra ellos solo".

"O seguimos adelante o volvemos por donde vinimos", dijo Melcorka.

"Seguimos adelante", dijo Bradan. "Usa a Defender para despejar el camino".

La lluvia de lanzas y palos aumentó cuando Melcorka se abrió camino hacia una zona más espesa de bosque, con los caníbales cada vez más audaces por el patio. Mientras los insectos picadores se nublaban a su alrededor y los caníbales se acercaban cada vez más, Melcorka y Bradan se preguntaron si habían tomado la decisión correcta.

"Está bien", Bradan se detuvo para secarse el sudor de la frente, saliendo con un puñado de insectos negros que picaban. "No podemos seguir así. Debemos de pelear con ellos".

"Bien dicho, hombre de paz". Melcorka desvió otra tosca lanza. "Ellos son muy ágiles en sus árboles y tú no".

"Estoy muy cansado de cortar plantas mientras las ardillas me arrojan cosas".

La sonrisa de Melcorka fue muy tranquilizadora. Me gusta tu plan, Bradan. Toma esa lanza, protege mi espalda y no dejes que ninguna de estas criaturas te pase".

Subiéndose a las ramas más bajas de un árbol, Melcorka ayudó a Bradan a levantarse y se acercó al caníbal más cercano. El hombre le enseñó los dientes, lanzó un golpe con su lanza y gruñó como un animal, mientras trataba de alejarse del Defender.

"¡Arriba, adelante!" Melcorka bloqueó el escape del caníbal, lo que lo obligó a trepar más alto en el árbol hasta que no hubo nada encima de él excepto el cielo estrellado.

"No tan duro ahora, ¿verdad?" Preguntó Melcorka, balanceándose en una rama que se balanceaba mientras daba un paso adelante. "¡Ven y pelea conmigo, entonces!" En lugar de perseguir al caníbal, Melcorka lo obligó a avanzar por la rama. Cuando el caníbal se posó en el borde, Melcorka cortó la rama y lo tiró al suelo. Equilibrándose en los árboles adyacentes, otros caníbales lanzaron un gran grito, arrojando más palos y lanzas.

Una lanza se incrustó en el tronco de un árbol cerca de Bradan, por lo que la sacó, la giró y la arrojó hacia atrás, empalando a un hombre en la pierna. El caníbal gritó, agarró la lanza y trató de arrancarla.

A punto de saltar al siguiente árbol, Melcorka se detuvo cuando dos de los caníbales se abalanzaron sobre el herido y le cortaron la garganta mientras trataba de mantener el equilibrio. Otros descendieron hacia el hombre que había caído y lo apuñalaron.

"¿Qué está pasando?" Preguntó Bradan.

"Comida", dijo Melcorka. "Como lobos que se vuelven heridos por sí mismos. Eso los mantendrá ocupados mientras escapamos".

Corriendo hacia abajo del árbol, se alejaron, cortando la maleza. Con solo las plantas y los insectos con los que lidiar, el bosque parecía casi amistoso mientras se abrían camino hacia el norte. El largo día de verano les dio horas de luz diurna para progresar, pero incluso cuando finalmente se cerró la oscuridad, siguieron adelante, decididos a poner la mayor distancia posible entre ellos y los caníbales.

"Sigue moviéndote". Caído por el cansancio, con comezón por cien picaduras y aguijones de insectos, Bradan solo podía adivinar cómo le estaba yendo a Melcorka.

"Allí". Melcorka señaló hacia adelante. "El bosque se está aclarando. En unos momentos estaremos afuera".

"Gracias a Dios", dijo Bradan. "Esa fue la peor pesadilla que hemos soportado". Cuando miró por encima del hombro, Bradan creyó ver a una mujer vestida de gris entre los árboles, pero cuando parpadeó, la mujer se había ido. No le dijo nada a Melcorka mientras su pulgar buscaba la seguridad de la cruz tallada en su bastón.

DIECISIETE

"Eres una guerrera de nuevo", dijo Bradan mientras emergían del bosque hacia las estribaciones de Monadhliath, las Montañas Grises.

"Lo soy", coincidió Melcorka.

"Trataste con los caníbales sin ningún reparo". Bradan se quedó callado por unos momentos.

"Tenía miedo, Melcorka. No creo que alguna vez haya estado tan asustado como ahora".

"Nunca habíamos visto una colección de maldad semejante", dijo Melcorka. "Dondequiera que vayamos, el país está patas arriba. Hombres de musgo que nos atacan para agarrar a los Defensores y los habitantes del bosque que se convierten en caníbales; el mal ha descendido sobre el país, Bradan, y creo que está empeorando cuanto más al norte vamos".

Bradan sonrió. "Sí, cuanto más nos acercamos a la casa construida sobre huesos, pero mientras estés de vuelta en ti mismo, Mel, estoy seguro de que estaremos bien. Eres un rival para cualquiera".

"No fui rival para Erik".

"Lo serás la próxima vez", dijo Bradan. "Ahora sabes contra lo que estás luchando. Mantendré mi ojo en el hombre gris para que no pueda interferir".

Las Monadhliath estaban vestidas de brezo, con parches de bosques y manadas de ciervos. Alegres de estar al aire libre de nuevo, Melcorka y Bradan tomaron todas las precauciones que pudieron, acampando lejos del fuego cuando dormían, quedándose una persona de guardia toda la noche y evitando las habitaciones. Vieron tres manadas de lobos y escucharon el gruñido de un oso, pero lograron cruzar la cordillera en dos días y una noche.

Una fina lluvia humedeció el suelo cuando se acercaron al Great Glen, la serie diagonal de lagos y ríos que cortan Alba en dos. Melcorka cantaba suavemente, levantando los pies en alto mientras lidiaba con brezos hasta las rodillas.

"Suenas feliz", dijo Bradan.

"Soy yo misma otra vez", le dijo Melcorka. Tocó la empuñadura de Defender. "Estoy lista para enfrentar a Erik".

Bradan sonrió, sin admitir su miedo. No quería volver a ver a Melcorka pelear. No deseaba verla matar a nadie más y menos aún verla tirada, herida y sangrando, en el suelo.

"Todo estará bien, Bradan", dijo Melcorka, sacudiendo su visión recurrente. Una vez más, se vio a sí misma acostada en ese suelo arenoso, con un hombre alto parado frente a ella y Bradan alejándose con otra mujer.

Siguieron caminando, ocultando sus temores detrás de un falso buen humor, y se detuvieron solo cuando llegaron a la cima de una loma que ofrecía una vista hacia el norte. El Lago Beiste se extendía frente a ellos, más de 20 millas de largo, tres millas de ancho y melancólico entre colinas oscuras y hoscas.

"El lago del Monstruo", musitó Melcorka. "Me pregunto qué extraña criatura acecha allí".

"Esperemos que nunca nos enteremos". Bradan golpeó el suelo con su bastón. "He visto suficientes monstruos para que me dure para siempre. De este lado del lago, estamos en Alba. Por el otro lado, los nórdicos se han hecho cargo. Este lago es la frontera entre lo que sabemos y lo que no. Un buen lugar para que los monstruos estén al acecho".

"Mira hacia arriba", dijo Melcorka. "Cuervos".

Las dos aves de mal agüero cuadraban el cielo, buscando presas.

"¿Pájaros extraviados?" Bradan se preguntó: "¿O Erik Egilsson o algún otro noruego los envió a proteger la frontera?"

"Si fuera Erik, él sabe que estoy viva", dijo Melcorka. "Las cosas podrían ponerse más difíciles ahora".

Bradan asintió. "Sí, después de nuestro fácil viaje hasta ahora. Ahora, podemos cruzar ese lago o caminar alrededor de él".

"Podríamos cruzar en barco", dijo Melcorka, "si tuviéramos tal cosa".

"Bueno, no cruzaremos estando de pie mirando". Bradan golpeó el suelo con su bastón. "Vamos, Mel, veamos qué nos trae el mundo".

Moviéndose con cuidado ya que estaban tan cerca de la frontera nórdica, negociaron la pendiente hasta las orillas del lago. No había botes a lo largo de la orilla, pero uno navegando por el lago, con un solo banco de remos empujándolo a través del agua y una fila de escudos circulares a lo largo de la borda.

"Un barco dragón nórdico". Melcorka señaló con la cabeza la proa curva con el dragón de mandíbula abierta como mascarón de proa. "Los enemigos de mi sangre". Por instinto, su mano se movió por encima de la empuñadura de Defender.

"No estamos aquí para luchar contra los nórdicos", le recordó Bradan gentilmente. "Mael Coluim se ocupará de ellos. Nuestro enemigo es mucho peor que un simple asaltante nórdico".

Melcorka respiró hondo y retiró la mano de la espada. "No tengo ningún amor por los nórdicos desde que mataron a mi madre".

"Eso lo sé", dijo Bradan.

Observaron el barco dragón mientras remaba lentamente a lo largo del lago hasta que se perdió de vista hacia el suroeste. Las ondulaciones que levantó se extendieron sobre las piedras redondeadas en el lado del lago durante unos momentos, luego se extinguieron.

"Hay alguien a la orilla", dijo Bradan.

"¿Escandinavos?" Melcorka se sintió casi esperanzada cuando alcanzó a Defender.

"No. Un grupo de mujeres", dijo Bradan. "Por ahí". Hizo un gesto con la barbilla.

"¿Qué estarán haciendo?" Melcorka reflexionó.

Cuatro de las mujeres llevaban algo en una jaula de mimbre, algo pálido y blanco que se movía y emitía gemidos bajos. Las mujeres lucharon por el terreno irregular, y una u otra se detuvo para golpear con un palo el objeto dentro de la jaula.

"Es un niño", las manos de Melcorka se tensaron en la empuñadura de Defender. "Tienen un niño en esa jaula. ¿Qué van a hacer?"

"Nada bueno, diría yo". Bradan alargó su paso para cubrir el suelo a un ritmo más rápido.

"No es un niño", dijo Melcorka mientras se acercaban al grupo. "Es una mujer joven".

Al pisar una gran roca que sobresalía de un estanque oscuro en el lago, las mujeres comenzaron a cantar, arrastrando la jaula más cerca de la orilla del agua. La prisionera luchó desesperadamente por liberarse, haciendo gemidos lastimosos que levantaron los pequeños pelos de la nuca de Bradan.

"Ella debe haber violado la ley o seducir al marido equivocado", dijo Bradan. "La van a ahogar en el lago".

"No, no lo harán". Melcorka comenzó a correr, bajando la pendiente enredada con Defender rebotando sobre su espalda.

"¡Hola!" Alzó la voz en un grito que resonó en las oscurecidas aguas del lago. "¡Hola, ahí abajo!"

A pesar del ruido que hacían, una de las mujeres escuchó el grito de Melcorka, ya que miró a su alrededor, seguida de las otras. Dieciocho ojos brillaron hacia Melcorka, con la joven dentro de la jaula llorando, pateando desesperadamente los toscos barrotes de su prisión con los pies atados. Melcorka vio que tenía un trapo en la boca y que sus tobillos y muñecas estaban atados con toscos cordones de brezo.

"¿Qué están haciendo?" Melcorka se abrió paso entre la multitud hacia la cautiva en la jaula de mimbre. Tenía unos 16 años, bien conformada, con una maraña de cabello rubio que casi oscurecía su rostro. Ella también estaba claramente aterrorizada, con lágrimas en sus ojos muy abiertos.

"Estamos sacrificando a esta esclava para el monstruo". La mayor de la mujer habló con tanta naturalidad como si estuviera hablando de lavar su ropa.

Empujando a las mujeres, Melcorka metió las manos entre los barrotes de la jaula y desató suavemente la mordaza de la boca de la cautiva. "¿Un sacrificio humano? ¿En este día y época? Sabemos que incluso los druidas no hacían tales cosas".

La esclava se retorcía contra el mimbre, sus ojos se movían de un lado a otro mientras suplicaba por su vida. "No", dijo ella. "Por favor". Estaba apretujada dentro de la jaula, incapaz de sentarse o pararse cómodamente con los barrotes presionando cruelmente su carne desnuda.

"¿Qué ha hecho mal?" Melcorka notó una serie de hematomas y cortes parcialmente curados en el cuerpo de la prisionera.

"Es una esclava", dijo la mujer, como si eso lo explicara todo. "Si se la damos al monstruo, no nos hará daño".

Bradan se paró a unos pasos detrás de Melcorka, sosteniendo su bastón horizontalmente frente a él, mirando a las mujeres. Lo enfermaba la idea de sacrificar una vida joven. Aunque era un hombre de paz, sentía un fuerte deseo de estar a su alrededor con su bastón. Se arrodilló junto a la jaula y acercó la cabeza a la del cautivo. "Todo estará bien ahora", dijo en voz baja. "No serás lastimada".

"¿Alguno de ustedes ha visto alguna vez este monstruo?" Melcorka se encaramó en la parte superior de la jaula, con Defender colgada del otro lado, al alcance de la mano. Ella sonrió gratamente.

"Lo he visto", dijo una mujer de rostro delgado y ojos oscuros. "Una criatura horrible con enormes colmillos".

"¿Te atacó?" Melcorka miró por encima del hombro, como si temiera que la criatura pudiera surgir de las olas.

La mujer asintió vigorosamente. "Tuve que correr para escapar".

Las otras mujeres se unieron, la mayoría de ellas afirmando tener alguna experiencia personal de presenciar al monstruo.

"Eso suena mal", dijo Melcorka. "¿Cuántas personas ha comido?" Ella sintió a la cautiva moverse dentro de su jaula.

"Ninguna". Dijo la mujer de ojos oscuros. "Nos aseguramos de eso".

"¿Oh? ¿Cómo?" Preguntó Melcorka inocentemente.

"Satisfacemos su hambre con esclavos", dijo la mujer triunfalmente.

"Ya veo". Melcorka asintió. "Bueno, no con esta". Golpeó con los talones la jaula. "No van a sacrificar a esta mujer, ahogarla, apuñalarla o lastimarla de ninguna manera".

"No puedes detenernos", dijo la mujer de ojos oscuros. "Es la manera antigua".

"¿Qué quieres decir con la antigua manera?" Preguntó Melcorka.

"Dimos de comer al monstruo cuando las bisabuelas de nuestra abuela eran niñas", dijo la mujer. "Entonces vinieron los santos y ahuyentaron al monstruo. Ahora ha vuelto y tenemos que sacrificarnos de nuevo, o nos llevará uno a uno".

"¿Cuándo volvió?" Preguntó Bradan.

"El año pasado", dijo la mujer. "O el año anterior".

Bradan miró a Melcorka. "Aproximadamente cuando el Carnicero comenzó sus asesinatos. Más o menos cuando el grupo de asalto nórdico lanzó este mal en el mundo. Todos están conectados, Melcorka".

"Así que debemos sacrificar esta esclava para la bestia", la mujer había estado escuchando la conversación sin comprender.

"Pero hoy no", dijo alegremente Melcorka. Y no mañana. Esta mujer vivirá para ver otro día, y tal vez otros 50 años, si la suerte le sonríe".

Más mujeres se habían unido al grupo original, con una dispersión de hombres al margen, esperando a ver qué hacían las mujeres antes de actuar.

"Tienes una espada larga y tu hombre un bastón largo", dijo la mujer de ojos oscuros, "pero somos muchos y solo ustedes dos".

"Así lo veo". Melcorka se deslizó fuera de la jaula. "Veamos qué pasa después, ¿de acuerdo?" Desenvainando a Defender, cortó los cables que unían la jaula.

"¡Vienes afuera, jovencita!"

Llorando por el dolor de los músculos acalambrados, la cautiva rodó hacia la libertad, pero no pudo pararse. Melcorka se agachó, la sacó de la jaula y le cortó las ataduras. "Aquí vamos. Quédate ahí mientras hablo con estas mujeres".

"Ven ahora". Bradan se quitó la capa y la colocó sobre la excautiva. "No dejaremos que te lastimen".

Melcorka esperaba la carrera mientras las mujeres cargaban hacia adelante. Dio un paso adelante para encontrarse con ellas, sosteniendo a Defender delante de ella mientras Bradan dejaba a la excautiva y balanceaba su bastón, a la altura de las rodillas, para actuar como una barrera. Una mujer tropezó con él, otra lo esquivó, chocó con su colega y ambas cayeron, mientras que las demás evitaron el bastón por completo.

Melcorka se enfrentó a ellas con la parte plana de su espada, balanceándose de izquierda a derecha, empujando a las atacantes fuera de la roca y hacia las oscuras aguas del lago.

"¡Ahora el monstruo puede alimentarse!" Melcorka gritó, riendo mientras sus atacantes vacilaban, con los hombres primero en darse la vuelta y la mujer de ojos oscuros instándolas a continuar. Desde una distancia segura, uno de los hombres mayores levantó una piedra y la arrojó hacia Melcorka.

"¡Tú!" Melcorka señaló a la mujer de ojos oscuros. "Eres valiente cuando intentas ahogar esclavos o animas a otros a luchar. ¡Ven y enfréntate a mí! Si ganas, puedes arrojarme al lago como sacrificio".

"¡Te enfrentaré!" dijo la mujer de ojos oscuros. Dejando caer su capa, dio un paso adelante. "Suelta la espada y pelea conmigo".

"Justo es justo". Melcorka enfundó a Defender, desabrochó el cinturón de su espada y se lo entregó a Bradan. "¡Ven entonces!"

La mujer de ojos oscuros avanzó lentamente, con las manos extendidas y los dedos como garras. Intentó hacer un corte en la cara de Melcorka, se burló cuando Melcorka se retiró bruscamente y apuntó una patada a la cicatriz prominente en el muslo izquierdo de Melcorka. Melcorka se agachó, agarró el tobillo de la mujer, lo levantó y empujó. La mujer cayó de espaldas y gritó.

¡Atrápala! ¡No tiene espada! ¡Ahogarla!"

Recuperando su valor, las mujeres, nuevamente reforzadas por un puñado de hombres, se apresuraron hacia adelante, algunas recogiendo piedras para usarlas como armas, otras con la boca abierta en un grito informe.

Corriendo al lado de Melcorka, Bradan estaba listo con su bastón, a tiempo para que Melcorka levantara a la mujer de ojos oscuros y la arrojara al lago.

"Olvidé que aprendiste muchos trucos en el Imperio Chola". Bradan le devolvió Defender a Melcorka.

"Ustedes todavía son 20 contra dos". Una mujer corpulenta de mediana edad levantó una piedra en cada mano.

"¡No puedes derrotarnos a todos!"

"Son veinte contra tres". La mujer cautiva estaba al otro lado de Melcorka. A pesar de las lágrimas en su rostro, parecía decidida a ayudar mientras tomaba una piedra del tamaño de un puño.

"Puedes correr, amiga mía", murmuró Melcorka. "No tienes que quedarte aquí".

"Lucharé a tu lado".

"Como desees".

Manteniéndose fuera del alcance de Defender y del bastón de Bradan, las mujeres comenzaron a arrojar piedras, la mayoría de las cuales cayeron bien lejos y otras que Melcorka golpeó con Defender. Solo cuando una roca irregular golpeó a la esclava, Bradan juró.

"Ya tuve suficiente de esto. ¡Vamos, Mel! Corriendo hacia adelante, blandió su bastón hacia las mujeres, dispersándolas cuando Melcorka y la esclava se unieron a él. Su ataque tuvo el efecto deseado, con la multitud fragmentándose ante ellos. La esclava rubia arrojó su piedra tras las mujeres corriendo.

Melcorka y Bradan levantaron a las mujeres que habían caído, las arrojaron al lago, encontraron a la mujer de cabello oscuro arrastrándose de regreso a la orilla y la arrojaron al agua lo más lejos que pudieron.

"Ahora, ¿qué vamos a hacer contigo?" Bradan se dirigió a la esclava, que se puso de pie con torpeza, apretando la capa de Bradan alrededor de ella.

"Bueno", dijo Bradan, lo primero es conseguirle algo de ropa. Necesito mi capa".

Vadeando el lago, agarró a una de las mujeres que intentaban regresar a tierra, la despojó de su leine y se lo entregó a la esclava. Ponte eso. Pronto se secará".

Melcorka enfundó a Defender, observando la dirección en la que había venido la mujer. "Creo que deberíamos caminar hacia el oeste ahora y encontrar un bote, o algo para cruzar el lago. ¿Qué hay de ti?"

"¿Puedo ir con ustedes? ¿Quiénes son ustedes?" La esclava dio una pequeña inclinación de respeto.

"Tú quizás no. Soy Melcorka y este es Bradan. ¿Cuál es su nombre?"

"Soy Thyra. Por favor llévenme con ustedes. No tengo ningún otro lugar adonde ir".

"¿De dónde eres? No esta parte de Alba con tu coloración de cabello".

Thyra se irguió en toda su estatura, por lo que la parte superior de su cabeza casi alcanzó la barbilla de Melcorka. "Soy nórdica. Soy Thyra, hija de Frida, hija de Estrid".

"Bien", dijo Bradan. "Bueno, Thyra, hija de Frida, hija de Estrid, nos dirigimos a territorio nórdico. Quizás te llevemos para que puedas encontrar a tu gente. ¿Cómo te convertiste en esclava?"

"Los asaltantes de Alba me capturaron mientras lavaba ropa en la orilla del lago", dijo Thyra. "Me iban a sacrificar a la bestia".

"Así que nos reunimos", dijo Bradan mientras caminaban por la orilla en busca de un bote para cruzar al otro lado.

"Es una criatura horrible". Ahora que estaba libre, Thyra parecía decidida a hablar.

"¿La has visto?" Preguntó Melcorka.

"Oh, sí", dijo Thyra. "Es antiguo, según mi madre Frida, y muy malvado, y vive en las profundidades del agua".

"Ah", dijo Bradan. "¿Dónde la viste?"

"La vi cuando salió del agua para alimentarse. Estaba sobre el agua, una cosa grande y horrible, oscura como la noche, y cuando salió, todo se enfrió".

Bradan escuchó, sin estar seguro de si debería creerle a Thyra.

"No puedo verla ahora". Melcorka examinó el lago. "Así que tan pronto como encontremos un bote, podemos cruzar el lago". Ella miró a Thyra. "¿Los asaltantes de Alba vinieron en barco? Si es así, podría estar cerca y podemos tomarlo prestado".

Thyra asintió. "Si. Una galera de seis remos, pero no sé dónde está atracada".

"Habrá otros barcos". Bradan se deslizó hasta la orilla pedregosa del lago. No mencionó a los cuervos que aún volaban en círculos ni a la mujer gris que vio mirándolos desde el refugio de un bosquecillo de árboles. A pesar de los cuidados de la Gente de Paz y los Druidas, no estaba seguro de si Melcorka se había recuperado por completo.

"Mira, ¿qué es eso por delante?" Thyra señaló lo que parecían bultos de color pardo flotando cerca de la orilla.

Bradan trotó adelante, sosteniendo su bastón como un arma. "Es nuestro camino a través del lago", dijo. "Eso fue muy afortunado".

Las pieles de oveja se balanceaban en la superficie del agua a sotavento de una barrera de un solo tronco. Ya cosidos e inflados, actuarían como flotador, si no había nada más.

"Los asaltantes las usan a veces", dijo Thyra. "Cruzan a nuestro lado del lago y matan a nuestra gente".

Bradan las miró, pensó en las leyendas sobre este lago y se

preguntó si su optimismo era correcto. *Al menos*, se dijo, *dejaremos atrás a esa mujer gris a menos que sepa nadar*.

"Esos servirán", dijo Melcorka. "Nos apoyarán mientras nadamos por el lago".

"¿Qué hacemos si aparece el monstruo?" Thyra preguntó.

"Si lo vemos, entonces me preocuparé", dijo Melcorka. Bradan asintió con satisfacción cuando vio a Melcorka tocar la empuñadura de Defender. Ella era casi ella misma otra vez.

"No quiero escapar de ser un sacrificio solo para ser comida de todos modos". Thyra miró nerviosamente la oscura superficie del agua.

"Eso no ocurrirá". Melcorka dijo alegremente. "Te prometo que ningún monstruo te comerá mientras cruzamos el lago".

"¿Me harás esa promesa también?" Preguntó Bradan, pero Melcorka solo sonrió y negó con la cabeza.

El agua estaba más fría de lo que Melcorka esperaba para la época del año, y los pensamientos sobre el monstruo entraron en su cabeza en el instante en que comenzó. "Quédate cerca, Thyra", dijo, extendiendo la mano.

Con una sonrisa nerviosa, Thyra hizo todo lo posible, empujando el torpe flotador de piel de oveja junto a Melcorka, solo para que un truco de la corriente lo hiciera girar.

Una vez en el agua, la distancia hasta la orilla lejana parecía enorme, por más enérgicamente que Melcorka intentara nadar. La piel de oveja no era lo más fácil de controlar, mientras que la corriente la empujaba hacia un formidable pardo más al norte, donde los nórdicos tenían una guarnición. Vio a Thyra ir a la deriva en esa dirección y la arrastró hacia atrás, justo cuando escuchó un sonido bajo y quejumbroso a través de la superficie del agua.

"¿Escuchaste eso, Bradan?" Thyra preguntó.

"Lo escuché", dijo Bradan. "Es solo el viento en las olas, no hay nada de qué preocuparse". Miró a Melcorka, quien señaló a Defender.

"Sigamos adelante". Melcorka trató de parecer alegre. "Ya estamos a mitad de camino".

Las olas aumentaron de altura a medida que avanzaban hacia el centro del lago, mientras que la luz que se desvanecía magnificaba la sensación de malestar de Melcorka.

"Puedo sentir algo", dijo Thyra.

"Todo está bien", dijo Bradan. "Sigue moviéndote y estaremos bien".

"¡Algo está debajo de nosotros!" La voz de Thyra se elevó presa del pánico, y trató de salir del agua y acercarse más a la piel de oveja, pero sólo consiguió hundirse de cara en el lago. Melcorka la mantuvo quieta.

"Mantén la calma", dijo Melcorka. "Echaré un vistazo". Ella miró a Bradan. "Llévala al otro lado del lago, Brad".

"Cuídate", dijo Bradan. "Todavía no eres tú misma". Pero Melcorka ya había extraído a Defender y, respirando profundamente, se sumergió bajo la superficie del lago.

El agua era más oscura de lo que esperaba Melcorka, con maleza y otras materias vegetales flotando cerca de la superficie. Se empujó hacia abajo, manteniendo los ojos abiertos por cualquier cosa inusual. Un banco de peces pasó velozmente, nadando rápido.

Algo los asustó, Melcorka se dijo a sí misma. *Hay algo más aquí, además de los peces*. Cuando sus pulmones empezaron a arder por falta de oxígeno, Melcorka volvió a salir a la superficie y tomó una gran bocanada de aire. Comprobando que Bradan y Thyra todavía estaban a salvo y dirigiéndose a la costa noroeste, Melcorka se sumergió bajo el agua. Empujando a Defender ante ella como una lanza, nadó en círculo, sin ver nada vivo en el lago turbio excepto peces asustados. Salió a la superficie de nuevo, respiró hondo y jadeó cuando algo se enroscó alrededor de su pierna izquierda.

Antes de que tuviera tiempo de gritar, Melcorka sintió que una gran fuerza la arrastraba hacia abajo. Trató de volverse hacia abajo, pero la cosa fue más rápida de lo que creía posible, bajándola y bajándola hasta que sus pulmones gritaron por oxígeno.

Melcorka pudo finalmente girarse para mirar debajo de ella y se dio cuenta de que estaba cerca del lecho del lago. Lo que se sentía como cien tentáculos se retorcían y se retorcían a su alrededor, desde sus pies hasta su cintura. Algunos se enroscaban alrededor de sus piernas, otros exploraban más arriba, su contacto era húmedo y aterrador. Inclinándose, cortó a izquierda y derecha con Defender, viendo pedazos volar de los tentáculos. Cuando la presión en sus piernas disminuyó, Melcorka pateó hacia la superficie, con una veintena de brazos largos siguiéndola.

Melcorka miró de nuevo, cortando uno de los tentáculos por la mitad. Con su pecho sintiendo como si un gran peso lo estuviera comprimiendo, vio que lo que había pensado que eran los brazos de algún monstruo masivo era una masa de criaturas individuales. Anguilas, de todos los tamaños, desde la longitud de un dedo hasta más largas que un hombre adulto, cubrían el lecho del lago. Melcorka había visto anguilas antes, pero nunca había visto tantas, ni las había visto tan agitadas: algo debió de perturbarlas. Melcorka les lanzó un último corte y empujó hacia arriba, rompiendo la superficie con un fuerte chapoteo mientras aspiraba bocanadas de aire.

"¿Algún monstruo?" Thyra preguntó con temor mientras remaba frenéticamente hacia la costa noroeste.

"Ni siquiera uno", Melcorka tomó el flotador de piel de oveja que Bradan sostenía para ella y enfundó su espada. "Sólo anguilas". No dijo cuántas eran ni que algo debía haberlos molestado. Eso podría esperar hasta que estuvieran a salvo. "Vamos". Empujó sus músculos cansados hacia la costa norte, ahora a una distancia notable. "Deshazte de los flotadores, nos están frenando". Melcorka curvó los dedos de los pies en previsión de otro ataque de anguila.

"Mel", dijo Bradan mientras afortunadamente soltaba el flotador de piel de oveja. "Por el lago", asintió con la cabeza hacia el sur y el oeste. "¿Puedes verlo?"

Separado del descenso de la noche, un área de mayor oscuridad se extendió por la sección inferior del lago. Flotó sobre el agua, sin tocar las olas, pero Melcorka sintió la malignidad en su interior. Se dio cuenta de que estaba mirando al verdadero monstruo del lago Ness, la fuerza que había perturbado a las anguilas y aterrorizado a los bancos de peces para que volaran.

"Eso no es un monstruo", dijo Bradan.

"No", Melcorka alcanzó la empuñadura de Defender, aunque sabía que la espada no la podía ayudar aquí. "Es algo mucho peor".

"¿Qué puede ser peor que un monstruo?" La voz de Thyra era aguda.

"Puedo luchar y matar a un monstruo", dijo Melcorka. "El acero no puede luchar contra una nube oscura o un espíritu maligno".

Prometiste que estaría a salvo. Thyra miró con miedo hacia el lago.

"Estarás a salvo si dejas de hablar y empiezas a nadar". Bradan la empujó. "Estamos casi allí, y esa cosa todavía está a cierta distancia. Nada como si tu vida dependiera de ello".

"O tu alma", dijo Melcorka.

"Estoy asustada". La voz de Thyra se convirtió en un grito.

"Nosotros te cuidaremos". Bradan la instó a seguir, mirando por encima del hombro.

La nube se acercó más, una cosa silenciosa que bloqueó la luz del sol poniente y extendió la oscuridad a lo largo de la estrecha franja de agua. Las colinas a ambos lados se oscurecieron cuando la nube se deslizó sobre ellas, mientras que el agua asumió una calma cristalina como si alguien hubiera esparcido aceite por la superficie. Melcorka tuvo que obligarse a continuar cuando una extraña lasitud entró en su cuerpo.

"No puedo respirar", jadeó Thyra.

"El aire es muy pesado", coincidió Bradan, "como la sensación antes de una tormenta".

"Naden", instó Melcorka, luchando contra la apatía. "¡No miren atrás, solo naden!"

La orilla parecía estar más lejos que nunca mientras avanzaban hacia ella, forzándose a través del lago tan frío que mordía, mientras la oscuridad se acercaba a ellos. Thyra, llorando, empezó a chapotear en el agua. "No puedo ir más lejos. Déjenme aquí".

"No", Melcorka sabía que su apatía era parte del ataque. Agarrando a Thyra, arrastró a la joven detrás de ella, consciente de que tenían que escapar de la nube. Sigue adelante, Thyra. No te rindas".

Llegaron a la orilla cinco metros frente a la nube oscura. Thyra yacía en la playa, sollozando y jadeando hasta que Melcorka la agarró del hombro y la puso de pie con brusquedad.

"Corre", dijo Melcorka, empujando a Thyra frente a ella. ¡Vete tierra adentro rápidamente!

"No puedo", dijo Thyra.

"Debe hacerlo", insistió Bradan. "Mira detrás tuyo".

La nube oscura había cubierto la superficie del lago y se arrastraba hacia el interior, aplanando la hierba y los brezos como había nivelado la superficie de las olas. "Si te quedas aquí", dijo Bradan, "esa cosa te alcanzará. Aplastará tu alma, erosionará tu espíritu y te dejará un caparazón vacío".

"¿Cómo lo sabes?" Dijo Thyra. "Podría pasarnos por encima".

"Lo sé porque vi lo que esa oscuridad le hizo a Melcorka".

Thyra miró, se estremeció y se puso de pie de mala gana. Tomando su mano, Bradan tiró de ella detrás de él, ignorando sus súplicas para que se detuviera, con Melcorka en la parte trasera, mirando la nube oscura arrastrarse a lo largo del lago.

Corrieron durante cinco minutos completos antes de que Bradan se detuviera para mirar detrás de él. "No nos está siguiendo", dijo, jadeando. "Se detiene en la periferia del agua". Respiró hondo para calmar su corazón acelerado. "Así que ese es el monstruo del lago, ¿verdad? Prefiero algo con escamas y fuego".

"Yo también", dijo Melcorka. "¿Siempre ha estado aquí, Thyra?"

"Cuando llegamos aquí, los ancianos hablaron de ello", dijo Thyra, "pero como un recuerdo, no como algo que todavía existía. Regresó hace aproximadamente un año".

"Hace un año". Melcorka le dio a Bradan una mirada significativa. "Como pensamos, Brad, casi al mismo tiempo que ese otro espíritu oscuro revivió".

"¿El Libro de la Tierra Negra?" Bradan dijo.

"El Libro de la Tierra Negra", dijo Melcorka. "Tenemos que encontrar esa cosa y destruirla".

"Por el momento", dijo Bradan, "tenemos algo más de qué preocuparnos".

Melcorka miró hacia arriba. Una veintena de escandinavos los rodeó, lanzas y espadas apuntando hacia ellos y con una veintena de flechas apuntadas listas.

"Oh Dios mío". Dijo Melcorka. "¿No hay paz en esta región?"

DIECIOCHO

"¿Albanos?" El orador era alto, con cabello largo y rubio y una barba que le llegaba casi al pecho.

"Albanos", estuvo de acuerdo Bradan. "Soy Bradan el Errante, y esta es Melcorka Nic Bearnas de Cenel Bearnas".

"¿Y tú? El orador se dirigió a Thyra.

"Soy Thyra, hija de Frida, hija de Estrid", respondió Thyra con cierto orgullo.

"Eres nórdica. ¿Qué estás haciendo con estos albanos?"

"Estos albanos me rescataron". Thyra se mantuvo muy erguida, sin miedo a pesar de las flechas y lanzas que la apuntaban. "Llévenme con mi padre".

El hombre barbudo se rió. "Por supuesto, su señoría. ¿Y quién es tu padre? ¿El propio Odín?"

"Es posible que hayas oído hablar de él", dijo Thyra. "Jarl Thorfinn".

La risa cesó. Los hombres que apuntaban con lanzas a Thyra las bajaron de inmediato, mientras los arqueros dirigían sus misiles hacia Bradan y Melcorka.

"Te llevaremos al Jarl", dijo el hombre barbudo. "Si eres quien dices ser".

"¿Quién eres tú?" Thyra aceptó el respeto de los nórdicos como si fuera su merecido.

"Soy Arne Ironarm", dijo el hombre barbudo.

"Estos dos albanos me salvaron", dijo Thyra. "Son mis amigos y no se les debe hacer daño, Arne Ironarm".

"Escucharon a la dama", dijo Arne. A regañadientes, los escandinavos bajaron sus lanzas y flechas, aunque había sospecha más que amabilidad en sus rostros. "Los llevaremos a todos donde el Jarl", dijo Arne, "y él decidirá". (El Jarl en las lenguas nórdicas es el equivalente a un conde o un duque) N. del T.

* * *

Jarl Thorfinn recibió a su hija con los brazos abiertos y una sonrisa sorprendentemente amplia.

"¡Thyra! ¡Pensé que te habíamos perdido!"

Thorfinn era un hombre corpulento, de pecho ancho y barba, que demostró ser tan generoso con su hospitalidad como parecía.

"¡Entren, Melcorka y Bradan!" Gritó la bienvenida. "Tu nombre es conocido, Melcorka, y tus hazañas viajan antes que tú. He oído que mataste a tres daneses en la batalla de Carham, en el sur de Alba, y cómo, hace mucho tiempo, cuando no eras más que una niña, nos repeliste en la batalla del río Tummel cerca de Pitlochry. Rió de nuevo. "¡Estuve en esa pelea! ¡Un día glorioso, aunque ganó el bando equivocado!"

"Y ahora estás de vuelta en Alba, Thorfinn", Melcorka aún no estaba preparada para gustarle a un escandinavo.

"Y aquí para quedarnos", dijo Thorfinn. "Esta es nuestra tierra, ahora".

"Quizás". Melcorka abrazó al Jarl como un igual mientras Bradan miraba, apoyado en su bastón de madera de serbal.

"Únanse a nosotros", Thorfinn los condujo a su gran salón de madera, donde había comida y bebida sobre una mesa larga, y hombres y mujeres levantaron la vista a su llegada. "Estos son Melcorka Nic Bearnas y Bradan el Errante", anunció Thorfinn. "Salvaron a mi hija Thyra de la muerte y son mis invitados. Trátenlos bien".

Los escandinavos rugieron de aprobación, y un sinvergüenza jovial les ofreció un cuerno de hidromiel. Melcorka se preguntó quién le habría dado la cicatriz que desfiguró su rostro desde la esquina de su ojo izquierdo arruinado hasta su mandíbula.

"¡Siéntense y únanse a nosotros, compañeros guerreros!", invitó el hombre de la cicatriz.

"No soy un guerrero", dijo Bradan. "No llevo ni espada ni lanza".

"No". Thorfinn miró profundamente a los ojos de Bradan. "Luchas contra los demonios a tu manera, en busca de la verdad".

Bradan asintió. Thorfinn era más que un luchador jovial. "Gracias por su bienvenida, Jarl Thorfinn".

"¡Abran paso a la cabecera de la mesa! Thorfinn despejó espacios en el banco largo con su voz y un simple movimiento de su brazo. ¡Siéntense, Melcorka y Bradan! ¡Esclavos! ¡Traed comida y cerveza para mis invitados!"

Melcorka descubrió que tenía hambre, mientras Bradan observaba los rostros de los invasores nórdicos que parecían poco diferentes de los guerreros albaneses en actitud y porte.

"Ustedes vienen en tiempos malos", dijo Thorfinn abiertamente. "El mal está en el exterior de mi Jarldom, como en Alba. Deben haber notado la nube negra sobre el lago".

Melcorka asintió. "Por eso estamos aquí", dijo. "Esperamos sofocar ese mal y el otro peor que lo causó".

No había risa en los ojos de Thorfinn mientras hablaba. "Las guerras entre naciones son normales, Melcorka. Permite a los guerreros ganar renombre y a los hombres la oportunidad de capturar esclavos y botín. Así es la vida como siempre será. Es lo mismo en este reino que en Asgard".

Melcorka escuchó sin comentarios.

"Pero este nuevo mal..." Thorfinn sacudió la cabeza. "Está más allá de mi comprensión, Melcorka. En todas mis tierras hay disturbios, asesinatos y desasosiego".

"Es lo mismo en Alba", dijo Melcorka. "Dondequiera que viajamos, nos encontramos con la maldad. Incluso los animales salvajes y las aves son agresivos. Nunca había conocido nada parecido".

"Yo tampoco", dijo Thorfinn. "Estoy seguro de que este hombre al que llaman El Carnicero es la causa. Envié a mis mejores guerreros para combatirlo y ninguno ha regresado. Todas las semanas, mis hombres compiten por el honor de buscar y luchar contra este hombre. He suspendido mi guerra con Alba para derrotar al mal".

Bradan miró hacia arriba desde detrás de su cuerno de cerveza. "Están enviando hombres a la muerte", dijo. "Ningún guerrero o combinación de guerreros puede derrotar al Carnicero".

"Es como un héroe de antaño", dijo Thorfinn. "Excepto que él no es un héroe. No tiene honor ni propósito excepto violar, matar y destruir. Cuando apareció, pensé que era un campeón de Alba, hasta que supe que estaba matando en Alba tanto como en mi jarldom. Tiene un sirviente, un hombre de gris, y ahora escuché que hay un segundo asesino en mi jarldom".

"Hemos conocido al hombre de gris". Dijo Melcorka. Y la mujer gris. Me ocuparé de ellos, poco a poco". Su mano se cernió sobre la empuñadura de Defender.

"¿Otro asesino?" Bradan bajó el cuerno. "No habíamos oído que hubiera otro. La enfermedad del mal seguramente se está extendiendo".

Thorfinn apuró un cuerno de hidromiel de un solo trago. "Hay un segundo asesino que se hace llamar Cazador de Cabezas".

Melcorka miró a Bradan antes de hablar. "¿Es parte de este mal? ¿O está explotando el estado perturbado de la tierra?"

Thorfinn negó con la cabeza. "No lo sé, Melcorka". Hizo un gesto hacia la mesa llena de gente. "Mis hombres están aquí para decidir quién luchará contra él a continuación".

Bradan frunció el ceño. "¿Este Cazador de Cabezas es un buen guerrero?"

"Ha matado a algunos de mis mejores".

Entonces, ¿por qué luchar contra él en combate singular? ¿Por qué no enviar una partida de guerra tras él y asegurarse de que lo maten?

"Tienes sed de sangre para ser un hombre que no lleva armas", dijo Thorfinn. "¿Dónde está la gloria en eso? ¿Dónde está el honor? Mis hombres desean dejar una reputación después de su muerte. Valhalla da la bienvenida a los guerreros, no a los asesinos de diez a uno".

Bradan asintió. "Sí, pero ¿qué sentido tiene permitir que un asesino continúe con sus asesinatos cuando tienes los medios para detenerlo?"

"Seguimos el mismo camino, Bradan, pero con ideas diferentes", dijo Thorfinn. "Mis hombres se están preparando para decidir. Observa". Levantó la voz hasta convertirse en un rugido. ¡Traed antorchas!"

Seguidos por una multitud de mujeres, niños, perros y esclavos, los guerreros se levantaron de la mesa y desfilaron fuera del gran salón para formar un círculo.

"Los nórdicos tienen una concepción única del honor", dijo Bradan, apoyándose en su bastón.

"Erik mata a los guerreros nórdicos honorables tan fácilmente como los audaces de Alba", dijo Melcorka.

"Estos hombres simplemente compiten para morir". Suspiró cuando Thyra se unió a ellos, recién vestida con una bata blanca adornada con plata.

"Me gusta ver pelear a los hombres". Thyra habló más como una princesa que como la niña asustada que había sido esa mañana. Levantando un dedo hacia uno de los esclavos, exigió una silla y se sentó en ella, inclinándose hacia adelante cuando aparecieron los concursantes.

Los esclavos se apresuraron con antorchas encendidas para crear un anillo de fuego de 20 pies de diámetro, con toda la población del asentamiento reunido para observar. Las mujeres y los niños parecían tan interesados como los guerreros, mientras los perros se gruñían unos a otros mientras sus amos los pateaban y las madres esposaron a sus hijos con indiferencia casual.

De los dos primeros guerreros en entrar al ring, uno era muy joven, apenas más que un niño, mientras que el otro era un hombre barbudo. Lucharon con espada y escudo hasta que el hombre mayor fue el claro ganador.

"Erik rompería cualquiera de estos sin sudar", dijo Melcorka. "No sé qué tan bueno podría ser este Cazador de Cabezas".

"¿Quién es Erik?" Thorfinn había estado escuchando.

"Erik Egilsson", dijo Melcorka. "Él es el Carnicero. O mejor dicho, ese es el nombre del hombre que se ha convertido en el Carnicero".

"Conocí a Egil. No conozco a su hijo". Thorfinn gruñó. "Egil era un buen guerrero".

"Él mató a mi madre". Melcorka contuvo emoción en su voz.

"Tu madre era una Bearnas, una destacada guerrera". Thorfinn sorprendió a Melcorka con su conocimiento. "Egil la mató en batalla; fue una muerte honorable. Bearnas estará en Valhalla, festejando con los héroes".

Melcorka miró alrededor del ring, donde los nórdicos rugían en aprobación. No había condena para los perdedores. Si lucharon con valentía, sus compañeros los trataron con honor. Las palabras de Thorfinn la hicieron pensar de nuevo en la muerte de su madre. Los nórdicos consideraban que la muerte de Bearnas había sido honorable y pensaban que estaba en Valhalla. Quizás lo estaba. Melcorka suspiró. ¿Debería permitir que el pasado muriera ahora y dejar de buscar venganza por algo que no podía alterar?

Dos guerreros más entraron al ring, como gladiadores de antaño. Lucharon hasta que uno fue claramente el vencedor, con sangre derramada, pero sin lesiones graves mientras la multitud vitoreaba a sus favoritos. Arne Ironarm perdió ante un hombre joven y ágil, y se rió en su camino de regreso a un cuerno de hidromiel cuando el joven perdió ante el hombre con la cara llena de cicatrices que había notado antes.

Bradan observó, sacudiendo la cabeza ante la demostración de violencia controlada, estudiando la expresión pensativa de Melcorka. *¿En qué estás pensando, mujer espadachín, rodeada de estos hombres cuya sangre mató a tu madre? ¿Estás planeando venganza? ¿O disfrutas de la compañía de hombres cuya cultura se parece tanto a la tuya?*

Cuando todos los hombres habían participado, los vencedores lucharon entre sí hasta que solo quedaron dos hombres. Uno era el guerrero con la cara llena de cicatrices y el otro un joven campeón ágil con ojos de piedra.

"Halfdan contra Gorm", explicó Thorfinn en beneficio de Melcorka y Bradan. "Halfdan es el hombre de las cicatrices, Gorm el joven y un hombre más rápido que nunca he visto". El asintió. "Este podría ser un concurso fascinante".

Más ágil y ligero que el hombre de las cicatrices, Gorm casi corrió por el interior del ring, lanzando rápidos ataques contra Halfdan, quien los repelió con la habilidad de años de experiencia. Cuando Gorm finalmente se enteró de que su método no estaba funcionando, trató de atraer a Halfdan hacia adelante, para cansarlo. Halfdan pareció morder el anzuelo y caminó hacia adelante, pero en lugar de cansarse, empujó a Gorm contra la multitud, donde la velocidad del joven no sirvió de nada. Obligado a luchar en los términos de Halfdan, Gorm perdió mucho.

"Peleas bien, Gorm", dijo Halfdan. "Tienes los ingredientes de un guerrero en ti si vives para aprender".

Melcorka se unió a los vítores de la multitud, mientras Bradan observaba en silencio. Consciente de la mujer que lo estudiaba por debajo de un mechón de cabello rubio, le prestó poca atención. Acostumbrada a los guerreros audaces, ninguna mujer nórdica estaría interesada en un hombre alto y de rostro taciturno que vestía una capa marrón y no llevaba espada.

"Halfdan", rugió Thorfinn. "Tienes derecho a enfrentarte al Cazador de Cabezas".

"Te traeré de vuelta su cabeza", dijo Halfdan. "O tomará la mía, y los héroes de Valhalla me darán la bienvenida".

"Te acompañaremos". Melcorka habló sin mirar a Bradan. "Me gustaría ver a este Cazador de Cabezas".

"Estarás a mi lado, mujer espadachín," dijo Halfdan. "Pero no nos vamos hasta dentro de dos días. Eso nos da mucho tiempo para festejar, beber y decir mentiras sobre nuestra destreza en la batalla". Rodeando a Melcorka con un musculoso brazo, la escoltó hasta el pasillo entre los rugidos de la multitud.

"Halfdan tuerto ha tomado tu Melcorka". La mujer rubia era más alta de lo que Bradan se había imaginado e incluso más formada. Ella se acercó a él, con el limpio aroma de un fresco perfume de corteza de abedul.

"Creo que Halfdan encontrará que ella es más de lo que puede manejar", dijo Bradan.

"¿No vas a luchar por ella?"

"No soy un luchador", dijo Bradan. "Y no hay necesidad. Melcorka puede manejarlo".

"Los nórdicos creen que todos los hombres son guerreros", dijo la mujer.

"No soy nórdico", dijo Bradan y esperó a que la mujer hiciera un comentario despectivo y se fuera.

Colocando su mano dentro del hueco del codo de Bradan, la mujer lo guio lejos de la mesa principal hacia un pequeño banco lejos del fuego. "Lo sé, Bradan. Soy Astrid".

"Es un buen nombre". Bradan escondió su sorpresa detrás de un rostro sobrio.

"A veces, me conocen como Revna, pero prefiero a Astrid. Tengo algo que mostrarte, Bradan el Errante". Una luz extraña parecía salir de los ojos de Astrid. Ojos atractivos, notó Bradan sin esfuerzo, eran azules y vivos, con una rara profundidad de inteligencia.

Bradan sonrió. “Soy el hombre de Melcorka”, dijo. “¿Quizás será mejor que la invites también?”

“Lo que tengo que mostrarte no le interesaría a la mujer espadachín”, dijo Astrid.

Bradan negó con la cabeza. “Creo que te adaptarías mejor a un hombre diferente, Astrid. Estoy tan desfavorecido con una mujer como con una espada”.

“No”, dijo Astrid. “Es a ti a quien le deseo mostrar, no a ninguno de estos tontos que despotrican”. Bajó la voz como si impartiera un gran secreto. “Es un libro”.

“¿Un libro?” Dijo Bradan. “Me disculpo, Astrid. He pensado...”

“Pensaste que te estaba invitando a mi cama, Bradan”, dijo Astrid, sonriendo. “Soy diferente a otras mujeres, como tú a otros hombres”. Ella tocó su brazo. “Sin embargo, sigo siendo una mujer, como tú sigues siendo un hombre”.

“¿Qué tipo de libro?” Bradan no pudo ocultar su interés.

“Uno de gran belleza y mano de obra intrincada”. Astrid apretó con más fuerza el brazo de Bradan. “¿Quieres verlo?”

“Por supuesto”, dijo Bradan.

Llevándolo fuera del gran salón, Astrid abrió el camino hacia un pequeño edificio de madera que los nórdicos usaban para almacenamiento. “Tengo que esconderlo aquí”, dijo, “porque si Thorfinn o cualquier otro guerrero lo encontrara, lo quemarían sin pensarlo”.

Hurgando bajo un montón de barriles, Astrid señaló lo que parecía ser un trozo de cuero abollado. “¿Qué piensas de eso, Bradan?”

Agachándose, Bradan sacó lo que había sido un libro muy ornamentado. La cubierta era de cuero, lamentablemente dañada donde manos brutales habían arrancado piedras preciosas e hilos de oro, y las páginas estaban escritas a mano con ilustraciones bellamente trabajadas.

Bradan lo sostuvo con reverencia, sacudiendo la cabeza ante el daño. “Ese es un libro religioso. Es la Biblia cristiana. Debe haber tomado miles de horas transcribir. ¿Dónde la encontraste?”

"Los hombres de Thorfinn saquearon un monasterio picto. Todos los demás manuscritos fueron destruidos". Astrid suspiró. "Apilaron los libros y les prendieron fuego. No sé cuánto conocimiento se perdió, qué tesoros de geografía, historia, filosofía y teología hemos perdido para siempre".

Bradan examinó las páginas, admirando la exquisita mano de obra. "Que desperdicio; qué pecado destruir tanta belleza. ¿Cómo salvaste esto?"

"Por trueque". Astrid habló en voz baja, luego levantó la barbilla, como desafiante.

"¿Trueque?" Bradan examinó una página donde la obra de arte era tan delicada que le dejó sin aliento. "¿De qué tesoro tuviste que desprenderte para obtener esto?"

"¿Qué tiene una mujer que todos los hombres quieren?" Astrid apartó la mirada. "No podía dejar que destruyeran más".

"Eres una mujer valiente", dijo Bradan. Y una buena. Ese fue un alto precio a pagar y te agradezco por mostrarme este libro. Incluso poseer tal arte es un privilegio". Él sonrió. "Algún día, el mundo te agradecerá que hayas guardado algo invaluable".

Astrid le tocó el brazo. "Pensé que te gustaría, Bradan". Su sonrisa lo envolvió. "¿Crees que valió la pena el precio?"

Bradan sostuvo el libro como si estuviera hecho del cristal más delicado. "Algunos monjes pictos, o más probablemente muchos monjes, han trabajado en esto, copiando cada palabra a mano. El valor está más allá de cualquier cálculo, pero diste lo más preciado que tienes. Solo tú sabes si valió la pena el precio".

Astrid dio un paso atrás. "¿Quién eres tú, Bradan? ¿De dónde vienes?"

Bradan sacudió la cabeza. Alba, creo. Puede que sea un picto, no estoy seguro. Desde que recuerdo, he estado caminando". Él le sonrió a los ojos. "Soy Bradan el Errante, un hombre de las carreteras, un hombre sin hogar".

"Eres más que Bradan el Errante", dijo Astrid. "Eres Bradan el erudito, Bradan el Curioso, Bradan el Buscador, Bradan el Fiel, Bradan el Pacífico, Bradan el Perdido".

"¿Bradan el Perdido, Astrid?" Preguntó Bradan. "Ese título lo sacudió después de todos los demás".

"Estaba destinado a hacerlo". Astrid sonrió. "Por favor devuelve el libro. Allí está seguro". Astrid observó mientras Bradan colocaba la Biblia debajo de los barriles. "En algún momento, encontraré ese libro un hogar, con un hombre que aprecie más que el movimiento de una espada y el sonido de una canción borracha". Se dio la vuelta, arqueando las cejas. "¿Me estabas viendo inclinarme allí?"

"No lo estaba", negó Bradan.

"¿No? Lástima". Astrid sonrió de nuevo, burlándose de él con sus ojos. Estás perdido, aunque dudo que lo sepas. ¿Qué estás buscando, Bradan? ¿Cuál es el propósito de tus andanzas?"

Bradan sonrió. "Esa pregunta ha estado en mi cabeza durante algún tiempo, Astrid".

"Cuéntame más", dijo Astrid. "Aquí no. Podemos encontrar un lugar más cómodo que una leñera". Extendiendo la mano como por derecho, condujo a Bradan a una casa más pequeña construida con troncos que se encontraba en un espléndido aislamiento en los límites del asentamiento. Aplaudiendo, Astrid despejó un grupo de perros, niños y esclavos. "Allí, eso está mejor, ¿no?"

El interior era cálido, con un fuego alto que proporcionaba tanto luz como calor, y varios bancos bajos y cojines esparcidos por el suelo como muebles. El largo sofá atrajo la atención de Bradan, al igual que las exóticas obras de arte que colgaban de la pared. "Nunca había visto una casa nórdica con esos muebles o con un cuadro en la pared", comentó.

Astrid se dejó caer en el sofá y sonrió. Soy tan diferente de la mayoría de los nórdicos como tú de la mayoría de los albanos, Bradan. Somos de una raza aparte, tú y yo, lo que poco tiene que ver con la nacionalidad. Este sofá", dijo, pasando una pequeña mano por las mantas de seda, "fue robado en una redada en algún lugar al este de

Miklagard. La pintura vino del lado este del mar Caspio, también robada en una redada y no apreciada por los groseros que la robaron".

"¿Cómo los obtuviste?" Preguntó Bradan.

"Tengo mis métodos", dijo Astrid. "¿Te gusta aquí?"

"Sí", dijo Bradan. "Es extremadamente cómodo".

"Entonces quédate a pasar la noche", dijo Astrid.

"Tengo a Melcorka", recordó Bradan, gentilmente. "Te agradezco la oferta".

"Melcorka". Astrid sonrió y agitó la mano en el aire. Melcorka ni siquiera se dará cuenta de que te has ido. Melcorka se jactará y beberá con los mejores, o tal vez con la bestia". Astrid se rió de su broma.

Bradan recordó las escenas de borrachera que había presenciado en los salones nórdicos y albanos, donde incluso los bardos y escaldos elogiaban las acciones de los guerreros, disfrutando de los detalles a menudo sangrientos. Sabía que Melcorka podía unirse a la canción y la historia de una manera que él no podía emular, y mientras ella se paseaba toda la noche, él buscaba solo un espacio tranquilo y el consuelo de las estrellas, o una conversación civilizada. O, se dio cuenta, la compañía de un hombre o una mujer inteligente como Astrid.

"Déjame mostrarte lo que está haciendo tu Melcorka", dijo Astrid.

Oyeron el ruido del gran salón a 100 pasos de distancia. Los hombres rugían en canciones, con risa áspera y el sonido de cuernos o puños golpeando la mesa, los perros ladraban y una mujer gritaba insultos. "Solo párate en la puerta y mira adentro", dijo Astrid.

Melcorka estaba de pie junto a Jarl Thorfinn con el pelo suelto alrededor de los hombros, marcando el tiempo con la empuñadura de una daga mientras los hombres gritaban una canción sobre la batalla de Clontarf.

"Yo estaba donde los hombres peleaban;
Una espada sonó en Irlanda;

Muchos, donde chocaron los escudos,
Las armas se estrellaron con estrépito en el
timón
Escuché de su agudo asalto;
Sigurd cayó en el estruendo de la lanza".

Dos guerreros yacían borrachos debajo de la mesa, uno en un charco de vómito, mientras otro luchaba con una esclava menos que dispuesta. Tres perros competían por un hueso con muchos gruñidos y mostrando los dientes, ignorando a la gran rata que estaba bebiendo de un cuerno derramado de hidromiel.

"¿Lo ves?" Astrid dijo en voz baja. "¿Crees que Melcorka te extrañará esta noche?"

"No lo parece". Bradan sintió que algo se sacudía en su interior. "Se ve feliz con los escandinavos".

Astrid le dio unas palmaditas en el hombro. "Lamento si la vista te causa dolor".

"Es lo que es", dijo Bradan. "No es necesario que nadie se disculpe por decir o revelar la verdad". Vio cómo un noruego hirsuto colocaba un enorme brazo alrededor de Melcorka, la atraía hacia sí y le daba un beso en la mejilla. Melcorka sacudió su cabello y se limitó a reír, levantó otro cuerno de hidromiel y se lo bebió, ante los gritos de aliento de la asamblea. El hidromiel amarillo corrió por su barbilla para gotear sobre su capa.

"No necesito esto", dijo Melcorka, desabrochando el broche de su cuello y arrojándole la capa a un esclavo. "Mantén eso a salvo", gritó, "¡o será peor para ti!" Los escandinavos rugieron más fuerte y algunos exigieron que Melcorka se quitara más ropa. "¡Quizás más tarde!" Melcorka se echó a reír y apartó al hombre hirsuto mientras él le tocaba los pechos. "¡Y quiero a alguien más joven que tú, viejo!"

Los guerreros todavía se reían cuando Bradan se apartó. "Regresemos a tu casa", dijo. "Melcorka parece bastante feliz".

Es la tensión de las últimas semanas, se dijo. Melcorka necesita liberar algo de tensión. No ha sido ella misma desde que volvió a Alba.

Sin embargo, una pequeña voz dentro de él negó esa explicación. Ese es un guerrero entre guerreros, dijo la voz, y una mujer con sus compañeros. Soy un hombre demasiado callado para una mujer así. Melcorka ha estado en peor peligro que el que enfrentamos aquí, sin recurrir a un libertinaje tan borracho.

La casa de Astrid parecía un refugio bienvenido, con el fuego brillante y un sirviente tranquilo que los saludaba con una sonrisa. Las alfombras de piel de oveja en el suelo daban un aura de comodidad y la imagen en la pared una atmósfera de civilización que Bradan no había visto desde que dejó el Este.

"¿Estás bien, Bradan?" Astrid preguntó.

"Estoy bien", dijo Bradan. Trató de luchar contra su dolor. Aunque había viajado con Melcorka durante años, nunca habían hecho ningún vínculo formal de exclusividad; ella siempre fue una mujer independiente, y él era un hombre sin ataduras.

"Siéntate", Astrid indicó el sofá.

"Ese es tu asiento", dijo Bradan.

Astrid sonrió. "Eso marca la diferencia entre tú y otros hombres, que habrían tomado ese asiento por derecho y no me habrían dado un segundo pensamiento". Ella se sentó en un extremo del sofá. "Hay espacio para dos", dijo solemnemente, palmeando el espacio a su lado.

La criada se arrastró por la habitación, ajustó las alfombras, colocó fruta y una jarra en una mesa pequeña, manteniéndose discreta.

"Gracias, Ingrid. Puedes irte ahora". Astrid dijo. "No es necesario que regreses".

Haciendo una reverencia, la sirvienta se retiró, cerrando la puerta detrás de ella.

"No nos molestarán aquí", Astrid esbozó una pequeña sonrisa. "No habrá ningún borracho entrando, ni tampoco mujeres borrachas". Se puso de pie suavemente, con su vestido verde pálido flotando a su alrededor mientras caminaba hacia la puerta. "Solo para estar seguro," deslizó una pesada viga de madera a través de dos soportes, sosteniendo la puerta segura. "Prefiero mi privacidad".

"No tienes privacidad si estoy aquí", señaló Bradan.

"A mí también me gusta nuestra privacidad". Astrid vertió el líquido de la jarra en dos delicados vasos. "El vino es del sur de Europa", dijo, "y las copas, no lo sé. Pueden ser el resultado de un comercio legítimo o un botín". Astrid se encogió de hombros. "De cualquier manera, están más seguros conmigo, con nosotros, que con los hombres que gritan y vociferan en el gran salón".

El vino reconfortó las confusas emociones de Bradan. "Gracias, Astrid". Estiró las piernas, relajándose un poco.

"Ahora", Astrid se acurrucó en una alfombra frente al fuego. "Cuéntame tus aventuras, Bradan el Errante. Dime dónde has vagado y qué has visto".

Ella le sonrió a los ojos. "Eres un hombre tan interesante que quiero saber todo sobre ti". Ella llenó su vaso. "Todo. Cómo conociste a Melcorka, dónde has estado, qué misterios has descubierto, a quién has visto, cuál es tu filosofía, cómo Melcorka consiguió su espada, qué piensas de las estrellas; todo".

"Eso es mucho que contar", dijo Bradan.

"Tenemos toda la noche", dijo Astrid. "Y como nuestros compañeros borrachos no se despertarán hasta tarde, y luego con resacas furiosas que los mantendrán tranquilos todo el día, también tenemos el día de mañana".

"¿Por dónde debo empezar?"

Astrid puso una mano sobre la pierna de Bradan. "Al principio", dijo. "Y continuar hasta el final". Ella le dio unas palmaditas en el muslo y se retiró. "Podemos hablar toda la noche, Bradan, y aprender todo el uno del otro".

DIECINUEVE

Los GUERREROS se sentaron casi en silencio, interrumpidos solo por un gemido ocasional o un repentino sacudimiento de alguien afuera como para estar enfermo.

"Odín sálvame". Un guerrero levantó brevemente la cabeza, gimió y la volvió a colocar sobre la mesa. Miró de reojo a la sala, viendo que sólo quedaban brasas del fuego, mientras los esclavos se movían por miedo a los rápidos golpes de los hombres sufriendo. Dos esclavas yacían debajo de la mesa, una entrelazada con un joven guerrero inconsciente, la otra tan desnuda como un bebé recién nacido, enrollada alrededor de un lebrel peludo. Nadie los miró, los guerreros estaban sufriendo el libertinaje del día y la noche anteriores.

Afuera, el torrente del río cercano era el sonido más fuerte, salvo el canto de un gallo, hasta que un hombre de barba negra arrojó un hacha al pájaro y éste se alejó protestando. Una vez que se consideró seguro, comenzó a cantar de nuevo.

Melcorka se ajustó la capa, frunció el ceño ante las nuevas manchas y resolvió lavarla tan pronto como pudiera, aunque se preguntó si los muchos parches resistirían la tensión de una vigorosa paliza en agua fría. Tratando de ignorar el dolor sordo en la parte de atrás de su cabeza, se concentró en la conversación alrededor de la mesa. Bradan la estaba mirando, sus ojos más tranquilos de lo que habían estado durante algún tiempo, aunque ella sintió una confusión interior que no le gustó. Ella se enteraría de eso más tarde, una vez que estuvieran de vuelta en la carretera.

"Sé más sobre el mal que luchamos", dijo Thorfinn. "Hablé con nuestras sabias mujeres esta mañana cuando tú y los otros guerreros estaban levantando el techo con sus ronquidos".

El único de los nórdicos, que no parecía afectado por la larga sesión de bebida. Masticó una pierna de pollo, esperando una respuesta.

"¿En efecto?" Melcorka logró croar la palabra de una boca que sabía más sucio que cualquier cosa que pudiera imaginar.

"Las mujeres sabias me recordaron las historias que escuché mientras asaltaba Sutherland".

Thorfinn mordió otro trozo de pollo. "Había maldad que rondaba los páramos de allí. Los lugareños lo llaman Cu-saeng; no sé si hay una traducción, ni la busco".

"¿El Cu-saeng?" Melcorka repitió, tratando de concentrarse en la conversación mientras cien demonios golpeaban su cráneo con martillos. "Un druida me dijo ese mismo nombre. ¿Sabes cómo es?"

"Yo no", dijo Thorfinn, "y nadie más". Dio una pequeña sonrisa. "Los hombres de Sutherland me dijeron que controla los páramos y lugares solitarios, y la gente desaparece. Es un mal que nadie ve y sobrevive, pero por la noche incluso los guerreros más acérrimos y fuertes cierran sus puertas y tienen sus lanzas a mano, en caso de que llegue el Cu-saeng".

"¿Es poderoso?" Bradan se unió a la conversación mientras trataba de evitar la intensa mirada de Astrid. Sabía que Melcorka lo estaba mirando con ojos astutos, a pesar de la bebida.

"Se dice que es más poderoso que cualquier dios", dijo Thorfinn. "Aunque como nadie lo ha visto, no sé cómo pueden juzgar". Tomó otro bocado de pollo, examinó la carne restante y arrojó el hueso a un perro. Cuando miró a Melcorka, había sombras oscuras en sus ojos. "No le tengo miedo a los hombres, dioses, demonios o cualquier cosa que camine en dos o cuatro piernas", dijo, "pero cuando escuché hablar del Cu-saeng, sentí un escalofrío en mis huesos. Es mejor dejar algunas cosas en paz, mujer espadachín, por muy hábil que seas".

"Ese puede ser el mal con el que lucho", dijo Melcorka. Gracias, Thorfinn. Al menos ahora tengo la confirmación del nombre de mi enemigo. Y gracias por la advertencia. No tomaré esto a la ligera". Ella miró a Bradan. "No nos tomaremos el Cu-saeng a la ligera, y nos hemos enfrentado a muchos males en todo el mundo".

"Si lo ves", dijo Thorfinn. "Trata de sobrevivir el tiempo suficiente para que me puedas decir cómo es. ¡Tendré curiosidad por saber qué tipo de criatura te mata!"

Melcorka se unió a la risa de los nórdicos que revivían. Miró a Bradan, cuya sonrisa era un poco torcida, y a Astrid, quien le devolvió la mirada con una mirada abierta que ocultaba algunos pensamientos secretos. Melcorka asintió, se inclinó hacia Bradan y le tocó el hombro.

"Estaremos en camino pronto", dijo Melcorka. "Espero que hayas tenido una noche de descanso. Puedes decírmelo más tarde".

"Tienes una prueba o dos por delante", dijo Thorfinn. "El Cazador de Cabezas puede ser solo un hombre, pero es formidable, y el Cu-saeng suena infinitamente peor". Sacudió la cabeza. "No me gusta despedirte sola y sin preparación. Podría proporcionar un grupo de hombres; después de todo, salvaste a mi hija".

"Halfdan está con nosotros", dijo Bradan. "Él conoce esta tierra mejor que nosotros. Una vez que haya derrotado al Cazador de Cabezas, puede guiarnos hacia el norte".

"¡Y eso lo haré, por la barba de Odín!" Halfdan no era un hombre que ocultara sus sentimientos. Levantó la vista de la mesa en la que había estado apoyando la cabeza. "Una vez que los sabuesos de Loki dejen de martillarme en el cráneo, me uniré a ustedes".

Astrid se unió a ellos en la mesa. "El martilleo no es culpa de nadie más que tú". Ella miró a Bradan. "Afortunadamente, no todos necesitan tal estimulación para demostrar que son hombres. O incluso que son guerreros".

Melcorka comprendió el ataque. Manteniendo su sonrisa, acercó a Bradan. "Me alegro de que Bradan no necesite demostrarme que es un hombre. He tenido muchos años de tales pruebas, y muchas más por venir". Dejó que su mirada se endureciera hasta que Astrid finalmente miró hacia otro lado.

Fuera del salón, un cuervo llamó, y otro respondió mientras rodeaban el asentamiento. Sus ojos captaron todo lo que estaba sucediendo mientras sus grandes alas batían una melodía lenta en el aire.

VEINTE

"Tu próxima prueba está cerca". Erik hizo una mueca cuando las palabras se deslizaron por su cabeza. Miró al hombre gris que estaba a 10 pasos de distancia.

"No deseo más pruebas", dijo Erik. "No deseo matar a nadie más, violar a otra mujer o asesinar a otro niño".

"Aceptaste el contrato". Las palabras afiladas cortaron el cerebro de Erik.

"Quiero ponerle fin".

Cuando la primera carcajada irrumpió en la mente de Erik, retrocedió ante el recuerdo de la agonía que le produjo. "No por favor".

La risa continuó, haciendo que Erik se arrodillara, con las manos presionadas firmemente contra sus oídos en un vano intento de bloquear el sonido.

Erik miró hacia abajo, jadeando de horror cuando el suelo se abrió debajo de él. Vio capa sobre capa de tierra, con seres vivos de todos los tamaños arrastrándose a través de ella, y luego rocas comprimidas por el tiempo. Erik descendió, bajó y bajó hasta que vio algo mirándolo. Trató de retroceder, pero la roca se cerró, manteniéndolo firme y todo el tiempo la risa le cortó la mente.

Cuando terminó la risa, el silencio fue peor. No era la tranquilidad de la paz, sino la nada del abismo. Un oscuro silencio de desesperanza presionó a Erik.

Dos ojos lo miraron; rojos y calientes, prometieron un mal indecible. Trató de correr, pero no pudo. Trató de luchar, pero no pudo. Los ojos miraron, sin pestañear, hasta que el nombre irrumpió en la mente de Erik.

Cu-saeng. Cu-saeng.

El nombre no significaba nada.

El pozo se cerró, centímetro a centímetro y Erik volvió a la superficie, tumbado boca abajo en el suelo. A su alrededor, las laderas de granito gris alcanzaban un cielo inestable donde un viento agitado jugaba con nubes oscuras.

"Prepárate". Las palabras reemplazaron el silencio.

Erik se puso de pie arrastrándose, temblando por su experiencia. El hombre gris se paró a 10 pasos de distancia, mirando con ojos del mismo tono de rojo que la cosa bajo tierra, pero ojos que gradualmente cambiaron a un negro mate.

Cu-saeng.

"¿Qué es Cu-saeng?" Erik preguntó.

No le sorprendió que no hubiera respuesta.

"Prepárate para tu próximo desafío".

"No lo haré", dijo Erik. Esperó la risa. Cuando no vino, sacó Legbiter de su funda y lo sostuvo en su mano derecha. A su alrededor, los picos de granito se elevaban hacia el cielo indiferente. Las colinas estaban atentas. Habían visto mil siglos antes de que el hombre se aventurara siquiera en esta húmeda tierra del norte, y verían cien más antes de que el hombre destruyera todo lo demás en el planeta. Las colinas eran frías, duras y duraderas.

"¿Qué están mirando?" Erik gritó. "¿Qué están mirando?"

Las colinas no respondieron.

Erik se encontraba en una meseta, con un desnivel en tres lados y una cresta estrecha que conducía a una silla de montar en el cuarto.

Levantando Legbiter, lo colocó sobre el borde del acantilado, donde el brillo de un lago mostraba cientos de pies frente a él.

"¡Me detengo ahora!" Erik gritó. "¿Puedes oírme, Cu-saeng, o lo que seas? ¡Sé que no eres Loki! Me detengo ahora. Aquí está mi espada con todo el poder que ha puesto en su interior. ¡Tómala de vuelta! ¡No mataré más por ti!"

Mientras el hombre gris miraba sin expresión, Erik levantó Legbiter y la tiró tan lejos como pudo. Observó cómo la espada giraba de un extremo a otro, con el sol reflejándose en la empuñadura pero nunca en el negro opaco de la hoja. Después de un largo y lento descenso, salpicó la lustrosa superficie del lago, levantando una columna de agua y provocando ondas que se elevaban hasta la orilla y regresaban. Una cría de gaviotas de cabeza negra se elevó del lago, graznando.

Erik observó hasta que la placidez volvió a la superficie del lago antes de que se diera la vuelta.

El hombre gris no se había movido.

"Prepárate para tu próximo desafío ahora".

Las palabras ardieron en la mente de Erik.

"No lo haré", dijo Erik. "No tengo espada".

El hombre gris señaló la depresión en el centro de la meseta. Legbiter estaba parada allí, apuntando primero al suelo y la luz del sol brillando desde el pomo.

"¡No! ¡Yo tiré esa espada!" Erik gritó las palabras mientras miraba a Legbiter. El hombre gris no dijo nada.

"Prepárate para tu próximo desafío, ahora".

"¡No lo haré!"

Erik se encogió, esperando más risas agonizantes. Cuando no sucedió, sacó a Legbiter del granito, preguntándose si la hoja no había dejado una sola marca o dejado siquiera una pequeña hendidura en el suelo. Por un minuto, sostuvo la espada, sintiendo el arma como un peso muerto en su mano. Solo era de acero y cuero, con una empuñadura de piel de tiburón y un pomo de hierro. Era una espada, como cualquier otra.

"Prepárate para tu próximo desafío, ahora".

Sosteniendo Legbiter en su mano derecha, Erik dio dos pasos hacia el hombre gris, y luego otros dos. Cuando el hombre gris permaneció estático, Erik se precipitó repentinamente, balanceando Legbiter en un corte que le habría quitado las piernas al hombre gris, si hubiera aterrizado. Erik no vio al hombre gris moverse, pero estaba a 10 pasos de distancia, sin sonreír y sin preocuparse.

"Prepárate para tu próximo desafío. Ahora".

"¡No!" Erik lo intentó de nuevo, corriendo hacia adelante para balancear a Legbiter, solo para que el hombre gris estuviera en otra parte. No importa cuánto lo intentó Erik, falló, y el hombre gris estaba a los mismos 10 pasos de distancia.

"Prepárate para tu próximo desafío. Ahora".

Sollozando de frustración, Erik levantó Legbiter y se lo arrojó al hombre gris. La espada cortó la pierna de Erik, lo suficientemente profundo como para sacar sangre pero no para causarle heridas graves.

"Prepárate para tu próximo desafío. Ahora".

Erik levantó Legbiter y lo lanzó de nuevo, con el mismo resultado, excepto que esta vez la hoja cortó más profundamente en su pierna.

"Prepárate para tu próximo desafío. Ahora".

Erik perdió sangre y se derrumbó. Estaba desnudo en una depresión poco profunda en el suelo, con Legbiter colocada sobre su pecho y la tierra fría a su alrededor. Mientras Erik yacía allí, el hombre gris se cernía sobre él y la tierra se cerraba, asfixiando a Erik por dentro, silenciando sus gritos. Solo estaba la oscuridad y el olor de la tierra fría, la presión del mundo mientras se hundía más profundo, y luego nada en absoluto.

Erik estaba en la meseta, con un desnivel en tres lados y una cresta estrecha que conducía a una silla de montar en el cuarto. Golpeó con los pies, sintiendo la fuerza renovada que fluía a través de él. Erik se miró a sí mismo y vio el brillo saludable de la piel sin marcas y el suave deslizamiento de los músculos flexibles. Sonrió, pateó y levantó Legbiter. El poder de la tierra fluyó de la espada a su mano, muñeca y brazo hasta su cuerpo rejuvenecido.

"¡Soy Erik Egilsson! ¡Soy el carnicero! ¿Quién se atreve a meterse conmigo?"

Incluso las colinas parecieron retroceder ante el desafío de Erik. Cuando se rió, los dos cuervos se levantaron para buscar y guiar al retador a su muerte en la meseta.

"¡Soy Erik Egilsson, el carnicero!"

Y ni siquiera las colinas de granito pudieron ver la lágrima que peleó desde un solo conducto para rodar lentamente por la mejilla de Erik.

VEINTIUNO

Los nórdicos esperaron para despedirlos, los guerreros observaban a Halfdan con envidia y algunas de las mujeres con expresiones de pesar. Astrid se aferró al brazo de Bradan.

"Detente por aquí a tu regreso", dijo. "Un hombre de paz es una rareza en este lugar de guerreros". Sus ojos eran de un azul brillante, más atractivos que nunca. "Nunca había conocido a un hombre así".

"Podemos regresar por esta vía", dijo Bradan. "Ahora sabes que no todos los hombres son guerreros. Los nórdicos también tienen hombres de paz". Le sostuvo los ojos por un segundo, reconociendo a una mujer perdida en un mundo al que no pertenecía. "Encuentra la fuerza, mi señora. La paz es un bien escaso y una mujer de paz tiene más fuerza que una mujer violenta".

"Tu mujer es violenta".

"Hay paz dentro de ella", dijo Bradan. "Saldrá cuando su violencia ya no sea necesaria".

Cuando Astrid miró hacia Melcorka, sus ojos parecían brillar. "Veo batalla y sangre con esa mujer, Bradan, y hay una pelea donde ella caerá". Sus dedos se deslizaron hasta la pierna de Bradan. "Te veré de nuevo, Bradan el Errante, y estarás agradecido por mi presencia".

Melcorka miró a Astrid. "Tu presencia será bienvenida, Astrid, pero tu mano en la pierna de mi hombre no lo es. Quita tu mano o te quitaré el brazo".

Astrid dio un paso atrás. "Él es tu hombre, Melcorka, pero no es el hombre para ti".

"¿Vienen?" Halfdan preguntó. "La muerte está abriendo la puerta para el Cazador de Cabezas, y todavía tengo que encontrarlo".

"Ya vamos", dijo Bradan, dándole a Astrid un último saludo.

Montando pequeñas guarniciones resistentes, viajaron hacia el norte y el oeste, dando a conocer su presencia a todos los que conocían. Dormían en pequeños asentamientos de casas comunales nórdicas o casas circulares celtas, o bajo el abismo estrellado del cielo.

En todos los lugares a los que viajaron, Halfdan preguntó por el hombre conocido como Cazador de Cabezas, y Bradan preguntó sobre una casa construida sobre huesos humanos.

La gente negaba con la cabeza o evitaba sus ojos, negándose a hablar de los males que habían caído sobre la tierra.

"Ellos tienen miedo de hablar", dijo Halfdan.

"Tienen miedo incluso de reconocer el hecho de que están asustados", dijo Bradan. "Estas personas están tan acostumbradas a temer que piensan que es normal".

"Intentaremos eliminar ese miedo", dijo Melcorka.

"Háblenme acerca de esta casa construida sobre huesos humanos", dijo Halfdan. "No he oído hablar de eso".

"No lo sabemos", dijo Melcorka. "Solo sabemos que un hombre que vive allí podría tener la clave de esta maldad".

"Una casa construida sobre huesos humanos", dijo Halfdan. "Eso podría significar dos cosas. Podría significar una casa con cimientos sobre sacrificios humanos, o podría significar una casa construida sobre un campo de batalla".

"Cualquiera es posible", dijo Melcorka. "No había considerado el campo de batalla. ¿Hay muchos en el territorio nórdico?"

"Somos un pueblo guerrero", dijo Halfdan. "Y los pictos y los albanos resistieron. Hay muchos campos de batalla en el jarldom de Thorfinn".

Melcorka asintió. "Puedo entender eso. ¿Conoces algún campo de batalla en el que se encuentre ahora una casa?

Halfdan frunció los labios. "No. No puedo. Lo pensaré, mujer espadachín, y veré qué se me ocurre.

"Cuervos", dijo Bradan, mientras cabalgaban por una zona de páramos. Parches de ortigas mostraban dónde la gente había cultivado la tierra, mientras que las piedras caídas de las cabañas marcaban pequeñas tragedias que la historia nunca registraría.

"Nos están siguiendo", dijo Melcorka.

"Nos acercamos al Cazador de Cabezas". Halfdan dio su opinión. "Los cuervos sienten la carne fresca".

El páramo se elevaba ante ellos, ancho en el sur pero elevándose hasta una cresta de brezos que presumía de una vista de montañas azul grisáceas distantes al oeste, y terminaba en un paso entre colinas de granito. A la entrada del paso, un hombre sentado a horcajadas sobre un caballo negro, los ve acercarse. Una doble fila de estacas se extendía detrás de él, marcando la ruta hacia arriba, con un objeto redondo coronando cada estaca.

"Ese será el Cazador de Cabezas". Halfdan tocó la espada en su cintura. "Ahora enviaré su cabeza de regreso a Thorfinn, o me deleitaré en Valhalla esta noche".

"Si él es el vencedor, Halfdan, vengaré tu muerte", prometió Melcorka.

Si es necesario, me vengas y Bradan contará historias de mis andanzas, para que los hombres me recuerden para siempre.

Bradan asintió. "Los guerreros pronunciarán tu nombre durante las generaciones venideras, Halfdan el Tuerto".

"¡Deténganse allí!" gritó el forastero, "y díganme qué negocios tienen en mi tierra".

"¿Tu tierra?" Halfdan empujó a su caballo lentamente hacia

adelante, sus cascos crujían a través del brezo que le llegaba hasta las rodillas. "Jarl Thorfinn es dueño de esta tierra".

"Oh, muy melodramático", dijo Bradan. "¿Por qué los guerreros tienen que hablar así?"

"Para que el mundo los recuerde", dijo Melcorka, con una sonrisa. "Es más fácil recordar una declaración breve y supuestamente inteligente que un argumento razonado".

Bradan sonrió. "Eres demasiado inteligente para ser una guerrera, Melcorka".

"Y tú eres demasiado aventurero para ser un erudito, Bradan".

"¡He reclamado esta tierra!" Mientras el guerrero desconocido se acercaba, Melcorka vio el conjunto de cabezas humanas que adornaban la silla de su caballo, cada una atada por el pelo.

"Mira detrás de él", murmuró Bradan. "Mira las estacas".

Melcorka miró y frunció el ceño. Lo que ella había tomado por globos eran cabezas humanas, algunas tan frescas que la sangre aún manchaba la estaca en la que el Cazador de Cabezas las había empalado, otras pudriéndose y la más antigua con la piel estirada sobre cráneos sin ojos y sin nariz.

"Los trofeos de batalla del Cazador de Cabezas", dijo Bradan.

El Cazador de Cabezas avanzó hasta un pequeño montículo, donde detuvo a su caballo y levantó un hacha grande. "¡Ven y muere, forastero!"

"Soy Halfdan el Tuerto", dijo Halfdan, espoleando hacia adelante, "y te mataré ahora".

Melcorka observó con ojo crítico cómo Halfdan trotaba para encontrarse con el Cazador de Cabezas inmóvil. Con su espada apuntando hacia adelante como una lanza, espoleó hacia arriba, esquivó a su derecha en el último momento y lanzó un golpe de revés que el Cazador de Cabezas bloqueó con el mango de su hacha.

"Un mango de hierro para su hacha". Dijo Melcorka. "Eso es interesante. Ningún espadachín puede cortar eso en dos, y el hacha tiene una punta en la parte posterior y superior también. Será un arma muy letal".

"Si es muy pesada de manejar, el Cazador de Cabezas esperará una pelea corta", dijo Bradan.

Halfdan pasó al trote junto al Cazador de Cabezas, hizo girar su caballo y volvió a intentarlo, balanceando su espada de izquierda a derecha para confundir a su enemigo. Cuando estuvo cerca, hizo una finta a la derecha, giró a la izquierda y giró sobre el brazo, solo para que el Cazador de Cabezas bloqueara de nuevo, riendo.

Eres muy lento, Halfdan el Tuerto. No es de extrañar que tengas una cicatriz en la cara".

"Tienes razón", dijo Halfdan. "Soy lento y tengo la cara llena de cicatrices". Caminó con su caballo a unos cien metros de distancia, se volvió y espoleó, aumentando su velocidad a un trote, luego a medio galope y finalmente a un galope, con la espada apuntando al frente. En el último momento posible, alteró el ángulo de su espada para cortar al caballo del Cazador de Cabezas y pasó al galope. La hoja de Halfdan cortó el cuello del caballo, por lo que se encabritó con un dolor repentino y arrojó a su jinete. El Cazador de Cabezas se estrelló con las cabezas en su silla de montar rebotando a su alrededor mientras luchaba por su hacha.

Halfdan caminó lentamente hacia él y desmontó. Cuando sonrió, la cicatriz de su rostro pareció retorcerse como una serpiente. "Ahora ambos estamos en pie, Cazador de Cabezas". Sin aumentar el paso, Halfdan balanceó el escudo circular desde su espalda hasta su brazo izquierdo. "¡Ven y lucha, Cazador de Cabezas!"

No tan seguro ahora, y cojeando por su caída, el Cazador de Cabezas corrió hacia Halfdan, balanceando su hacha. Sin interrumpir el paso, Halfdan se agachó a su izquierda y cortó con el borde metálico de su escudo, en el tendón de Aquiles del Cazador de Cabezas. El Cazador de Cabezas jadeó, tropezó y murió cuando Halfdan le clavó la espada en el corazón.

"¡Soy Halfdan el Tuerto!" Halfdan rugió, justo cuando la criatura surgió del brezo a 30 pasos de distancia. Halfdan maldijo, volviéndose hacia este nuevo adversario. "¿Qué eres, extraño?"

Del tamaño de un hombre, la criatura corría a cuatro patas, gruñendo a través de la cara de un gato.

"¡Lucha conmigo!" Cuando Halfdan levantó su escudo y espada, otra criatura emergió del brezo detrás de él. Saltó sobre su espalda, clavando sus garras profundamente en su cuello.

Halfdan se tambaleó, aceleró su swing, dio la vuelta a su espada y apuñaló detrás de él.

"¡Halfdan!" Melcorka desenvainó a Defender y corrió hacia adelante, justo cuando dos de las criaturas más saltaban del brezo y atacaban a Halfdan con garras en forma de gancho. Uno le desgarró la yugular, por lo que cayó con grandes chorros de sangre.

"¿Qué son ustedes? ¡Criaturas del infierno!" Melcorka cortó una, cortándola casi por la mitad. Con su trabajo hecho, las criaturas huyeron, recogiendo a la víctima y corriendo con la cola arrastrándose detrás de ellos.

"Y así muere Halfdan el Tuerto", dijo Melcorka, dando vueltas con Defender frente a ella. "Los héroes de Valhalla tendrán un nuevo campeón para brindar esta noche, porque luchó bien y murió con valentía".

"¿En el nombre de Dios, qué eran estas cosas?" Preguntó Bradan.

"¡Bradan!" Con la garganta bombeando sangre, Halfdan intentó incorporarse. "¿Que eran?"

"Yo no lo sé". Bradan se arrodilló al lado de Halfdan. "Descansa tranquilo ahora, y nos ocuparemos de tus heridas".

"Oh, soy hombre muerto", dijo Halfdan, tratando de reír mientras se le escapaba la sangre. "Fue una buena vida. Cuéntale a Jarl Thorfinn cómo derroté al Cazador de Cabezas y cómo morí en la batalla".

"Lo haré", dijo Bradan.

"Bradan", la voz de Halfdan se estaba debilitando. "¡Dun Dreggan! ¡Dile a Melcorka, Dun Dreggan!"

"¿Qué? ¿Qué significa eso?" Preguntó Bradan. Escuchó un sonido como el susurro de alas, vio la boca de Halfdan torcerse en una sonrisa y supo que sus compañeros nórdicos lo habían transportado a Valhalla. "Festeja bien, Halfdan el Tuerto".

¡Bradan, quédate quieto! Es posible que estas cosas todavía estén cerca". Melcorka los rodeó, aumentando gradualmente el área que cubría. Ella se detuvo y se arrodilló en el suelo.

"¡Bradan!"

Dejando el cadáver de Halfdan, Bradan se unió a Melcorka.

"¡Mira!" Melcorka señaló hacia abajo los tallos de brezo rotos y la tierra raspada. "¿Cuántos de ellos?"

Bradan contó las impresiones. "Cinco. Cinco de estas criaturas nos estaban mirando y no vimos a nadie".

"Todavía nos están mirando", dijo Melcorka. "No puedo verlos, pero están aquí, en alguna parte".

Bradan golpeó el suelo con su bastón. "Entonces somos blancos fáciles", dijo, "si ellos eligen atacar. Mantén a Defender lista, Melcorka". Miró hacia arriba. "Y los cuervos todavía están dividiendo el cielo".

"¿Por qué?" Preguntó Melcorka. "No buscan carne; Halfdan les proporcionó un cuerpo y las criaturas otro. Dos hombres adultos proporcionan carne suficiente para una docena de cuervos, y mucho más para dos".

"Deben tener otra razón para estar allí", dijo Bradan.

"Nos están vigilando", dijo Melcorka simplemente.

"Todo el mundo parece estar vigilándonos", dijo Bradan. "Debemos ser personas fascinantes".

Melcorka soltó una risa amarga. "¡Siempre lo he pensado! ¿Seguimos a estos animales?"

"Me gustaría saber por qué mataron a Halfdan y no a nosotros", dijo Bradan. "Puede que tenga que ver con Erik o con Dun Dreggan".

Melcorka lo mira de reojo. "¿Qué es Dun Dreggan?"

"No lo sé. Halfdan me dijo que te lo contara. Fue lo último que dijo".

"¿Lo último que dijo antes de morir?"

"No, ya estaba muerto", dijo Bradan. "Se demoró en decirte ese nombre después de su muerte y antes de ir al Valhalla".

"Oh", asintió Melcorka. "¿Qué fue lo último que me dijo? Dijo que pensaría en una edificación construida sobre huesos humanos. Ese debe ser Dun Dreggan". Ella miró hacia atrás al cuerpo de Halfdan. "No hay más señales de las criaturas".

Bradan gruñó. "Sean lo que sean, espero que se mantengan alejados".

"¡Mira!" Melcorka extrajo a medias a Defender cuando un hombre de capa gris se levantó del brezo.

Otro se le unió y más, hasta que cinco figuras encapuchadas y con mantos grises formaron un semicírculo, silenciosas y vigilantes. La mujer gris estaba un poco en detrás, su cabello rizado alrededor de sus orejas, sus ojos oscuros atentos, insondables.

"La hemos visto antes, en Pantano de Flanders". Bradan miró a los hombres grises. "Y estos tipos son los gemelos del familiar de Erik".

"La recuerdo, vagamente". Melcorka desenvainó a Defender y alzó la voz. "¿Quién eres y qué quieres?"

En respuesta, la mujer levantó la mano izquierda y los hombres grises se echaron hacia atrás lentamente las capuchas. Melcorka miró a cada hombre por turno, pero sabía que no volvería a reconocerlos. Eran grises en el vestido, con el pelo gris y rasgos tan desprovistos de personalidad que eran instantáneamente olvidables. Incluso sus ojos carecían de expresión mientras miraban a Melcorka primero, y luego volvían su atención a Bradan.

"Sí, nos reconocerán la próxima vez", dijo Melcorka. "¡Y yo los reconoceré!"

"¡Basta de esto!" Caminando hacia adelante, Bradan balanceó su bastón. Siseó al aire libre cuando los hombres grises se volvieron a poner las capuchas. Cada vez que Bradan daba un paso, se retiraban a la misma distancia, hasta que Bradan juraba y regresaba a Melcorka.

"Son demasiado esquivos incluso para seguirlos. ¿Debemos arrancar?"

Melcorka asintió. "Si arrancamos ahora, podríamos llegar a la cabecera del paso antes de que oscurezca". Devolvió a Defender a su vaina. "Mantente alerta a estas criaturas felinas o los hombres grises".

El sendero conducía al paso, donde las pendientes desnudas de granito se elevaban a ambos lados de un camino estrecho y empinado. Jirones de niebla se deslizaban a lo largo de las laderas superiores, un momento revelando, otro ocultando una cresta rocosa e irregular.

"No hay mucho escondite aquí", dijo Melcorka. "Ningún lugar para que las criaturas con forma de gato, o lo que fueran, se escondan". Caminó otros 100 pasos antes de hablar de nuevo.

"Dun Dreggan, el Sol o Fuerte del Dragón. No estoy segura de que me importe el nombre". Mientras hablaba, miró a su alrededor hacia las colinas desoladas, sobre las cuales lloraba ahora una llovizna gris.

"El Fuerte del Dragón construido sobre huesos humanos". Bradan miró hacia la lluvia. "Esa no es una perspectiva alegre. Creí haber visto movimiento allí, a nuestra izquierda".

Melcorka no miró en esa dirección. "¿Humano o animal?"

"No estoy seguro. Humano, creo".

Melcorka bostezó y se estiró. "Está bien. Alguien nos está siguiendo, entonces. Sigue moviéndote; no te apresures y ten cuidado con las criaturas felinas".

La llovizna aumentaba a medida que ascendían por el sendero, y cada paso era ahora más peligroso en el suelo húmedo. El paso magnificó el sonido de las quemaduras que descendían del granito, haciendo un fino goteo como un torrente, y cuando las voces llegaron, resonaron en la niebla.

"Ven, Melcorka. Ven, Bradan".

"Ven, Melcorka. Ven, Bradan". Las palabras terminaron en risas bajas.

"¿Cuántos?" Preguntó Melcorka.

"No estoy seguro. Esta niebla distorsiona el sonido".

"Escuché tres al menos", dijo Melcorka. "Nos están invitando".

"Eso es amabilidad de su parte", dijo Bradan.

El paso continuaba ascendiendo, cayendo a la nada a su izquierda y la pendiente de granito a la derecha.

"Está esperando", las voces volvieron a sonar. "Él está esperando".

Las palabras nuevamente terminaron en risas que resonaron alrededor de la colina.

"Él está esperando", repitió Bradan.

"Bien", dijo Melcorka. "Que espere, sea quien sea". Ella sonrió repentinamente. "¡Dudo que sea alguien a quien queramos conocer, y dudo que sea alguien que desee conocernos!"

"¡Ese es mi Mel!", dijo Bradan.

La risa sonó de nuevo, burlona, y se desvaneció en la nada cuando emergieron a través de la niebla para pararse en la cabecera del paso. La nube yacía ante ellos, un manto gris que cubría el suelo, atravesado por los picos de cien colinas distantes.

"Es como estar en la cima del mundo". Bradan esbozó una sonrisa sombría. "Me pregunto cuántos miles de personas han dicho eso cuando han estado en la cima de una colina".

"Más importante", dijo Melcorka. "Me pregunto qué encontraremos cuando bajemos al otro lado".

"Criaturas felinas con garras cortantes", sugirió Bradan, "cuervos que no se alimentan de cadáveres y un fuerte de dragones construido sobre huesos humanos".

"Siento como si alguien nos estuviera atrayendo hacia algo", dijo Melcorka. "Atraídas por los desafíos, las criaturas felinas podrían habernos atacado tan fácilmente como mataron a Halfdan. ¿Por qué no lo hicieron?"

"Quieren algo más", dijo Bradan. "¿Qué tenemos de valor vivos en lugar de muertos?"

"No lo sé", dijo Melcorka. "No pueden ser nuestras posesiones. Solo poseo la ropa que uso, y Defender. Tienes tu ropa y tu bastón. No vale la pena robarnos".

"Defender es valiosa", dijo Bradan.

"Solo unos pocos podrían usar su poder", dijo Melcorka, "y solo para siempre. Si alguien me asesinara, solo tendrían una espada antigua".

Los cuervos emergieron de la nube a su lado para rodearlos. "Tenemos compañía", dijo Bradan.

"Los cuervos siempre están con nosotros", dijo Melcorka. "Simplemente los ignoro ahora".

Cuando comenzaron el descenso, la nube se hizo trizas y desapareció, revelando la cañada debajo. A primera vista, era fértil, con franjas de verde junto a un río ancho y lento, y parcelas de bosques que subían por las laderas de las colinas.

"Es un lugar encantador", dijo Bradan. "Veo casas y personas y no hay señales de guerra. Si esta es la Cañada de Tacheichte, la Cañada Embrujada, desearía que hubiera más fantasmas".

"Sí, es un lugar de paz en medio de la devastación", dijo Melcorka. "Ojalá Alba fuera tan afortunada".

Descendieron al valle, todavía con los cuervos sobre sus cabezas y la niebla reduciéndose a meras volutas en las laderas de las colinas circundantes. Las mujeres trabajaban en los campos o se detenían para saludar, mientras que los hombres que cuidaban el ganado en los campos gritaban saludos a través de la tierra intermedia.

"Esto es Alba como lo era antes", dijo Bradan, "antes de las invasiones nórdicas. Es como si esta gente nunca hubiera oído hablar del mal que ha caído sobre la tierra".

"Sí", Melcorka miró a su alrededor, demasiado cautelosa para aceptar las cosas al pie de la letra. "Algo parece haber protegido este valle del mal de la guerra".

"Aquí no hay fuerte, nada que pueda detener a cualquier asaltante". Bradan miró a su alrededor. "Solo el paso de la colina y el Cazador de Cabezas".

"Quizás estaba haciendo más bien de lo que pensábamos", dijo Melcorka.

"¿Y ellos?" Bradan señaló a los cinco hombres grises que se habían levantado de las laderas junto a ellos. "¿Qué papel juegan?"

"Los hombres de gris", dijo Melcorka. "Pensé que eran demasiado pacíficos". Ella alzó la voz. "¿Quiénes son ustedes y qué quieren?"

Los hombres grises no dijeron nada mientras seguían el paso junto a Melcorka y Bradan. Se movían en silencio, sus pies apenas tocaban el suelo. Ligeramente separados, la mujer gris se unió a ellos, silenciosa, vigilante.

"Hay algo extraño en ellos", dijo Bradan. "Como si no estuvieran realmente aquí".

"Me acercaré", Melcorka se volvió bruscamente para subir la pendiente. Con cada paso que avanzaba, los hombres grises se retiraban, siempre manteniendo la misma distancia.

"¿Quiénes son ustedes?" Preguntó Melcorka. Su voz resonó en la cañada: "¿Quiénes son ustedes, son ustedes, son ustedes?"

Mientras Melcorka aumentaba su velocidad, también lo hacían los hombres grises.

"¡Mel! ¡Te están alejando!" Bradan se quedó quieto, sosteniendo su bastón con ambas manos. La gente de la cañada no prestó atención a los hombres grises, continuando lo que habían estado haciendo sin comentarios ni prisas.

"¡Mel!"

"Digan algo", dijo Melcorka mientras los hombres grises se retiraban en silencio. Cuando Melcorka miró hacia atrás, se dio cuenta de que había subido la mitad de la pendiente y la niebla estaba regresando, enviando largos zarcillos al fondo del valle, rodeándola con dedos húmedos. Miró hacia el gris y escuchó el ladrido de un perro. Ladró una vez, dos veces y luego se hizo el silencio. Melcorka se estremeció al recordar el nombre de este lugar: La Cañada Embrujada.

Ella estaba en La Cañada Embrujada con un perro que había ladrado dos veces. Melcorka era muy consciente de la amenaza del Cu Sith, el enorme perro hada. De color verde y del tamaño de un buey, habitaba en las montañas y podía matar a la vista. Si alguien lo oía ladrar tres veces, sabía que la muerte estaba cerca y su única protección era apedrear a la criatura tan pronto como apareciera. Lo había oído dos veces, una vez más y estaba condenada.

Agachándose, Melcorka levantó del suelo un puñado de piedras sueltas. Ella miró hacia la niebla, viendo solo el gris deslizándose hasta que apareció un destello de algo verde.

"¡Aléjate, perro del infierno!" Melcorka arrojó la primera de sus piedras. Voló más allá de su vista, para traquetear en una roca en algún lugar en la distancia.

El Cu Sith apareció de nuevo en una grieta de la niebla. Melcorka vislumbró brevemente una enorme mandíbula abierta y una hilera de afilados dientes blancos. Ella tiró otra piedra, la vio rebotar en el suelo a los pies del perro, tiró una tercera y la escuchó chocar contra la piel correosa de la criatura.

"¡Ven entonces!" Melcorka gritó, moviéndose hacia el Cu Sith con sus pies deslizándose sobre un pedregal suelto, preguntándose si debería desenvainar a Defender o confiar en las piedras.

El Cu Sith se cernió sobre ella mientras se movía silenciosamente por la pendiente. Los ojos rojos miraron a Melcorka mientras agarraba otro puñado de piedras y las arrojaba en un flujo constante, una tras otra, hacia el perro verde. Se paró sobre una losa, mirándola hasta que una de sus piedras rebotó en su ancha nariz.

"¡Te agarré!" Dijo Melcorka. "¡Ahora corre!"

Gritando, el Cu Sith giró la cola y desapareció en la niebla sin mover una sola piedra.

"Sí, corre", dijo Melcorka, justo cuando aparecieron los hombres grises, tan silenciosos como el Cu Sith y mucho más amenazadores. Formando un semicírculo sobre Melcorka, se quedaron quietos, con las capuchas levantadas y los brazos sueltos a los lados.

"¿Quiénes son ustedes?"

Nuevamente, la voz de Melcorka hizo eco, sin respuesta. Volviéndose, trató de volver sobre sus pasos, pero la niebla era más densa que antes, arremolinándose a su alrededor con un frío tan intenso que parecía penetrar hasta el hueso. En lugar de descender, la pendiente se niveló y luego se elevó frente a ella, en cualquier dirección en la que Melcorka caminara.

"Tenías razón, Bradan", reflexionó. "Hay algo extraño en ellos, y me han llevado". Se detuvo, desenvainó a Defender y siguió adelante, lentamente, esperando un ataque. Ninguno vino.

"¡Mel!" Melcorka escuchó la voz de Bradan a través de la empalagosa niebla. ¡Mel! ¡Aquí abajo!"

"¡No puedo verte!" Melcorka abanicó a Defender. "¿Dónde estás?"

"¡Muévete a tu derecha!"

Melcorka así lo hizo, sintiendo el suelo sólido bajo sus pies. Cuando la pendiente se inclinó abruptamente frente a ella, se detuvo. "¡Voy por el camino equivocado!"

"¡No!" La voz de Bradan era clara. "¡Créeme! Sigue moviéndote, pero despacio. El suelo desciende abruptamente ante ti".

Bradan estaba en lo cierto; y siguiendo sus instrucciones, Melcorka siguió caminando, hasta que el rostro de Bradan se asomó a través de la niebla y su mano estaba en su manga.

"¿Qué pasó ahí arriba?" Preguntó Bradan. "Estabas tambaleándote como si estuvieras borracha".

"No podía ver en la niebla", dijo Melcorka.

"¿Qué niebla?" Preguntó Bradan. "Está claro como en pleno verano".

Melcorka parpadeó. Bradan tenía razón de nuevo: no había rastro de niebla. La cañada sonreía a la luz del sol y el sonido del ganado mugido se mezclaba con el canto de las mujeres mientras trabajaban. Los cinco hombres grises estaban de vuelta, mirando y sin decir nada. Como siempre, la mujer estaba separada. A la luz del sol, se veía diferente, con el tinte rubio en su cabello más evidente.

"Hablemos con algunas de las personas", dijo Bradan. "Podrían ayudarnos a comprender mejor este lugar".

El primer grupo de mujeres siguió cantando mientras cortaban la maleza del suelo con largas azadas.

"Buenos días a ustedes", dijo Bradan. "Dios bendiga el trabajo. ¿Podrían decirnos el nombre de este lugar?

Las mujeres miraron juntas hacia arriba. La mayor no podía tener más de 35. "Buenos días, extraño", dijo. "Bienvenido a la cañada".

"Gracias", dijo Bradan. "¿La cañada tiene un nombre?"

"Es Cañada Gris, por supuesto", dijo la mujer como si todo el mundo supiera su nombre. "Los extraños la llaman Cañada de Tacheichte, La Cañada Embrujada".

"¿Quien vive aquí?" Preguntó Melcorka.

"Nosotros", dijo la mujer, sonriendo como si se tratara de una broma secreta. "Todos vivimos aquí".

"¿Quiénes son ustedes?" Preguntó Melcorka.

"Somos la gente de La Cañada Gris", dijo la mujer. "No tenemos muchos extraños aquí. ¿Quiénes son ustedes?"

"Soy Melcorka Nic Bearnas y este es Bradan el Errante".

"Oh; ustedes tienen nombres extraños. ¿Puedo mirar tu espada? La mujer extendió sus manos.

"No dejo que nadie vea mi espada". Melcorka se preparó para una discusión, pero en cambio, la mujer volvió a su trabajo, seguida por todos los demás. Cantaron mientras trabajaban, la misma canción, repetida sin cesar.

"Somos la gente de La Cañada Gris
Seremos felices dentro de nuestra casa
Sabemos que es mejor aquí que allá
Somos la gente de La Cañada Gris".

"¿Son nórdicas?", preguntó Bradan, "¿o de Alba?"

Las mujeres se enderezaron de nuevo, todavía sonriendo. "Somos la gente de La Cañada Gris".

"¿Quién es tu jefe, tu señor?" Bradan intentó, "¿quién es el dueño de esta tierra?"

La sonrisa de la mujer no vaciló. "Nadie es dueño de esta tierra. Todos somos dueños de esta tierra. Somos la gente de La Cañada Gris".

"Ellos son la gente de La Cañada Gris", dijo Melcorka. "Creo que es hora de que sigamos adelante, Bradan, y dejemos esta Cañada gris a su gente".

"Sí. Sin oferta de hospitalidad, lo notarás". Dijo Bradan. "Eso es diferente a cualquier lugar en el que haya estado en Alba, Erin o las tierras nórdicas". Dio unos golpecitos con su bastón en el suelo. "Adelante, Melcorka".

Despidiéndose, siguieron adelante, intercambiando saludos con otros grupos de mujeres, devolviendo los saludos de los hombres en los jardines y siempre con los cinco hombres grises como sus sombras desde los flancos de los cerros.

El camino se desenrollaba ante ellos, directamente entre los campos, sin un final visible al valle. "Algo está muy mal aquí", dijo Melcorka. "Llevamos horas caminando y no vamos más adelante".

"Yo mismo pensé eso", dijo Bradan. "Nada ha cambiado. Las colinas tienen el mismo aspecto, la gente sigue trabajando y ni siquiera el sol ha cambiado".

"¿Dónde estamos, Bradan?" Preguntó Melcorka.

"Donde sea que sea, no es donde parece estar", dijo Bradan. "Podemos intentar subir la colina de nuevo".

"¿En la niebla? Quizás. Démonos prisa aquí primero".

Alargando el paso, siguieron adelante, con el valle tan agradable como siempre a su alrededor y las mujeres cantando la misma canción.

"Bienvenidos extraños", la mujer podría haber sido la gemela del primero con quien hablaron. "Somos la gente de La Cañada Gris. Vengan y descansen un rato. Te libraré del peso de tu espada".

"Mantendré mi espada, gracias", dijo Melcorka, empujando a Bradan frente a ella.

"Estas personas están demasiado interesadas en tu espada", dijo Bradan.

"Sí que lo están", coincidió Melcorka. "La mantendré segura, a pesar de su interés".

"No veo el final de esta cañada", dijo Bradan.

"Yo tampoco" Melcorka miró hacia atrás. "Tampoco un comienzo".

El camino detrás de ellos parecía idéntico al de atrás, largo, recto y que se extendía por siempre más allá de agradables tierras de cultivo. Las mujeres trabajaban dentro del campo y los hombres en la parte de afuera, el ganado mugía y había alguna carcajada ocasional.

"No estamos aquí", dijo Bradan. "No sé dónde estamos, pero no estamos en una cañada".

"¡Sube la colina, Bradan, y maldita sea la niebla!"

Marcaron su ruta, mirando un barranco en el granito que conducía a un pequeño corrie, (*especialmente en Escocia, un hueco empinado en la cabecera de un valle o en la ladera de una montaña; un círculo*), donde una quemadura volcánica brotó casi perpendicular desde un acantilado.

"Esa es nuestra salida", dijo Melcorka. "Si nos mantenemos en el barranco y el corrie, la niebla no debería confundirnos".

"No hay niebla todavía", dijo Bradan.

"Oh, ya vendrá", dijo Melcorka. "¿Estás listo?"

"Estoy listo", dijo Bradan.

Girando abruptamente a la derecha, avanzaban sobre los campos, ignorando las olas de hombres. El ganado no se movía ni siquiera miraba hacia arriba cuando pasaba junto a ellos, y en unos momentos subieron por los diques grises de piedra seca que marcaban el final de la pradera y el comienzo de las laderas de granito.

"Aquí viene la niebla", dijo Melcorka mientras los familiares zarcillos grises se elevaban del suelo y serpenteaban desde arriba.

"Ignora la niebla", dijo Bradan. "Recuerda nuestra ruta y mantente cerca de mí. No podemos separarnos".

Aparecieron los hombres grises, meras formas en la niebla, deslizándose ante ellos sin hacer ruido. La mujer estaba detrás de ellos, mirando, con su cabello ahora más rubio que gris.

"Ignóralos", aconsejó Melcorka. "Finge que no existen".

El barranco era más accidentado de lo que había parecido desde abajo, con crestas de roca en ángulo recto con el corte y una quemadura blanca y espumosa en el suelo.

"Sigue la quemadura", dijo Melcorka. "Sabemos que conduce al corrie".

Aunque fácil en teoría, seguir la quemadura era difícil en la práctica. Con la quemadura que se apresuraba llenando el piso del barranco en caídas alternas empinadas y charcos de profundidad incierta, Melcorka y Bradan tuvieron que trepar por el costado, balanceándose sobre rocas resbaladizas y cubiertas de musgo mientras luchaban por abrirse camino hacia arriba.

Apoyándose con su bastón presionado contra el lecho de la quemadura, Bradan miró hacia adelante. "No puedo ver el corrie en la parte superior de la quemadura".

"Yo tampoco", dijo Melcorka. "Sigue adelante. Sabemos que está ahí. Trazamos la ruta desde el suelo de la cañada".

La niebla los rodeaba, yaciendo espesa sobre la quemadura, arremolinándose alrededor de las rocas, distorsionando sus voces, por lo que tuvieron que esforzarse para distinguir lo que estaban diciendo.

"Los hombres grises han vuelto", murmuró Melcorka.

"Los veo".

Las figuras se asomaban como sombras, cada una alargada, enorme en la niebla.

"¡Hola!" Melcorka gritó. "¿Quiénes son ustedes?"

No hubo respuesta.

"Me estoy enojando", dijo Melcorka y volvió a levantar la voz. "Será mejor que se vayan antes de que yo vaya por ustedes".

"Él está esperando". Las palabras llegaron a través de la niebla. "¡Él está esperando!"

"Sigue moviéndote". Bradan animó a Melcorka más arriba por el barranco. "Están tratando de retrasarnos".

"De todos modos los atraparé", gritó Melcorka, inclinó la cabeza y siguió adelante.

"¿Dónde está el corrie?" Melcorka miró hacia arriba, agitando la mano en un vano intento de despejar la niebla.

"Por aquí en alguna parte", dijo Bradan. "¡Ya deberíamos haberlo alcanzado!"

"Algo está muy mal", dijo Melcorka.

"Las cosas no son lo que parecen", dijo Bradan. "Esto no está bien".

"Tienes razón, Bradan". La voz era femenina y familiar. "Las cosas no son lo que parecen y tú no estás donde crees que estás".

"¿Quién dijo eso?" Alzando su bastón en un gesto de defensa, Bradan miró a su alrededor. "¡Conozco esa voz!"

"Tú me conoces". Astrid estaba de pie frente a ellos, de pie en el barranco como si no hubiera una quemadura que hiciera espuma y rugiera a su alrededor. Su cabello rubio brillaba a la luz del sol.

"¿Astrid? ¿Cómo llegaste aquí?"

"Te seguí", dijo Astrid. "¿Dónde crees que estás?"

"En un lugar llamado La Cañada Gris", dijo Bradan. "O La Cañada de Tacheichte".

"Estás errado". Cuando Astrid negó con la cabeza, su cabello fluyó alrededor de sus hombros.

"Estamos en La Cañada Gris", Melcorka contradijo a Astrid.

"Nunca han dejado la cresta donde Halfdan derrotó al Cazador de Cabezas", dijo Astrid.

"¡Déjenme acercarme a ustedes!"

"Ven", dijo Bradan.

"¡Quédate donde estás!" Ordenó Melcorka. "No creo en ti".

"Ven", repitió Bradan, haciendo un gesto a Astrid hacia adelante.

Astrid avanzó a paso lento, pasando por el agua que se agitaba de un color blanco cremoso alrededor de sus piernas. "Estense quietos".

Bradan se quedó quieto, preguntándose cómo había llegado Astrid aquí. Sacando un pequeño frasco de debajo de su capa andrajosa, Astrid sacó el tapón de cuero y salpicó el contenido en la palma de su mano. Sin previo aviso, arrojó el líquido a la cara de Bradan, se acercó y se lo frotó en los ojos.

"Tú..." Melcorka había medio extraído a Defender antes de que Astrid hiciera lo mismo con ella, pasando el pulgar sobre las pupilas de Melcorka.

De inmediato, el paisaje se alteró. La quemadura se secó, el barranco se niveló y la niebla se despejó. Melcorka y Bradan se pararon en la cresta donde Halfdan había luchado contra el Cazador de Cabezas, con ambos cuerpos tendidos tal cual habían caído.

"He tratado de sacarlos de allí", dijo Astrid.

"¿Qué pasó?" Preguntó Melcorka, mirando a su alrededor tanto con ira como con confusión.

"El ojo malvado". Astrid dijo. "Alguien les ha echado el mal de ojo. Los vi caminar en círculos. No pude hacer nada para ayudar hasta que fui a buscar un poco de agua bendita".

"¿El ojo malvado?" Aún desconfiada, Melcorka mantuvo agarrada la empuñadura de Defender.

"Los cinco hombres grises", dijo Bradan. "Cuando se quitaron las capuchas". Explicó lo que había sucedido mientras Astrid escuchaba. "¿Recuerdas que los hombres grises nos miraron? Allí debe haber sido cuando nos pusieron bajo un encantamiento. Nada desde ese momento en adelante fue real".

"He visto a estos hombres", dijo Astrid. "Son de algún otro lugar, un lugar fuera de nuestro mundo".

"¿Cuándo aparecieron?" Preguntó Bradan.

"Hace aproximadamente un año", dijo Astrid.

"Al mismo tiempo que los otros males", dijo Melcorka. "Están conectados: hay que matar a la cabeza, y el resto morirá o regresará de donde vinieron".

"¿Dónde está la cabeza?" Astrid preguntó.

"No lo sabemos", dijo Bradan. "Todos sabemos que un hombre que vive en una casa construida sobre huesos humanos puede tener el secreto. Las últimas palabras de Halfdan fueron Dun Dreggan, el cual puede ser el lugar".

"¿Dun Dreggan?" Astrid miró hacia arriba. "¿El Sol del Dragón? Sé dónde es eso".

"Cuéntanos", Melcorka se sentó en el suelo, apoyada en una roca cómoda.

"Está en Caithness, la tierra de los hombres gato", dijo Astrid. "Dun Dreggan es un castillo construido en piedra, probablemente uno de los castillos más inaccesibles de Alba o Jarldom".

Todo el tiempo que Astrid habló, sus ojos estaban puestos en Bradan. Apenas miró en dirección hacia Melcorka.

"Creo que conocemos a esta gente con forma de gatos", dijo Melcorka con gravedad.

"¿Este castillo de dragones está construido sobre huesos humanos?" Preguntó Bradan.

"En más de un sentido", dijo Astrid. "El sitio es antiguo, tan antiguo que está más allá de la memoria del hombre. He oído que se construyó sobre sacrificios humanos, aunque no tengo pruebas de ello".

"El sacrificio humano parece ser muy común esta temporada", dijo Bradan. "Estamos volviendo a los malos tiempos".

"El mal está a cargo", murmuró Melcorka.

"Dijiste que Dun Dreggan se construyó sobre huesos en más de un sentido", le recordó Bradan a Astrid.

"El castillo actual se construyó sobre los cimientos antiguos", dijo Astrid. "Es en el sitio de una masacre donde los nórdicos expulsaron a los pictos locales. Allí había un monasterio picto, una colonia de monjes, y Harald el Alto los hizo matar. Los sacerdotes pictos regresaron cuando Maelona era la reina, pero solo el año pasado los escandinavos, mi gente, asaltaron de nuevo y masacraron a toda la población".

Ciertamente construido sobre huesos humanos. Dinos dónde encontraremos este castillo", ordenó Melcorka.

La sonrisa de Astrid era burlona. "Nunca llegarán solos. Necesitarán una guía".

"Bradan y yo hemos estado en lugares de este mundo que están más allá de tu comprensión", dijo Melcorka. "Hemos visto tierras de hielo y nieve perpetua, ríos tan vastos que no se puede ver la orilla opuesta y lagos tan grandes como los mares. Hemos visto imperios tan extensos que no se puede comprender la escala y ejércitos de decenas de miles de hombres. Hemos viajado por tierras y mares..." Melcorka se detuvo al darse cuenta de que Astrid no estaba prestando atención.

"Necesitarás un guía", repitió Astrid. "Por muy lejos que afirme haber viajado antes, no lo está haciendo muy bien hasta ahora, ¿verdad? Caer bajo la influencia del mal de ojo, ser derrotada por el Carnicero en Bass Rock, buscando ayuda de la Gente de Paz y los Druidas". Miró a Melcorka por primera vez. Sé de tus fracasos, Melcorka mujer espadachín. Has necesitado ayuda desde que emprendiste tu búsqueda, y necesitas ayuda ahora".

Bradan observó la interacción entre las dos mujeres. ¿Conoces a alguien que pueda guiarnos hasta Dun Dreggan?

"Yo", dijo Astrid.

Melcorka sintió una oleada de emoción que nunca pensó experimentar. "¿Tú? Sería mejor que cuidaras a los cerdos en lugar de aventurarte con nosotros".

"¿Cómo están tus cicatrices, Melcorka?" Astrid preguntó dulcemente. "Espero que se estén curando ahora". Ella se puso de pie, sonriendo. "Somos de la misma edad, mujer espadachín; He vivido toda mi vida con guerreros y, sin embargo, mi cuerpo está inmaculado. ¿Te lo enseño?"

"No hay necesidad", Bradan se preguntaba cómo podría mantener la paz entre estas dos mujeres. "Nosotros te creemos". Respiró hondo y miró a Melcorka. "Puede que necesitemos la ayuda de Astrid, Mel. Si sabe dónde está Dun Dreggan, entonces podemos terminar esta búsqueda rápidamente y librar a Alba del mal".

"No solo Alba", dijo Astrid. "El mal se extiende por toda el jarldom de Thorfinn en las Orcadas y es muy posible que se haya extendido aún más".

Desenvainando a Defender, Melcorka comenzó a pulir la hoja, lo cual fue una inconfundible advertencia para Astrid. Miró a Bradan, preguntándose si podría confiar en él con esta atractiva nórdica rubia. En todos los años que habían viajado juntos, Melcorka nunca se había sentido tan incómoda con su relación. Sabiendo que la decisión recaía en ella, forzó una sonrisa.

"Puedes venir, Astrid", dijo Melcorka. "Debo advertirte que será peligroso. Bradan y yo nunca sabemos con qué tipo de enemigos nos encontraremos".

"Soy nórdica", dijo Astrid. "La aventura y el peligro están en mi sangre".

"Bien". Melcorka volvió a deslizar a Defender en su vaina. "Bradan y yo siempre salimos airosos", hizo una pausa durante un segundo significativo, "juntos. Mato a cualquiera o cualquier cosa que intente detenernos". La sonrisa de Melcorka habría helado la sangre de piedra de una gárgola. "O a quién intente interponerse entre nosotros".

Astrid asintió levemente con la cabeza. "Entonces eso está resuelto". Se puso de pie y dio un paso hacia el paso que se elevaba detrás de ellos, con la cadera casi rozando la cabeza de Bradan. "Antes de continuar, es mejor que ambos estén protegidos contra el mal de ojo en caso de que nuestros pequeños amigos grises regresen".

"Eso parece sensato", Bradan miró a Melcorka, quien asintió de mala gana.

"Vengan conmigo". En segundos, Astrid había recuperado la iniciativa. Caminando al frente, con la espalda recta y las caderas balanceándose tentadoramente, los condujo a una pequeña quemadura que reía entre dientes junto a las ruinas de un antiguo edificio de piedra.

"Ésa fue una vez una iglesia picta", dijo Astrid, "y este arroyo formaba el límite entre los pictos cristianos y los nórdicos hasta que matamos al hombre santo y tomamos el control de toda el área".

"¿Eso es significativo?" Preguntó Bradan.

Astrid lo favoreció con una sonrisa. "Sí. Para protegerte del mal de ojo, necesito agua de una quemadura en los límites, y el agua junto a un lugar sagrado es lo mejor de todo. Ahora, debo reunir suficiente agua para lavarlos a ambos".

"¿Lavarnos?" Dijo Melcorka. "¡Yo sola puedo entrar en la quemadura si eso ayuda!"

"Hay un procedimiento adecuado para estas cosas", dijo Astrid. "Si lo deseas, yo podría lavar solo a Bradan y dejarte con los hombres grises. Estoy segura de que volverás a disfrutar revolcándote en la niebla".

"Solo haz lo que tienes que hacer", dijo Bradan, mientras Melcorka los fulminaba con la mirada.

"Eliminé la maldición, pero el mal permanece", explicó Astrid. "A menos que complete el ritual, seguirán siendo vulnerables, y una sola visión de los hombres grises puede volver a trastornar sus mentes". Ella le dio una pequeña sonrisa amarga. "Cuando la gente habla de demonios y dragones malvados y cosas por el estilo, piensa en monstruos que puedes derrotar con una espada. El mal no viene meramente en forma física; hacer habitar dentro de ti los demonios de la duda, la confusión, la desconfianza y la depresión. Entra en tu mente, por lo que no sabes quién eres ni por qué estás aquí. Ese es el efecto de un hechizo, del mal de ojo, que es tan potente como cualquier monstruo que escupe fuego".

"Hemos experimentado tal maldad", dijo Bradan, "y no quiero más, ¡gracias!"

Astrid sonrió. "No te culpo, Bradan. Ven entonces. Necesito algún tipo de recipiente para poner el agua".

Encontraron un viejo balde de madera debajo de un matorral de ortigas, y mientras Melcorka miraba con el ceño fruncido, Astrid lo llenó con la mano, sacando agua de la quemadura y cantando una invocación para sí misma.

"Las palabras son fundamentales", dijo Astrid. "Las palabras tienen más poder que la hoja de cualquier espada".

"Lo recordaré la próxima vez que esté en una batalla con los escandinavos", dijo Melcorka. "En lugar de desenvainar a Defender, les gritaré en voz alta".

Después de llenar el cubo, Astrid miró a Bradan y Melcorka. "¿Quién es el primero? ¿Quién no le teme al agua fría?"

"Seré la primera", Melcorka dio un paso adelante.

"Acuéstate en el suelo y quítate la ropa", dijo Astrid sin emoción. Cuando Melcorka obedeció, Astrid la bañó, cantando todo el tiempo. Cuando terminó, hizo un gesto con la cabeza a Bradan. "Tú eres el siguiente, Bradan".

Mirando a Melcorka, Bradan siguió su ejemplo, acostado con los ojos cerrados mientras Astrid se tomaba su tiempo para lavarle el cuerpo.

"¡Estás a salvo, Bradan!"

Bradan se vistió apresuradamente y asintió en agradecimiento. "No me siento diferente".

"No es cómo te sientes lo que importa", dijo Astrid. "Así es como eres". Ella sonrió. "Ahora veremos si tuve éxito". Sacudió el cubo. "Esta es el agua con la que te lavé. Voy a tirarlo contra esa roca", señaló Astrid a una roca blanca redondeada. "Observen". Dando un paso atrás, arrojó el agua. Por un momento, no pasó nada, y luego la roca explotó en cien fragmentos.

"¿Qué en el nombre del hombre pequeño?" Melcorka medio extrajo a Defender hasta que se dio cuenta de que Astrid estaba asintiendo con la cabeza con satisfacción.

"Bien", dijo Astrid. "Eso demuestra que tuve éxito. Quité el mal de ustedes y lo arrojé sobre la roca. Por eso explotó".

"Gracias, Astrid", dijo Bradan.

"Recogeré un poco más de esta agua bendita", Astrid sumergió su petaca en la quemadura, "en caso de que la necesitemos".

Melcorka pateó el suelo con impaciencia. "¿Nos vamos a mover? Quiero encontrar a este Dun Dreggan".

"Sobre el paso entonces", dijo Astrid, "sin niebla esta vez". Ignorando la mirada de Melcorka, se acercó a Bradan.

VEINTIDÓS

Finleac miró hacia arriba, donde los dos cuervos daban vueltas contra un cielo brillante.

"Estas aves han estado con nosotros durante días", dijo alegremente.

Los hombres y mujeres que iban detrás se rieron con él. "Se están asegurando de que no nos perdamos", dijo una mujer pelirroja llamada Breana.

"Eso puede ser cierto", dijo Finleac. "Siento que hemos estado cabalgando por estas malditas colinas indefinidamente, Breana".

"Sí, mi señor," dijo Breana. "Y ha sido un viaje muy tedioso". Ella se rió de nuevo, arrojando su cabello sobre su hombro derecho.

"Supongo que ha habido compensaciones", dijo Finleac.

"¡Supones!" Breana hizo un puchero. "Le recordaré su suposición más tarde, Lord Finleac, cuando anhele mi compañía esta noche".

Finleac se volvió, ocultando su sonrisa. "Hay otras mujeres", dijo.

Quizá sea así, mi buen señor. Breana cabalgó cerca, rozando su muslo contra el de Finleac.

"Pero ninguna tan buena como yo".

"¿Buena?" Finleac soltó una carcajada. "Nunca te llamaría buena, Breana. Hábil tal vez, ágil ciertamente, pero nunca buena".

"¿Mi señor me preferiría de otra manera?" Preguntó Breana.

"¡Tu señor te preferiría de la forma que elijas, siempre que sigas siendo hábil, ágil y sin duda no buena!" Finleac dijo, ante la renovada risa de los pictos detrás de él.

"Como le plazca a su señor", dijo Breana. "¿Nos detendremos pronto a pasar la noche?"

"¡Breana está desesperada por tu compañía, Finleac!" Uno de los jinetes masculinos gritó, lo que provocó un aluvión de comentarios lascivos que hicieron que Finleac se riera casi tan fuerte como Breana.

Acamparon junto a un bosquecillo de saúcos cerca de un pequeño lago, con alturas de granito frunciendo el ceño a su alrededor y gaviotas de cabeza negra gritándoles. Con agua dulce para caballos y humanos y truchas del lago, festejaron esa noche antes de que Breana arrastrara a Finleac detrás de los árboles.

"Eres insaciable", dijo Finleac.

"¿Se está quejando, mi señor?"

Ven aquí y te lo mostraré. Los árboles proporcionaban un lugar un poco más apartado, lejos de los ojos divertidos de la compañía, aunque las risitas y los jadeos de Breana les dijeron todo lo que necesitaban saber. Con su señor dando un ejemplo, otras parejas hicieron arreglos similares, por lo que fue una reunión feliz mientras un arpista tocaba una música suave que resonaba en las paredes del corrie. Después de un tiempo, se dispusieron a dormir con solo las ondas del lago como acompañamiento.

"¡Finleac!" El nombre rompió su cansado sueño a medianoche. "¡Finleac de Fidach!"

"¿Qué diablos?" Finleac apartó a Breana y se levantó, desnudo como un bebé, de su manta. "¡Soy Finleac de Fidach! ¿Quién llama mi nombre?"

"¡Yo lo hago! ¡El que conoces como el Carnicero!"

Finleac se acercó a la orilla del lago, donde la luz de las estrellas brillaba en su esbelto cuerpo. "¿Dónde estás, carnicero? Menos mal que Black Duncan no te encontró, porque deseo matarte yo mismo".

"¡Finleac!" La voz del Carnicero volvió a sonar. "¡Aquí!"

A estas alturas, toda la compañía de Finleac estaba despierta, con los hombres buscando armas y las mujeres mirando, disfrutando del drama tanto como de la vista de los hombres desnudos.

El objeto cayó desde una gran altura, aterrizando en el lago con un poderoso chapoteo. Esperando hasta que las ondas se extinguieron, Finleac se metió en el lago y recuperó la cosa esférica dentro de su cubierta de lino.

"Ese agua debe estar fría", dijo una de las mujeres. "Mira lo que le ha hecho a Finleac".

Una segunda mujer se rió. No importa, Breana pronto lo revivirá. Escuché que es hábil y ágil". Su risa terminó cuando Finleac desenvolvió el objeto que había recuperado.

"Así que aquí está la cabeza de Duncan", Finleac la sostuvo por el cabello para que todos pudieran ver. "Tan negro en la muerte como lo fue en vida".

Breana giró la cabeza hacia los lados mientras estudiaba los horripilantes restos de Duncan.

"Sí, incluso en la muerte, no puede sonreír".

"Ese serás tú, mañana Finleac". La voz hizo eco alrededor del corrie.

"Deja que las preocupaciones de mañana sean para mañana y los placeres de esta noche sean para esta noche".

Finleac gritó en respuesta. "De vuelta a la cama, muchachos y muchachas. No permitiremos que una cabeza incorpórea y un fanfarrón perturben nuestro descanso, o lo que sea que estuvieran haciendo".

Como Finleac esperaba, sus palabras provocaron risas entre su gente, pero de todos modos, colocó dos centinelas para vigilar el perímetro del campamento. Breana lo estaba esperando, aún más animada de lo habitual.

Vamos, mi dulce señor. Esta puede ser tu última noche con vida. Hagamos que valga la pena".

"Esa es la mejor idea que he escuchado", dijo Finleac, adaptando la acción a las palabras de una manera que hizo que incluso Breana abriera mucho los ojos de asombro.

* * *

El agudo canto de las gaviotas reidoras rompió el alba, con una fina neblina flotando a lo largo de la cara de los picos, reuniéndose en los barrancos, desgarrándose sobre los hombros y ocultando la meseta donde aguardaba el Carnicero. De pie junto al lago, Finleac se estiró y contempló las laderas que lo rodeaban. "Ahora tengo que subir y matar a este carnicero".

"La escalada será más dura que la matanza", dijo uno de sus sirvientes.

"Eso puede ser así", respondió Finleac con una sonrisa. "Así que creo que deberías tomar mi lugar y luchar por mí". Se rió de la expresión del rostro del sirviente. "Sí, siempre es más fácil ser valiente por alguien más que ser valiente por uno mismo".

Cuando el sol de la madrugada disipó la niebla, Finleac vio un camino de ciervos que conducía por el costado del corrie hacia la meseta. Envió a un hombre al frente como un explorador, comprobó sus espadas, besó profundamente a la dormida Breana y condujo a su garrón hacia arriba.

"Ven, Finleac", invitó la voz del Carnicero. "La muerte está esperando".

"Tendrá que esperar", dijo Finleac, resbalando sobre una piedra suelta. "No puedo ir más rápido. ¿Por qué estos fanfarrones tienen que hablar así? No saben lo estúpidos que suenan".

"Creen que los hace parecer duros e inteligentes", dijo Breana.

"Oh, ¿verdad?" Finleac resbaló de nuevo y maldijo. "Podría intentarlo en algún momento si sobrevivo este día".

"Te enseñaré". Breana puso una mano firme sobre el brazo de Finleac. "Si sobrevives este día".

"Es más probable que me caiga de esta colina ensangrentada que morir por una espada", dijo Finleac. "Incluso las cabras de monte evitan este maldito camino". Siguió adelante, resbalándose y maldiciendo hasta que llegó a la cima.

Erik esperó allí. Se sentó en una roca lisa cerca del centro de la meseta, afilando su espada con una piedra, mientras su sirviente vestido de gris permanecía a 10 pasos de distancia, examinando el contenido de la bolsa gris que colgaba frente a él.

"¿Eres el carnicero?" Finleac preguntó.

"Ese es uno de mis nombres".

"Oh, por el amor de Dios, hombre, no intentes sonar tan dramático. Simplemente di sí o no", dijo Finleac. "Ambos sabemos por qué estamos aquí. Quiero matarte por el sabueso asesino que eres. Quieres matarme para poder seguir asesinando y violando. No hay necesidad de ninguna postura".

"Recibí esta espada de Loki". Erik levantó la hoja mientras Finleac se acercaba. "Creo que he matado a 18 guerreros con ella y a 47 hombres más. No sé cuántas mujeres y niños".

Finleac se encogió de hombros. "Un herrero de Fidach fabricó mis espadas, y nunca llevé la cuenta de los hombres que maté". Sacó sus espadas. Vamos, fanfarrón. Lucha o huye".

Erik levantó el escudo circular que descansaba al lado de su piedra. "Pelearemos". Su escudo era gris, con un par de cuervos negros mirando hacia afuera y una punta que sobresalía del jefe central.

"Mis sirvientes son inviolables", dijo Finleac. "Si caigo, no los lastimarás".

"Mi pelea es contigo", Erik chocó la hoja de Legbiter contra el centro abultado de su escudo mientras el sol quemaba los últimos restos de niebla. "No con gente sin valor".

Finleac asintió y corrió hacia adelante, confiado en su velocidad. Cuando se acercó a cuatro pasos de Erik, se lanzó al aire, cortando a dos manos, con la mano derecha apuntando a la cabeza de Erik y la izquierda a Legbiter. Era una maniobra que le había valido la victoria en una decena de batallas contra guerreros con buena reputación. Sin embargo, Erik levantó su escudo, bloqueó la espada derecha de Finleac y paró la izquierda con Legbiter, mientras avanzaba rápidamente hacia la derecha. Su contraataque se produjo un segundo después, el escudo cubrió la parte superior del cuerpo y la parte inferior de la cara y Legbiter barriendo hacia las espinillas de Finleac.

"Eres bueno", reconoció Finleac, emparejando a Legbiter con su espada izquierda.

Después de sus sondeos iniciales, los guerreros se rodearon entre sí, alternativamente fintando, atacando, parando y retirándose, sin que ninguno de los dos pudiera obtener una ventaja sobre el otro. Después de media hora, ambos hombres sangraron por una docena de pequeños cortes y ambos respiraban con dificultad. El escudo de Erik estaba lleno de cicatrices, con el tercio superior cortado, mientras que Legbiter había marcado una de las espadas de Finleac.

"Eres mejor que Owen el Calvo, Melcorka la mujer Espadachín o Black Duncan", dijo Erik. "Sin embargo, los derroté a todos".

"No me derrotarás", dijo Finleac, esquivando a la izquierda mientras atacaba a la derecha. Cortando el escudo de Erik, cortó otro cuarto, luego atrapó a Legbiter cruzando sus espadas en el aire mientras Erik cortaba hacia abajo. Gruñó porque había usado este movimiento en encuentros anteriores. Sabía que si ejercía suficiente presión, podría doblar hacia atrás la hoja de Erik hasta que se partiera.

Demasiado absorto en luchar contra Erik, Finleac no vio al hombre gris meter la mano dentro de su bolso. Solo sintió que Erik aplicaba más presión a Legbiter, deslizando lentamente su espada por las espadas cruzadas de Finleac. Finleac dio un paso atrás, con el sudor cayéndole en la cara mientras sentía que se le acababan las fuerzas. Mirando directamente a los ojos de Erik, vio una sombra oscura allí, un indicio de horror mucho más profundo de lo que debería sentir cualquier guerrero que enfrenta una muerte honorable.

"¿Quién eres tú?" Preguntó Finleac, justo cuando sus dos espadas se partían y Erik cortaba Legbiter hacia abajo. La punta de la hoja atravesó a Finleac desde el pómulo hasta la barbilla, abriendo un corte profundo. Finleac jadeó y embistió hacia afuera con las hojas rotas de sus espadas. Una se fue al suelo, raspando las costillas de Erik, mientras Erik bloqueaba la otra con Legbiter.

Erik torció Legbiter, desarmando a Finleac, y siguió su ventaja con un corte extendido en el muslo izquierdo de Finleac. Mientras Finleac se tambaleaba, Erik empujó Legbiter en su muslo derecho y lo giró, abriendo la herida.

"Luchaste bien", Erik tocó la herida en sus costillas. "Ahora mira cómo mato a tus sirvientes".

"Diste tu palabra", dijo Finleac, mientras su sangre bombeaba al suelo.

Sonriendo, Erik levantó los restos de su escudo y corrió hacia los sorprendidos seguidores de Finleac. Apuntando bajo, cortó las piernas de los primeros tres hombres antes de que el resto pudiera reaccionar. Un hombre sacó su daga y se arrojó sobre Erik, quien lo apartó con el hombro y le cortó la ingle hacia arriba.

Solo una mujer no corrió. Breana esperó a Erik con la boca ligeramente abierta. "Eres todo un hombre, ¿no?"

Erik se detuvo, salpicado de sangre de la cabeza a los tobillos, y con la sangre chorreando de Legbiter, le sonrió. "He matado a tu campeón".

"Lo sé", dijo Breana. "Eso te convierte en mi campeón ahora".

Mientras Finleac moría, vio a Erik demostrar su virilidad con Breana, ambos salpicando la sangre de los sirvientes. Sólo cuando Erik estuvo satisfecho se puso de pie. Lo último que vio Finleac fue que Erik cortó las dos piernas de Breana con su espada y la dejó allí, gritando, mientras mataba a los caballos.

VEINTITRÉS

El paso se extendía ante ellos con la pista serpenteando hasta la cima de una cresta de granito. Melcorka caminaba al frente, lista para sacar a Defender, pero el camino estaba despejado. No había niebla ni hombres grises, solo el susurro del viento sobre los brezos dispersos y el tintineo de pequeñas quemaduras en el granito. Arriba, un águila real en círculos bajo un cielo azul frío.

"Eso fue más fácil de lo que esperaba", dijo Melcorka mientras alcanzaban la cima de la cresta y miraban hacia el norte. "Había una cañada próspera la última vez que estuvimos aquí".

"La Cañada Gris", dijo Bradan.

Astrid negó con la cabeza. "No ha habido prosperidad aquí durante muchos años, tal vez durante un siglo o más. Pictos, albanos y nórdicos se han peleado por esta cañada con demasiada frecuencia. Ahora es un terreno baldío".

"Lo es", estuvo de acuerdo Bradan. La cañada estaba vacía, con las malas hierbas que ahogaban lo que una vez habían sido tierras de cultivo productivas y manadas de ciervos salvajes vagando donde antes pastaba el ganado domesticado. Muros bajos de escombros marcaban donde las granjas deberían haber albergado familias sonrientes. “Pasaremos. Cuando se levante el flagelo de la guerra y el mal, la gente puede regresar y cultivar este lugar desolado”.

“Quizás”. Astrid miró a Defender. “Aunque, mientras las mujeres y los hombres adoren la violencia, la guerra reinará felizmente”.

Melcorka gruñó, no dijo nada, levantó la espada y avanzó hacia el norte, hacia la costa de Caithness.

Más allá de la cañada había otro lago, largo y estrecho, entre páramos desolados donde los pastores evitaban a los viajeros y los alcaravanes lloraban en un cielo solitario. “Estamos cerca de la tierra de los gatos”, dijo Astrid. “La tierra de Moruir Chat, el Gran Hombre de los Gatos, como lo llaman los albanos”.

“¿Todavía él está aquí?” Preguntó Bradan.

“Puedes saludarlo”, dijo Astrid. “Pero primero, tenemos que pasar el vasto pantano”.

“He visto suficientes pantanos como para que me dure para siempre”. Dijo Bradan. “Espero que no haya hombres del fango esperando para atacar”.

“No te preocupes”, dijo Astrid. “Estoy aquí para cuidarte”. Ella miró hacia otro lado, sonriendo, mientras Melcorka la fulminaba con la miraba.

Sombrío, llano y opaco bajo un cielo gris, el pantano los esperaba. Sin camino, era una barrera formidable para su progreso, agravada por los hombres grises que estaban en el borde.

“Eso es familiar”, dijo Bradan. “Me estoy cansando un poco de estos hombres grises”.

“Yo también”, coincidió Melcorka.

“Síganme”, dijo Astrid, caminando con audacia hacia el musgo. Pongan sus pies donde yo pongo los míos. Ignórenlos, los he protegido de su mal de ojo”.

“Iré a continuación”, dijo Melcorka.

Formando un semicírculo, los hombres grises esperaron hasta que Astrid estuvo cerca antes de echarse las capuchas hacia atrás. Melcorka se estremeció ante el poder concentrado de su mirada. A pesar de su disgusto, miró a Astrid, quien siguió caminando sin vacilación.

"Su mal de ojo no puede hacernos daño", recordó Astrid. "Estamos protegidos".

Melcorka tocó la empuñadura de Defender. "Quizás debería caminar al frente".

"No conoces el camino".

Los hombres grises siguieron mirando.

"¿Quiénes son ustedes?" Melcorka exigió.

"No puedo ver a la mujer gris esta vez", dijo Bradan. "Creo que ella los lidera".

"La mayoría de los hombres necesitan una buena mujer que los dirija". Astrid habló en voz baja. "O una mala", agregó con una sonrisa.

Aunque no podía verla, la voz de la mujer gris se deslizó en la mente de Bradan. "Soy quien siempre ha sido, Bradan el Errante. Yo soy a quien buscas".

"Eso no tiene sentido", dijo Bradan.

"¿Qué no tiene sentido?" Preguntó Melcorka.

"La mujer gris", Bradan trató de apartar la voz de su cabeza. "Ella está dentro de mi cabeza".

"No dejes que se quede allí", dijo Melcorka. "Piensa en otra cosa".

"¿Qué?" Preguntó Bradan. "La mujer gris está en mis pensamientos, empujándose hacia adelante".

"Ella es gris", dijo Melcorka. "Piensa en colores, colores brillantes. Las cosas grises quieren reducirte al monocromo, disipar tu individualidad".

"Lo intentaré", jadeó Bradan cuando la fuerza concentrada de los hombres grises lo golpeó.

"Recuerda que tu bastón está bendito", dijo Melcorka. "Mira si eso ayuda".

"¿Bendito?" Astrid parecía confundida cuando Bradan dio un paso al frente. Agarrando su bastón, señaló la cruz celta hacia adelante, mientras pensaba en las brillantes bayas del serbal, el púrpura del brezo otoñal y las glorias de un amanecer en la costa este.

El gris cambió cuando apuntó con su bastón. Apareció un pasillo, con el gris retrocediendo a cada lado.

"Como Moisés cruzando el Mar Rojo", murmuró Melcorka, con una mano en la empuñadura de Defender. "La bendición del sacerdote funcionó de nuevo, Brad".

Con Melcorka a un paso detrás de Bradan, se movieron con cautela, hasta que los hombres de gris desaparecieron y se detuvieron en un paisaje llano de campos pedregosos bajo un vasto cielo. De lado a lado, el horizonte era una línea dura entre la tierra y el aire, con solo la corriente de humo para mostrar dónde se asentaban las viviendas.

"Esta es una tierra extraña", dijo Melcorka.

Bradan golpeó el suelo con su bastón. "¿Puedes oír algo?"

Melcorka negó con la cabeza. Tocó la empuñadura de Defender para agudizar sus sentidos. "Sí", dijo. "Sí puedo escuchar algo"

No pudieron decir de dónde provenía el sonido. Parecía estar a su alrededor, bajo y siniestro, como si el suelo mismo estuviera hablando.

"La tierra nos está gruñendo", dijo Melcorka. "O algo dentro de la tierra". Tocó la empuñadura de Defender, sabiendo que el Cu-Saeng hacía el ruido.

"No había escuchado nada parecido antes", Bradan golpeó el suelo con su bastón.

"Yo tampoco" Astrid dijo. "Sigamos moviéndonos".

Caminaron a través de un desierto de piedras planas y amplios parches húmedos de turba fangosa, donde las aves silvestres explotaban de los juncos y los insectos se nublaban alrededor de sus cabezas. Por encima de ellos, el cielo era de un gris pálido, aunque no podían ver ni una sola nube.

"Ese es otro sonido ahora", dijo Bradan. "Es como un gato".

"Más de un gato", dijo Melcorka.

El aullido había comenzado tan suavemente que Melcorka apenas se dio cuenta, pero mientras caminaban hacia el norte, aumentó de volumen hasta impregnar todos sus sentidos.

"Esta es la tierra de los gatos", les recordó Astrid.

"¿Viven aquí los gatos en lugar de las personas?" Bradan pensó en las criaturas felinas que habían matado a Halfdan. "Podríamos averiguar más en ese asentamiento". Señaló un grupo de casas construidas en estilo nórdico rectangular. "Podríamos encontrar más allí".

"Podríamos". Melcorka no cedió su agarre sobre Defender.

Había cinco casas en el asentamiento. Construidas con losas sueltas de piedra y techados con paja de caña, parecían acobardarse bajo la opresión del vasto cielo. Mientras se acercaban, Bradan vio el movimiento en el techo.

"Alguien está trabajando con la paja", dijo. "Reparando después de las tormentas".

"No". Melcorka negó con la cabeza. "Nadie está trabajando con la paja. Ese no es un hombre en el techo".

Ellos se adentraron, con Bradan golpeando su bastón en el suelo y Melcorka lista para sacar a Defender.

El movimiento en el techo aumentó. "Hay animales en el techo", dijo Bradan.

"Gatos". La voz de Astrid era plana. "Estos son gatos".

El aullido aumentó en volumen cuando los gatos notaron a los tres viajeros. Cayendo del techo de la cabaña en una confusión de pieles y garras, saltaron hacia ellos, extendiéndose como si estuvieran en una formación militar.

"¿Cuántos hay?" Bradan estaba medio agachado con su bastón listo como arma.

"Veinte, tal vez", dijo Melcorka. "O algunos más que eso".

"Veo 23". Bradan abanicó su bastón.

"¡Hombres!" Melcorka negó con la cabeza. "¿Por qué los hombres deben reducir todo a cifras?" Desenvainando a Defender, se paró levemente al frente y a la izquierda de Bradan. "Usa tu capa como escudo, Bradan. Envuélvela alrededor de tu brazo izquierdo. Tú también, Astrid".

"Los gatos nunca me han molestado", Astrid sonaba muy tranquila.

Liderados por un gato macho de un solo ojo con una cara malvada, los gatos lanzaron su ataque sobre Melcorka, quien balanceó su espada de izquierda a derecha, deshaciéndose de los primeros tres con un solo golpe. Dos vinieron por Bradan, quien los derribó con su bastón y, cuando Melcorka se acercó a ellos con Defender, el resto decidió cazar presas menos agresivas.

"Eso fue más fácil de lo que pensaba", dijo Melcorka. "Tenías razón, Astrid. No te atacaron".

"Nunca me han molestado los gatos". Astrid no se había movido durante la escaramuza.

"Ellos podrían ser más problemas". Bradan señaló con la cabeza hacia la casa. "¿No son estas las mismas criaturas que mataron a Halfdan?"

"¿Qué demonios son?" Preguntó Melcorka. "Parecen un cruce entre un gato y un hombre".

"Es lo que pensaba". Dijo Bradan. "Ahora estamos en su territorio".

Las criaturas que emergieron de la casa tenían el tamaño y la forma de los hombres, pero corrieron hacia adelante medio agachadas, con la cabeza de un gato y largas garras que sobresalían de cada mano. Cinco de ellos saltaron por el suelo, aullando, y saltaron directamente hacia Bradan.

"¡Ya voy!" Melcorka gritó.

Cuando las criaturas felinas se acercaron, eran incluso más amenazadoras de lo que Bradan había pensado, con largos colmillos sobresaliendo de sus bocas y pelaje de gato en la mitad superior de su cuerpo. Melcorka abanicó a Defender al primero, cortándole las patas traseras y arremetió contra el segundo. Su espada empaló a la criatura, pero cuando intentó retirarse, la hoja se atascó. Una tercera criatura corrió hacia ella, cortando con sus garras. Le habría abierto la garganta a Melcorka si Bradan no la hubiera desequilibrado con un golpe de su bastón. Tal como estaba, la criatura se retorció en el aire, con sus garras fallando a Melcorka, solo para rastrillar el brazo de Bradan.

Con ese disparo de despedida, las criaturas felinas recogieron a sus bajas y huyeron a gran velocidad.

"¿Bradan? ¿Estás bien?"

"Sí, es sólo un rasguño", dijo Bradan, sosteniendo su brazo. "Nunca me gustaron mucho los gatos".

"A ellos tampoco les gustas mucho", dijo Melcorka. "Siéntate".

Buscando musgo sphagnum, Melcorka reunió lo suficiente para hacer una almohadilla y la presionó en la herida de Bradan. "Esperemos que no estés envenenado".

"Gracias", dijo Bradan. "Ya está mejor". Las cualidades antisépticas del musgo sphagnum eran bien conocidas por todos en Alba, por lo que cada guerrero llevaba una cantidad cuando iba a la batalla. Bradan ató la almohadilla en su lugar con el tallo fibroso de un arbusto de brezo.

"¿Qué eran esas cosas?"

"Esta es la tierra de los gatos". Astrid sonaba notablemente tranquila. "¿Quizás fueron la razón del nombre? Una raza híbrida de criaturas en parte felinas y en parte humanas".

"Eso podría ser lo que son", Bradan levantó la almohadilla de su brazo, vio que la sangre seguía saliendo y reemplazó el musgo. "Solo sé que son peligrosos".

"Pero sangran", Melcorka rascó con sus pies una mancha de sangre que habían dejado las criaturas, "y puedo matarlas como a cualquier otra criatura". Ella se encogió de hombros. "Si estás listo, Bradan, podemos mirar dentro de la cabaña".

La sangre había goteado desde el interior de la casa debajo de la puerta para formar un charco que se extendía afuera. Cuando Melcorka abrió la puerta, vieron una escena de masacre con dos adultos y tres niños tirados en el suelo, todos reducidos a jirones ensangrentados y parcialmente comidos.

Bradan se giró hacia afuera cuando Melcorka y Astrid intercambiaron miradas.

"Sí", dijo Melcorka. "No me preocupo mucho por esta gente con forma de gato".

"Yo tampoco", dijo Bradan. "Yo tampoco".

De los tres, Astrid parecía la menos preocupada. "Los gatos nunca me han molestado", dijo.

"¿Y ahora qué?" Preguntó Bradan.

"Ahora continuamos", dijo Melcorka. "Vamos a Dun Dreggan".

Bradan se estremeció. Incluso el nombre sonaba siniestro.

VEINTICUATRO

Melcorka vio a Dun Dreggan desde el otro lado del paisaje llano. Se encontraba en una pila de rocas aislada, a 100 yardas de los lúgubres acantilados costeros con el mar espumeando e hirviendo alrededor de su base. Bandadas de gaviotas volaban en círculos, gritando, con skúas compitiendo con gaviotas argénteas para ver quién podía hacer más ruido. Entre el borde del acantilado continental y el castillo, un delgado puente de cuerda se balanceaba locamente sobre el mar.

"Es un lugar difícil de visitar a menos que el propietario te invite", dijo Bradan.

"Ese es Dun Dreggan", dijo Astrid con seriedad. "Una vez que los haya guiado hasta allí, estarán por su cuenta".

El castillo no se parecía a ninguno de los que Melcorka había visto. La base se elevaba abruptamente, casi como una continuación de la pila de rocas, con una profusión de torretas que se elevaban hacia el cielo. La única entrada que daba al continente era apenas de la altura de un hombre alto, aunque lo suficientemente ancha para acomodar a cuatro hombres en fila. Desde la base del castillo hasta los

20 pies de altura, Melcorka no podía ver una sola ventana, mientras que las hendiduras de flechas marcaban los pisos superiores.

"Sería una tarea difícil tomar ese castillo sin una batería de catapultas", dijo Melcorka.

"No estamos aquí para capturar el castillo", recordó Bradan. "Estamos aquí para tener acceso. Estamos aquí para obtener información sobre el Libro de la Tierra Negra".

"Eso también puede ser una tarea difícil". Melcorka señaló hacia arriba, donde los dos cuervos que habían sido sus constantes compañeros daban vueltas, observándolos. "Sospecho que el Señor de Dun Dreggan ya está al tanto de nuestra presencia".

"Seguro que ya lo sabrá. Mira". Astrid señaló con la cabeza cuando la puerta del castillo se abrió y un hombre con un sombrero de piel de gato salió con una caja bajo el brazo. Mientras cruzaba el puente oscilante, lo siguieron otros dos, uno con una mesa pequeña y cuadrada y el segundo con un par de sillas de respaldo recto. Ambos eran hombres ágiles y activos, con pieles de gato sobre la cabeza y patas de gato sobre los hombros.

"Recuerdo que los antiguos fenianos lucharon contra una tribu de cabezas de gato", dijo Melcorka. "Quizás estos sean los descendientes".

"Hay demasiados gatos en esta provincia de los gatos". Bradan miró a los hombres en el puente oscilante. "Criaturas felinas, Grandes Hombres de los Gatos y ahora hombres con piel de gato".

"¿Qué es esto?" Preguntó Melcorka mientras los criados colocaban la mesa en el centro del estrecho puente y se retiraban. El hombre del sombrero de piel de gato se sentó en una de las sillas, mirando hacia el continente, y colocó un tablero de ajedrez. Señalando a Melcorka, le hizo un gesto para que siguiera hacia adelante.

"Creo que te está desafiando a una partida de ajedrez", dijo Bradan. "¿Has jugado alguna vez?"

Melcorka negó con la cabeza. "Nunca".

"Entonces ocuparé tu lugar". Bradan levantó una mano y se acercó al puente. Había dado una docena de pasos cuando el hombre del sombrero de piel de gato dio una palmada y una docena de skúas se levantaron de las murallas del castillo y se lanzaron hacia Bradan. Como la skúa ártica es un ave rápida, furiosa y agresiva, conocida por atacar a cualquiera que se acerque a su nido, Bradan levantó su bastón en defensa. El hombre del sombrero de piel de gato volvió a aplaudir y los pájaros cambiaron de táctica: dos se abalanzaron sobre la cabeza de Bradan y los otros contra su cuerpo.

Defendiéndose de los dos pájaros más altos, Bradan jadeó cuando uno de los otros le clavó el pico en la mano. Blandió su bastón, falló y maldijo mientras dos más le picoteaban los ojos.

"¡Bradan!" Melcorka corrió hacia el puente, sacando a Defender. "Ya voy".

Tres de los pájaros cambiaron de dirección para atacar a Melcorka, mientras el hombre del sombrero de piel de gato comenzaba a balancear el puente, de izquierda a derecha, desequilibrando aún más a Bradan, hasta que el hombre de piel de gato levantó la mano y los pájaros se retiraron, dejando a Bradan y Melcorka en el puente. El hombre de piel de gato le hizo un gesto a Bradan para que se retirara.

"Sólo la mujer". Su voz siseó.

Bradan se puso de pie, sujetando el parapeto de cuerda para mantener el equilibrio. "Melcorka no puede jugar al ajedrez".

"Solo Melcorka, o nadie", fue la respuesta.

Melcorka puso su mano sobre el hombro de Bradan y asintió. "Vendré. Bradan; regresa a tierra firme".

Mirando hacia el mar hirviente cientos de pies más abajo, Bradan vaciló, hasta que Melcorka endureció su voz.

"Vete, Bradan. No tenemos opción".

"Melcorka tiene razón", dijo Astrid en voz baja. "Ella está cumpliendo con su destino".

Al regresar a tierra firme, Bradan se paró junto a Astrid, apoyado en su bastón mientras Melcorka caminaba hacia la mesa. El hombre del sombrero de piel de gato esperó, haciendo un gesto a Melcorka para que se sentara frente a él mientras el viento empujaba el puente de un lado a otro y las skúas patrullaban Dun Dreggan.

"Para entrar en Dun Dreggan", dijo el hombre del sombrero de piel de gato, "primero debes responder a mis acertijos, luego jugar conmigo en tres juegos y ganar dos de ellos, o las puertas se cerrarán".

"Las abriré", dijo Melcorka.

"Una vez que estén cerradas, ninguna mujer, ningún hombre ni magia podrá abrirlas. La única forma de entrar es derrotándome".

Al mirar por el costado del puente, Melcorka solo podía ver el blanco oleaje del mar, donde los rompientes gris verdosos se estrellaban contra la base del cañón y el acantilado de la orilla.

"¿Quién eres tú?" Preguntó Melcorka.

"Soy Chattan", dijo el hombre. Cerca, su rostro era moreno, con ojos amarillos y un fino bigote. El sombrero de piel de gato encajado en el pelo muy corto.

"Está bien, Chattan". Melcorka se sentó en la silla dura con el puente balanceándose debajo de ellos y los pájaros gritando por todas partes. "Dime tus acertijos, hombre de palabras".

Chattan sonrió, mostrando hileras de dientes afilados. "Acertijos tendrás, Mujer de la Espada. La primera es fácil: ¿qué hay más alto que la casa del rey y más fino que la seda?"

Melcorka se rió. "Oh, hombre de palabras, es una pregunta fácil. Jugábamos esos juegos de palabras cuando era niña. El humo se eleva más alto que la casa de cualquier rey y es más fino que la seda más fina".

Chattan esbozó una sonrisa triste. "Tienes razón, Mujer de la Espada. No encontrarás el siguiente tan fácil. Dime cómo puede ser esto posible: un hombre se acercó a un árbol donde había manzanas; no dejó manzanas en él y no tomó manzanas".

Melcorka miró más allá de Chattan hacia las murallas del castillo, contando los centinelas que vio en las murallas. "Oh, ese hombre encontró un árbol con solo dos manzanas, Hombre de Palabras. Se llevó una manzana y dejó una en el árbol".

Chattan frunció el ceño. "Has jugado a este juego antes".

"Todos los niños juegan a este tipo de juegos", dijo Melcorka, estudiando el castillo para encontrar su debilidad. "¿En qué puedo derrotarte ahora, Chattan?"

A cambio, Chattan indicó el tablero de ajedrez que había colocado ante él. "Este es un juego oriental", dijo, "popular entre los nórdicos".

Melcorka resopló. "Enséñame a jugar al ajedrez para poder derrotarte".

"Espero que aprendas rápido", dijo Chattan, mostrando los dientes de nuevo, y le dio a Melcorka una breve lección sobre los conceptos básicos del ajedrez.

"Eso suena bastante fácil", dijo Melcorka. "Tú empiezas".

Melcorka reflexionó sobre el tablero mientras Chattan movía el peón de su rey hacia adelante, luego siguió su ejemplo, copiando sus movimientos sin tener idea de lo que estaba tratando de lograr. Miró hacia arriba cuando Chattan dijo: "Jaque mate".

"¿Qué significa eso?"

"Significa que he ganado", dijo Chattan. "Tenemos dos juegos más para jugar". Dio una palmada y los sirvientes se apresuraron a reemplazar el juego de ajedrez con una baraja de cartas.

"Sé lo que es jugar a las cartas", dijo Melcorka.

"Bien". Chattan barajó el paquete con pericia. "Mantendremos esto simple. Tú robas una carta y yo robaré una carta, la carta mayor gana".

Melcorka asintió. Podía sentir el viento levantarse, despeinar su cabello y soplar su capa contra sus piernas. Chattan no pareció perturbado cuando el puente de cuerda se balanceó locamente hacia adelante y hacia atrás. Los cuervos se posaron en los pasamanos, uno a cada lado, con sus ojos duros e inteligentes mirando a Melcorka. "Tú primero", invitó Melcorka. "Me gusta saber lo que tengo que batir".

"Como lo desees", dijo Chattan, barajó el paquete de nuevo y sacó una carta que colocó, boca abajo, sobre la mesa frente a él. "Ahora tú".

Melcorka pasó las manos por el paquete, seleccionó una carta al azar y la colocó frente a ella. "¿Ahora qué?"

"Ahora le damos la vuelta", Chattan dio vuelta a su carta. Una reina miró al cielo.

"No está mal", Melcorka dio vuelta a su carta. Un rey.

"Un juego cada uno", dijo Chattan. "Todo depende del juego final".

"Así es", Melcorka miró al mar, muy por debajo. Solo las olas estaban allí, golpeando incesantemente la roca inamovible. "¿Cuál es el juego final?"

"Te gustará", dijo Chattan. "Se llama atrapar al gato".

"¿Atrapar al gato?"

"Sí", Chattan se levantó de repente, caminando hacia atrás a lo largo del puente oscilante. Después de dar una docena de pasos, la puerta del castillo se abrió y emergió una horda de gatos. Ignorando a Chattan, saltaron hacia Melcorka mientras ella se balanceaba en el puente. ¡Cógelos a todos, Mujer Espadachín!

Sin saber si los gatos eran amigables o no, Melcorka extrajo a Defender mientras caminaba hacia adelante. Su incertidumbre terminó cuando el primer animal saltó hacia su cara con las garras completamente extendidas. Lo apartó, esquivó el siguiente y vio que Chattan se retiraba por la puerta. Se quedó allí, mirando cómo Melcorka estaba sola en el puente excepto por una maraña de gatos.

En lugar de retirarse, Melcorka corrió hacia adelante, usando a Defender como escudo en lugar de arma mientras se esforzaba por alcanzar la pila de rocas. Los gatos saltaron sobre ella, rascándola, mordiendo y rastrillando su cara, brazos y piernas. Uno saltó sobre sus hombros y le mordió la nuca.

¡Melcorka! ¡Ya voy!" Bradan corrió hacia el puente, con su peso haciendo que se balanceara más violentamente que nunca. "¡Espera!"

Melcorka se arrancó el primero de los gatos y lo tiró a un lado mientras luchaba por llegar al otro lado del puente. Chattan permaneció donde estaba, con los ojos amarillos ligeramente sesgados. Mientras Melcorka luchaba contra la masa de gatos, Chattan dio una señal y aparecieron dos de los sirvientes, ambos con abrigos de piel de gato.

"Ten cuidado, Bradan", instó Melcorka, abriéndose camino a través de un número creciente de gatos con garras. Mientras se lanzaba hacia adelante, Chattan hizo un movimiento de tajo con la mano, y los sirvientes sacaron hachas y comenzaron a cortar los postes que sostenían el puente.

"¡Bradan!" Gritó Melcorka. "¡Retrocede! ¡Bájate del puente!"

Más gatos vinieron, y más, amontonándose en el puente, bloqueando el progreso de Melcorka.

"¡Vuelve, Mel!" Bradan gritó desesperadamente.

Sonriendo, Chattan levantó una mano en señal de despedida cuando los sirvientes cortaron el último centímetro de los postes de madera. El puente de cuerda retrocedió de inmediato, se apartó de la pila, derramó una veintena de gatos y se llevó a Melcorka mientras se desprendía hacia tierra firme.

Metiendo apresuradamente a Defender en su vaina, Melcorka se agarró al tosco parapeto y se aferró desesperadamente. Se sintió caer de nuevo por encima de ese mar salvajemente revuelto, hasta que los restos del puente se estrellaron contra el acantilado, dejándola sin aliento y solo pudo jadear. El puente se balanceó debajo de ella, con las olas rompiendo a sus pies y la deriva elevándose 30 pies por encima de su cabeza.

"¡Bradan!" Melcorka miró por encima del hombro y lo vio caer. "¡Bradan!" Extendió una mano, mirando con desesperación y sin esperanzas. Era una imagen que Melcorka siempre recordaría: la imagen de Bradan perdiendo el agarre del parapeto de cuerda del puente y dando tumbos, girando en espiral con las manos y piernas abiertas y su bastón a su lado, abajo y abajo para siempre. Aterrizó sin apenas un chapoteo en el salvajismo espumoso, verde y blanco que era el mar.

"¡Bradan!" Melcorka soltó la escalera y se sumergió. Evitando las rocas a un palmo, se sumergió en el agua en busca de Bradan. El mar estaba revuelto, lleno de arena, prácticamente sin visibilidad. Tanteó a ciegas, salió a la superficie, respiró de nuevo y lo intentó una y otra vez, sin éxito. El mar se había llevado a Bradan como si nunca hubiera estado allí. Mientras contemplaba la vorágine de aguas bravas, Melcorka esperaba algo, la capa de Bradan, su cabeza inclinada, cualquier cosa. No había nada; el mar no entregó a Bradan. Se zambulló, una y otra vez, cada vez sintiéndose más débil a cada intento.

Finalmente, jadeando, Melcorka regresó al pie de la escalera donde esta golpeaba contra el acantilado.

"Bradan".

No había rastro de Bradan. Sin cabeza sobre las turbulentas olas, ni siquiera su cuerpo flotando en la marea. Él se había ido.

Cuando recuperó las fuerzas, Melcorka emprendió el laborioso ascenso hasta lo alto de la escalera. Tirándose hacia el acantilado, se quedó allí, con la muerte de Bradan, sentía un dolor repugnante en su corazón.

"Te vengaré, Bradan", dijo entre lágrimas que pensó que había olvidado cómo derramar. "Destruiré ese castillo y todo lo que hay dentro, lo que sea necesario". Sin embargo, incluso mientras hablaba, Melcorka sabía que el poder dentro de Defender se negaría a ayudar en un simple caso de venganza.

Melcorka recordó que su madre le contó sobre los poderes y limitaciones de Defender cuando era una joven inmadura.

Melcorka tocó la empuñadura de su espada. "Elegí la espada", dijo, "pero no puedo usarla y todavía no sé lo que está pasando".

Bearnas sonrió. "Lo sabes. Naciste con el camino de la espada. Deja que Defender te guíe".

"¡Yo la llamé así! ¿Cómo sabes su nombre?

"Defender es solo un nombre que la gente le ha dado. Ella fue nombrada mucho antes de que naciera tu tatarabuela y existirá mucho después de que hayas tomado el camino del guerrero".

Melcorka se rió. "No soy una guerrera".

"¿Qué piensas que eres, si no eres una guerrera?" Bearnas enarcó las cejas. "Está en ti".

"¿Pero qué hago? ¿Cómo peleo?"

"Esa es una pregunta sencilla de responder". Bearnas puso sus manos sobre los hombros de Melcorka. "¡Mírame, niña!"

"Sí Madre". Melcorka fijó su mirada en los ojos de su madre. Eran firmes y brillantes, sabios con los años.

"Nunca debes desenvainar tu espada a menos que sea en justicia. Debes defender al débil y al justo y nunca debes matar o herir por deporte o diversión. ¿Lo entiendes?"

"Sí Madre. Entiendo".

"Bien", dijo Bearnas. "Nunca debes disfrutar de matar, o matar por venganza o crueldad. El destino te ha otorgado un regalo, y debes usarlo responsablemente, o el poder se agotará y se volverá en tu contra. ¿Lo entiendes?"

"Entiendo", dijo Melcorka.

Melcorka suspiró con el recuerdo. Sí, todavía podía luchar contra el mal, pero no podía vengar la muerte de Bradan por el solo hecho de venganza. Mirando a Dun Dreggan, pensó en Bradan cayendo en ese mar revuelto.

No, aunque no podía usar a Defender para vengar a Bradan, no tenía la intención de que Chattan escapara. Seguramente, después de años de lucha, se dijo Melcorka a sí misma, tenía suficientes habilidades incluso sin Defender para derrotar a un hombre que se escondía detrás de una capa de piel de gato. Ella usaría a Defender cuando pudiera y cualquier otra arma cuando Defender se negara a luchar.

"Destruiré este mal, Bradan, y si Defender no ayuda, lucharé con mis manos, mis pies e incluso mis dientes. Lo juro por Dios o por todo dios que exista o no exista".

En cuclillas al borde del acantilado, Melcorka luchó contra el dolor que amenazaba con debilitarla. Ella era una guerrera; no había lugar para el duelo. Más tarde, cuando hubiera vengado a Bradan y Chattan estuviera muerto, lloraría. Luego. Cuando regresaron los recuerdos de todo lo que habían hecho juntos, Melcorka sintió que su ira aumentaba.

Bradan había viajado por el mundo solo con su bastón como

arma. Había desafiado océanos y llanuras, hielo y tormentas, guerreros extraños en el Nuevo Mundo y el viejo, solo para morir después de regresar a casa.

"Que te vaya bien, Bradan, hombre tranquilo de los caminos, buscador de sabiduría. Nunca volveré a verte como tú". Ella bajó la voz a un susurro. "Nunca te volveré a ver".

Mientras el dolor y la ira se fusionaban, Melcorka se puso de pie frente a Dun Dreggan. Extrayendo a Defender, la levantó en el aire.

"¡Vengo por ti, Chattan y todo lo que representas! Soy Melcorka Nic Bearnas. ¡Soy Melcorka la mujer espadachín y te juro que te destruiré a ti y a los tuyos!"

El viento tomó las palabras de Melcorka y se las arrebató, por lo que ella se puso de pie, una mujer soltera de dolor y valor, sola contra el mundo.

En Dun Dreggan, pequeñas luces asomaban a través de las ranuras de flecha superiores, lo que demostraba que había vida en el interior, y Melcorka vio movimiento en las torres más altas cuando los centinelas tomaron sus posiciones. Sabiendo que la estaban mirando, Melcorka enfundó a Defender y se quedó quieta, observando el castillo y sus ocupantes.

"Sabes que estoy aquí", dijo Melcorka, "pero no sabes lo que voy a hacer. Si fuera tú, enviaría una fuerza para deshacerse de mí. ¡Ven a mí!"

Los cuervos rodeaban a Melcorka, sus llamadas sonaban como la burla de los dioses antiguos. Melcorka miró hacia arriba. "Se acerca tu hora. Lleven mi mensaje a quien los envió, presagios de muerte. Díganle que Melcorka la mujer espadachín está aquí".

Los cuervos continuaron dando vueltas a medida que se acercaba la noche y el oleaje del mar aumentaba. Permaneciendo donde estaba, Melcorka esperó a que brillaran las estrellas antes de escanear la pila en la que estaba Dun Dreggan. Cuando era niña y crecía en una pequeña isla de las Hébridas, Melcorka tuvo que aumentar los suministros de alimentos de su familia bajando por el acantilado en busca de huevos de aves. Una pared de roca sobre el mar no era insuperable para una mujer de su habilidad. Mientras la luz plateada atravesaba la superficie de la pila, Melcorka eligió su ruta hacia la parte superior, en busca de asideros para manos y pies, repisas y cualquier vegetación que pudiera soportar su peso. Después de memorizar la ruta, se puso de pie para caminar por el borde del acantilado.

"Pero primero tengo que llegar allí", dijo. "El mejor momento sería cuando la marea esté baja, dado que hay menos agua para cruzar. Ese es también el momento en que la guarnición debería enviar a un grupo para matarme. Déjalos venir".

Melcorka, que permaneció a la vista de Dun Dreggan, cavó un pequeño agujero para su cadera y se estiró como si estuviera dormida. Acostumbrada a los sonidos de la naturaleza, descartó el susurro del viento y el ruido sordo de las olas, por lo que el forcejeo de pies era bastante distinto. Esperó hasta que estuvieran cerca antes de darse la vuelta, con Defender ya desnuda en su mano.

Había cinco de ellos, las mismas criaturas felinas que habían matado a Halfdan el Tuerto. Vinieron a cuatro patas, con caras como gatos y cuerpos como hombres, cubriendo el suelo en grandes límites.

"¡Veamos qué son ustedes, criaturas con forma de gato!"

En el momento en que vieron a Melcorka levantarse, las criaturas se extendieron en semicírculo y atacaron, aullando como gatos. Melcorka dio un paso atrás y giró a Defender en un arco que cortó la pierna izquierda de la criatura a su derecha. Mientras caía, jadeando, movió a Defender hacia atrás y golpeó dos veces, con la punta de su espada atrapando a los dos siguientes en la garganta, matándolos instantáneamente. El chorro de sangre caliente salpicó a las dos criaturas restantes, que dudaron. El más valiente se abalanzó sobre Melcorka, quien lo cortó, mientras el superviviente se volvía para huir. Melcorka siguió su loca carrera a lo largo de la cima del acantilado hasta un camino estrecho que conducía a la playa. Mientras corría, jadeando, Melcorka lo siguió, matándolo junto a un pequeño bote construido con clinker.

"¿Gatos que pueden remar en un bote?" Dijo Melcorka. "Que inusual". Inclinándose sobre su última víctima, la escudriñó. El rostro parecía un gato hasta que Melcorka lo frotó con la palma de su mano. "Pintura", dijo. "Tienes las facciones de un gato pintadas en tu cara y una capa hecha de piel de gato que cubre tu cuerpo y cabeza. Eres un hombre, como cualquier otro".

Melcorka asintió con la cabeza, usó el abrigo de piel de gato de su víctima para limpiar la sangre de Defender, regresó la espada a su vaina y abordó el bote.

"Gracias, gente con forma de gato", dijo Melcorka, empujándose hacia la marea menguante. Sólo quedaba una pequeña fila hasta el mar, donde Melcorka dejó el barco al pie de la ruta que había marcado. Con el nivel del mar bajando, tuvo que saltar al primer asidero, pero después de eso, fue solo una dura subida por la grasienta roca. Recordó una ocasión en la que era una niña pequeña y su madre la bajó al borde del acantilado en una canasta para sacar los huevos de los pájaros de sus nidos. Incluso entonces, la altura no la había asustado, aunque un águila marina enfurecida la había atacado, hasta que su madre, Bearnas, la había repelido con piedras hábilmente arrojadas.

"Comparado con los acantilados de mi isla natal", susurró Melcorka, "esta roca es un juego para niños".

Dos veces, las aves marinas estuvieron cerca para investigar, y cada vez Melcorka se aferró a la roca, permaneciendo estática hasta que las aves se fueron volando. Sabiendo que los gritos de las aves marinas enmascararían cualquier ruido que hiciera, Melcorka se apresuró a subir por el acantilado y llegar a la base de la muralla del castillo. Aquí el ascenso se hizo más difícil ya que las piedras encajaban muy juntas, por lo que había menos asideros. Sin ventanas más que estrechas ranuras para flechas, Melcorka se levantó con la fuerza de la punta de sus dedos, trepando directamente a las almenas antes de rodar sobre losas planas.

El guardia con capa de piel de gato la miró con total asombro mientras alcanzaba su lanza. "¿De dónde vienes?"

Matándolo con una sola estocada de Defender, Melcorka levantó su cuerpo y lo arrojó sobre el parapeto. No lo vio caer, sino que examinó las garras de acero que habían caído de la mano izquierda del hombre. Estaban bien hechas: cinco garras curvas atadas a una correa de cuero.

"Quiero a Chattan", dijo, deslizando las garras en su mano izquierda. La ira la invadió al pensar en la muerte de Bradan. "Voy a por ti, Chattan".

Una abertura detrás de Melcorka conducía a un tramo de escaleras oscuras que descendían hacia el interior del castillo. Melcorka se movió con cautela, atenta a cualquier actividad. No hubo ninguna, solo el silbido del viento, el grito de las aves marinas y el constante batir de las olas contra la pila.

Escuchó el rápido golpeteo de pies ligeros, se preparó y maldijo cuando un gato le rozó las piernas y pasó corriendo por las escaleras.

Dando un paso hacia abajo, paso a paso con la oscuridad cerrándose a su alrededor y las piedras frías contra las plantas de sus pies, Melcorka controló su ira, su dolor y su odio. Los mejores guerreros, lo sabía, luchaban con la cabeza tranquila.

Las voces venían de abajo, tres hombres hablando juntos, dos con tono profundo, el tercero más agudo. Melcorka hizo una pausa, tratando de escuchar lo que decían los hombres. Alguien se rió, el sonido fuera de lugar después de la muerte de Bradan. Melcorka volvió a pisar, lentamente, hasta que vio un leve destello de luz que se filtraba por las escaleras. Las voces eran más distintivas ahora.

"Los muchachos la matarán".

"Ellos regresarán pronto".

Otra vez esa risa, aguda. "¡Los gatos conquistarán!"

Melcorka se detuvo frente a una sencilla puerta de madera, asegurándose de que las voces provenían del interior. Melcorka abrió la puerta, entró y tres hombres se volvieron hacia ella, tres hombres con caras de asombro, dos con caras de gato pintadas y uno sin disfraz, tres hombres que estaban sentados alrededor de una mesa circular. Ella mató al primer guerrero gato cuando él alcanzó un cuchillo, mató al segundo mientras la atacaba con las garras de acero y presionó a Defender contra la garganta del tercer hombre. Dos cuerpos cayeron al suelo mientras la sangre se derramaba sobre las losas. Todo el asunto había durado menos de cinco segundos.

"Quiero hablar contigo". Melcorka cerró la puerta de una patada detrás de ella. "Coloca estos cuerpos contra la puerta". Golpeó al hombre con Defender hasta que él obedeció. Era el más pequeño de los tres, un hombre de unos treinta años con el pelo que se le había caído prematuramente y un tic nervioso. Melcorka supuso que él era el dueño de la risa aguda.

"No eres guerrero, ¿verdad?"

El hombre negó con la cabeza con tanta violencia que Melcorka temió que se le cayera.

"¿Qué eres?"

"Soy el oficinista". El hombre parloteó. "Yo llevo las cuentas".

"Oh, bien". Melcorka retiró la punta de la espada y se sentó frente al oficinista. Ella le dio lo que esperaba que fuera una sonrisa amistosa. "¿Sabrás todo lo que sucede en este lugar?"

"Sé algo de eso", dijo el secretario.

"Bueno. Tengo preguntas para ti". Melcorka no bajó la sonrisa. "¿Me ayudarás?"

El empleado miró los cuerpos de sus compañeros que yacían completamente muertos en el suelo.

El sudor formó un brillo en su frente. "Sí", dijo, asintiendo vigorosamente. "Sí, te ayudaré".

"Pensé que parecías un hombre sensato", dijo Melcorka. "Por eso no te maté. Estoy buscando a Chattan, el hombre responsable de la muerte de Bradan el Errante, y estoy buscando al Señor de Dun Dreggan".

El empleado se estremeció. "Me matarán si te lo digo".

"Bastante posible", dijo Melcorka. Y yo te mataré si no lo haces. La decisión es tuya".

"No puedo", dijo el empleado.

"Como desees", Melcorka examinó las garras que tenía en la mano izquierda. "¿Cómo funcionan estas cosas? ¿Te mato con garras, como lo haría un gato? ¿O las uso como agujas y las meto dentro de ti?"

El empleado retrocedió, sacudiendo la cabeza.

"Es una elección difícil, ¿no?" Dijo Melcorka. Ella se inclinó más cerca de él, por lo que su rostro casi tocaba el de él. "Bradan era más que un amigo para mí", dijo. "Él era mi hombre. Dime dónde puedo encontrar Chattan". Pasó las garras por la parte superior de la mesa, haciendo profundos surcos en la madera. "¿Dónde está él?"

"Abajo". El empleado no podía apartar la mirada de las garras de Melcorka. "Chattan es el amo de los gatos. Él los cuida".

"¿En qué parte de abajo?" Preguntó Melcorka.

"El nivel más bajo".

"Gracias", dijo Melcorka. Cuando el empleado asintió, ella lo golpeó una vez en la punta de la mandíbula, dejándolo inconsciente. "Recibiré al Señor de Dun Dreggan más tarde". Melcorka sabía que debía buscar el Libro de la Tierra Negra, pero la muerte de Bradan había alterado sus prioridades. Ella era consciente de que la ira y el dolor distorsionaban su razonamiento, pero en ese momento, no le importaba: el Cu-saeng y Erik Egilsson podían esperar hasta que ella estuviera lista para lidiar con ellos.

Saliendo de la habitación, Melcorka continuó su descenso. Dos veces pasó por las ranuras de flecha donde se filtraba la luz gris, mostrando el amanecer de un nuevo día, y luego pasó ese nivel y solo había piedra desnuda a cada lado mientras las escaleras bajaban en espiral hacia la oscuridad.

Algo era diferente, algo había cambiado. Melcorka se detuvo para mirar a su alrededor. La oscuridad era la misma; los pasos eran los mismos bajo los pies. Era el olor lo que había cambiado y las paredes. Extendiendo una mano exploradora, tocó la pared. Era lisa, demasiado lisa para ser piedra o roca. La sensación era familiar, pero no podía decir de dónde.

Melcorka había sido consciente del sonido durante algún tiempo, pero solo cuando se detuvo pudo analizarlo. Era el aullido de gatos, muchos gatos, y aumentaba a medida que descendía. ¿Cuál era el título de Chattan? ¿Amo de los gatos? Eso podría ser significativo. Sabiendo que Defender no mataría en venganza, Melcorka deslizó la espada hacia atrás en su vaina para liberar ambas manos, preparó sus garras y dio un paso adelante. El suelo bajo sus pies se alteró; ya no era piedra, sino la misma sustancia lisa de las paredes, mientras ella había llegado al final de los escalones y se encontraba en una superficie nivelada.

Una fina rendija de luz apareció al nivel de los pies; la abertura debajo de una puerta y el sonido de los gatos aumentaron, aullando y clamando como si esperaran comida. Melcorka se movió hacia la puerta, precisamente cuando alguien del otro lado la abrió.

"¡Tú!"

Chattan la miró fijamente, su rostro se movía, sus ojos más amarillos que nunca. "Deberías estar muerta".

VEINTICINCO

"AÚN NO". Melcorka tuvo que luchar contra la rabia que la instaba a cargar hacia adelante y destrozar a Chattan en sangrientos pedazos.

La luz del otro lado de la puerta iluminó el pasillo, lo que permitió a Melcorka ver su entorno. Estaba de pie sobre hueso blanco, mientras que las paredes a su alrededor también eran del mismo material. Recordó que esta era una casa construida sobre huesos humanos, por lo que estaba rodeada de cientos de restos humanos, con cráneos sonriéndole, vértebras, espinillas y fémures formando las paredes y el techo.

"Querido Dios, ¿a qué nivel de maldad he venido a parar?" Dando un paso adelante, empujó a Chattan delante de ella e inmediatamente deseó no haberlo hecho.

La puerta se abrió a una gran habitación hecha completamente de huesos. En el centro, hundidos en un pozo profundo, veintenas de gatos daban vueltas y aullaban, levantando las garras hacia Chattan, que tenía media docena de personas encadenadas a lo largo de las paredes, mientras dos mujeres de cabello oscuro miraban hacia arriba, gruñendo con caras pintadas de gatos al momento que entró Melcorka.

"¿Qué es esto, Chattan?" Preguntó Melcorka, mirando a las mujeres con recelo. "¿Tus mascotas?"

Chattan sonrió débilmente, mirando con recelo a Defender y las garras de Melcorka. "Ahora estás en mi guarida, mujer espadachín".

"Tengo una pregunta para ti". Melcorka luchó contra las oleadas de odio que la invadían. Empujó a Chattan hacia el borde del pozo, sosteniendo sus garras listas para atacar. "¿Dónde puedo encontrar al señor de Dun Dreggan?"

Chattan se tambaleó bajo el empuje de Melcorka. "Estás en su casa, mujer espadachín. Él ya sabe que estás aquí".

"¿Dónde puedo encontrarlo?" Mientras Melcorka hablaba, pensó en Bradan cayendo del puente de cuerda, con el mar espumoso de un blanco grisáceo y furioso debajo de él y la muerte fría y solitaria que tendría, ahogándose en el agua salada.

"No necesitas encontrarlo", dijo Chattan. "Él te encontrará".

Las dos mujeres rodeaban a Melcorka, con las manos extendidas como garras y los rostros de gato gruñendo. A una señal de Chattan, se abalanzaron, cortando de lado. Incapaz de usar Defender en esta batalla, Melcorka confió en su velocidad y experiencia, se agachó lejos de la primera mujer para cortar a su vez con sus garras en la segunda.

Cuando la mujer se tambaleó hacia atrás con ambas manos en la cara, Melcorka sintió a la segunda mujer detrás de ella. En lugar de girar, cayó de bruces, rodó hacia un lado y pateó con los pies para atrapar a la mujer detrás de las rodillas, tirándola de espaldas.

Melcorka se levantó rápidamente y golpeó la garganta de la mujer, solo para ver a otra docena de mujeres gato vestidas de oscuro entrando en la habitación y a Chattan sosteniendo una lanza corta. Sabiendo que, sin Defender, no podría vencer a tales números, Melcorka ignoró a las mujeres y se abalanzó directamente sobre Chattan. Ella logró evitar su lanza, le cortó la garganta con sus garras y sintió media docena de manos arrastrándola hacia atrás.

Luchando furiosamente, pateando, mordiendo, cortando con sus garras, Melcorka vio a Chattan retroceder con la sangre fluyendo de sus cortes, solo para levantarse de nuevo, herido pero vivo. Una docena de mujeres gato sostuvo a Melcorka, gruñendo mientras le clavaban las garras en los brazos y las piernas.

"Te mataré, Chattan", prometió Melcorka, al darse cuenta de que su ira había superado su sentido. Ella había permitido que su dolor por perder a Bradan le diera la victoria a Chattan.

"No lo creo, mujer espadachín". Chattan levantó la voz. "No la maten". Habló con sus mujeres gato. "Ella puede unirse a los demás". Señaló a los prisioneros encadenados contra la pared. "Se la daremos de comer a los gatos". La sangre corría por la herida de su cuello mientras se acercaba a Melcorka. "Hice que mataran a tu hombre, Melcorka, y ahora veré a mis gatos matarte".

En el pozo de abajo, decenas de gatos silbaron, escupieron y se pelearon por media docena de esqueletos humanos. Chattan, sujetándose la herida, sonrió lentamente. "Te dejaré ver lo que sucede primero, mujer espadachín, y luego te bajaré al pozo". Levantó la voz. "Quítenle su espada y llévenla con los demás".

Encadenada a la pared, Melcorka miró directamente al pozo donde los gatos merodeaban, silbando y escupiéndose unos a otros. Un monstruo atigrado de ojos verdes parecía ser el rey de la manada deslumbrante, lidiando con cualquier retador con un brutal golpe de sus garras. Incapaz de ayudarse a sí misma, Melcorka miró fijamente al gato atigrado, que le devolvió la mirada con una malevolencia ardiente que prometía una muerte horrible si caía al pozo. No sabía cuánto tiempo había estado allí; ¿Habían pasado seis horas? ¿Diez? Ella no podía decirlo. Melcorka miró hacia arriba cuando se abrió la puerta y apareció Chattan, con media docena de sus mujeres gato detrás de él.

Con sangre manchando el vendaje de lino fresco en su cuello, Chattan caminó a lo largo de la línea de prisioneros, tocando una cara aquí, palmeando un hombro allá.

"Tú, creo". Chattan se detuvo frente a un joven robusto con una costra de sangre sobre una herida en la cara. "Sí, tú".

Cuatro de las mujeres gato se apresuraron hacia adelante para rodear al hombre elegido. El hombre luchó mientras le desataban las cadenas y logró derribar a una mujer antes de que las demás lo arrastraran y lo empujaran al borde del pozo. En lugar de suplicar piedad, las maldijo.

"¡Lucha contra ellas!" Melcorka se tensó contra sus cadenas y trató de ayudar, pateando hasta que las esposas de hierro alrededor de sus tobillos la hicieron retroceder. "¡Lucha contra ellas!"

El hombre hizo todo lo posible, rodeando con sus brazos a la mujer gato más cercana. Sin preocuparse por su compañera, las otras mujeres gato rodearon a ambos y los arrojaron al pozo.

Liderados por el atigrado gato gigante, los gatos fluyeron hacia adelante, saltando sobre los dos humanos en una ráfaga de pelo, furia, garras y dientes. El hombre trató de defenderse tirando a los dos primeros gatos, pero eran tantos que pronto se sumergió. La mujer gritó y trató de escapar, pidiendo ayuda que sus colegas no le dieron. Vieron como media docena de gatos saltaron sobre ella, arañando hasta que se derrumbó, una ruina sangrienta y llorosa en el suelo.

Melcorka no vio la muerte prolongada de la mujer ni del preso. En cambio, miró a Chattan, que se estaba lamiendo los labios, disfrutando del espectáculo. "Pronto será tu turno de morir, Chattan. Te lo prometo".

Apenas capaz de desviar su atención del horror en el hoyo, Chattan le sonrió, sus ojos amarillos salvajes. "Te daré unos días, mujer espadachín. Tiempo suficiente para que los gatos vuelvan a tener hambre y luego haré que te bajen lentamente, una pulgada cada vez".

"Nunca verás eso, Chattan", dijo Melcorka. Morirás antes que yo. Forzó una risa. "Te lo prometo. Asesinaste a mi hombre y miraré tus ojos moribundos".

Chattan abrió la boca para hablar, bajó la mirada ante los ojos firmes de Melcorka, se volvió y se alejó. En el pozo, el gato atigrado de ojos verdes mordió al hombre, con sangre brotando de un lado de la boca.

* * *

Melcorka perdió la noción del tiempo. No sabía cuánto tiempo había estado en ese lugar de huesos y sangre. A intervalos irregulares, las mujeres gato encendían un círculo de pequeñas linternas, por lo que nunca estaba completamente oscuro y nunca más que tenuemente iluminado. Melcorka tiró de sus cadenas, consciente de que era inútil porque eran de hierro macizo, firmemente incrustadas en la pared de hueso a su espalda.

"¿Alguna vez nos quitan las cadenas?" Melcorka preguntó a los otros presos.

"Solo para alimentar a los gatos", la respuesta llegó después de una larga pausa.

"¿Alguna vez nos liberan al mismo tiempo?" Preguntó Melcorka.

"No. Uno por vez, con Chattan y sus mujeres gato presentes".

Melcorka volvió a tirar de sus cadenas, preguntándose cómo podría escapar. "No parece demasiado esperanzador, entonces".

"No hay esperanza", dijo la mujer al lado de Melcorka. "Es mejor aceptar lo inevitable. Cuando sea mi turno, saltaré al pozo, para que Chattan no vea mi miedo, y estiraré mi yugular para asegurar una muerte rápida".

"Lucharé hasta mi último aliento y mataré tantos gatos como pueda", dijo Melcorka.

"¿De qué te servirá eso?" La mujer preguntó.

"Orgullo", dijo Melcorka. "Y si los mato a todos, saldré y mataré a Chattan también".

"Aun así te matarán, y siempre habrá más gatos".

"Si estoy muerta", dijo Melcorka. "No me importará si hay más gatos o no".

Volvió a recaer en el silencio, todavía trabajando en sus cadenas.

"Debemos luchar contra ellos". Nadie respondió. Un joven comenzó a sollozar.

"Debemos luchar contra ellos", repitió Melcorka.

"No tiene sentido", dijo la vecina. "Es mejor aceptar lo inevitable y saludar a la muerte con calma".

Melcorka gruñó en negación. "Lucharé hasta mi último respiro".

No hubo respuesta en ese lugar de depresión y derrota. Pasó más tiempo; las linternas empezaron a zumbar cuando se les acabó el combustible. Los gatos lanzaron un aullido, corriendo hacia adelante y hacia atrás en su foso apestoso.

"Tienen hambre", dijo la mujer junto a Melcorka. "Chattan llegará pronto. Recen sus oraciones, todos, y que Dios se apiade de nuestras almas".

"Dios tendrá que esperar para recibirme", dijo Melcorka con los dientes apretados. "Y el diablo puede preparar una placa caliente para Chattan". No tenía idea de cómo validar sus palabras, pero sabía que no moriría en silencio.

Melcorka vio cómo se abría la puerta y aparecía Chattan, tarareando una pequeña canción. "Pronto, queridos míos", les dijo a sus gatos. "Pronto tendrán carne fresca". Dos mujeres gato lo siguieron con caras pintadas y ojos estrechos y depredadores.

La sangre seca todavía manchaba el vendaje que cubría la herida en el cuello de Chattan mientras pasaba lentamente junto a los prisioneros, pasando la mano por cada hombre y mujer. "¿Te elegiremos hoy?" Se detuvo ante el joven que sollozaba. "¿Debo acabar con la miseria de tu vida?" Pasó sus dedos por la cara del joven y desde su cuello hasta su ingle. "No, no hoy. Puedes sufrir un poco más. ¿Qué hay de ti?" Chattan se detuvo ante la mujer junto a Melcorka. "¿Estás lista para morir?"

"Sí", la mujer no levantó la cabeza mientras Chattan jugaba con su cabello enredado. "Sí, Lord Chattan. Estoy lista".

"¿Oh?" Levantando la cabeza colocando un dedo debajo de su barbilla, Chattan la besó de lleno en los labios. "En ese caso, querida, puedes esperar". Dio un paso hacia Melcorka. "Ahora tú, mi mujer ardiente. ¿Le doy de comer a los gatos? Presionó un dedo contra la frente de Melcorka, presionando su cabeza hacia atrás, luego pasó los dedos por su rostro. "¿Cuánto tiempo tardarás en morir?"

"¡Te veré morir primero, cobarde!" Esperando hasta que los dedos de Chattan estuvieron en sus labios, Melcorka abrió la boca ampliamente y mordió con fuerza, agarrándose. Se anticipó a que Chattan le echaba los dedos hacia atrás, ignoró el dolor y las preocupaciones tanto como pudo, saboreando la sangre y sintiendo el chirrido del hueso bajo los dientes. Chattan se retorció gritando, hasta que llegaron las dos mujeres gato y forzaron a Melcorka a abrir las mandíbulas. Ella pateó, golpeando a una mujer en la rodilla, falló a Chattan por una pulgada y le escupió sangre en la cara.

"¡Tienes un sabor dulce, Chattan!"

"¡Agárrenla!" Chattan se agachó y se llevó los dedos heridos al estómago. ¡Denle de comer a los gatos!

Cuando las dos mujeres se acercaron, Melcorka suspiró y colgó de sus cadenas como si aceptara su muerte. "Vamos, entonces", dijo. "Terminemos con esto".

Aún cautelosas, las mujeres usaron una pequeña llave de metal para desatar las cadenas de Melcorka y la condujeron los tres escalones hasta el borde del pozo. Sabiendo que era hora de comer, los gatos se reunieron directamente debajo, con el gato atigrado mirando hacia arriba a través de sus ojos verdes.

"Bueno", Melcorka respiró hondo. "Buenas noches y que Dios esté con todos ustedes". Extendió un pie sobre el borde, giró la cadera y arrojó a la mujer a su lado al pozo. La mujer gato gritó y buscó ayuda a su compañera. Durante unos segundos, ambas se tambalearon al borde del abismo, dejando caer la pequeña llave que había abierto las cadenas. Melcorka la recogió, saltó hacia la prisionera más cercana a ella y le desató las cadenas. Consciente de Chattan gritando por más mujeres gato, Melcorka no tuvo tiempo de liberar a más prisioneros.

"Aquí", Melcorka le entregó la llave a la mujer que había liberado. "Libera al resto".

Melcorka se dio la vuelta y les dio a las dos mujeres gato un empujón final que las hizo caer al pozo antes de lanzarse sobre Chattan y patearle la mano herida. Chattan gritó, y una docena de mujeres gato entraron corriendo en la habitación, saltando sobre Melcorka.

"¡Vamos!" Melcorka gritó: "¡Prisioneros! Luchen por sus vidas". Miró por encima del hombro para ver a los prisioneros aún encadenados a la pared. La mujer que había liberado la miró.

"Es inútil", dijo la mujer. "Es mejor aceptar nuestro destino que luchar contra él. Esa es la voluntad de Dios".

"No es mi voluntad", Melcorka usó todas sus habilidades acumuladas para luchar contra la avalancha de mujeres, pero había demasiadas. Ella derribó una, clavó los dedos rectos en la garganta de una segunda, y luego las mujeres gato la inundaron. Arrojando a Melcorka al suelo, la mantuvieron allí, luchando, mientras Chattan se acercaba.

Goteando sangre de su mano herida, Chattan miró a Melcorka y la pateó en las costillas. La acción pareció darle satisfacción, pues la repitió una y otra vez. Cuando finalmente se detuvo, estaba jadeando de cansancio. "Tírenla al pozo", dijo.

"¡Alba!" Melcorka gritó, todavía luchando. "¡Soy Melcorka Nic Bearnas! ¡Cenel Bearnas!"

Chattan sonrió, sus ojos amarillos brillando, mientras las mujeres gato la empujaban hacia el borde del pozo. "Tírenla", dijo.

VEINTISÉIS

Bradan sintió que se caía del puente y Melcorka se aferraba a la soga muy por encima. Se aferró al aire como si pudiera nadar a través de la nada, y vio que el mar se precipitaba hacia él, rompiéndose en rocas irregulares entre la pila y los abruptos acantilados de la orilla. A pesar de su miedo, tuvo la presencia de ánimo para girar su cuerpo y sumergirse en el área del mar menos perturbada, sin embargo, el impacto de golpear el agua lo dejó sin aliento y se movió más profundo de lo que pretendía.

Cuando la oscuridad se cerraba a su alrededor, Bradan respiró instintivamente, ahogándose cuando el agua salada se precipitó hacia sus pulmones, ardiendo, apretando, presionando su pecho, mientras el agua rugía y burbujeaba en sus oídos. Pateó, sintió la superficie del lecho marino debajo, se impulsó hacia arriba y salió a la superficie con un grito ahogado. Aspiró una bocanada de aire mezclado con agua salada y maldijo cuando una oleada del mar lo arrastró de nuevo hacia abajo, girándolo hasta que no supo si estaba de pie o boca abajo.

Al intentar nadar, Bradan descubrió que se le escapaban las fuerzas. Tenía la idea de nadar hasta el fondo del mar para adivinar en qué dirección estaba mirando, y abrió la boca para gritar cuando el mar lo arrojó contra rocas que le arrancaron grandes cortes en el pecho y los brazos. Golpeó, y el mar lo arrastró hacia atrás, lo levantó en alto y lo estrelló boca abajo contra una roca cubierta de algas.

Bradan cerró los ojos cuando el agua retrocedió, luego otra ola se estrelló sobre él, aplastándolo contra la roca. Se quedó allí, aturdido, esperando que la próxima ola lo arrastrara de regreso al mar.

"¡Bradan!" La voz era femenina y familiar. "Estoy aquí". Alguien lo arrastró más arriba de la roca, sujetándolo con fuerza cuando otra ola se estrelló contra él, y tiró de él cuando la ola se alejó.

"¿Mel?"

"No soy Mel. Mantente quieto".

Otra ola descendió, golpeándolo contra la superficie sólida, y de nuevo la mujer arrastró a Bradan más arriba de la roca hasta que estuvieron por encima del alcance del agua. Bradan luchó contra su espalda y vomitó rápidamente lo que parecía la mitad del océano, dejando su garganta y pecho ardiendo.

"Esa es la manera: deshazte de todo".

"¿Astrid?" Bradan le parpadeó estúpidamente. "¿Cómo has llegado hasta aquí?"

"Volé", dijo Astrid, sonriendo. "Salté cuando te vi caer. No puedo dejar que mi albano favorito se ahogue, ¿verdad?"

"Melcorka". Bradan se sentó. "¿Viste a Melcorka?"

Astrid negó con la cabeza. "No la vi. Estaba demasiado ocupada tratando de salvarte".

Bradan se lavó la boca con agua de mar. "Gracias, Astrid. Te estoy agradecido".

Quizás, aunque prefieras a Melcorka que a mí.

"Melcorka y yo hemos vivido algunas aventuras interesantes", dijo Bradan.

"Sin embargo, ella no intentó salvarte". Astrid se encogió de hombros. "Quizás pensó que ya estabas muerto".

"¿Ella está bien?" Preguntó Bradan, pasándose una mano áspera por la boca.

"La vi subir a la cima del acantilado", dijo Astrid. "Ella está perfectamente a salvo".

"¿Dónde estamos?" Bradan miró hacia arriba. Estaban en las rocas en la base de la pila de mar, con el acantilado elevándose por encima. "Nunca subiremos eso".

"No, no lo haremos", asintió Astrid. "Tenemos suerte de que la marea está baja. Cuando esté alta, no hay playa y el mar nos golpearía contra la roca. ¿Cómo te sientes?"

"Maltratado, magullado, pero bien", dijo Bradan. "Gracias. Creo que me salvaste la vida".

"Querrás esto", dijo Astrid con una sonrisa. Señaló el bastón de Bradan, flotando en una piscina de rocas. "Vi eso antes de encontrarte".

"Gracias. Hemos recorrido un largo camino juntos". La madera de serbal era suave bajo la mano de Bradan.

"Sígueme". Astrid se puso de pie. "Hay una entrada más fácil a Dun Dreggan que escalar un acantilado escarpado".

El lado de la pila de rocas que daba al mar era tan empinado como el de tierra, con algas colgando de un bosque verde y húmedo y una colonia de focas caninas mirando con ojos redondos. "Ahora presta atención, y te mostraré algo de magia", Astrid se acercó a las algas, empujó un gran zarcillo a un lado y desapareció rápidamente. "¿Vienes?" Metiendo la cabeza entre la maleza, le sonrió a Bradan, con sus dientes muy blancos y su cabello muy rubio contra los zarcillos oscuros.

"Hay una cueva detrás de las algas", dijo Bradan. "¿Cómo viste eso?"

"Lo sé todo", dijo Astrid, misteriosamente. "Me bebí la serpiente". Ella sonrió, sacudiendo la cabeza. "No, yo estaba aquí cuando capturamos el lugar", dijo Astrid. "Atracamos en alta mar durante días y vimos barcos atracar aquí durante la marea baja, así que hicimos lo mismo y encontramos la cueva".

El interior estaba oscuro, con agua hasta las rodillas en el suelo y una miríada de cangrejos y otras especies marinas variadas. Sintiendo su camino con su bastón, Bradan exploró la cueva.

"Hay una antorcha en alguna parte, si mal no recuerdo", Astrid pasó la mano por la pared. "Aquí estamos, y también un pedernal". Encendiendo una chispa, la aplicó a una antorcha de caña. El destello de luz reveló un camino en pendiente que conducía a una salida estrecha al costado de la cueva.

"Bueno, Bradan", dijo Astrid. "Tenemos algunas opciones aquí. Solo pretendía guiarte a Dun Dreggan, y aquí estamos. Si lo deseas, puedo dejarte ahora, o podemos seguir juntos y descubrir este mal". Hizo una pausa por un momento mientras la antorcha siseaba, dejando caer chispas que el agua de mar extinguió rápidamente. "Tenemos una tercera opción: podemos volver juntos y dejar a Melcorka como ella te dejó".

"Seguiremos", dijo Bradan sin dudarlo. "No creo que Mel me haya ignorado".

"Como desees". Astrid sacudió la cabeza. "¿Dónde crees que está Melcorka ahora?"

"Allí arriba," Bradan señaló con un dedo hacia arriba, "o conspirando para llegar allí. La conozco, no se detendrá hasta que logre su objetivo".

"Sí, ella y su espada mágica", dijo Astrid. "Ella no sería tan buena sin ella".

Bradan sonrió. "Hemos logrado éxitos con y sin Defender".

Astrid levantó la antorcha en alto, por lo que su luz chisporroteante mostró un tramo de escalones. "Subiremos por allí", dijo, "aunque estarías mejor sin una mujer que mata constantemente".

"No tengo quejas", dijo Bradan. "Melcorka no mata por amor a matar, sino por la causa del bien".

"Me pregunto cuántos asesinos han dicho eso a lo largo de la historia", caminando al frente, Astrid enfatizó el movimiento y la forma de sus caderas. "Eligen un bando y luego matan a cualquiera que afirmen que se opone a su rey o su concepción de lo correcto o del bien". Astrid se dio la vuelta. "Los asesinos son asesinos, para quienquiera que afirmen matar".

"¿Nunca has matado?" Preguntó Bradan.

"No". Astrid negó con la cabeza. "Vi demasiadas matanzas cuando era más joven, y mi padre se abrió camino hacia el honor. Elegí otro camino. Una mujer sabia me enseñó a adquirir conocimientos, así es como aprendí a repeler el mal de ojo y a curarme". Comenzó a escalar de nuevo. "¿A cuántas personas has matado, Bradan?"

"Algunos", dijo Bradan. "Demasiados. Puedo ver cada rostro y recordar cada incidente".

"¿Tienes pesadillas?"

"Si". Bradan no dio más detalles. Aunque los sueños eran intermitentes, cuando llegaban, lo habían dejado empapado de sudor y perturbado.

"Apuesto a que Melcorka no tiene pesadillas". Astrid dijo. "Los asesinos pasan a la siguiente víctima, la próxima causa, la próxima pelea, la próxima aventura. Puedes llamarlo como quieras, Bradan, pero todos terminan con el asesino limpiando la sangre de su espada. Se convierte en deseo, enfermedad y compulsión. El asesino debe matar y seguirá matando hasta que conozca a alguien más joven, más en forma o más hábil".

"¿Cómo sabes tanto sobre eso?" Bradan miró hacia adelante para ver cuántas escaleras más tenían que subir.

"Te lo dije, me bebí la serpiente". Astrid le dio una sonrisa enigmática. "Crecí con escandinavos. Todo hombre quería ser un gran guerrero, matar todo lo que pudiera por Odín y morir gloriosamente en la batalla. La mayoría se decidió a ser combatientes ordinarios, pero siempre hubo unos pocos que contrajeron la enfermedad mortal".

Bradan asintió. "He oído eso sobre los nórdicos".

Astrid miró por encima del hombro y se encontró con la mirada de Bradan. Cuando la luz de las antorchas se reflejó en sus ojos, Bradan pudo ver motas anaranjadas en el azul intenso. "Luego nos establecimos en la frontera entre Jarldom y Alba". Astrid dijo. "Pensé que los hombres albaneses podrían ser diferentes, pero no, todos querían ser grandes guerreros, matar todo lo que pudieran por el rey o por Cristo y morir gloriosamente en la batalla". Astrid se detuvo cuando los escalones terminaron en una puerta de madera. Por eso me gustas, Bradan. Eres diferente".

Bradan no siguió esa línea de conversación. "¿Qué hay a través de esa puerta?"

"Horrores peores que cualquier pesadilla", dijo Astrid. "Cosas que desearías no haber visto".

"Vamos, entonces", Bradan golpeó con su bastón el escalón de piedra. "No dejaré que Melcorka luche sola contra esas cosas".

"Eres un buen hombre, Bradan". Abriendo la puerta, Astrid entró, seguida de Bradan.

La luz lo sorprendió. Viniendo de la oscuridad de la caverna a una cámara donde la luz de las velas se reflejaba en las paredes de un blanco pulido, Bradan tuvo que protegerse los ojos. "¿Dónde estamos?"

"En los cimientos de Dun Dreggan", dijo Astrid, "el nivel más bajo del castillo del dragón".

Una vez que sus ojos se acostumbraron a la luz, Bradan pudo ver que las paredes eran de hueso, unidas de punta a punta. "Una casa construida sobre huesos humanos", dijo.

"¿Qué más horror podrías inventar?" Astrid preguntó.

"Eso es bastante horror para mí", estuvo de acuerdo Bradan. "Escucha el sonido de la lucha, porque ahí es donde estará Melcorka".

El olor los golpeó primero, un hedor que Bradan reconoció, pero que se multiplicó por veinte. "Gatos", dijo.

"No", Astrid negó con la cabeza. "Peor que cualquier gato. ¿Cómo se llama este lugar?"

"Dun Dreggan", dijo Bradan. "El Fuerte del Dragón".

"Ese es el dragón que hueles", dijo Astrid. "No puede ser otra cosa".

"No existe tal cosa como un dragón", dijo Bradan. "Pertenecen a los cuentos para asustar a los niños para que se duerman por la noche".

"El dragón está ahí", señaló Astrid con la cabeza. "Asegurado detrás de candado y llave".

"¿Lo has visto?" Preguntó Bradan.

Astrid negó con la cabeza. "No. Pero vi la puerta que lo contenía y percibí su olor, como tú lo haces ahora".

Bradan luchó contra la tentación de ver al dragón. Toda su vida había sido un vagabundo, un buscador de conocimiento y aquí tenía la oportunidad de ver una criatura mitológica que había fascinado a la gente durante siglos. Sacudió la cabeza. Debía encontrar a Melcorka, el dragón tendría que esperar.

"¡Aquí!" Dijo Astrid, con repentina urgencia. "Alguien viene".

La cámara estaba fría pero seca y, como Bradan notó agradecido, estaba excavada en la roca en lugar de construida con huesos.

"¡Quédate cerca!" Astrid atrajo a Bradan hacia ella. "Tan cerca como quieras, Bradan".

Su sonrisa era atractiva, dientes blancos en un rostro que a Bradan estaba empezando a gustar más de lo que encontraba cómodo. "¿Tan cerca como quiera? ¿Qué tan cerca es eso? Lamentó sus palabras en el instante en que las pronunció.

Astrid se rió abiertamente. "Aquí estamos en la guarida del dragón, Bradan. No deberías estar pensando en esas cosas. ¡Déjame eso a mí!"

Bradan negó con la cabeza. "Estamos buscando a Melcorka, recuerda".

"No tengo ningún deseo de encontrarla", dijo Astrid, arqueando las cejas. "Preferiría dejar este lugar ahora, tú y yo". Se detuvo por un momento. "Juntos".

Bradan cerró los ojos cuando las palabras de Astrid se enroscaron a su alrededor.

"Podríamos caminar juntos por las carreteras, Bradan. Podríamos discutir la filosofía de los druidas y los griegos, aprender la historia del mundo, caminar hasta Tierra Santa para ver cómo es realmente".

Bradan pensó en una vida así, con la mente encontrando la mente, los pensamientos profundizando en las ideas y trabajando en el significado oculto de la existencia. La tentación era más fuerte de lo que se había imaginado. ¿Melcorka lo necesitaba? ¿O simplemente lo toleraba mientras buscaba causas en las que pudiera empuñar a Defender?

"¿Qué hay de Melcorka?" Preguntó Bradan.

"He hablado de su tipo", dijo Astrid. "Ella matará y matará hasta que conozca a alguien mejor que ella, más rápido que ella, más joven que ella, que la matará, tomará su espada y comenzará de nuevo el círculo alegre".

Bradan asintió. Algunas de las palabras de Astrid tenían sentido. Los problemas siempre siguieron a Melcorka; ella nunca huyó de una pelea y estuvo cerca de la muerte en algunas ocasiones. Aunque nunca más cerca que con Erik Egilsson.

"¿Te gusta la emoción con Melcorka?" Astrid preguntó: "¿O deseas una vida más tranquila de investigación académica y viajes?"

Bradan pensó en los lugares que él y Melcorka habían visitado, recordó la belleza y la matanza. "No extrañaría el derramamiento de sangre", dijo.

"¿Te seguiría gustando Melcorka si no pudiera protegerte con su espada?"

Bradan sonrió. "Si. La espada no es importante para mí".

"Eso está bien". Astrid se apartó de la pared para mirarlo. "Te conozco desde hace poco, Bradan, pero sé que eres un buen hombre, uno de los pocos hombres a los que no les gusta matar".

"Hay muchos hombres buenos", dijo Bradan. "Y muchos son mejores y más pacíficos que yo. Hombres santos, por ejemplo, de la mayoría de las religiones, aunque no de todas".

Cuando Astrid habló, sus ojos parecieron brillar. "He estado buscando un buen hombre toda mi vida, Bradan. Hay unos pocos. Cuando te vi por primera vez, pensé que solo eras el compañero de una asesina, pero luego supe más sobre ti y creo que eres el hombre que busco".

Bradan sonrió y negó con la cabeza. "Soy el hombre de Melcorka", dijo.

¿Estás seguro, Bradan? ¿Estás seguro de que deseas pasar el resto de tu vida con una asesina? Piensa en los lugares a los que podemos ir, las bibliotecas que podemos visitar, los académicos que podemos encontrar. Con Melcorka, tu vida es batalla, destrucción y muerte. Conmigo, será conocimiento, conversación y aprendizaje".

Astrid se quedó quieta mientras la luz se extendía desde sus ojos hasta su cabeza, bañándola gradualmente en una piscina de blanco. Ella brilló suavemente cuando su sonrisa se extendió hacia él.

Las imágenes vinieron sin pedirlas a la mente de Bradan. Estantes de libros, montones de manuscritos escritos, el conocimiento acumulado de Roma, de Grecia, de Persia y Alejandría, de los eruditos de Oriente y lejano Oriente. Se estremeció. Casi podía saborear la información, casi escuchar las sabias palabras de los más grandes eruditos del mundo. ¿Preferiría experimentar eso, o más derramamiento de sangre, más batallas en las que los hombres se matan entre sí para que los reyes arrogantes puedan intercambiar territorio? Pensó en Melcorka cruzando el campo de Carham con sangre goteando del filo de su espada y fragmentos de cerebro humano y carne salpicada por todo su cuerpo. Y pensó en Astrid con su entusiasmo mientras le hablaba de su mayor tesoro, el libro que había salvado del saqueo de su padre.

Bradan sintió que algo cambiaba; era un movimiento como el dolor físico, una sacudida que venía de su interior. "Astrid; Nunca he conocido a una mujer como tú".

Astrid le dio una suave sonrisa. "Somos una raza rara, tú y yo. Somos de este mundo, pero no de él. Es por eso que deambulas, Bradan, y es por eso que yo busco tanto aprendizaje y conocimiento como una mujer pueda obtener".

Por alguna razón, Bradan se sintió repentinamente débil, como si algo estuviera drenando la fuerza de su cuerpo.

"¿Podrías imaginarnos juntos, Bradan, tú y yo, viajando uno al lado del otro?"

Las palabras de Astrid ayudaron a Bradan a crear imágenes en su mente. Pensó en los dos visitando los antiguos centros de la civilización, intercambiando conocimientos de los druidas y monjes cristianos y los eruditos de Oriente.

"Sí, puedo imaginarlo", dijo Bradan, honestamente.

"¿Melcorka te acompañó a visitar a los eruditos en sus aventuras?"

Bradan negó con la cabeza. "No. Ella no lo hizo".

"Ah". Astrid no dijo más. Ella levantó su mano. "Escucha; Creo que se han ido. Podemos irnos ahora". Ella miró a Bradan. "Podemos continuar y buscar a Melcorka, o tú y yo podemos salir de este lugar infernal".

Por primera vez, Bradan sintió la tentación de dejar a Melcorka. Miró a Astrid, una mujer enérgica e inteligente que compartía sus intereses en viajar y reunir conocimientos y la comparó con su imagen de Melcorka salpicando la carnicería de Carham.

"No estoy seguro", dijo Bradan. "Querido Dios, no estoy seguro".

"No hay prisa", dijo Astrid en voz baja.

Bradan respiró hondo. "Buscamos a Melcorka", dijo, levantando la cabeza. "No puedo dejarla sola".

"Eres un hombre leal", dijo Astrid. "Y ese es otro rasgo que admiro".

Salieron de esa cámara, ignoraron la guarida del dragón y subieron hacia arriba, deteniéndose con frecuencia para escuchar, oyendo solo el lejano eco de alguna conversación, el batir de las olas y los gritos ocasionales de los gatos. Las escaleras conducían a un corto pasillo iluminado con antorchas, que a su vez terminaba abruptamente en una enorme cámara, excavada en la roca. Bradan estaba en la entrada, manteniéndose en las sombras.

"Ahí está el hombre mismo", dijo Astrid. "El señor de Dun Dreggan". Ella aplanó su voz. "También conocido como Moruir Chat, el Gran Hombre de los Gatos".

Las antorchas llameaban esparcidas a lo largo de una pared, mientras que debajo de ella se sentaba o descansaba un grupo de hombres. Bradan vio sus capas de piel de gato y las cortas lanzas punzantes que la mayoría llevaban, las espadas largas de unos pocos, se preguntó si eran nórdicos, albanes o pictos y volvió su atención al hombre que estaba sentado a la cabeza de la sala.

Él era enorme. Más cerca de los siete pies de alto que de seis, tenía hombros anchos y cintura delgada. Sumado a su tamaño estaba la cara de gato que miraba a los demás en la cámara.

"Es un gigante", dijo Bradan. "Nunca había visto un gigante antes, y nunca un gigante con cara de gato".

"Un gigante, de hecho. Este castillo es un lugar de horrores". La mano de Astrid se deslizó hacia Bradan, sosteniendo su brazo.

Manteniéndose en las sombras, Bradan estudió al Gran Hombre de los Gatos. ¿Fue este el hombre que abrió el Libro de la Tierra Oscura para liberar al Cu-saeng? ¿Era este el líder de una banda de asaltantes nórdicos? ¿O era alguien o algo más? ¿Era este el Cu-saeng?

"Melcorka no está aquí", dijo Bradan. "Si ella estuviese, habría sangre y piel de gato en el suelo, y el Gran Hombre tendría su cola cortada".

Astrid asintió. "Seguimos adelante, entonces". Al retirarse de la cámara, oyeron pasos apresurados y se hundieron en las sombras. Pasó una docena de mujeres, todas con ropa oscura y con orejas de gato pegadas a la cabeza. Liderándolas estaba un hombre que Bradan reconoció de inmediato.

"Chattan", dijo Bradan.

"¿Qué es lo que lleva?" Preguntó Astrid, señalando el largo bulto en los brazos de Chattan.

"Una espada", dijo Bradan. Mientras miraba, la cubierta se deslizó y dejó al descubierto la empuñadura. Bradan se estremeció. "Esa es Defender. La espada de Melcorka. Entonces, ¿dónde está Melcorka?"

VEINTISIETE

"SI ESA ES la espada de Melcorka, ¿dónde está Melcorka?" Repitió Bradan.

"¿Ella voluntariamente se separaría de su espada?" Astrid vio como Chattan y las mujeres caminaban por el corredor.

Bradan negó con la cabeza. "No".

"Entonces ella está muerta". Dijo Astrid.

"No". Dijo Bradan. "Melcorka no está muerta".

"Nadie es invulnerable", dijo Astrid. "Por cada guerrero, hay alguien más rápido, más hábil o con más suerte".

"Quiero encontrar a Melcorka". Bradan dijo.

"Puede que ni siquiera encuentres su cuerpo", dijo Astrid. "Creo que deberíamos recuperar la espada de Melcorka. Si es tan poderosa como he oído, nos ayudará a salir de aquí".

Bradan vio como Chattan se llevaba la espada, con sus mujeres agrupadas a su alrededor. "Seguiremos a Chattan. Si tenemos suerte, puede que nos diga dónde está Melcorka".

No tuvieron que ir muy lejos antes de que Chattan se detuviera ante una puerta baja de madera. Jugueteó dentro de su capa en busca de una llave, abrió la puerta y desapareció adentro, para reaparecer unos momentos después sin la espada.

"Esperemos hasta que se hayan ido", dijo Bradan. "De todos modos, ya sabemos en qué dirección está Melcorka".

"¿Qué?" Astrid parecía desconcertada. "¿Cómo lo sabemos?"

"Ella estará en la dirección de donde vino Chattan". Bradan había tomado el control. "Lo intentaremos de esa manera primero".

Astrid miró hacia la puerta donde estaba Defender y vaciló. "Estaríamos mejor con un arma".

"Tú abre la cerradura, entonces", dijo Bradan. "Encontraré a Melcorka". Caminó sin esperar a Astrid, quien lo siguió unos momentos después.

"La puerta está asegurada con llave".

"¿No tienes un hechizo para abrirla?" Preguntó Bradan mientras su preocupación por Melcorka superaba su creciente afecto por Astrid.

"No soy una bruja", dijo Astrid.

"Lo sé". Bradan se arrepintió de inmediato. "Eso fue algo cruel de decir. Lo siento".

Estaban en un laberinto de pasillos y pasajes, con extraños olores y sonidos.

"Cenel Bearnas!"

Las palabras resonaron debajo de ellos, haciendo eco en el estrecho pasaje.

"¡Esa es Melcorka!" Bradan levantó la voz. "¡Melcorka!"

"¡Cenel Bearnas!" El grito de guerra de la familia Melcorka sonó más fuerte cuando Bradan corrió hacia el sonido. Aunque era un hombre de paz, sin arma más que su bastón, abrió de golpe la puerta de la cámara donde escuchó el grito de Melcorka.

"Melcorka!"

Cuando Bradan irrumpió, vio media docena de mujeres gato sosteniendo a Melcorka en el borde de un pozo. Bradan vio un poco más mientras más mujeres miraban a su alrededor, algunas con las horribles garras en forma de gancho unidas a sus manos, todas con capas con capuchas con orejas de gato. "¡Estoy aquí, Melcorka!" Abanicando su bastón, Bradan golpeó a dos de las mujeres hacia atrás, empujó a otra y sacó a Melcorka del borde del pozo.

"¡Pensé que estabas muerto!" Melcorka tiró al suelo a una mujer con un movimiento que había aprendido en el Imperio Chola.

"No lo estoy". Bradan golpeó a otra mujer en la cabeza con su bastón. Astrid me salvó. Ella está por alguna parte".

"¡Espalda con espalda!" Ordenó Melcorka. Dirígete a la puerta. Ella le sonrió a Bradan. "¡Parece que solo somos tú y yo, Bradan!"

"¡Así es como debe ser!" Bradan gruñó cuando una mujer le dio una patada astuta en el estómago, hizo una mueca cuando un par de garras abrieron una herida en su brazo izquierdo y empujó su bastón contra la garganta de una mujer. "Creo que hay demasiados de estos demonios, esta vez, Mel".

"¡Cenel Bearnas!" Melcorka gritó, tambaleándose cuando una mujer se agachó para cortarle las piernas mientras otra la golpeaba en los ojos. Una vez que el impacto inicial de la llegada de Bradan pasó, las mujeres gato presionaron con fuerza. Luchando desesperadamente, Melcorka y Bradan se retiraron al borde del pozo, donde los gatos lanzaron un espantoso aullido y levantaron sus garras esperando comida.

"Al menos estamos juntos". Melcorka se agachó, giró la cadera y tiró al suelo a una mujer gato.

La carrera llegó por sorpresa cuando los prisioneros atacaron el flanco de las mujeres gato, balanceando sus cadenas como armas improvisadas.

"¡Esa es la manera!" Gritó Melcorka. "¡Cenel Bearnas!" Agarrando a la mujer gato más cercana, le arrancó las garras y cortó a la siguiente.

Ante un renovado ataque de Melcorka y con el inesperado asalto de los ex prisioneros, las mujeres gato vacilaron, dieron media vuelta y huyeron, dejando a Chattan solo, sin seguir sus instrucciones.

"¡Luchen contra ellos!" Chattan gritó. "Tírenlos a los gatos".

Empujando el extremo de su bastón contra la garganta de Chattan, Bradan lo impulsó hacia el borde del pozo. Melcorka miró por encima del borde, donde esperaba el gato rey.

"Eres un tipo desagradable", dijo Melcorka. "Pero no mataste a Bradan".

"Ahora eres valiente", se burló Chattan. "No serás tan valiente cuando el Carnicero vuelva por ti".

"¿Oh?" Melcorka fingió indiferencia, aunque la mención del nombre hizo que su corazón se acelerara. No podía olvidar la humillación de su derrota en la isla de Bass Rock. "Ni siquiera me di cuenta de que se había ido".

"Regresará", dijo Chattan, "y entonces todos los de Alba y Jarldom lamentarán haber nacido".

"Estaré lista para él", fanfarroneó Melcorka. "¿Cuándo volverá?"

Los ojos amarillos de Chattan se entrecerraron con astucia. "No lo sabes, ¿verdad?" Miró por encima del hombro a los gatos que esperaban. "No estará solo cuando venga. Si prometes no matarme, te diré más".

Melcorka miró a Bradan y asintió. "Eso es un trato justo, Chattan. Dime todo lo que sabes y ni siquiera te haré daño".

"¿Lo prometes?" Chattan preguntó.

"Tienes mi palabra de honor", Melcorka relajó su presión, permitiendo que Chattan avanzara unos centímetros. "No tengo ninguna razón para matarte ahora que Bradan está vivo".

Chattan esbozó una sonrisa enfermiza. "El Carnicero está recorriendo todas las tierras de Cnut, es decir, Dinamarca, Inglaterra y sus otras posesiones, reuniendo una fuerza de forajidos, mercenarios y asesinos. Va a invadir Alba y el Jarldom y destruirlo todo".

Al recordar el poder de Legbiter, Melcorka imaginó cuánto daño podría hacer Erik con un ejército del peor tipo de hombres. "Gracias, Chattan".

"¿Qué haré con él?" Bradan tenía el filo de su bastón en la garganta de Chattan.

"Cuando pensé que estabas muerto", dijo Melcorka. "Quería matarlo. Ahora estás vivo, no importa. Además, he dado mi palabra de no hacerle daño". Se acercó a Chattan. "Tengo una pregunta para ti: ¿dónde está el señor de Dun Dreggan?"

"Eso ya lo sé", dijo Bradan.

"¿Lo sabes?" Dijo Melcorka. "En ese caso, dejaremos Chattan a la compasión de esta buena gente. No lastimaremos ni un pelo de su cabecita felina".

"También sé dónde está Defender", Bradan tanteó dentro de la capa de Chattan y sacó un manojo de llaves. "Vamos a recuperarla".

"No puedes dejarme aquí", dijo Chattan. "¡Prometiste que no sería lastimado!"

"No es así", dijo Melcorka. "Prometimos no lastimarte, y no lo haremos".

Al salir de la cámara, oyeron el rugido de los prisioneros liberados y el agudo grito de terror de Chattan. El aullido de los gatos se elevó a un nuevo tono.

VEINTIOCHO

"Por aquí". Bradan lideraba con un trote rápido. "Esperemos que no haya guerreros gato aquí".

"Esperemos que los haya", dijo Melcorka.

Bradan gruñó. "Veo que has vuelto a tu estado de paz normal".

"Ya tuve suficiente de este lugar", dijo Melcorka.

Astrid estaba en la puerta, luchando con la cerradura. "¡La encontraste!" Ella parecía complacida. "He estado tratando de conseguir la espada para poder ayudar".

"¿Es eso lo que estabas haciendo?" Melcorka empujó a Astrid a un lado con brusquedad. "Déjame ver". Ella miró la cerradura, golpeándola con la palma de su mano.

"Aquí". Bradan arrojó las llaves que le había quitado a Chattan. "Prueba estas". Miró por encima del hombro, donde se acercaba un grupo de guerreros gato.

La primera llave no encajó, ni la segunda.

"Se están acercando". Bradan tomó posición entre Melcorka y los guerreros, aunque sintió que su bastón era un arma pobre contra las lanzas. "¡Date prisa, Mel!"

La primera lanza pasó zumbando junto a Bradan y chocó contra la pared de piedra. Esquivó la segunda, y luego los guerreros corrieron hacia él.

"¡Estoy dentro!" Melcorka dijo al fin.

Astrid estaba pisándole los talones, con Bradan retirándose hacia la puerta para intentar retrasar a los guerreros durante unos segundos vitales. Levantando una lanza, la arrojó a los guerreros que avanzaban, solo para verla rebotar inútilmente en la pared. Los guerreros disminuyeron la velocidad cuando vieron que Bradan estaba desarmado, sonriendo ahora, con las lanzas levantadas, confiado en una victoria fácil.

"¿Diez a uno? ¡Vengan entonces!" Bradan desafió, ocultando su miedo, y luego Melcorka estaba a su lado, con Defender en mano.

"¡Hazte a un lado, Bradan!" Dijo Melcorka. "Este es un trabajo de mujeres". Su risa aumentó cuando dio un paso hacia los guerreros gato. "¡Cenel Bearnas!" ella gritó. "¡Soy Melcorka, la mujer espadachín de Cenel Bearnas!"

Los dos guerreros gato que iban a la cabeza eran hombres valientes. Se pusieron de pie para enfrentar a esta mujer alta de cabello oscuro con la espada larga y murieron por su coraje. La segunda fila duró unos segundos más y luego los guerreros gato se dieron la vuelta con miedo mientras Melcorka avanzaba, con Defender bloqueando las estocadas de lanza, cortando, penetrando y matando.

"¡Peleen conmigo!" Melcorka gritó. "¡Cenel Bearnas!"

"Tu mujer está disfrutando de la matanza", dijo Astrid.

"Mi mujer nos ha salvado la vida", respondió Bradan.

"Como salvaste la de ella".

"Es lo que hacemos", dijo Bradan, mientras Melcorka detuvo su persecución y se volvió, salpicada de sangre pero sonriendo con fiereza.

"Esos son los ahuyentados". Limpiando la hoja de Defender, Melcorka deslizó la espada de nuevo en su vaina. "Ahora tenemos que encontrar al señor de Dun Dreggan".

"Por ahí", señaló Astrid con el pulgar.

"Me alegro de que hayas venido". Melcorka habló sin apenas desgana. "Guíanos".

Levantando una de las lanzas, Bradan se la colocó a través de su cinturón.

"Eres un hombre de paz", dijo Astrid. "No necesitas tal cosa".

"Todavía soy un hombre", respondió Bradan. "No dejaré que Melcorka pelee sola si necesita ayuda". Ignoró la mirada de Astrid mezclada de decepción e ira.

El señor de Dun Dreggan estaba sentado como lo habían dejado, con su compañía de guerreros a su alrededor y su cara de gato extrañamente triste.

"No parece un hombre que despertaría a una entidad desaparecida", dijo Melcorka mientras miraban desde las sombras. "Parece un gigante envejecido, hundido en vino, hidromiel y pereza".

"Pensé lo mismo", dijo Bradan. "Excepto por su cara. ¿Eso es una máscara?"

"Vamos a averiguarlo". Melcorka desenvainó a Defender. "¿Estás con nosotros, Astrid?"

"No soy una luchadora", dijo Astrid.

"Entonces quédate aquí", dijo Melcorka. "Bradan y yo hemos estado en este tipo de situación antes".

Pasando a grandes zancadas entre los guerreros que miraban fijamente, Melcorka se acercó al Señor de Dun Dreggan, quien apenas se movió en su silla.

"Soy Melcorka Nic Bearnas", dijo Melcorka, "y tengo preguntas para ti".

"Pregunta, Melcorka Nic Bearnas", respondió el Señor de Dun Dreggan, todavía sin moverse.

"¿Eres el líder de la banda de guerra que despertó al Cu-saeng de su letargo?"

"Yo era Ivar el Fuerte", dijo el Señor de Dun Dreggan. "Traje a mis hombres desde Noruega a la costa de Wessex y hasta esta tierra maldita".

Melcorka hizo una pausa. Esa no era la respuesta que esperaba. "¿Esta tierra está maldita?"

Ivar, el señor de Dun Dreggan, miró hacia arriba, con su rostro más parecido a un gato que a un humano. "¿Puedes verme, Melcorka Nic Bearnas? ¿Puedes ver en lo que me he convertido?"

"Veo a un anciano alto sentado en un trono", dijo Melcorka, "y con cara de gato. ¿Dónde está Ivar, el guerrero vikingo?"

"Desearía que todavía estuviera aquí", dijo el señor de Dun Dreggan. "¿Has venido a aliviarme de mi carga? Veo que llevas una espada poderosa".

"Estoy buscando un libro", dijo Melcorka. "Busco el Libro de la Tierra Negra".

El nombre susurró alrededor de esa desolada cámara, reverberando y resonando hasta que la roca sólida pareció gemir de miedo.

"No quieres ese libro", dijo el señor de Dun Dreggan. "A cada hora de cada día, me arrepiento de haber encontrado esa antigua maldición".

"¿Dónde está?" Preguntó Melcorka.

"Se ha ido". Cuando el señor de Dun Dreggan negó con la cabeza, Melcorka estaba segura de que vio lágrimas en sus ojos amarillos. "Se ha ido, esparciendo el mal por todas partes".

"¿No es en este pardo?" Preguntó Bradan.

"Estuvo guardado aquí", dijo el señor de Dun Dreggan. "Aquí estaba seguro, encarcelado bajo tierra, con capa sobre capa de huesos humanos sujetándolo".

"¿Qué pasó?"

"Los pictos construyeron un lugar sagrado encima de él, con un libro sagrado junto a los huesos de gente buena, que guardaba a una puerta para contener el mal. Ivar el Fuerte lideró a los asaltantes que mataron a los monjes, y estábamos buscando oro picto, profundizando cada vez más en los cimientos del monasterio".

"¿Y?" Melcorka solicitó.

"Vimos un libro sagrado encajado en una puerta, adornado con piedras preciosas, cubierto de oro, y lo arrancamos. Erik Egilsson fue el primero en atravesar la puerta con su espada, Legbiter, en la mano. Corrió conmigo a su lado". El Señor de Dun Dreggan estaba llorando abiertamente ahora, grandes lágrimas rodando por sus ojos.

Bradan y Melcorka estaban uno al lado del otro, escuchando la historia de Ivar.

"Esperábamos grandes pilas de tesoros, oro y plata reunidos a lo largo de los siglos, pero en cambio encontramos una habitación llena de huesos humanos y un solo libro negro en el centro del piso".

"El Libro de la Tierra Negra", dijo Melcorka.

"Si". Ivar asintió. "El Libro de la Tierra Negra, la peor maldición jamás impuesta, algo de lo más profundo del mundo".

"¿Qué pasó?" Preguntó Bradan.

"Cuando Erik Egilsson vio el libro, lanzó un gran rugido y lo cortó con su espada. La hoja rebotó y Erik levantó el libro y lo arrojó al suelo". Ivar se puso de pie con algo de su antiguo espíritu vikingo regresando. "El libro se abrió y algo salió".

"¿Algo como qué?" Preguntó Melcorka.

"Algo, no lo sé explicar", dijo Ivar. "Nada sólido". Sacudió la cabeza. "Alguna cosa. Primero entró en la espada de Erik y luego dentro de él".

"¿Y?" Melcorka instó mientras Ivar cerraba los ojos, como si no quisiera contar lo que había sucedido.

"La cosa volvió negra la hoja de la espada de Erik y se volvió hacia mí. Cerré el libro, pero me tocó", Ivar se llevó una mano a la cara. "Puedes ver el resultado".

"Sí", dijo Melcorka. "¿Dónde está el libro ahora?"

"Se lo llevaron", dijo Ivar.

"¿Quién lo hizo?"

"Nosotros". Las palabras vinieron espontáneamente a la mente de Melcorka.

Donde la cámara había estado vacía excepto por Ivar y los

guerreros apáticos, ahora una hueste de hombres grises la llenaba, formando grupos alrededor de los guerreros.

"¿Quiénes son ustedes?" Detrás de Melcorka, Bradan blandió su bastón como arma.

"Somos ustedes", dijeron las voces.

"Yo soy yo", dijo Bradan. "Yo soy Bradan el Errante".

Los hombres grises hablaron de nuevo. "Somos Bradan. Somos Ivar. Somos Melcorka. Somos ustedes cuando el bien es removido".

"Soy Melcorka Nic Bearnas de Cenel Bearnas". Sosteniendo a Defender con las dos manos, Melcorka estaba de espaldas a Bradan. Mientras miraba, los hombres grises vacilaron y se deslizaron hacia los guerreros supinos. Inmediatamente los guerreros se levantaron, alcanzando las armas a sus costados.

"¿Pelearás conmigo, Melcorka?" Preguntó Ivar, levantando la espada oxidada que se apoyaba en el brazo de su silla.

"Pelearé contigo". Melcorka vio la lucha desesperada en sus ojos. Vamos, Ivar. Quítate la máscara y conviértete de nuevo en un guerrero nórdico".

"Los pictos llamaron a esto la provincia de los gatos", dijo Ivar. "Cuando capturé esta fortaleza, los gatos se hicieron cargo".

"¿Quiénes son los guerreros gato?" Preguntó Melcorka. "¿Quién es Chattan?"

"No son mis hombres", dijo Ivar. "Vinieron cuando se abrió el libro".

"Entonces lucha contra ellos como tú luchas conmigo". Melcorka podía entender a un guerrero; tenía respeto, si no gusto, por los nórdicos como hombres de lucha. No podía entender a un hombre que se derrumbaba ante un adversario. En el mundo de Melcorka, peleas hasta que ya no puedes pelear, y luego peleas un poco más.

Cuando Ivar se levantó de su silla, Melcorka se dio cuenta de lo alto que era. La parte superior de la cabeza de Melcorka llegaba a su cuello, mientras que sus brazos eran desproporcionadamente largos, casi le llegaban a las rodillas mientras estaba de pie. Lanzó su primer golpe antes de dar un paso adelante y continuó atacando mientras se acercaba. "¡Odín es tu dueño!" Rugió mientras su sangre nórdica luchaba contra la cosa gris en su interior.

Al bloquear la espada de Ivar, Melcorka se sorprendió por la fuerza del hombre. Incluso con el poder de Defender surgiendo a través de ella, tenía dificultades para mantener el equilibrio.

"En verdad eres un guerrero", jadeó Melcorka, chocando hoja contra hoja, retorciéndose y agachándose bajo el brazo extendido de Ivar.

"Como eres tú, mujer espadachín," dijo Ivar. "Nunca he conocido a una mujer que pueda igualar mi fuerza". Él le sonrió por encima de la empuñadura de su espada. "Será un placer matarte, Melcorka, o un honor morir por tu espada".

Los otros escandinavos avanzaron, espadas y hachas levantadas, escudos en los brazos izquierdos, ojos repentinamente vivos debajo de sus cascos de metal.

"¡Deténganse!" Dijo Ivar. "Déjenme ganar esta pelea solo. ¡Quiero el honor!"

Sosteniendo su bastón como una barrera, Bradan exhaló un suspiro de alivio. Sabía que cualquiera de los nórdicos podría deshacerse de él en segundos. Los guerreros nórdicos eran temidos con razón en toda Europa y hasta el Mar Caspio y las tierras del Islam más allá. Su bastón no era una protección contra tales hombres.

Ivar se detuvo de repente y le hizo un gesto a Melcorka. "Vamos, Melcorka, Odín te dará la bienvenida al Valhalla".

"Tengo muchos amigos allí", dijo Melcorka. "Serás uno de ellos cuando finalmente llegue". Agachándose antes del siguiente poderoso golpe de Ivar, empujó a Defender hacia arriba, alcanzando la pierna derecha de Ivar.

El gigante se puso rígido, miró la sangre brillante que fluía y lanzó un corte hacia abajo, casi atrapando el brazo de Melcorka. "¡Luchas bien!"

"Como tú, escandinavo", dijo Melcorka. Moviéndose hacia la izquierda, para que Ivar se debilitara gradualmente mientras usaba su pierna lesionada, ella lo rodeó, empujando y retirando, empujando y retirando.

"Párate pie y pelea", rugió Ivar, y la cara de gato se transformó en la de un hombre.

"Ivar", dijo Melcorka. "Tu cara".

Ivar sintió su rostro. "He vivido el último año como una bestia", dijo, "pero lucharé como un hombre".

"Y morirás como un hombre". Melcorka se lanzó hacia adelante, cortó las piernas de Ivar, alteró el ángulo de Defender y abrió un corte largo y profundo en el cuerpo del escandinavo, desde el ombligo hasta la clavícula.

"Tendrás que hacerlo mejor que eso, mujer espadachín", dijo Ivar, sin prestar atención a la sangre que manaba de sus heridas.

"Únete a nosotros", dijo Melcorka. "Únete a nosotros en la lucha contra el Cu-saeng".

"Es demasiado tarde", dijo Ivar. "La cosa gris está dentro de mí".

"Podemos sacarla". Melcorka bloqueó otro de los golpes de Ivar.

El rostro de Ivar se alteró de nuevo, cambiando de humano a gato y viceversa. Sus ojos reflejaban el tormento dentro de él. "Es muy tarde. Puedo sentir el mal en mi sangre".

Los hombres grises se adelantaron, más de ellos, con la mujer gris en la silla de Ivar, su cabello largo y rubio mientras miraba a Ivar con ojos como orbes de granito.

Ivar se puso rígido, con la cara de gato volviéndose más pronunciada cuando dio un paso adelante, balanceándose. Bloqueando un corte en la cabeza, Melcorka empujó a Defender contra el pecho de Ivar, la torció y se retiró. El gigante nórdico se desplomó en el suelo con su rostro cambiando a humano nuevamente. El dolor desapareció de sus ojos.

"Gracias, Melcorka", dijo. "Al menos morí como hombre".

"Más que eso", susurró Melcorka. "Moriste como un guerrero nórdico".

"¡Mel!" Bradan advirtió cuando los escandinavos restantes rugieron hacia adelante.

"¡Ponte detrás de mí!" Gritó Melcorka. "¡Cuida mi espalda!"

Lanzando su corta lanza a la multitud que se aproximaba, Bradan dejó caer su bastón, levantó la espada de Ivar y se situó detrás de Melcorka. Apenas había tomado su postura cuando el choque de espadas comenzó de nuevo, sonando como un herrero golpeando su yunque, perforado por jadeos, maldiciones y algún que otro gemido. Luchando como una mujer poseída, Melcorka se balanceó y paró, cortó, empujó y mató.

"Puedes relajarte ahora, Bradan", dijo Melcorka, limpiando la sangre de la hoja de Defender.

"Sí, los trataste con bastante inteligencia". Descartando la espada de Ivar, Bradan levantó su bastón.

Astrid apareció, pisando delicadamente los cuerpos y tratando de esquivar los charcos de sangre. Ella sacudió su cabeza. "Eres muy hábil para matar gente, Melcorka".

"Veamos dónde se guardó este libro", dijo Melcorka. "Quizás podamos devolverlo en algún momento".

Bradan negó con la cabeza. "Se mantuvo seguro mediante una combinación de un libro sagrado, las oraciones de los monjes pictos y los huesos de buenas personas. Será difícil volver a encontrar esa combinación. Falta el libro, probablemente destruido por los vikingos; los monjes pictos están muertos y sólo quedan los huesos".

"La gente gris todavía está aquí", les recordó Astrid, "y el dragón. No podemos devolver el libro de la Tierra Negra a un lugar tan malvado".

"Quiero ver este dragón". Melcorka tocó la empuñadura de Defender. "Nunca antes había visto un dragón".

"Yo tampoco", dijo Bradan.

Melcorka le sonrió. "Sigue adelante, Bradan, y veremos lo que debamos ver".

Sintiéndose como si estuviera caminando hacia la horca, Bradan condujo a Melcorka escaleras abajo con cada paso haciendo eco y el aire volviéndose más frío a cada minuto. La puerta era más sólida que cualquiera que hubieran visto antes, con tachuelas de hierro en forma de cruz celta y una profunda inserción rectangular en el centro.

"Ahí es donde el libro sagrado selló la cosa", observó Bradan. "Esta es la guarida del dragón, y aquí es donde se guardaba el Libro de la Tierra Negra".

"Creo que son iguales", dijo Melcorka. "Algo más malvado que cualquier dragón que exhale fuego". Empujó la puerta. "Está cerrada."

"Tienes las llaves de Chattan", señaló Bradan. "Prueba la más grande".

La primera llave no encajaba, ni la segunda. Fue la quinta llave la que giró con un chirrido de mala gana. Abriendo la puerta, Melcorka entró.

La atmósfera los golpeó primero. Fue un sentimiento opresivo y amortiguado que se apoderó de Melcorka en el instante en que abrió la puerta. La siguiente sensación fue de disgusto por la habitación en sí, con paredes construidas íntegramente con huesos humanos y un pilar de mármol blanco en el centro del piso, encima del cual había cadenas de hierro.

"Así que aquí es donde vivía el mal", Bradan golpeó con su bastón en el suelo. "Un lugar terrible".

"Ha dejado su huella", dijo Melcorka.

Astrid respiró hondo. "Este no es un lugar para quedarse", dijo. "Los hombres grises son portadores del mal, pueden afectarnos".

"Estoy de acuerdo con Astrid", dijo Bradan. "Sería bueno decir adiós a este lugar y nunca mirar atrás".

Melcorka gruñó, paseando por la habitación. "Entonces vayan. Me uniré a ustedes en unos momentos".

Esperó hasta que estuvo sola en la habitación, sacó a Defender y sostuvo la espada por la hoja, por lo que la empuñadura cruzada estaba hacia arriba.

"He luchado contra el mal en muchos lugares", dijo en voz baja. "Sin embargo, nunca me he enfrentado a un horror tan absoluto como el que siento aquí. Juro por todo lo santo, por todo lo bueno y por cada músculo y hueso de mi cuerpo que te destruiré o tú me destruirás a mí".

Melcorka escuchó su voz desvanecerse en esa cámara y supo que alguna fuerza estaba escuchando cada palabra que decía. Podía sentirlo esperando en la tierra alrededor y sabía que enfrentaba su prueba más severa.

Melcorka jadeó ante la risa repentina que sonó dentro de su cabeza. Una vez más, se vio a sí misma acostada en ese suelo arenoso, con un hombre alto parado sobre ella y Bradan alejándose con otra mujer. Esta vez Melcorka vio claramente la espalda de la mujer, con largo cabello rubio que brillaba dentro de una luz amarilla.

"Si debo pagar el precio, entonces la muerte de un guerrero está al final del camino para cada mujer luchadora". Envainando a Defender, Melcorka se dio la vuelta. Astrid y Bradan estaban esperando más allá de la puerta cuando salió.

"Ahora tenemos que encontrar a Erik Egilsson", dijo Melcorka. "Y un libro sagrado".

"¿Un libro sagrado?" Bradan repitió.

"Si eso es lo que contenía al Libro de la Tierra Negra", dijo Melcorka, "entonces eso es lo que debemos encontrar. Recuerda que la espada negra de Erik fue más que la mía la última vez que nos vimos. No tengo ninguna duda de que puede hacer lo mismo de nuevo, y si trae un ejército con él, necesitamos toda la ayuda que podamos reunir".

"Ciertamente, solos no podemos luchar contra él", dijo Bradan.

"El Gran Rey levantará un ejército", dijo Melcorka. Y Jarl Thorfinn, quizás. Si supiéramos dónde podría desembarcar Erik".

"Alejémonos de Dun Dreggan", dijo Bradan. "Aunque no estoy seguro de cómo".

"Así es como lo haremos". Melcorka señaló con la cabeza hacia *Catriona*, que flotaba a unos metros de la pila. "Y luego buscamos al rey".

VEINTINUEVE

El rey Mael Coluim no se quedó en ningún lugar, sino que recorrió su país, asegurando la lealtad de sus nobles con la amenaza de su presencia. Melcorka lo encontró en la antigua fortaleza de Dunkeld, donde las Tierras Bajas se encuentran con las Tierras Altas, y el río Tay se precipita poderosamente entre las oscuras orillas boscosas.

"Buscamos a Mael Coluim", le dijo Melcorka al portero, un hombre corpulento al que no conocía. "Soy Melcorka Nic Bearnas, y este es Bradan el Errante".

"Tú eres la Mujer Espadachín", el portero la miró de arriba abajo con poco respeto. "Escuché que el Carnicero te mató".

"Escuchaste mal", dijo Melcorka. "Por favor, dile al Gran Rey que estoy aquí".

"No estará complacido", advirtió el portero. "Quería al Carnicero muerto".

El portero tenía razón. Mientras MacBain saludaba a Melcorka con un gesto amistoso, el Rey Supremo la fulminó con la mirada desde ambos lados de su larga nariz.

"Habla tu pieza, Melcorka Nic Bearnas". Mael Coluim escuchó su relato con el ceño cada vez más fruncido, interrumpiendo con un perentorio alzar la mano. "Te ordené que mataras a este Carnicero, a este Erik Egilsson, pero fallaste, y ahora va a invadir mi reino con una flota".

"Sí, Su Excelencia", dijo Melcorka. "Pensamos que sería mejor advertirle del peligro".

"Si hubieras logrado matarlo, no habría peligro", dijo Mael Coluim.

"Sí, Su Excelencia", dijo Melcorka. "Y si hubiera tenido éxito en matarme, no podría haberte advertido".

El rey la fulminó con la mirada y luego le dedicó una sonrisa sorprendente. "Eso es cierto, Señora de la Espada, eso es cierto. ¿Dónde va a desembarcar este Erik Egilsson?

"No lo sé", dijo Melcorka. "Pero si tiene la intención de devastar tanto Alba como el Jarldom de Orkney, será en algún lugar cercano a la frontera de ambos reinos".

Mael Coluim y sus principales nobles se sentaron alrededor de una mesa, con el rey, sumido en sus pensamientos, tamborileando con los dedos sobre la madera. "Atacará en la costa de Moray, entonces, Fidach como la tendrían los pictos".

"Esa sería mi suposición, Su Excelencia", dijo Melcorka.

"¿Sabes cuándo, Mujer Espadachín?"

"Yo no lo sé", dijo Melcorka. "Supongo que después del tiempo que le tome reunir un ejército y una flota".

Los dedos de Mael Coluim continuaron tamborileando. "Eso no tomará mucho tiempo. Siempre hay muchos daneses y escandinavos dispuestos a luchar por el placer, la gloria o el saqueo, mientras que el rey Cnut ya ha intentado, sin éxito, invadir Alba. Después de nuestra victoria en Carham, deseará mostrar su poder y recuperar su prestigio".

"Con su permiso, Su Excelencia, Bradan y yo regresaremos al norte", dijo Melcorka. "Quizá Jarl Thorfinn ayude".

Las cejas del rey se fruncieron. "No tengo ningún deseo de que un ejército nórdico marche por suelo albanés".

"Esta guerra es más importante que cualquier disputa entre Alba y el jarldom de Orkney, Su Excelencia". Melcorka trató de enfatizar el peligro para ambos reinos.

"Un grupo de escandinavos es tan malo como otro", dijo Mael Coluim. "No tendré el ejército de Jarl Thorfinn en mi tierra".

Melcorka asintió. "Como le plazca a Vuestra Gracia". Ella asintió con la cabeza al rey, decidida a seguir su propio camino.

"Que Dios guíe tus pasos". MacBain hizo su única contribución a la conversación. Aunque sonreía, sus ojos estaban preocupados.

"¿Hacia dónde ahora, Melcorka?" Preguntó Bradan mientras salían de la fortaleza real. El Tay continuó corriendo mientras los mirlos endulzaban el aire con canciones.

"Jarl Thorfinn", dijo Melcorka. "Quizás tenga más sentido común que Mael Coluim".

"Quizás". Bradan golpeó el suelo con su bastón. "Los caminos de los reyes y los jarls no son nuestros caminos".

* * *

Jarl Thorfinn escuchó a Melcorka con más atención de la que había mostrado Mael Coluim. Él asintió con la cabeza cuando ella le explicó sobre Dun Dreggan y frunció el ceño ante su mención del Libro de la Tierra Negra.

"He oído hablar de ese libro", dijo Thorfinn. "Pensé que era un mito más que algo real".

"Es real", dijo Bradan, "y es poderoso. Todo el mal del Cu-saeng está condensado en ese libro".

"No lo deseo en mi salón", dijo Thorfinn con humor áspero. "¡Sabía que había una razón por la que no coleccionaba libros!"

"Incluso sin ese libro, la fuerza de Erik Egilsson será poderosa", dijo Melcorka. "Escuché que tiene la intención de reunir a todos los hombres rotos, todos los bandidos de los bosques y forajidos, todos los berserkers o nórdicos salvajes con alucinógenos y la escoria de las ciudades para invadir Alba y tu Jarldom".

Thorfinn asintió. "Yo mando guerreros, hombres de honor, no

cosas así. Reuniré una banda de guerra apta para arrojarlos de vuelta al mar. ¿Dónde desembarcarán?

“No lo sé”, dijo Melcorka. “Sospecho que en algún lugar del Moray Firth, desde donde tendrán fácil acceso a ambas naciones”.

Thorfinn dio un largo trago a un cuerno de hidromiel. “Si desembarcan en mi jarldom, estaré listo”.

“Si desembarcan con fuerza, ¿tienes suficientes guerreros para repelerlos?”

“Somos nórdicos”.

“Lo sé. Pero Brian Boru derrotó a los escandinavos en Clontarf en Erin hace unos años. Uno de sus predecesores, Sigurd de Orkney, murió entonces, con muchos de sus hombres, hombres de su jarldom. ¿Ha recuperado la fuerza suficiente para repeler una gran invasión de guerreros veteranos?”

Thorfinn levantó la barbilla. “Pelearemos”.

“Es posible que necesite ayuda”, dijo Melcorka. “Mael Coluim tiene un ejército veterano y experimentado”.

“¿Mael Coluim el Destructor?” Thorfinn estrelló un puño enorme sobre la mesa. ¡Ese asesino nunca entrará en mi jarldom! ¡Lucharé contra él antes de luchar contra Erik Egilsson y todas las hordas del infierno!”

“Si los dos unieran sus fuerzas, tendrían más posibilidades de ganar”, dijo Melcorka.

Thorfinn escupió en el suelo. “Eso para Mael Coluim”, escupió de nuevo, “y eso para Alba. Si Erik Egilsson hace estragos en Alba, alinearé a mis hombres y mataré a cualquier albano que intente huir a mi reino”.

“Jarl Thorfinn”, dijo Melcorka, “Erik podría destruirlos a los dos, uno a la vez”.

“No ayudaré al Destructor”, dijo Thorfinn. “Puede llevarle ese mensaje y yo escribiré la prueba con tinta roja y con un bolígrafo muy afilado”.

“Como desee, mi señor,” Melcorka hizo una irónica reverencia. “Entonces tendrás que librar una guerra solitaria tanto contra los Cu-saeng como contra Erik Egilsson. Haré todo lo posible para ayudar si Erik aterriza en tu reino".

Ocupado con un cuerno de hidromiel, Thorfinn no estaba escuchando.

"¿Qué hacemos?" Preguntó Bradan.

"Hacemos lo que siempre hacemos", le dijo Melcorka. "Hacemos lo que es correcto, lo que decidan los reyes y señores".

* * *

El rugir y el deslizamiento de las olas sobre las piedras dominaban la noche. Melcorka estaba en Cullen Bin, la imponente colina que dominaba una vasta franja de la costa de Fidach. Miró al oeste, donde había colocado a Bradan, y al este, donde había colocado a Astrid. Entre los tres, vigilaban la mayor parte de la costa sur de Moray Firth, el área donde Erik probablemente aterrizaría si en verdad llegaba.

¿Cuántos días había estado aquí? ¿Fueron 10? ¿O 12? ¿Quizás 14? Melcorka no lo sabía. Ella no podía recordar. Su vida parecía ser una sucesión de días ventosos mirando un mar azul agitado y noches frías mirando en la oscuridad, esperando ver las velas de una flota invasora. Esperaba que Bradan y Astrid todavía estuvieran alerta, masticaran un trozo de queso y se prepararan para otra noche fría.

Aunque había arreglado las balizas en persona, Melcorka todavía se sorprendió cuando la luz parpadeó desde el oeste, la señal preestablecida de Astrid. Después de tantos días infructuosos, su mente estaba casi adormecida. Melcorka contó los destellos, sabiendo que Astrid sostuvo una cubierta frente al fuego y la apartó de nuevo para indicar la cantidad de barcos que había visto.

Cuando contó 10, Melcorka frunció el ceño. Cuando llegó a los 20, marcó el suelo con el pie. Una pequeña lancha nórdica llevaría a 25 hombres, una embarcación mediana hasta 60 y la más grande a 100 hombres. Veinte barcos indicaban que Erik no tenía la intención de una mera incursión. Tenía un mínimo de 500 hombres y hasta 2000. Erik traía un ejército completo.

Las luces continuaron parpadeando; otras 10 veces, y luego otras 10 después de eso. Si Astrid tenía razón y los barcos que vio pertenecían a Erik, había una flota de 40 barcos navegando por el Moray Firth. Melcorka apretó las hebillas del cinturón de su espada. Por muy hábil que la hiciera Defender, no podía derrotar a todo un ejército, especialmente si Erik y Legbiter estaban allí. Esperaba que Mael Coluim y Thorfinn hubieran reunido a sus guerreros, ya que los invasores podrían aterrizar en cualquier lugar de esta costa con un ejército de miles.

Cuando concluyó el parpadeo del fuego, Melcorka encendió la señal de fuego que ya había preparado y transfirió la misma señal hacia el oeste, para que Bradan supiera lo que estaba sucediendo. Ella confiaba en que Bradan estaría alerta a la advertencia y enviaría un mensajero a Jarl Thorfinn en su base, unas pocas millas al norte y al oeste de su frontera con Alba.

Melcorka corrió por las laderas boscosas del Bin y se detuvo en el pequeño campamento de la ladera inferior. Cuatro hombres yacían alrededor de las moribundas brasas de un fuego, uno roncando fuerte y los otros callados mientras dormían.

"¡Despierten!" Melcorka pateó las formas dormidas sin piedad. "¡Levántense, sinvergüenzas holgazanes!"

Los hombres se movieron y volvieron hacia ella los ojos nublados por el sueño. "¿Qué está pasando?"

"¡Los nórdicos están sucediendo!" Indiferente a su desnudez, Melcorka los arrastró en posición vertical. "¡Cuarenta barcos!"

"¿Cuarenta?" El más alto de los hombres la miró, incapaz de comprender el número.

"¿Cnut?"

"Lo dudo", dijo Melcorka. "Será Erik Egilsson".

"¿Cuarenta barcos?" Otro de los hombres repitió la figura, mirando con la estupidez del sueño.

"¡Tú!" Melcorka clavó un dedo duro en las costillas del hombre más alto. "Ve y avisa al rey. Dile que hay una flota navegando por el Moray Firth. ¡Anda!" Ella lo empujó.

"Me vestiré primero", dijo el hombre.

"¡Por Dios, nunca debiste haberte desvestido cuando el peligro amenaza!" Melcorka le dio una patada en el trasero con genuina ira. "¡Date prisa, hombre!"

Mientras el hombre se enredaba al vestirse, Melcorka se dirigió a un joven pelirrojo y pecoso que ya se estaba poniendo la ropa. "¡Tú! Corre a las granjas cercanas a la costa y avísales que vienen los nórdicos".

"¿Todas las granjas?"

"Tantos como puedas. La noticia se difundirá pronto. Dile a los hombres que tomen todas las armas que puedan y se reúnan aquí, al pie de Cullen Bin, y esperen al Gran Rey".

El hombre pecoso se escabulló, saltando sobre los arbustos a medio ver en su prisa.

"¡Ustedes dos, vengan conmigo!" Melcorka volvió a la cima de la colina.

En el tiempo que había estado fuera, el amanecer se había fortalecido, con una astilla de luz plateada brillando sobre el mar. Melcorka podía ver las velas de la flota remontando el Firth, tan hermoso pero tan mortífero, los temidos barcos dragón nórdicos con sus tripulaciones de algunos de los guerreros más feroces de Europa. Navegaban en formación, con un gran barco al frente y los otros siguiéndolo en una larga V, como una madeja de gansos volando hacia el sur. El barco principal era enorme y estaba muy decorado con leones dorados a lo largo del casco y una cabeza de dragón rojo que se alzaba en la proa, con las fauces abiertas en amenaza.

"Nunca había visto tantos barcos en un solo lugar", dijo uno de los hombres de Melcorka, un pícaro fornido y de barba negra.

"No mucha gente ha visto algo similar", Melcorka pensó en las flotas del Imperio Chola que había visto en Asia y se preguntó cómo les iría a estos escandinavos, tan completamente imprudentes de la vida.

"¿A dónde se dirigen?" El hombre de la barba negra preguntó.

"No lo sé", dijo Melcorka. "Tan pronto como me entere, te enviaré a contárselo al rey".

"¿Y yo?" Drostan, el segundo hombre, estaba ansioso. En sus veintes, tenía el pelo oscuro y los pómulos altos de un picto de Fidach.

"Correrás hacia Brandan en el oeste y le informarás". Melcorka dijo, "cuando te lo diga".

La luz se intensificaba a cada momento, revelando más detalles de la flota. El barco líder era enorme, con sus remos tirando suavemente y una proa alta alzándose orgullosa, coronada por las fauces abiertas del mascarón de proa del dragón que daba nombre a estas embarcaciones. Incluso desde esa distancia, Melcorka podía ver el destello de la luz del sol en las puntas de las lanzas y la fila de escudos circulares a lo largo de los baluartes. Los siguientes barcos no eran tan grandes, quizás con 30 remos, y con barcos más pequeños en la parte trasera. Mientras viajaban hacia el oeste, la flota se acercó más a la orilla, como si buscara un lugar adecuado para desembarcar.

"Dios mío, hay cientos de ellos", Melcorka negó con la cabeza. "Espero que el rey llegue pronto". Ella le dio un codazo al hombre barbudo. "El Gran Rey está a 40 millas al sur, acampado en una curva del Spey. Corre y dile que la flota nórdica está al oeste de Cullen. Infórmale que Melcorka le aconseja que se apresure con toda la fuerza que pueda".

Asintiendo, el hombre barbudo se puso en marcha de inmediato, saltando obstáculos con una agilidad que contradecía su complexión robusta.

"Quédate conmigo", le dijo Melcorka a Drostan. "Seguiremos a los nórdicos hasta que veamos dónde van a desembarcar".

Melcorka corrió hacia la orilla y se mantuvo a la altura de la flota nórdica y trotó hacia el oeste. Los barcos estaban tan cerca que Melcorka podía ver cada detalle, desde los diseños de los escudos hasta las líneas individuales de las maderas del casco. Podía escuchar a los escandinavos cantando, sus palabras ayudando a los remeros a mantener el ritmo mientras los barcos surcaban el oleaje del Moray

Firth. Las velas estaban enrolladas y la luz del sol brillaba sobre los escudos, las puntas de lanza y el metal de los cascos de hierro.

"¿Van a desembarcar en Alba?" Melcorka se preguntó: "¿O Erik va a atacar el jarldom de Thorfinn?"

"Melcorka", Drostan la había seguido, paso a paso. "Conozco esta costa. Soy de Fidach".

"¿Dónde desembarcarías si fueras nórdico?"

"Findhorn Bay", dijo Drostan. "Tiene una entrada peligrosa pero un fondeadero protegido junto a una amplia playa. La flota estará a salvo de las tormentas en alta mar y hay espacio para reunir a los hombres".

Melcorka asintió. "Eso suena adecuado, Drostan. Serás un buen capitán en el ejército de Mael Coluim".

"No, Melcorka, no soy guerrero".

"Puede que tengas que serlo, cuando los nórdicos lleguen a tierra", dijo Melcorka. "Creo que todos tendremos que ser guerreros". Ella miró a Drostan. "Llévame a Findhorn Bay, Drostan".

Aumentando su velocidad, todavía estaban solo unos momentos por delante de la flota cuando llegaron a la cuenca poco profunda de la bahía de Findhorn.

"Estos remeros están poniendo fuerza en su trabajo". Melcorka dijo.

Drostan tenía razón, porque el barco dragón gigante pasó lentamente por la entrada estrecha y entró en el lago marino de Findhorn, donde se deslizó hasta la playa.

"Oh, Dios mío, líbranos de la furia de los hombres del norte", Melcorka pronunció una oración centenaria, incluso mientras tocaba la empuñadura de Defensor.

Erik fue el primero en abandonar el barco, con la cabeza erguida, Legbiter colgando de la cintura y el escudo gris adornado con cuervos en el brazo izquierdo. Unos segundos detrás de él llegó el hombre gris, con su bolso gris colgando del hombro. Melcorka gruñó, muy consciente del mal que representaban estos hombres grises.

"Corre hacia Bradan, Drostan". Dijo Melcorka. "Dile que

advierta a Thorfinn que el desembarco ha tenido lugar". Trató de mantener la calma, aunque sintió que la tensión aumentaba dentro de ella. "Dile que hay 40 barcos llenos de la peor clase de hombres imaginables". Ella le dio un pequeño empujón. "¡Andando!"

Melcorka observó a Erik dar órdenes mientras su tripulación saltaba a tierra. Todos eran hombres maduros y barbudos con la arrogancia confiada de los veteranos y las armas bien cuidadas de los mercenarios.

"Estos chicos saben para qué están aquí", dijo Melcorka.

Algunos de los guerreros portaban viejas cicatrices, o recuerdos de aventuras en el extranjero, con ropa o armas exóticas. Todos trataron a Erik con el respeto casual de los combatientes por el primero entre iguales.

Mientras Erik estaba en la orilla, el hombre gris permaneció a 10 pasos de distancia, ignorado por todos. Melcorka lo miró, tratando de averiguar quién o qué era.

"No puedo distinguirte, hombre gris", dijo Melcorka. "Solo sé que eres la fuente del mal que está en Erik". Reflexionó por unos momentos. "La fuente, o quizás el grifo que sale de la fuente". Melcorka apartó la mirada cuando más miembros de la flota nórdica se adentraron en la bahía poco profunda. "Tienes una tripulación formidable, Erik", dijo. "Me pregunto qué contienen los otros barcos".

Mientras barco tras barco descargaba a sus hombres, Melcorka asintió con una mezcla de respeto y preocupación. Si bien la mayoría de los barcos tenían más veteranos, otros llevaban tripulaciones de jóvenes ansiosos, peligrosos en su deseo de demostrar su valía. Unos pocos llevaban hombres que debían haber infestado las peores zonas de las ciudades más pestilentes de Europa, gente terrible que se peleaba entre sí, se reía a carcajadas y trataba incluso a sus comandantes con falta de respeto.

"Dios salve a Alba de cosas así", dijo Melcorka.

Los veteranos se trasladaron tierra adentro de inmediato, estableciendo puestos defensivos para permitir que la flota desembarcara sin molestias.

"Estos hombres conocen su negocio". Melcorka continuó mirando, tomando nota de la composición de cada tripulación, el porte de cada capitán y su actitud hacia Erik.

"¿Eres la Mujer Espadachín?" El hombre que hablaba gritó las palabras desde la distancia mientras se estrellaba contra los arbustos desde el interior.

"Si. ¡Mantén tu voz baja!" Melcorka siseó. Tres hombres jóvenes se apresuraron hacia ella, el mayor quizás de 17 años.

"Hemos venido a luchar contra los vikingos", dijo el joven más alto. "Soy Fergus, y estos son mis hermanos".

"Bueno, Fergus," Melcorka empujó a los jóvenes al suelo. "Si no te callas, los nórdicos te matarán antes de que veas otra hora. ¿Puedes pelear?"

"Si". Fergus mostró el mayal que llevaba, mientras uno de sus hermanos sostenía un palo puntiagudo y el otro un arco que era demasiado poderoso para él.

"¿De dónde sacaste eso?" Melcorka señaló el arco.

"Era de mi padre". El niño parecía de unos 10 años, un enano de tamaño pequeño con ojos enormes y una mancha sucia debajo de la nariz.

"¿Dónde se encuentra?"

"Un hombre lo mató", dijo Fergus.

"¿Cuál hombre?"

"Ese hombre de allí", Fergus señaló a Erik. "Mi padre estaba arando. Quiero matar a ese hombre".

"Manténganse alejados de ese hombre", dijo Melcorka. "Él los mataría a los tres sin pensarlo. Deberían estar a salvo en casa con su madre".

"Ella está muerta". Fergus habló sin pena ni enfado. "Ese hombre la violó y le cortó las piernas hasta que murió".

Melcorka asintió. Las guerras no se trataban de campeones que se hicieran reputaciones. Se trataba de gente sencilla que sufría para que los reyes pudieran conquistar, mientras que hombres como Erik podían divertirse.

La mayoría de los barcos nórdicos estaban en el lago, con sus tripulaciones desembarcadas. Melcorka trató de estimar el número de hombres, calculando alrededor de dos mil quinientos, la mayoría daneses y escandinavos, pero con algunos anglos y otros que no reconoció. "Ese es un ejército terrible", dijo.

"¿Vamos a luchar contra ellos ahora?" Fergus levantó su mayal. "Todo el mundo sabe que estás reuniendo hombres para luchar".

"¿Todos lo saben?" Preguntó Melcorka. Los nórdicos se estaban extendiendo desde el fondeadero, avanzando hacia el interior, hacia donde ella yacía. "Vamos muchachos, es hora de que nos vayamos".

"¿No vamos a pelear?" Fergus reveló su consternación con el ceño fruncido.

"Todavía no", dijo Melcorka. "Esperaremos hasta que tengamos más guerreros. Hasta ahora, solo somos cuatro". Los apartó de la playa para refugiarse en un bosque. Ahora, Fergus, quédate conmigo. Puede que te necesite".

Fergus asintió. "Sí, Mujer Espadachín".

"Mi nombre es Melcorka. Ustedes dos, muchachos, tengo un trabajo esencial para ustedes".

Los dos chicos más jóvenes asintieron, ansiosos por ser útiles.

"Quiero que corran tierra adentro lo más lejos que puedan y encuentren una granja. Adviértanles que los nórdicos están aquí y pídanles que los cuiden hasta que termine la lucha. Eso es muy importante. Díganles que Melcorka la Mujer Espadachín los envió. Vayan ahora". *Eso debería mantenerlos fuera de peligro,* pensó Melcorka, *al menos por un tiempo.* "Tomaré tu arco, te hará más lento".

"Sí, Melcorka". El chico se lo entregó.

Melcorka esperó hasta que se despejaron. "Entonces, Fergus, ¿quieres aprender a pelear?" Ella esperaba su ferviente asentimiento. "Bueno, ven conmigo, haz lo que te diga y no hagas ruido".

Fergus sonrió. "Sí, Melcorka".

"Ven entonces". Sosteniendo el arco y su carcaj de 10 flechas caseras, Melcorka se deslizó hacia el lugar de desembarco de los nórdicos. Al encontrar un matorral de olmos y hayas mezclados, se refugió detrás de una haya y colgó el arco. "Ahora te quedas ahí", le dijo a Fergus, y dime si alguien viene detrás de nosotros. Tú eres mi vigía".

Fergus asintió y se volvió obedientemente.

Melcorka seleccionó la más recta de las flechas, le hizo una muesca, tiró el arco y esperó un objetivo adecuado. Quería un hombre solitario o un grupo pequeño del que pudiera deshacerse sin alertar al resto. Los nórdicos se movían, riendo, alardeando de las hazañas que realizarían. Melcorka asintió con la cabeza cuando tres jóvenes se acercaron pavoneándose, uno blandiendo una espada larga en el aire.

"Ustedes lo harán". Melcorka respiró, ajustó la puntería y soltó. La flecha tomó al joven más lejano en el pecho, matándolo instantáneamente. Antes de que los demás tuvieran la oportunidad de reaccionar, Melcorka tomó una segunda flecha y disparó, perforando el estómago del siguiente en la fila, quien también cayó, demasiado conmocionado para gritar. El tercer hombre gritó algo, levantó la espada en alto y corrió hacia adelante. Melcorka esperó hasta que estuvo cerca del matorral, sacó a Defender y lo mató.

Melcorka dejó que el herido se retorciera en el suelo y se llevó a Fergus a rastras. "Vamos, Fergus. Es hora de irse".

Dos veces más ese día, Melcorka se detuvo, disparó a un par de escandinavos y siguió adelante rápidamente.

"Los estamos derrotando", se regocijó Fergus.

"No lo estamos", dijo Melcorka. "Solo estamos matando a los tontos, a los hombres crudos e inexpertos que no serán muy buenos en la batalla, pero los estamos adelgazando un poco y sabrán que no se las arreglarán a su manera". Ella sonrió sin humor. "Podemos inquietarlos".

Por la noche, Melcorka vio a Erik reuniendo a su ejército en el lado oeste de la bahía, en un área conocida como las Arenas de Culbin. Melcorka se estremeció cuando la imagen volvió a ella. Una vez más, se vio a sí misma acostada en ese suelo arenoso, con un hombre alto parado sobre ella y Bradan alejándose con otra mujer. Mientras miraba los páramos de las Arenas de Culbin, supo que este era el lugar. Melcorka cerró los ojos y apartó la imagen. Pasara lo que pasara, debía luchar contra Erik y el Cu-Saeng.

"¿Estás bien, Melcorka?" Fergus preguntó con curiosidad.

"Por supuesto", dijo Melcorka. "Ven conmigo". Ella lo llevó al lado occidental de la bahía, donde Erik reunía a sus hombres por las compañías de sus barcos, más en grupos que en batallones, una masa hirviente de guerreros con Erik al frente y el hombre gris a unos pasos de distancia.

"Quiero matar al hombre que mató a mi padre", dijo Fergus.

"Lo sé". Melcorka asintió con la cabeza cuando se le ocurrió la idea. Si mataba a Erik ahora, la invasión no tendría líder y sería presa fácil para el ejército de Mael Coluim, siempre que llegara el rey. "Quédate aquí, Fergus", dijo Melcorka. "Si yo caigo, corre tierra adentro y no te detengas por nadie".

"¿A dónde vas?" De repente, el guerrero potencial sonaba como un niño perdido.

"No te preocupes", dijo Melcorka. "Solo mantente alejado de los escandinavos".

Melcorka seleccionó la mejor de las flechas que le quedaban y se deslizó hacia adelante en la hierba doblada que bordeaba la arena. Tuvo suerte de que Erik se interpusiera entre ella y su ejército, presentando un objetivo relativamente fácil. Tumbada de lado, Melcorka echó el arco hacia atrás y apuntó entre los omóplatos de Erik. Sabía que este método de matar estaba más cerca del asesinato que de una guerra honorable, pero lo que estaba en juego era demasiado alto para tales consideraciones.

Melcorka se llevó la cuerda del arco a la barbilla, respiró hondo, liberándola lentamente y la soltó. Vio que la flecha se arqueaba y se hundía, con la punta apuntando hacia su objetivo, hasta que el hombre gris levantó la cabeza, miró fijamente la flecha y miró a Erik, quien se apartó inteligentemente del camino. La flecha pasó silbando para enterrarse profundamente en la arena 10 pasos más adelante.

Melcorka maldijo. Ese hombre de gris le había advertido a Erik, de alguna manera. Se retiró a través de la hierba doblada y se detuvo al borde de un cinturón de árboles. Erik no se había molestado en enviar guerreros tras ella. O pensó que ella no valía la pena o estaba seguro de que el hombre gris podría protegerlo.

Cuando el sonido de flautas y cuernos de guerra llegó hasta ella desde el sur, Melcorka asintió. Parecía que Mael Coluim venía con su ejército y sin pretensiones de sigilo. Si el Gran Rey atrapaba a Erik en las Arenas de Culbin, podría llevarlo al mar. Aunque los barcos de Erik estaban a salvo en Findhorn Bay, la salida era estrecha, por lo que cualquier retirada sería necesariamente lenta.

"Vamos, Mael Coluim, el exceso de confianza de Erik lo ha llevado a una trampa, si atacas de inmediato".

Trepando a un árbol prominente, Melcorka miró hacia el sur, donde la llanura del Laigh de Moray se extendía hasta los páramos crecientes en el sur. El sonido de las pipas se hizo más fuerte y, a lo lejos, Melcorka vio el destello del sol en muchos brazos. Observó durante un rato cómo la columna se acercaba, fila tras fila de hombres, albanos con lanzas y espadas, los clanes con largas hachas y dagas, y una dispersión de jinetes en los flancos.

"Bien hecho, Mel Coluim", aprobó Melcorka. "Debes tener un par de miles de hombres allí, menos que Erik, pero estás defendiendo tu patria y tus guerreros tienen un historial de victorias".

"¿Con quién estás hablando, Melcorka?" Fergus preguntó.

El mundo, Fergus, si le importa escuchar. Ven y únete a mí, y te mostraré el ejército del Gran Rey".

Sosteniendo al muchacho a salvo en una rama alta, Melcorka señaló ambos ejércitos, dándole una idea del funcionamiento de los reyes. ¿Ves, Fergus? Mael Coluim está enviando a sus jinetes como exploradores y acampando para pasar la noche".

Melcorka observó cómo las fogatas de los albanos brillaban alegremente en la llanura. Llevando al flaqueado Fergus, Melcorka descendió de su árbol y trotó hacia el campamento de albanos.

TREINTA

"Busco al rey", dijo Melcorka a los nerviosos centinelas. "Soy Melcorka Nic Bearnas, conocida como la Mujer Espadachín".

"Allá atrás". El centinela llevaba una lanza larga. Señaló con el pulgar detrás de él. "¿Viste alguna señal de los nórdicos?"

"Sí. Erik Egilsson está acampando en las Arenas de Culbin".

Mael Coluim se sentó junto a un fuego abierto con MacBain a su lado y sus jefes y señores a su alrededor. "Enviaste una buena advertencia, Mujer Espadachín", dijo el rey cuando Melcorka se acercó, con el durmiente Fergus en sus brazos. "Mis exploradores me dicen que el campamento nórdico está en las arenas movedizas de Culbin".

"Ahí es donde están, Su Excelencia", confirmó Melcorka.

"Cuéntame más", ordenó el rey. "¿Cuantos hombres? ¿Quién los manda? ¿Es el rey Cnut de Dinamarca o el Carnicero?

"Hay entre dos mil quinientos y tres mil", dijo Melcorka, "una mezcla de veteranos, mercenarios y jóvenes tontos, con Erik Egilsson al mando".

Mael Coluim gruñó, mordiendo una manzana. "Erik tiene un ejército más grande que el mío. Mañana habrá golpes duros".

"Eso me temo", dijo Melcorka.

"¿Te unirás a nosotros?" Preguntó Mael Coluim. "Podría ordenarte que lo hagas, y tu espada será útil".

"Me uniré a ustedes y estaré dispuesta", dijo Melcorka. "Me enfrentaré a Erik Egilsson".

"¿Quién es el joven?" MacBain le hizo un gesto a Fergus. "¿Ese es tu hijo?"

Melcorka negó con la cabeza. "Este es Fergus. Erik lo dejó huérfano". Ella abrazó a Fergus.

"Yo cuidaré de él". Una matrona tomó al niño dormido de los brazos de Melcorka.

"Ya tengo tres".

"Tiene dos hermanos menores", dijo Melcorka.

"Cuantos más, más alegría", dijo la mujer con una sonrisa. Le dio a Melcorka una mirada de reojo. "Tendrás que cuidar a tus propios hijos, Mujer Espadachín, una vez que guardes esa estúpida espada.

"Deberías dejarme matar a este Erik", dijo MacBain. "Ha matado a Finleac y Black Duncan. Debería ser el próximo en probar su Legbiter".

"Déjaselo a Melcorka, MacBain", dijo Mael Coluim. "Ella tiene una espada a juego con la de él".

"Mi espada es tan buena como cualquier otra". MacBain desenvainó su espada con una agilidad sorprendente. "Ha estado dentro de muchos escandinavos, y también de algunos habitantes de Northumbria y daneses". La débil luz solar era reflejada por el Clach Bhuaidh o Piedra de la Victoria.

"Erik Egilsson no se parece a ningún otro hombre con el que hayas luchado", advirtió Melcorka.

"Y MacBain no se parece a ningún albano con el que haya peleado", respondió MacBain, sonriendo. "Conozco tu reputación, Mujer Espadachín, y cómo derrotaste a tres daneses en la pelea de Carham, pero también sé que Erik te superó la última vez". Señaló las cicatrices blancas y vívidas de los muslos de Melcorka. "Intentaré salvarte de más recuerdos de la espada de Erik".

"No puedo detenerte, MacBain", dijo Melcorka. "Y te deseo la victoria".

"Entonces eso está acordado". Mael Coluim parecía feliz con el arreglo. Puedes quedarte quieta, Mujer Espadachín. Si Erik sale victorioso, entonces puedes luchar contra él a continuación, aunque parece que estoy perdiendo a mis campeones hombre a hombre".

"Espero que MacBain lo derrote". Melcorka miró a su alrededor. "¿Alguien ha visto a Bradan? Pensé que habría estado aquí".

"¿Bradan el Errante?" Dijo MacBain. "No lo he visto por el campamento. Tu hombre, Drostan, puede que lo sepa; nos trajo un mensaje de Bradan".

"Gracias". Inclinado la cabeza frente al rey, Melcorka salió y registró el campamento hasta que encontró a Drostan sentado en un círculo de guerreros pictos alrededor de una fogata. "¿Has visto a Bradan en el campamento?"

Drostan bajó el cuerno de hidromiel de sus labios. "¿Bradan? ¿No te envió noticias, Melcorka?"

"No he sabido nada de él en días", dijo Melcorka.

Drostan se puso de pie y se secó los labios. "Bradan se ha ido, Melcorka. Tan pronto como le dije que la flota nórdica había aterrizado en la bahía de Findhorn, se dirigió al este y al norte a gran velocidad".

"¿Norte?" Melcorka sintió que su corazón comenzaba a acelerarse. "¿Sabes adónde se dirigía?"

"No, Melcorka". Drostan negó con la cabeza. "Pensé que estaba tratando de escapar de la pelea. Es un hombre de paz, no de guerra".

"Sé lo que es Bradan", dijo Melcorka bruscamente. "No puedo pensar por qué se iría sin decirme".

Drostan se encogió de hombros. "Quizás Astrid lo sepa. Ella también lo estaba buscando".

"¿Dónde está ella ahora?" Preguntó Melcorka.

"No lo sé". Drostan bebió un sorbo de hidromiel. "Ella lo siguió. Quizás lo encontró".

"Tal vez lo hizo", dijo Melcorka. Estoy segura de que aparecerá

Bradan. Es lo suficientemente mayor y feo para cuidar de sí mismo". Sin embargo, pensó en Bradan con Astrid y se preguntó si alguna vez regresaría.

No. Eso fue una tontería en qué pensar.

Levantando a Defender, Melcorka suspiró. Esta pelea podría ser la última. Después de esta batalla, podría estar muerta en las Arenas de Culbin, el final natural de cualquier guerrero. Si fuera nórdica, esperaría una vida futura en los Salones del Valhalla, pero como seguidora de Cristo, Melcorka no estaba segura de si San Pedro la aceptaría en el cielo o si su vida de esgrima la condenaría a otro sitio mucho menos agradable.

¿Bradan? ¿Dónde estás?

Esa noche, Melcorka durmió a ratos, y se despertó antes del amanecer para buscar en el espacio junto a ella. Melcorka no fue la primera en despertarse, porque los hombres ya estaban puliendo sus espadas o afilando sus lanzas, revisando sus cotas de malla en busca de óxido o haciendo pactos con camaradas que habían conocido durante años.

"Si estoy malherido, mátame de una vez y no me dejes para que me picoteen los cuervos".

"Sí, lo haré si tú haces lo mismo por mí".

"Cuida mi espalda, Toshie y yo cuidaré la tuya".

"Si te matan, Kenny, ¿puedo quedarme con tu brazalete plateado?"

"Sí, no lo necesitaré. También puedes quedarte con mi esposa".

"Oh no, ya la he tenido, Kenny". Seguido de una carcajada.

Otros hombres permanecieron en silencio, mirando al cielo, o rezaron abiertamente pidiendo ayuda divina para sobrevivir el día. Los más jóvenes se jactaban de las hazañas que realizarían y de los escandinavos que matarían, mientras que los veteranos de barba gris formaban pequeños grupos y hablaban del horror que se avecinaba y se preguntaban si su fuerza disminuida sería suficiente. Algunos se pasaban botellas y frascos y un joven lloraba abiertamente de miedo.

MacBain se acercó a Melcorka. "¿Tu hombre, Bradan, ya ha aparecido?"

"Todavía no", Melcorka forzó una sonrisa. "Vendrá a su debido tiempo".

"Tal vez". MacBain probó el balanceo de su espada, se aseguró de que el puñal estuviera suelto bajo el brazo y que el skean dhu, el cuchillo negro, estuviera a salvo contra su tobillo. "Eso espero, Melcorka. Me agradó bastante ese hombre solemne".

"Que Dios te acompañe hoy, MacBain", dijo Melcorka.

"Que él guíe tus brazos y proteja tu espalda", respondió MacBain.

Estaban uno al lado del otro en el borde del campamento, camaradas que no se conocían hasta hace poco, pero que arriesgarían sus vidas en la batalla en unas pocas horas.

"Solo los veteranos saben lo infernal que es una batalla", dijo MacBain. "Los jóvenes piensan que todo es glamour y los poetas hablan de la gloria", negó con la cabeza. "Algún día no habrá más guerras".

"Sí, algún día", dijo Melcorka. "Dudo que veamos ese día en nuestras vidas".

"Creo que tienes razón", dijo MacBain. "Quizás nuestros hijos o nuestros nietos lo hagan".

El sonido de los cuernos rompió la mañana, con fuertes cánticos desde el campamento nórdico a solo una milla al norte.

"¡Odín! ¡Odín!"

¡Odín os reclama, hombres de Alba! ¡Odín los reclama!"

"Están despiertos", dijo MacBain. "Será mejor que organicemos a los hombres, Melcorka".

"Sí". Melcorka asintió. "Dios nos salve a todos".

* * *

"¡Melcorka!" Gritó el Gran Rey. "Anda y mira a nuestro enemigo. Ve lo que están haciendo. Eres la única entre nosotros que conoce a Erik Egilsson de vista".

Una vez más, Melcorka trepó a un árbol para espiar a los invasores. "Se han formado en líneas de batalla", informó. "Esperándonos, con Erik al frente y ese pequeño hombre gris malvado a su lado".

"¿Cuántas líneas de batalla?" MacBain gritó.

"Dos formaciones triples", dijo Melcorka, "con un espacio de unos 300 pasos entre ellas. Erik está en el centro de la brecha".

"Esperan atraparnos entre sus formaciones", dijo MacBain, "así que luchamos en dos bandos simultáneamente. Están contentos de esperar a que vayamos a ellos. ¿Erik tiene guardaespaldas con él? ¿Campesinos, berserkers, esos nórdicos salvajes con alucinógenos?

"Está de pie entre las dos formaciones, con su sirviente a su lado".

"Lo veré en breve". MacBain tocó el Clach Bhuaidh. "Y poco después, estará muerto".

Melcorka miró hacia el norte, esperando ver a Bradan caminando hacia ella con su bastón en las manos y sus ojos serenos y serios notando todo. En cambio, vio algo mucho más alarmante. "Hay otro ejército acercándose a nosotros".

"¿Qué tipo de ejército?" Preguntó Mael Coluim. "Será mejor que no sea Jarl Thorfinn en mis tierras".

"No es Thorfinn", dijo Melcorka. "Es mucho peor".

"¿Quién, entonces?"

"Las fuerzas del mal se acercan", dijo Melcorka, mientras el rey comenzaba a trepar laboriosamente al árbol.

"Déjame ver. ¿Dónde?"

"Allí, en la costa al noroeste". El ejército llegó en una turba indisciplinada, algunos eran los hombres gato supervivientes de Dun Dreggan, moviéndose ahora a cuatro patas, ahora caminando sobre dos piernas, con un grupo de mujeres gato a su lado. Deslizándose con ellos estaban los hombres encapuchados grises de la niebla, y luego los hombres musgosos enmascarados, moviéndose con torpeza y portando armas toscas. En la retaguardia venían los caníbales del bosque, manteniéndose juntos en este ambiente desconocido.

"Aproximadamente 500 de ellos". Mael Coluim parecía tranquilo. “Y guerreros difícilmente dignos de ese nombre. Si son de carne, sangrarán, y si sangran, podemos matarlos”.

“Con esa fuerza, los hombres de Erik nos superan en número de tres a dos”. Dijo Melcorka. “Y no estoy segura de si estos hombres grises son de carne o si pueden sangrar”.

“Entonces tendremos que luchar lo más fuerte que podamos”, dijo el rey, bajando del árbol.

“¡Fórmense!” Él gritó. “¡Columna de marcha! Nos enfrentamos a dos enemigos, muchachos, así que manténganse juntos y recuerden nuestro grito de guerra: Aigha Bas: lucha y muere”.

“¡Aigha Bas!” El grito se extendió por todo el campamento albano. “¡Aigha Bas!”

Las gaitas célticas de guerra iniciaron su sonido agudo cuando los hombres formaron una columna, y los hombres a caballo empujaban desde los flancos. Un joven ansioso alzó el estandarte azul del jabalí mientras dos hombres fornidos levantaban largos cuernos y lanzaban una ráfaga que reverberaba en el cielo e hacía que las mujeres se taparan los oídos.

“¡Muchachos!” Mael Coluim señaló una tropa de caballería fronteriza. “Cabalguen hacia el oeste hasta que vean un ejército avanzando por la orilla. Acósenlos y deténganlos lo más que puedan”.

“¡Sí, Su Excelencia!” El capitán de la tropa parecía bastante feliz de trotar hacia el oeste y enfrentar a sus 30 hombres contra una multitud innumerable del enemigo.

Mientras el ejército se formaba, Melcorka miró a su alrededor, todavía esperando que Bradan se uniera a ella. No lo hizo. Marcharon con paso lento para mantener la formación, con cuernos nórdicos respondiendo al grito de las gaitas y gritos estridentes provenientes de la dirección de las Arenas de Culbin. Mientras se acercaban al enemigo, Melcorka podía distinguir fácilmente las palabras de los escandinavos.

“¡Odín! ¡Odín! ¡Odín!”

¡Odín los reclama, hombres de Alba! ¡Odín los reclama!”

“Entonces estamos luchando contra los paganos”, dijo MacBain.

"Pensé que los nórdicos, daneses y anglos se habían convertido al cristianismo".

"Parece que todavía son paganos bajo una fina capa", dijo Melcorka.

MacBain tocó el Clach Bhuaidh. "Entonces, cuando mueran, descenderán al infierno", dijo simplemente.

Las Arenas de Culbin era una vasta extensión de tierra, en su mayoría abierta con dunas de arena, pero intercalada con parches de bosques, pequeñas granjas y asentamientos, ahora abandonados por miedo a los escandinavos de Erik.

"Esa es la arena donde moriré", dijo Melcorka en voz baja, "y donde Bradan se marchará con Astrid".

Con sus flancos descansando sobre densos bosquecillos, Erik había dispuesto su ejército en dos líneas triples, a trescientos pasos de distancia y con estandartes ondeando arriba. En el medio, Erik estaba de pie, luciendo muy relajado y con su sirviente vestido de gris a su lado. "Manténgase en columna", ordenó Mael Coluim. "¡Arqueros, tiradores, lanceros, al frente!"

Al ver a los albanos, los nórdicos soltaron un gran rugido y empezaron a golpear sus espadas contra sus escudos, con un ritmo regular que coincidía con sus cánticos constantes.

"¡Odín! ¡Odín! ¡Odín!"

"¡Aigha Bas!" Respondieron los albanos. "¡Aigha Bas!"

Los nórdicos lanzaron una andanada de flechas que se elevó alto, osciló y descendió entre las filas de los albaneses, alcanzando a una veintena de hombres. Melcorka vio a un guerrero sacar una flecha de su chaqueta de cuero, darle la vuelta y arrojársela al nórdico. MacBain se paró ligeramente frente a la columna de batalla, despreciando las lanzas y flechas del enemigo.

"¡Formen una cuña!" Mael Coluim ordenó, colocándose al frente de sus hombres. "¡Arqueros y lanceros al flanco izquierdo!"

Los hombres se movieron a la vez, un centenar de tiradores enfrentándose a 10 veces ese número de escandinavos mientras el ejército principal de albanos formaba una cuña cuya punta estaba dirigida hacia Erik. El jabalí azul gruñó hacia adelante, ahora junto al sereno azul y blanco de la cruz de San Andrés. Una andanada de lanzas nórdicas, más largas que un hombre alto y tan gruesas como la muñeca de una mujer, voló sobre las filas de los albanos. El grito de batalla nórdico se alteró.

"¡Odín te reclama!" Gritaron mientras sus lanzas se arqueaban sobre sus cabezas. "¡Odín te reclama!"

"Los nórdicos reclaman a cualquiera que se encuentre por debajo del paso de sus lanzas", explicó Melcorka.

MacBain sonrió. "¿De verdad? ¡Aigha bas!" Gritó con poderosos pulmones. "¡Aigha bas!"

Los albanos avanzaban con paso firme, empujando las lanzas, hundiendo los pies hasta los tobillos en las arenas movedizas, los hombres hombro con hombro. Los hombres cayeron, para que sus compañeros pasaran por encima de ellos o los empujaran fuera de la columna. Las gaitas chillaban, los cuernos de guerra sonaban y los gruñidos y rugidos de los hombres llenaban el aire bajo el constante silbido de las flechas que caían.

"No vacilan", gritó un hombre.

"¡Nosotros tampoco!" MacBain rugió. "¡Aigha bas!"

La cuña de albanos apuntó directamente a Erik hasta que estuvieron a solo 40 pasos de distancia, cuando Mael Coluim alteró su ángulo de ataque, dirigiéndolo a la formación nórdica a la derecha de los albanos. Mientras los lanceros y arqueros mantenían ocupada la segunda línea de batalla nórdica, Mael Coluim chocó directamente contra la primera. Apartándose del ejército principal, MacBain prosiguió su batalla personal.

"¡Eres mío, Erik Egilsson!" MacBain rugió, sacando su espada y corriendo hacia adelante.

"¡Bien conocido, hombre muerto!" Erik esperó el ataque, mientras Melcorka miraba, sosteniendo a Defender. Ella apartó una lanza, esquivó una flecha y trató de ignorar todo excepto el combate entre Erik y MacBain. Sabía que el Gran Rey podía usar a Defender pero, en su mente, derrotar a Erik le quitaría el aguijón a la invasión.

MacBain no era un simple luchador, sino un hombre hábil que luchaba con astucia. Amagó y cortó, se detuvo a mitad de camino, alteró su patrón de ataque e hizo que Erik retrocediera uno o dos pasos. Nuevamente, la luz del sol se reflejó en el Clach Bhuaidh, dando un suave brillo interno al cristal.

"Luchas bien", reconoció Erik, "para ser un hombre muerto".

Sin perder el aliento en el habla, MacBain continuó presionando, empujando con su escudo, agachándose para cortar las piernas de Erik y luego empujando hacia arriba en sus ojos antes de apuntar a sus riñones. Erik dio otro paso hacia atrás, sin más burlarse mientras bloqueaba con su escudo con púas y paró con Legbiter. Melcorka lo vio mirar al hombre gris, que abrió la tapa de su bolso y miró dentro, aunque Melcorka no sabía qué. Se acercó más, segura de que el hombre gris era la clave del éxito de Erik.

* * *

La cuña albana estaba presionando con fuerza a la mitad derecha del ejército nórdico, doblando la línea de batalla en una gran herradura. Espadas y hachas subían y bajaban sobre cabezas y extremidades mientras las lanzas se clavaban en el pecho, el estómago y las ingles, los hombres caían, gimiendo o gritando mientras continuaba la carnicería. A la izquierda, los tiradores albanos disparaban y esquivaban las flechas y lanzas nórdicas. La línea de batalla nórdica de la izquierda no se movió para ayudar a sus compañeros, mientras MacBain empujaba a Erik hacia atrás, paso a paso. Mientras MacBain avanzaba, el Clach Bhuaidh brillaba con su poder interno.

"Las cosas van bien", se dijo Melcorka. "Quizás MacBain y su Piedra de la Victoria puedan derrotar a Erik". Miró ansiosamente hacia el oeste, buscando la llegada de las fuerzas del mal.

Por unos momentos, Melcorka creyó que no la necesitarían. Pensó que MacBain derrotaría a Erik en un combate directo, que el ejército del rey acabaría con los nórdicos y que la invasión terminaría aquí. Por unos momentos, Melcorka estuvo a punto de relajarse, hasta que el hombre gris metió la mano dentro del bolso que llevaba. Ese simple movimiento pareció darle nueva vida a Erik. Había estado defendiendo, pero ahora pasó a la ofensiva. Con Legbiter parando todos los ataques y cortes de MacBain, Erik parecía saber lo que haría el campeón de Mael Coluim antes de atacar. Simultáneamente, el Clach Bhuaidh se atenuó, como si algo estuviera drenando su poder.

"¡Odín!" Ambas mitades del ejército nórdico rugieron. "¡Odín!" La mitad izquierda levantó sus escudos y comenzó a avanzar con pasos lentos y metódicos.

Ahora era Erik quien empujaba hacia adelante y MacBain quien estaba a la defensiva, retrocediendo paso a paso con el escandinavo riendo, cortando y empujando con una velocidad que Melcorka nunca había visto antes.

El hombre gris volvió a meter la mano en el interior de la bolsa y Erik se agachó, empujó a Legbiter hacia adelante y le cortó el muslo a MacBain con un trazo que abrió una enorme herida. El resplandor del Clach Bhuaidh se desvaneció aún más.

MacBain se tambaleó, trastabilló hacia un lado y dio un esperanzado y desesperado golpe con su espada que Erik paró, torció Legbiter y partió la espada de MacBain en dos. El Clach Bhuaidh rodó desde la empuñadura hasta quedar sobre la superficie de la arena, hundiéndose ligeramente. Rugiendo de rabia, MacBain sacó la daga de debajo del brazo izquierdo y saltó hacia adelante, empujando en la ingle. Erik bloqueó la hoja con su escudo, giró hacia su izquierda y volvió a cortar con Legbiter.

Con ambos muslos abiertos, MacBain cayó al suelo, todavía agitando su daga. Erik se echó a reír, se hizo a un lado y abanicó con Legbiter, cortándole los dedos de la mano derecha. Aún con una mano dentro de su bolso, el hombre de gris se acercó y miró a MacBain. El suelo empujó el Clach Bhuaidh hacia abajo hasta que la arena se cerró a su alrededor, extinguiendo el brillo.

"¡Suficiente, Erik!" Melcorka dio un paso adelante, balanceando a Defender sobre su hombro derecho. "Conozco tus trucos".

TREINTA Y UNO

UNA VEZ MÁS, Melcorka se vio a sí misma acostada en ese suelo arenoso, con un hombre alto parado sobre ella y Bradan alejándose con otra mujer. *Así es como muero*, pensó. *Es un final apropiado para un guerrero.*

Erik miró hacia arriba, justo cuando MacBain sacó su skean dhu y lo tiró. La punta de la hoja atravesó la pierna izquierda de Erik y cayó, dejando una pequeña herida.

Erik negó con la cabeza, mojó un dedo en la sangre, la probó y sonrió. Pasando por encima de MacBain, empujó Legbiter en el pecho del herido y la torció. MacBain murió sin un gemido.

Con la victoria de Erik sobre el campeón albano, la formación nórdica izquierda dio un gran rugido y avanzó. Con sus escudos entrelazados, espadas y lanzas empujando al unísono, los escandinavos apartaron a los escaramuzadores albanos y se estrellaron contra el flanco izquierdo del ejército albano.

"Pensé que ya te había matado". Erik no estaba sin aliento. "Te dejé viva. No cometeré ese error por segunda vez".

"No tendrás la oportunidad", dijo Melcorka, con más confianza de la que sentía. A pesar de todas sus aventuras, desde la última vez que luchó contra Erik, no había aumentado ni un ápice el poder de Defender y no había aprendido cómo disminuir la fuerza de Legbiter. Todo lo que Melcorka había aprendido era la razón de la habilidad de Erik.

Erik esperó, con la sangre de MacBain goteando de Legbiter. "No puedes derrotarme, Melcorka. Tengo la espada de Loki".

"Esa no es la espada de Loki", Melcorka se quedó medio agachada, sosteniendo al Defender frente a ella, apuntando hacia arriba en un agarre a dos manos. "Tu espada tiene el poder del Cu-saeng, el dios oscuro del inframundo. No lo controlas, la espada te controla a ti".

"Soy Erik Egilsson", dijo Erik, "y esta es Legbiter, mi espada". Chocó la hoja contra su escudo. "Mi padre mató a tu madre. Y yo te mataré".

"Eso puede suceder", Melcorka se movió en un semicírculo, esperando el ataque de Erik, tratando de mantener un ojo en la batalla detrás de ella. "¿Quién es el hombre de gris?"

"Él es mi sirviente", Erik pareció momentáneamente desconcertado. "¿Por qué preguntas?"

"Él es el sirviente del Cu-saeng", dijo Melcorka. "Me he encontrado con él antes. No es amigo tuyo, Erik".

Detrás de ella, la línea de los albanos se doblaba. Los nórdicos habían aguantado el ataque de la cuña mientras la segunda línea de batalla nórdica estaba causando estragos en el flanco albano. Los hombres caían por docenas mientras las espadas nórdicas los cortaban, con Mael Coluim gritando desde el borde desafilado de la cuña y el estandarte azul del jabalí inclinándose. Los cuernos nórdicos sonaban a todo volumen y los cánticos se elevaban en el aire.

"¡Odín! ¡Odín te reclama! ¡Odín!"

Mientras los albanos vacilaban, apareció una nueva fuerza, trotando junto al mar, las hordas infernales de del Cu-saeng, las mujeres gato y los guerreros gato, los hombres de gris, los caníbales y los hombres musgo que Melcorka había encontrado en su viaje a través de la región.

Con una palabra del Gran Rey, una fuerza de tiradores albanos se movió para retrasar al nuevo ejército, arrojando lanzas y disparando flechas tan rápido como pudieron. Cuando la mujer de gris se deslizó al frente de la horda malvada, los hombres grises se quitaron las capuchas y miraron a los hostigadores, que se detuvieron de inmediato. Parados, no hicieron nada cuando los malvados pasaron a su lado. Los caníbales se volvieron contra ellos, desgarrándolos con uñas afiladas y dientes.

"Querido Dios", dijo Melcorka mientras la nueva hueste rodeaba las líneas de batalla para abalanzarse sobre el flanco derecho de los albanos.

"No tu Señor", dijo Erik. "Odín gobierna aquí, y Loki". Dio un paso adelante, con su escudo en alto, por lo que solo sus ojos eran visibles por encima de él, y Legbiter firme en su mano derecha.

Frente a Erik, Melcorka sintió un dolor familiar en sus piernas, donde Legbiter le había dejado cicatrices. Se agachó más, manteniendo instintivamente la distancia, observando a Legbiter en caso de que Erik se deslizara hacia sus muslos. El sirviente gris dio un paso atrás, mirando, sin emoción aparente en su rostro.

"¿Asustada, Melcorka?" Erik se burló. "¿Te he enseñado a sentir miedo?"

En lugar de responder, Melcorka hizo una finta a la izquierda de Erik, lo vio mover su escudo en esa dirección y cambió su ataque a la derecha. Contraatacó rápidamente, pero Defender tomó un trozo de madera de su escudo.

Bien. El poder del mal en Legbiter no se extiende a su escudo. Melcorka se retiró, lista para el inevitable contraataque. Eso se produjo rápidamente cuando Erik golpeó con Legbiter en el borde de su escudo y se abalanzó sobre las piernas de Melcorka. Ella paró con un giro de las muñecas, sintió el impacto del contacto y trató de desarmar a Erik con un repentino movimiento hacia afuera. Él sostuvo su golpe, así que por un momento, fueron espada contra espada, mirándose a los ojos.

Melcorka sintió la sombra oscura, mientras el Cu-saeng la miraba desde dentro de Erik, pero también vio al hombre. Erik todavía estaba allí, dentro del caparazón de un cuerpo que el mal había infestado. Sintió la corrupción del Cu-saeng vibrando en Legbiter, atacando la bondad en Defender. La empuñadura comenzó a calentarse y Melcorka se retiró de repente, rompiendo el contacto.

Erik soltó una carcajada. Estás perdiendo de nuevo, Mujer Espadachín. Te estoy derrotando una vez más. Pronto estarás tirada en el suelo, sangrando, rota, muriendo".

Melcorka se agachó, cortó los tobillos de Erik, alteró el ángulo de su ataque y le dio otro mordisco a su escudo. Los cuervos gemelos parecían mirarla con odio.

"¿Puedes luchar sin un escudo, Erik?"

Por el rabillo del ojo, Melcorka vio al hombre gris meter una mano en su bolsa. Esperando el ataque de Erik, lo paró desesperadamente, sintiendo la fuerza renovada detrás de él, sabiendo que el hombre gris lo estaba alimentando, de alguna manera. Erik era más rápido ahora, sus ataques eran tan rápidos que apenas podía verlos, y mucho menos contraatacar. Haciendo fintas a izquierda y derecha, Melcorka trató de empujar hacia adelante, solo para que Legbiter se interpusiera en su camino, la hoja de un negro opaco, encontrándose con Defender con facilidad.

"Erik". Dijo Melcorka. "El mal está dentro de ti. No deseas ser parte de esto".

"Tengo la espada de Loki", dijo Erik, "y pronto tendré a Defender también".

"Eso no sucederá", jadeó Melcorka cuando la punta de Legbiter raspó su brazo, abriendo un pequeño corte. La herida no la preocupaba, pero sí el conocimiento del mal que ahora corría por sus venas. Sabía que se debilitaría progresivamente, así que tenía que derrotar a Erik rápidamente.

"Nunca obtendrás a Defender".

"¿Por qué crees que te traje aquí?" Aunque las palabras salieron de la boca de Erik, Melcorka sabía que no eran suyas. Sintió el mal que la rodeaba mientras el Cu-saeng hablaba a través de Erik. "Necesito el poder de tu espada, Melcorka Nic Bearnas. Es lo único que me estorba".

"No la tendrás", dijo Melcorka.

"No puedes detenerme ahora". El Cu-saeng estaba en completo control de Erik ahora, con el mal una fuerza negra detrás de sus ojos. "Me he llevado a tu hombre. Te he traído a un lugar donde estoy más cerca de la superficie de este mundo". Cuando sonó la voz, la arena se deslizó sobre las sandalias de Melcorka, obstaculizando su movimiento, ralentizándola mientras Erik atacaba.

La voz continuó. "Mi mujer se ha llevado a tu compañero. Mis fuerzas mantienen a raya a las tuyas, y mi poder está neutralizando lo bueno en tu espada. Pronto te venceré, Mujer Espadachín".

"¡No!" Así que Astrid fue la herramienta de Erik para llevarse a Bradan. Melcorka sintió que la oscuridad se extendía desde el corte en su brazo y se arrastraba a sus pies. Sabía que se estaba debilitando. Reuniendo su fuerza, atacó de nuevo, cortando el escudo de Erik hasta que solo sostuvo fragmentos de madera alrededor del botón de metal con púas.

"No necesito un escudo". Erik dejó caer lo que quedaba y se lanzó hacia adelante.

Melcorka vio al hombre gris hurgar hondo en su bolso una vez más, y luego Legbiter le hizo un corte en la parte externa del muslo izquierdo, abriendo su vieja herida e inyectando veneno fresco en su sangre.

Mientras se tambaleaba, Melcorka escuchó el sonido de un cuerno nórdico que venía del oeste. Sosteniendo a Defender frente a ella, se retiró un paso para detener el siguiente ataque de Erik. El cuerno sonó de nuevo, se unieron otros, tres, cuatro, tal vez cinco.

Una mirada detrás de ella le mostró a Melcorka que el ejército albano estaba en dificultades. Las dos fuerzas nórdicas de Erik se habían acercado, con los albanos en el medio, mientras que el ejército de Cu-saeng ahora martilleaba la retaguardia de Alba. Los guerreros felinos atacaban las espaldas desprotegidas de los guerreros albanos mientras los hombres grises incapacitaban a cualquiera que se enfrentara a ellos y los caníbales mordían a los heridos. La batalla iba contra Mael Coluim, Melcorka sabía que estaba perdiendo su pelea con Erik, y ahora esta nueva fuerza nórdica había llegado.

Los cuernos volvieron a sonar, respaldados por los gritos de los guerreros. "¡Odín! ¡Odín!" Sobre los hombres colgaba el estandarte de cuervo de Orkney, el antiguo enemigo de Alba. Como había amenazado, Jarl Thorfinn había venido a atacar a Mael Coluim cuando era más vulnerable.

La mujer gris apareció junto al hombre gris, sonriendo, echándose hacia atrás su cabello rubio que era tan parecido al de Astrid que Melcorka supo que eran la misma persona. Astrid se había llevado a Bradan y el mundo de Melcorka se estaba derrumbando a su alrededor.

Erik estaba en el ataque de nuevo, agachándose para abanicar con Legbiter sobre Melcorka, encontrando los ataques cada vez más débiles de ella, con la hoja negra de su espada, riendo mientras el Cusaeng tomaba el control completo de su mente, cuerpo y alma. La arena se apoderó de los tobillos de Melcorka, ralentizándola, dificultando cada uno de sus movimientos.

El hombre gris estaba mirando, metiendo la mano dentro de la bolsa. *Él es la fuente; Pensó Melcorka. Si lo detengo, Legbiter perderá algo de su poder.*

Tambaleándose ahora, Melcorka trató de bloquear otra estocada de Erik, jadeó cuando Legbiter rozó su cuello y veneno fresco se filtró en su interior.

"¡Soy Melcorka Nic Bearnas!" Melcorka dijo y abanicó hacia el hombre gris en un último intento desesperado por ganar. Como en cámara lenta, vio que su espada dividía el aire, pero el hombre gris se deslizó hacia atrás, por lo que Defender no lo alcanzó. Por primera vez, el hombre gris sonrió, mostrando una serie de dientes afilados, y hundió la mano en el interior de su bolsa.

"Iba a matarte lentamente, Melcorka", dijo Erik. "Iba a cortarte las piernas y verte desangrar. Ahora te acabaré". Dio un paso adelante. "Tu rey está perdiendo la batalla, Revna se ha llevado a

Bradan y yo te he derrotado de nuevo en combate. No te queda nada. Puedes morir sabiendo que tu mundo se ha ido y que tendré el poder de Defender para fusionarlo con el mío".

Melcorka se enderezó, sosteniendo a Defender con las manos pegajosas de sangre. "No estoy muerta todavía, Erik".

"Pronto", dijo Erik y dio un paso adelante.

"Espera". Esa sola palabra detuvo a Erik cuando Astrid dio un paso adelante. Ella le sonrió a Melcorka. "Quiero ver esto".

"¿Astrid?" Melcorka parpadeó para quitarse el sudor de los ojos. Se sintió balancearse mientras se levantaba. "¿Qué has hecho con Bradan?"

Sin dejar de sonreír, Astrid se sentó cómodamente en una roca redondeada, arrojando su cabello rubio sobre su hombro. "He estado alejando a Bradan de ti y tratando de poner mis manos sobre Defender desde que te conocí, Melcorka".

"Esta es Revna", dijo Erik. "La conoces como Astrid, y ella es mi mujer". Dando un paso adelante, Erik paró el débil intento de Melcorka de empujar, torció su muñeca y obligó a Defender a salir de la mano de Melcorka. La espada cayó al suelo, con arena moteada en la hoja reluciente. Inmediatamente que Defender aterrizó, la arena comenzó a cerrarse alrededor de la hoja, con la empuñadura aun sobresaliendo del suelo.

Astrid se rió y luego comenzó el viento. Vino del este, surgiendo repentinamente de la nada, levantando la superficie de la arena. En unos pocos segundos, la arena levantada por el viento había reducido tanto la visibilidad que Melcorka sólo podía ver unos pocos pies. La imagen volvió en toda su horrible realidad. Melcorka estaba tendida en el suelo arenoso, con la alta figura de Erik de pie frente a ella mientras una mujer se alejaba con Bradan.

Arrastrándose dolorosamente hacia adelante, Melcorka agarró a Defender y cerró la mano sobre la empuñadura al mismo tiempo que Astrid se abalanzaba sobre ella. Las dos mujeres se miraron fijamente mientras luchaban por el control, mientras el viento azotaba el cabello oscuro de Melcorka alrededor de su rostro. Astrid se apartó, tratando de arrebatarle la espada a Melcorka.

Con sus fuerzas fallando, Melcorka sostuvo a Defender con ambas manos, parpadeando mientras la arena soplada le picaba en los ojos, luchando por sacar la espada de la succión de la arena. Vio al hombre gris encima de ella, lo vio meter la mano en su bolsa y sintió una oleada de agonía de sus heridas frescas. Ella se retorció, con su agarre en Defender debilitándose. Sabía que si soltaba su control, habría perdido la pelea, el mal habría triunfado y gobernaría este reino por un futuro indeterminado.

Otra figura apareció, medio vista en la bruma arenosa. Melcorka parpadeó al ver a un hombre con ropas sobrias y un largo bastón en la mano. Bradan había llegado por fin. Inclinó la cabeza contra la arena voladora y sostuvo un bulto cubierto debajo del brazo izquierdo.

"¡Brad!" Melcorka balbució la palabra. Ella podía saborear el veneno ensuciando su boca.

En lugar de enfrentarse a Melcorka, Bradan transfirió su bastón al mismo brazo que llevaba su paquete y envolvió su brazo derecho alrededor del hombro de Astrid. Fue entonces cuando Melcorka supo que lo había perdido. Alejándose de Melcorka, Astrid colocó un brazo alrededor de la cintura de Bradan, con su risa cruel en la cabeza de Melcorka.

"Bradan". Melcorka susurró la palabra al darse cuenta de que estaba viviendo su visión: el ejército de Alba se enfrentaba a la ruina, Erik la había derrotado en la batalla y Bradan se marchaba con otra mujer.

En ese segundo, Bradan tensó su brazo y empujó a Astrid violentamente lejos.

"¡No!" Astrid gritó.

"¡Mel!" Bradan medio desapareció en la creciente neblina. "¡Melcorka!" Miraba a su alrededor, incapaz de ver a través de la arena.

"¡Aquí!" Melcorka se obligó a pronunciar la palabra. "¡Aquí!" Vio a Bradan mirar a su alrededor. "¡Bradan!"

Astrid rodó hacia atrás a través de la arena y agarró la hoja de

Defender. "Casi tuve tu espada en Dun Dreggan", dijo. "Erik le ordenó al tonto de Chattan que me la guardara, pero la encerró con un hechizo".

"No la conseguirás", jadeó Melcorka. "¡Bradan!"

"¡Te veo!" Bradan rugió. Sin dudarlo, Bradan golpeó con su bastón las manos de Astrid, debilitando su agarre sobre Defensor. Ella se estremeció y se alejó rodando. Bradan la siguió, empujando la cruz de su bastón contra Astrid, echándola lejos.

"¡Bradan!" Gritó Melcorka. "¡Ten cuidado! ¡Vigila tu espalda!"

Erik se asomó a través de la arena hirviendo. Vio a Bradan y Melcorka, con Legbiter levantada y abanicó, con la punta golpeando la pierna de Bradan. Bradan cayó, agarrando su bastón pero dejando caer el bulto que llevaba. La tapa agitó el contenido, un libro estropeado que aterrizó en la arena, con la tapa de cuero rasgada y llena de cicatrices.

"¿Qué es eso?" Melcorka gritó por encima del aullido del viento.

"¡Una Biblia!" Gritó Bradan. "Los nórdicos la saquearon de un monasterio picto. ¡Podría ayudar a combatir el mal!"

Melcorka agarró al Defender y rodó hacia un lado, extrayendo la hoja del suelo. "¡La bolsa!" ella gritó. "¡Bradan! ¡El Libro de la Tierra Negra está en la bolsa!"

"¡Lo sé! ¿Dónde está el hombre gris?" Bradan se asomó a la arena arremolinada, agitando una mano frente a sus ojos en un vano intento de aclarar su visión. "¡No puedo verlo!"

Melcorka levantó a Defender frente a ella, bloqueando el siguiente golpe de Erik. La punta de Legbiter raspó la hoja de Defender y atravesó las costillas de Melcorka, extrayendo sangre. Durante los siguientes momentos, Melcorka estuvo demasiado ocupada defendiéndose de los ataques de Erik para prestar atención a cualquier otra cosa, y luego vio a Bradan acercándose al hombre gris, con el bastón en una mano y la Biblia en la otra.

"¡Bradan!" Astrid se paró frente a él, con las manos extendidas y su cabello rubio ondeando al viento. "¡Ya sabes como soy! Sabes que soy una mujer de paz. Compartimos mucho, tú y yo". Sus ojos eran suaves, su voz líquida mientras colocaba sus manos sobre los hombros de Bradan. "Podemos hacer mucho juntos, Bradan".

"No". Bradan negó con la cabeza. "¡No! ¡Eres una hechicera!"

"¡Bradan! ¡Soy yo! Te quité el mal de ojo, ¿recuerdas?"

"¡Eres la mujer gris! ¡Nos estabas haciendo confiar en ti!" Bradan podía verlo todo ahora. Usando la cruz celta en la parte superior de su bastón, la empujó a la cadera de Astrid, luego a su hombro, empujándola hacia atrás. *Nunca tocaste a mi bendito bastón*, recordó Bradan, *y nunca manejaste la Biblia. ¿Cómo pude haberme perdido eso?* Mientras Astrid se tambaleaba, Bradan vio al hombre gris con la mano metida profundamente en su bolso.

"¡Tú!" Bradan dio un paso adelante, solo para que una ráfaga de viento le arrojara arena en la cara. Maldijo, arañó ciega e infructuosamente. No podía ver al hombre gris en la arena, alcanzó con su bastón y siguió adelante con una esperanza que se desvanecía.

Mientras Bradan se tambaleaba en la arena, Erik se rió y abanicó con Legbiter, para que Melcorka lo detuviera y empujara, sintiendo que su fuerza disminuía.

¡Bradan! No puedo seguir mucho más". Melcorka notó el sabor de la sangre en la boca. "¡Bradan!"

Obligándose a abrir los ojos, Bradan vio una forma vaga frente a él y se lanzó hacia adelante. El hombre gris se alejó de él, fundiéndose con la arena como si fuera parte de ella. Astrid se quedó allí, sonriendo, con su cabello rubio ondeando alrededor de su rostro. Mientras Bradan miraba, se transformó en la mujer gris, con el mismo cabello rubio pero con ojos que brillaron con una repentina luz intensa.

Bradan maldijo, incapaz de creer lo que acababa de presenciar. Sintió la fuerza desaparecer de sus miembros y no estaba seguro de dónde estaba. El camino se extendía más adelante, despejado bajo sus pies, con un edificio de cúpulas y ventanas puntiagudas en una plaza de la ciudad iluminada por el sol. Un aura de paz lo rodeó cuando un grupo de hombres de ojos serios extendieron sus manos en señal de bienvenida. Las puertas del edificio se abrieron, revelando un tesoro de libros y manuscritos, todo un mundo de conocimiento.

"Esta es la Casa de la Sabiduría en Bagdad", dijo Bradan. "¿Cómo llegué aquí?" Sacudió la cabeza. "No llegué aquí. No estoy donde parezco estar". Luchando por recuperar el control, presionó su pulgar en la cruz celta en la parte superior de su bastón, y la imagen desapareció.

Mientras la mujer gris lo miraba, Bradan empujó su bastón hacia adelante como una lanza, arrojándola con la cruz. Aunque no hizo contacto, la mujer retrocedió, mostrando los dientes.

Agarrando la Biblia con ambas manos, Bradan gritó: "¡En el nombre de Dios!" Y saltó hacia adelante. Con las palabras, la mujer gris desapareció y el hombre gris cambió, volviéndose más sólido, retorciéndose bajo el toque del bastón de Bradan.

"¡La bolsa, Bradan!" Las palabras de Melcorka llevaban una súplica de desesperación.

Con la esperanza de estar haciendo lo correcto, Bradan le arrebató la bolsa al hombre gris, la abrió y dejó caer la Biblia dentro.

El hombre gris soltó un grito ahogado y se quedó quieto, señalando a Bradan con un dedo largo. Sin dudarlo, Bradan levantó su bastón y lo lanzó directamente a la frente del hombre. Se cayó de una vez.

"¡Melcorka!" Bradan miró a su alrededor, mientras el viento comenzaba a amainar.

Melcorka se había levantado, Defender en mano. Se enfrentó a Erik, que ahora estaba a la defensiva, retrocediendo cuando Melcorka abanicó, cortó y empujó sin interrumpir el paso, forzando a Erik a retroceder.

Una vez más, sus espadas se bloquearon, y Melcorka sintió el poder en Legbiter, pero esta vez Defender igualó la espada de Loki. Ella empujó a Erik hacia atrás, sosteniéndolo hoja con hoja y cadera con cadera. Con una floritura final, Melcorka deslizó su pie derecho detrás del de Erik y lo obligó a caer al suelo. Él yacía de espaldas con Legbiter en la mano y una expresión de incredulidad en su rostro.

"Loki", gritó Erik. "Loki; ¡ayúdame!"

Por un segundo, Melcorka creyó ver algo que se elevaba sobre Erik, aunque en la arena aún sin asentar no podía estar segura. La figura podría ser un producto de su imaginación, algo extraído de la mente de Erik o incluso de otro escandinavo. Melcorka no lo sabía.

"Soy Loki". La voz tenía humor, como si el dueño se estuviera riendo de Erik mientras yacía indefenso en el suelo. "Esto no es de mi trabajo".

"¡Loki!" Erik dijo de nuevo.

"Loki no era tu señor", dijo Melcorka. "Luchaste por algo mucho más viejo y más malvado de lo que Loki podría ser, incluso si él existe".

"¿Qué?" Erik se retorció en el suelo cuando la oscuridad volvió a entrar en sus ojos. Miró a Melcorka, agarró Legbiter y la atacó. Bloqueando el golpe con facilidad, Melcorka hizo a un lado a Legbiter.

"Mátame", suplicó Erik, "por el amor de Dios. Por favor, Melcorka, por la amistad que una vez compartimos, mátame".

"Por la razón de la piedad", dijo Melcorka y hundió a Defender en el pecho de Erik. Los ojos del escandinavo se abrieron de par en par y luego sonrió.

"Gracias, Melcorka", dijo.

Bradan asintió. "Parece que está en paz".

"Agarra su espada. ¡Consigue a Legbiter!" Melcorka agarró la espada cuando comenzó a hundirse en el suelo. La levantó con una mueca de disgusto. "Me siento sucia incluso tocando esta cosa".

"¿Cómo destruimos una espada?" Preguntó Bradan.

"De esta manera", dijo Melcorka, y colocó al Defender contra ella, hoja contra hoja. Las hojas se bloquearon con un chirrido agudo, y lentamente el color negro se desvaneció de Legbiter. En unos momentos, la hoja era de plata sin brillo, empañada en algunos lugares.

Acechando hasta el borde del mar, Melcorka arrojó a Legbiter tan lejos como pudo. "Oxídate", dijo. "Oxídate hasta que no quede nada". Dando una exclamación de disgusto, se lavó las manos en las olas.

"El mar es un gran limpiador", dijo Bradan, con los ojos entrecerrados contra la arena. "Pero la batalla..."

"Oh, Señor, la batalla". Melcorka había olvidado que el ejército de Mael Coluim todavía estaba comprometido con los nórdicos y sus aliados. Cuando miró hacia arriba, el viento amainó y escuchó el sonido de los cuernos nórdicos. El ejército de Jarl Thorfinn, de unos 500 hombres, avanzaba hacia las fuerzas opuestas.

"¡Mira!" Bradan señaló. "¡Los hombres grises!"

Los albanos estaban destruyendo el ataque de los guerreros gato y los hombres grises. Desde el instante en que la Biblia de Bradan neutralizó al Libro de la Tierra Negra, las fuerzas del mal habían perdido gran parte de su poder. Caníbales, hombres de musgo, hombres grises y guerreros gato estaban muertos o huían mientras los cateranos y los jinetes fronterizos los perseguían. Sin embargo, en el otro flanco, los nórdicos habían fusionado sus ejércitos y estaban presionando con fuerza al ejército de Mael Coluim.

"Aquí viene el Jarl", dijo Bradan. "Ahora todo depende de qué lado elija".

Jarl Thorfinn condujo a sus hombres hacia adelante en una carrera inteligente, formó una cuña y se estrelló contra la más cercana de las formaciones nórdicas.

"Oh, gracias a Dios. Thorfinn se está aliando con Mael Coluim", dijo Melcorka.

"Sí", asintió Bradan. "Le advertí que Erik iría después en contra de su jarldom".

"¿Él iba a hacerlo?"

"Él podría haberlo hecho", Bradan se encogió de hombros. "No lo sé".

"¿Qué le pasó a Astrid?" Melcorka levantó la bolsa que contenía tanto la Biblia como el Libro de la Tierra Negra. Era mucho más pesado de lo que imaginaba.

"Astrid, o Revna, llámala como quieras", dijo Bradan. "Ella se fusionó con la mujer gris. Eran el mismo ser. Astrid obtuvo su poder del Libro de la Tierra Negra. Mientras el libro esté tranquilo, ella no tiene poder".

"Hubo un momento en que pensé que te alejaría de mí", dijo Melcorka.

"Sí, hubo un tiempo en que Astrid pensó eso también". Bradan se apoyó en su bastón.

"¿De dónde vino esa Biblia?" Preguntó Melcorka.

"Dun Dreggan, originalmente. Astrid me lo mostró en el asentamiento nórdico", dijo Bradan.

"¿Me habrías dejado por ella?" Preguntó Melcorka.

"No". Dijo Bradan.

Melcorka no insistió en el asunto. "¿Cómo supiste qué hacer?"

"Verdadero Tomás me dio una pista antes de la batalla en Carham. Dijo que la arrogancia sonriente del mal revelaría la luz, y eso es lo que sucedió. Había adivinado que Astrid no era lo que parecía, y fue tan arrogante en su maldad cuando me mostró la misma Biblia que controlaba al Libro de la Tierra Negra. El mal se derrotó a sí mismo".

Codo a codo, con Bradan apoyado en su bastón y Melcorka limpiando a Defender, vieron cómo las fuerzas combinadas de Alba y Jarldom derrotaban a los invasores sin líder.

"¿Qué le haremos al Libro de la Tierra Negra?" Preguntó Bradan.

"Tenemos una opción". Melcorka desvió casualmente una flecha perdida desde el aire con Defender. "Podemos encontrar un lugar seguro y volver a encerrarlo, con la Santa Biblia para mantenerlo seguro, o podemos intentar destruirlo".

"No tienes elección". Verdadero Tomás estaba junto a ellos, aunque Melcorka no lo había notado llegar. "Si encierras el Libro de la Tierra Negra, generaciones de personas malvadas lo buscarán y, finalmente, alguien lo encontrará. Esa monstruosidad volverá a convertirse en un foco de atención para los malvados".

"Debemos destruirlo entonces", Bradan aceptó la palabra de Thomas. "Podemos quemarlo".

"No se quemará", dijo True Thomas. "Ese libro es la encarnación del mal. No puedes destruir el mal, como tampoco puedes destruir el bien. Existirá de alguna forma hasta el día del juicio final".

"Si ese es el caso", dijo Bradan. "¿Qué debemos hacer?"

Verdadero Tomás sonrió. "Rómpelo en pequeños pedazos y deja que el viento lo lleve a donde quiera. El mal seguirá existiendo, pero en cantidades más pequeñas, para que el bien del mundo pueda contenerlo".

"¿Hay tanto bien en el mundo?" Preguntó Melcorka.

"Hay más bien que mal", dijo Verdadero Tomás. "Pero el mal tiende a congregarse".

Melcorka abrió la bolsa y sacó el Libro de la Tierra Negra. Incluso al tocarlo, sintió que su espíritu comenzaba a decaer.

"Rómpelo, Melcorka", dijo Verdadero Tomás. "Usa a Defender".

"Esto no es vitela ni pergamino", dijo Melcorka.

"Es piel humana", dijo Thomas, "y las palabras están escritas con sangre humana".

Retrocediendo horrorizada, Melcorka cortó el libro con Defender, una y otra vez, hasta que las páginas, cortadas y rebanadas en fragmentos irreconocibles, se esparcieron por la arena.

"Bien", dijo Verdadero Tomás. "Ahora tendremos algo de viento". Levantando sus manos, comenzó a soplar suavemente, y el viento se levantó, esparciendo los fragmentos, algunos hacia el interior, otros junto con la arena y la mayoría sobre las olas y mar adentro.

"Un día", dijo True Thomas, "dentro de cientos de años, un hombre malvado reformará el Libro de la Tierra Negra, pero hasta ese momento, el mundo estará libre de este mal en particular, gracias a ti, Melcorka".

"Creo que Bradan también tuvo algo que ver", dijo Melcorka. "Si no hubiera sido por él que trajo el Libro Sagrado, Erik habría tenido éxito".

"Necesitaba de un buen hombre y una buena mujer", dijo Tomás en voz baja. "Ustedes han alterado la historia. Verán, en mi tiempo, vivíamos bajo la sombra de un gran mal. El bien falló y el Cu-saeng, con el nombre que quieras llamarlo, controló el destino de todo. Ahora que han hecho posible el progreso, eso no sucederá. Ciertamente, el mundo no se moverá fácil o suavemente, pero avanzará".

"¿Qué sucederá?" Preguntó Bradan.

"Progresa más allá de tu comprensión, Bradan. Inventos que no puedes imaginar, barcos que vuelan, medicinas para vencer la fiebre, gente de todo el mundo uniéndose". Verdadero Tomás sonrió. "El mal seguirá, pero siempre habrá bien para combatirlo".

Detrás de ellos, los ejércitos de Thorfinn y Mael Coluim se encontraron triunfantes, con los invasores muertos o huyendo hacia sus barcos.

El rey Mael Coluim abrazó a Jarl Thorfinn con un espíritu de amistad, justo cuando la última hoja del Libro de la Tierra Negra se deslizaba hacia el mar.

Melcorka jadeó cuando la visión vino a ella. Vio cómo la nube negra se disipaba del lago del monstruo y la gente del bosque de Caledonia descartaba su canibalismo. Vio a los Hombres Musgo dejar caer sus armas y prepararse para guiar a los viajeros a través de sus dominios acuáticos. Vio que la gente de los gatos soltaba a sus gatos en la naturaleza y lanzaba sus garras al mar.

La paz había llegado a Alba y al Jarldom de Thorfinn.

"Lo hicimos, Bradan", dijo Melcorka.

"Lo hicimos", dijo Bradan, "y el Gran Rey nos debe un favor".

TREINTA Y DOS

Se sentaron en rocas calentadas por el sol, con las nubes fragmentándose a lo largo de la verde colina a su lado y la quemadura volcánica riendo mientras descendía a la tierra fértil de abajo.

"Aquí es donde construiremos nuestra casa", Melcorka miró hacia el pie de la cañada, donde el lago de mar lamía las arenas blancas, y *Catriona* se balanceaba a sotavento de un rompeolas natural. "Aquí, donde la tierra se encuentra con el mar. Aquí criaremos a nuestra familia, y aquí saludaremos a los visitantes como amigos, los conozcamos o no".

"Es el estilo albano", estuvo de acuerdo Bradan. "La hierba es dulce para el ganado, el suelo es rico para las cosechas y estamos en la carretera para los viajeros por tierra o mar".

"Esta será nuestra casa", dijo Melcorka, "y aquí crearás tu biblioteca de libros y discutirás historia y filosofía y el significado de las estrellas con todos los eruditos de Alba y más allá".

Se pusieron de pie, e iniciaron el fácil descenso hacia la verde cañada, con el suave aire de Alba refrescándolos y el grito de los ostreros llamándolos a casa. Un grupo de árboles de serbal los saludó en bienvenida, las bayas rojas daban una vista alegre.

"Colocaré a Defender sobre la chimenea", dijo Melcorka, "y espero que se oxide lentamente por el desuso, porque Alba se ha convertido en un lugar pacífico".

"Es una buena esperanza", Bradan golpeó el suelo con su bastón de madera de serbal.

"Que Dios conceda la paz a Alba y a todas las demás naciones bajo su sol".

Cuando Melcorka pisó un pequeño montículo, el sol proyectó su sombra ante ella, con la empuñadura de Defender formando una larga cruz en el suelo. "Allí", dijo, "en ese terreno sagrado, allí construiremos nuestra casa".

"Y aquí, en este rincón de Alba, toda buena gente será bienvenida, siempre que venga en paz".

"Y si no lo hacen", Melcorka tocó la empuñadura de Defender. "Tendré algo que decir al respecto".

NOTA HISTÓRICA

Verdadero Tomás, Thomas the Rhymer, o Thomas de Ercildoun (c1220-c1298) fue un vidente medieval de las fronteras escocesas. Se dice que previó la muerte del rey Alejandro III, así como muchos otros eventos. Sin embargo, no hay ningún registro conocido de su viaje hacia atrás en el tiempo hasta principios del siglo XI, la era de Melcorka.

El rey Malcolm II, Mael Coluim, a veces conocido como Forranach, el Destructor, derrotó a los guerreros de Northumbria en la Batalla de Carham en 1018 (algunos dicen que en 1016) después de que muchas personas habían observado un cometa en el cielo. Según todos los informes, Mael Coluim era un rey despiadado, el Gran Rey de Escocia, mientras que Owen el Calvo de Strathclyde era un subrey bajo su gobierno. Malcolm gobernó Alba, Escocia, durante 29 años impresionantes, en un momento en que otras naciones intercambiaban gobernantes con la regularidad de una puerta giratoria.

La Tormenta Real. Hubo un tiempo en que mucha gente creía que una poderosa tormenta anunciaba la muerte de un rey. Cuando un miembro de la realeza era anciano o estaba gravemente enfermo, la gente miraba hacia arriba durante el clima salvaje y se preguntaba si los cielos se estaban preparando para aceptar a otro participante. Dada la cantidad de días salvajes en Escocia, debe haber muchos miembros de la realeza escocesa allá arriba.

La isla de Bass Rock se encuentra a la entrada del Firth of Forth, la gran ensenada del Mar del Norte que da acceso a Edimburgo y la costa sur de Fife. Sigue siendo el hogar de una enorme colonia de alcatraces y tiene una historia fascinante. Aunque no hay un túnel desde el embarcadero hasta la superficie superior, hay un túnel dentro de la roca.

Thorfinn el Poderoso, Jarl de Orkney, también existió. Orkney era el centro de un condado o jarldom nórdico, que a menudo estaba en guerra con su vecino escocés y con frecuencia enviaba expediciones para luchar en Irlanda o Inglaterra. La frontera entre Alba y el nórdico Jarldom era variable, dependiendo de quién dominaba en ese momento, pero cuando Mael Coluim era el Gran Rey, estaba en algún lugar alrededor del Moray Firth.

La historia del monstruo del lago Ness es demasiado conocida para relatarla aquí, pero aunque mucha gente piensa que la leyenda se creó para ayudar al turismo, el lago tenía una mala reputación mucho antes de que Escocia buscara visitantes de verano. Según una fuente (sin fundamento), las personas una vez sacrificaron animales y niños a algo en el lago y, a veces, vieron una nube oscura flotando sobre la superficie. Muchos lagos y ríos escoceses tienen leyendas de criaturas extrañas, con un caballo de agua como estándar, y algunos ríos tienen la reputación de llevar a una persona, como sacrificio, una vez al año. El Spey es uno de ellos y el Tweed otro. Desde que terminaron los sacrificios, la captura de salmón parece haber disminuido. Extraño, eso...

El Cu Sith, el perro hada verde, era otra criatura mitológica. Era un perro grande que merodeaba por las laderas de algunas colinas de las Tierras Altas. Si el viajero lo oía ladrar tres veces, la muerte era inevitable.

El mal de ojo era algo muy temido en el mundo celta y probablemente más allá. Lo agregué con mis hombres grises, pero el miedo era lo suficientemente genuino.

El Cu-Saeng era un monstruo legendario que cazaba y mataba a personas en el noroeste de Escocia. Como nadie que lo viera sobrevivió, nadie sabía cómo se veía.

El Flanders Moss existía como una vasta franja de pantanos a lo largo de la cintura de Escocia. La mayor parte fue drenada en el siglo XVIII y ahora es tierra de cultivo fértil, aunque queda un pequeño segmento que se puede visitar.

Caithness y Sutherland fueron una vez conocidas como Cataobh, la provincia de Cat, con Caithness, el extremo noreste de la tierra firme de Escocia, posiblemente significando el cabo de la gente de los gatos. El duque de Sutherland todavía se conoce como Moruir Chat, el gran hombre de los gatos.

El sitio conocido como Las Arenas de Culbin, o Culbin Sands existió. Era una gran área de arena en la costa de Moray en el noreste de Escocia. Ahora densamente plantada de árboles, se destacó por sus tormentas de arena. Una de ellas a finales del siglo XVII cubría muchos acres de tierras de cultivo y la casa del terrateniente. En esa era supersticiosa, la gente creía que el área estaba maldita por brujas, que se sabía que habían estado activas en el área.

Ha habido leyendas sobre el Libro de la Tierra Negra durante algún tiempo. Una versión afirma que fue la sabiduría acumulada, o el mal, de todas las brujas en las Tierras Altas de Escocia. Le di un giro a la antigua leyenda.

En la Edad Media, las espadas eran tan caras que se les otorgaba un estatus especial y a menudo se nombraban. La más famosa es probablemente Excalibur del rey Arturo, pero hubo muchas otras. La Laxdaela Saga menciona como la espada de Geirmund Fotbitr, Legbiter, que también era el nombre de la espada propiedad de Magnus Barefoot, rey de Noruega, quien realizó una extensa expedición a Escocia en 1098.

Y, finalmente, la propia Melcorka. Escocia tiene una larga tradición de mujeres guerreras, desde Scathach, la mujer guerrera de Skye que entrenó al gran héroe irlandés Cuchulainn, hasta Black Agnes de Dunbar, quien mantuvo el castillo de Dunbar contra un ejército inglés e inspiró las palabras:

"Llegué temprano, llegué tarde
Encontré a Agnes en la puerta".

Melcorka estaba simplemente siguiendo esa tradición.

Malcolm Archibald

Angus, Escocia, 2020

Querido lector,

Esperamos que hayas disfrutado leyendo La espada de Loki. Tómate un momento para dejar una reseña, aunque sea breve. Tu opinión es importante para nosotros.

Descubre más libros de Malcolm Archibald en https://www.nextchapter.pub/authors/malcolm-archibald

¿Quiere saber cuándo uno de nuestros libros es gratis o con descuento? Únase al boletín en:

http://eepurl.com/bqqB3H

Atentamente,

Malcolm Archibald y el equipo de Nextchapter

ACERCA DEL AUTOR

Nacido y criado en Edimburgo, Malcolm Archibald se educó en la Universidad de Dundee, una ciudad a la que tiene un fuerte vínculo. Tiene experiencia en muchos campos y escribe sobre la industria ballenera escocesa, así como ficción histórica y fantasía.

Lightning Source UK Ltd.
Milton Keynes UK
UKHW011024051220
374661UK00001B/142